II
确认存活
雾草 著
江苏凤凰文艺出版社
JIANGSU PHOENIX LITERATURE AND ART PUBLISHING

诸事不宜
13

EX I

目录

Contents

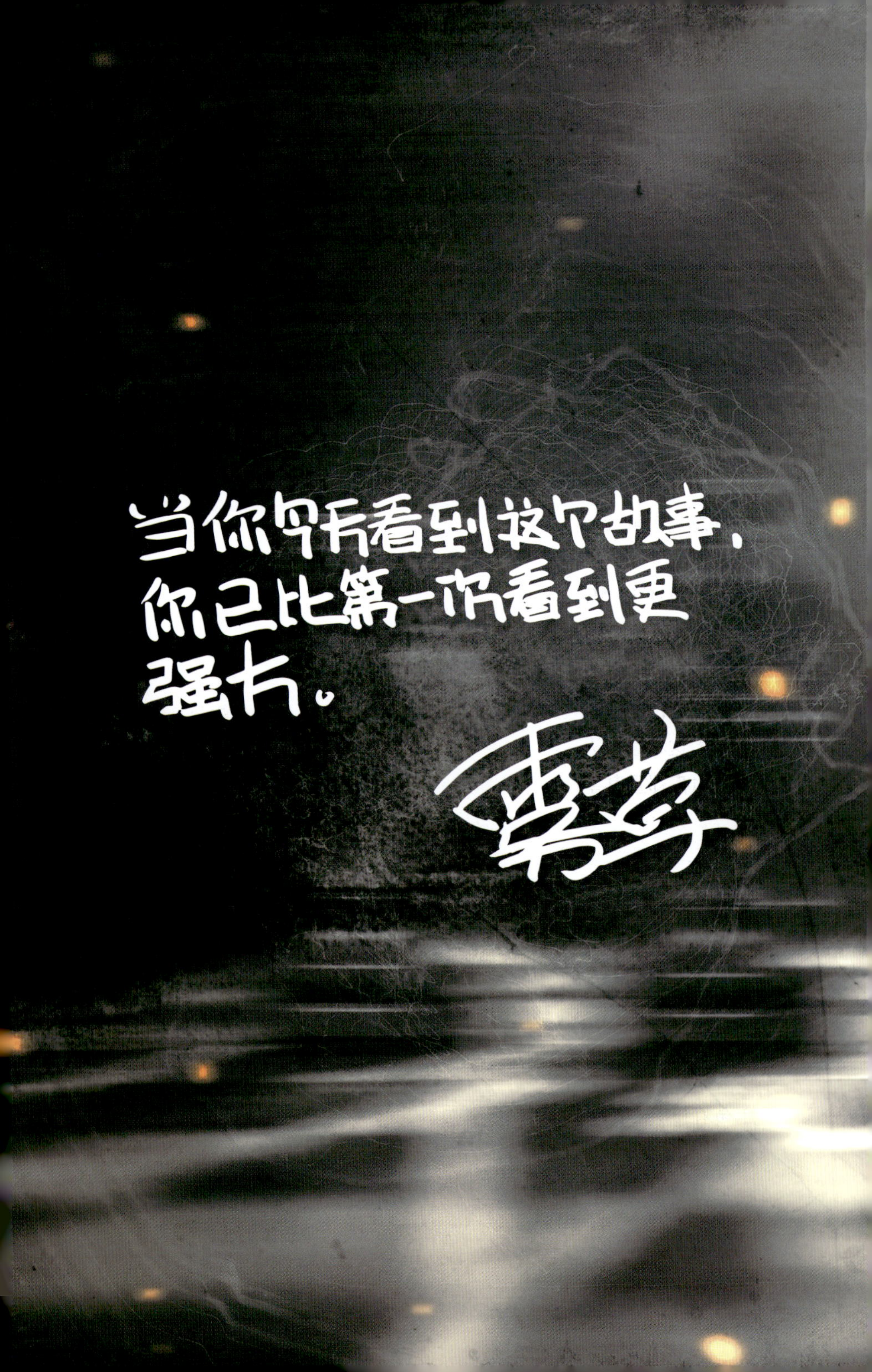
当你再次看到这个故事，
你已比第一次看到更
强大。

第一章

白夜回到教室收拾了自己的东西，班主任罗娟已经和教务处确认了移交学生的事宜，明天白夜就要搬到E班去了。

乔芳十分替白夜担忧，因为她对E班没有什么好印象，所以今天她总是唉声叹气的。这会儿她又愁眉苦脸地问白夜：“怎么办啊，我听说E班的人都不好惹，他们要是欺负你怎么办？”

白夜这个“预定软柿子”反过来认真安慰乔芳：“他们不会欺负我的，我在网上找了很多书读，通过学习，我已经知道怎么和E班的人相处了。”

乔芳没想到白夜还挺爱学习的，好奇地问：“什么书？是《厚黑学》这种教为人处世的书吗？”

白夜郑重其事地向乔芳介绍自己正在研读的小说：“这本书叫《全班男生爱上我》，你要和我一起学习吗？”

最怕空气突然安静的乔芳硬生生沉默了两秒，然后恨铁不成钢地说：“都什么时候了，你还在这里看言情小说！”

白夜不急不缓地向乔芳解释：“这本书的女主角的人缘真的特别好，班里的人都喜欢她，所以我在向她学习中。你放心吧，有了这本书，我一定会和E班的人成为朋友的。”

乔芳瞬间感觉自己像老妈子，面对白夜这种没常识的人需要一步一步教导，她努力让自己有耐心：“你先告诉我，这本书里的女主角有什么优点。”

白夜想了想，说：“她的优点太多了，比如她会哭、会撒娇、会乐于助人，天真善良。”

此时乔芳对于白夜转到E班的事更加担忧了：“你要是学习这

本书里的女主角，就像羊羔被丢到狼窝里！你转到E班没两天就会被他们吃了！”

白夜微微张大嘴巴，说：“这真是一个吃人的社会。”

乔芳：“……”

虽然乔芳很操心，但第二天白夜还是转去了E班，因为E班不设置班主任，所以是刘主任带着她过去的。

在白夜去E班的路上，楚冬忍正在和同桌聊天：“小松林，你怎么又看言情小说啊？你一个大男人看什么言情小说！”

南忪凛指着手里的小说轻笑道：“这本《全班男生爱上我》特别搞笑，我正在研究这个女作家的脑回路，为什么她要把这么蠢笨的女人写得这么受男人欢迎？难道现在流行这种人物设定吗？哈哈哈，这本小说真的是太好笑了！”

楚冬忍光是看小说的名字就尴尬到脚趾抠地：“是挺好笑，怎么可能全班男生只欣赏一个女生！天涯何处无芳草，何必只在班里找？像我，我就不在班里找，我要找就找隔壁班的白夜。”

南忪凛嗤之以鼻道：“那是因为咱们班都是男生，所以你才不在班里找女生玩吧？”

楚冬忍赶紧自证清白：“才不是呢，我这么有原则的人，就算神仙姐姐下凡来到咱们班，我也不会对她有任何想法的！”

此时白夜已经来到了E班的门口，她一进去就看到了乱糟糟的教室，所有学生都在叽叽喳喳地聊天。当她进门时，各种穿透力极强的目光落在她身上。

刘主任似乎有事，急匆匆地将白夜安排好就离开了，就像从没来过。

刚才还在和南忪凛讨论小说的楚冬忍愣愣地望着前方，花了好一阵子才整理好思绪，喃喃：“莫非，白夜转到咱们班了？”

“记住你说过的话，天涯何处无芳草，何必只在班里找。”南忪凛合上手中的《全班男生爱上我》，心情很好地说，“既然她入了我们E班，那就要给她举行一下入班仪式了。”

楚冬忍赶紧阻止他：“不不不，往常咱们男的自己闹闹就好了，她一个女孩子，千万不要对她这样！”

南忪凛笑着反问：“女孩子不是更要好好‘关照’吗？”

白夜扫了一遍E班的同学，并不知道这个班的人在想什么，她记得教导主任走之前叫她做自我介绍，便听话地介绍了起来：“你们好，我的名字叫白……”

一道声音突然将白夜的自我介绍打断：“谁好奇你叫什么，你转到这个班，经过我们同意了吗？”

白夜看向声音的来源，是最后一排一个留着长发的男孩子，有些眼熟，好像在军训时见过。

南波兔也直勾勾地盯着白夜，眼神很凶，他才不管好兄弟楚冬忍对白夜的维护，只想让好兄弟的粉红泡泡赶紧破灭，将情感的萌芽扼杀在摇篮里。

白夜还以为南波兔是不懂学校的转班流程，所以实事求是地回答：“教导主任批准的。”

“他批准？我可是听说，你是自愿转进我们班的。”南波兔斜靠在椅子上的身体忽然前倾，带着蔑视的目光扫向白夜的脸，“费尽心思想进我们班，你的胆子可真够大的，我也真是佩服你啊，为了接近我们，果然什么事都做得出来。”

“佩服我？”白夜怔了怔，没想到她刚来E班就被夸赞了，看来他们也不像传说中那么凶恶嘛。

“嗯，谢谢夸奖。”白夜一脸谦虚地说，“我也没什么可佩服的，胆子大是天生的。”

一瞬间，整个班都安静了下来。

南波兔更是恶狠狠地瞪了白夜一眼：“你如果缺药了可要跟我说，有病可不能不吃药啊，免得脑袋变得不好使！”

白夜没想到E班的人这么热情，不光主动关心她的身体，还想免费给她送药，这真是一个温暖的大家庭！

她赶紧回应：“谢谢关心啊，其实我不经常生病的，但你的好意我心领了，下次我生病一定找你拿药。请问这位乐于助人的同学，你叫什么名字？”

班里更加安静了，南波兔要疯了，他以为白夜是故意找碴儿，便回敬了一句：“我叫你爸爸！”

白夜点了点头，说：“你的名字真别致，不过很有个性，我叫你爸爸同学，我很高兴认识你。”

原本还安静的教室瞬间哄堂大笑起来，他们都没想到，南波兔也会有吃瘪的一天，还是如此戏剧性的结局。

纪烧简直要笑岔气：“哈哈哈，南波兔也有今天！”

石白川赶紧捂住他的嘴巴，说：“你快憋住，别笑！被兔爷听到又该发火了！哈哈哈……但我憋不住了，哈哈哈……”

“都给我闭嘴！”南波兔吼了一句。

石白川说：“好的，大哥。”

石百森说：“我听见了，大哥。”

石自溪说：“没问题，大哥。”

另一边看热闹的洪秋泽忍俊不禁道：“唉，石家三兄弟又开始贫嘴了。”

南波兔的表情更阴森了，班里的人此刻仿佛意识到他是真的生气了，空气骤然安静下来。

南波兔强压着怒气道：“你也别再跟我装傻充愣了！”

白夜不解道：“装什么？”

接下来南波兔的话让白夜更加不解：“你不就是因为喜欢钱才进我们班的吗？因为我们家里都特别有钱，所以你想来攀龙附凤，觉得我们都可以成为你的人脉？怎么，景瑛学院的普通班级已经不能满足你了？”

此时白夜才恍然大悟：“原来你们都特别有钱？”

“别跟我说你从前不知道，见钱眼开的女人。”

“我还真不知道，我不是很关注这个。”白夜越过层层目光看着最后一排的南波兔，并不畏惧此刻聚集在自己身上的种种眼神，“但我真的很喜欢钱，难道这个世界上有人不喜欢钱吗？因为我喜欢钱，所以你叫我见钱眼开的女人，我觉得没毛病，但你们有钱关我什么事，我喜欢钱又关你们什么事？”

白夜说这番话时目光很清澈，脸上也没什么表情，不仅没有愤怒之色，甚至还有些温柔礼貌。

总之，旁人听她反驳的话总觉得听出了别样的趣味，而南波兔却怒火中烧："这里不是给你装清高的地方，E班不欢迎你，你给我滚出去！"

"是教导主任让我在这里上课的啊。"白夜理所当然地回答。

南波兔依旧喷发着怒火："这个班我说了算！你给我滚！"

白夜坐在椅子上岿然不动，仿佛将南波兔当成了空气。

"你别以为我不敢对你怎么样！"南波兔忽然从座位上站了起来，极具压迫力的气场让他的前桌有些胆战心惊，心想他不会真的要动手吧？

楚冬忍赶忙过去将南波兔拦住："算了，算了，别这样，白夜不是故意的，都是误会，以后都是同学嘛，你这个样子吓到她怎么办？快给我一个面子！"

"谁跟她是同学？她配吗？楚冬忍，你放开我，也就你能被她迷成这样！没出息！"南波兔奋力挣脱楚冬忍的桎梏。

楚冬忍一边用力一边回嘴："我怎么就没出息了？好不容易咱们班能有一个女生，你就这样对待她，活该你没有女人缘！"

南波兔说："我愿意！你放开！"

楚冬忍说："不放！"

这时，南忪凛出来打圆场："算了，兔爷，犯不着因为一个外人跟兄弟闹别扭，既然她要来咱们班，就让她来嘛。"

紧接着南忪凛话锋一转："不是每个转来咱们班的学生都有一个欢迎仪式吗？"

楚冬忍没想到他并不是友军，赶紧阻止道："南忪凛，你能不能不提这个？"

南忪凛摇了摇头，说："不行哟，只有通过了欢迎仪式，我们才会承认她是这个班的人。所以，小白夜，你要参加我们为期一个星期的欢迎仪式吗？"

"你们要欢迎我这么长时间？"

南忪凛笑眯眯地回答：“对呀。”

“你们真热情，那麻烦你们了。”白夜正说着，身后的书包被南忪凛拿走了。

“让我来帮助新同学拎书包吧。”

然而南忪凛的手腕忽然一转，白夜的书包就从三楼的窗口掉了下去。

南忪凛一脸歉意地说：“哎呀，我一不小心手滑了，对不起啊，白夜同学。”

白夜认真地问：“你是故意的吗？”

“当然不是啦，我怎么可能欺负新同学呢。”南忪凛笑道。

“啊，那你的手也太滑了吧！”白夜关心地问，“书包掉了倒是没关系，只是你的手是不是有点儿问题啊？比如间歇性抽筋之类的，你还是早点儿去医院看看吧。唉，你年纪轻轻的，身体居然这样不好。”

迎着白夜同情的目光，南忪凛觉得自己好像被可怜了。他的嘴角抽了抽，心想这姑娘是真傻还是假傻？他跟她说自己不是故意的，她居然就信了？

楚冬忍替白夜生气：“南忪凛，你怎么这样！你再也不是我的好同桌了！以后我们中间画三八线吧！你永远别碰我！”

南忪凛一脸无辜地说：“你看你，我又不是故意的，真的不是故意的哟。”

楚冬忍打了他一拳，说：“也就白夜这种老实人信你这套说辞，你们怎么可以欺负老实人呢！白夜，你在这里等着，我下去给你捡书包。”

说罢，楚冬忍摇醒正在睡觉的巫岂安，说：“你还睡什么！我离开一会儿，你在这儿照顾好白夜。你们不是好‘姐妹’吗？你别让白夜被班里的二傻子们欺负了。”

巫岂安睡眼蒙眬，打了一个哈欠：“我看你好像二傻子……行了，行了，你去吧，这里有我呢。”

楚冬忍说：“嗯。”

望着楚冬忍离开的背影，巫岂安又趴在桌上睡着了，他是真的一点儿也不担心白夜。能从里世界中三番五次活着出来的人会是什么善茬儿，还用他操心？

此时，南忪凛指着那套坏掉的桌椅，对白夜说："喏，这就是你的座位了。"

可白夜看到班里还有一套完好的桌椅。

似乎察觉了她的目光，南忪凛解释道："不好意思，那是我们平时放杂物的地方，所以不能给你坐哟。"

"你们可以用那套坏掉的桌椅放杂物呀，这套桌椅是全新的，我猜这本来就是学校为我准备的吧？"白夜问。

"在这个班里，废物只能和废物为伍。"抱着臂膀的南波兔故意为难白夜，"如果你觉得自己不是废物，就去跟凌宿飞掰手腕吧，你赢了他或是坚持三十秒没有输，就可以自己选座位。"

他又换上宽容的口吻："看在你是女人的份上，那就五秒好了，若你能坚持五秒没有输，就是你赢。"

白夜正想着谁是凌宿飞，就见一个彪形大汉从旁边的座位上站了起来，身高接近两米，身上都是肌肉，比白夜高出一大截。他的阴影笼罩住白夜，音色意外像一个超出学生年龄段的大叔："我是凌宿飞。"

白夜望着他脸上的胡楂和成熟稳重的面相，说："你看上去不像高中生。"

"你别看我长得老，但我才十七岁。"凌宿飞向白夜伸出了手，"来吧。"

在 E 班学生的注视下，白夜竟然也向凌宿飞伸出手，以掰手腕的姿势握住了他的手掌。

这明明是必输的一局比试，但白夜却没有退缩，这让大家很意外。

凌宿飞反倒不好意思了，觉得自己是在跟着南波兔欺负女孩子，便道："我用左手跟你掰手腕吧，我左手的力气比右手小，而且前两天刚受过伤。"

虽然如此谦让了一下，但凌宿飞知道他不可能输。就算用受伤的左手，他的力气还是比一般人的大，他的腕力在全班男生中可是第一名，像白夜这样的女生，不到一秒就会输。

他却听到白夜说："你还是用右手吧，左手不是受伤了吗？这样对伤处不好。"

凌宿飞对白夜突然的关心感到好笑，以为她知道自己必输所以才不介意他用左手或右手，便直来直去道："哈哈，这倒不用你操心，反正和你掰手腕也用不了我多少力气。"

见凌宿飞这么说，白夜也就不劝他了。两个人的手掌交握后，凌宿飞只感觉白夜的手小小的，又白皙，被他小麦色的巨掌衬着更显娇弱可怜。

在旁边观战的弥崖忍不住感叹："唉，白夜肯定坚持不到一秒就输了。"

洪秋泽也兴致缺乏地说："南波兔只是想吓吓她，让她自己离开这个班而已，这个女人到底在逞什么强呢？就好像她能够赢凌宿飞一样。"

在大家百无聊赖的注视下，南波兔宣布比赛开始。

当南波兔的话音落下，凌宿飞便胜券在握地发力，他不喜欢磨磨蹭蹭，所以就一秒定胜负好了！跟女人比腕力，他根本不屑一顾！所以不好意思了，女人！

凌宿飞的力量如排山倒海般向白夜压来，几乎是一瞬间，就听到"啪"的一声响，一只手被按在了桌子上。

凌宿飞的大脑一片空白，不知道刚才发生了什么。

因为，那只被按在桌子上的手是他的！

凌宿飞望着自己的手，一脸茫然道："啊？"

全班同学望着凌宿飞的手腕也一脸茫然，并集体陷入了沉默。

是白夜打破了这种安静："我赢了，我可以自己选座位了吗？"

大家瞬间炸开锅了，尤其是南波兔："凌宿飞，你是不是手下留情了？！"

凌宿飞回过神，一脸委屈地说："我没有啊，我真的不知道怎么回事！"

别人却不信，都觉得凌宿飞是在怜香惜玉，任凭他怎么解释都不听，他简直百口莫辩。

凌宿飞又看了看坐在自己面前身形瘦小的白夜，始终不相信自己会输给她。他心想：难道他的手竟然伤成这样了吗？居然会输给一个女生！他明天一定要去医院好好检查！不！他现在就要去！

觉得自己的手出了问题的凌宿飞扶着“受伤”的左手，急匆匆地跑出教室。

白夜望着围观的众人，又问了一遍：“现在我可以自己选座位了吗？”

“选吧。”回应她的是南波兔沉静的声音，“你是因为侥幸才赢凌宿飞的，但既然我答应了你，就不会赖账。”

白夜很有礼貌地道谢，然后指着南波兔的座位问：“我想坐你这个座位，可以让一让吗？”

南波兔一脸震惊。但是是他发话让白夜赢了凌宿飞随便选座位的，他不能输不起，就算他怒火中烧，最后还是愿赌服输，将座位让了出来。

这可是他千挑万选的好位子，不仅视野开阔，能够纵览全班，地方也大，连桌子都是有讲究的！

“坐！给你坐！我这就搬走！我从来不骗人！”南波兔咬牙切齿地开始收拾书桌。

“你真是一个好人。”白夜一屁股坐在舒适的椅子上，间接断了南波兔将椅子搬走的想法，甚至还非常天真地回头问南波兔，“你看我干什么？哦，你需要我帮忙，对不对？你还要搬什么？我帮你。”

“不需要。”南波兔冷着脸，拿走了自己的个人物品，然后坐在角落那个孤零零的座位上，寒冷的眼刀一个劲儿扫向白夜，仿佛想一刀一刀地扎在白夜的身上。

白夜好似浑然不觉。

南波兔原来的同桌洪秋泽趴在他耳边小声说：“你放心吧，她也就今天得意一下，以后我们都不会让她好过的。尤其是我，既然她顶替你当了我的新同桌，那么我一定要好好欺负欺负她，到时候都不用我们驱赶，她自己就会待不下去，滚出这里。”

大家之所以讨厌白夜，是听纪思薇说，白夜在背后没少骂 E 班，将 E 班的学生都当成垃圾，瞧不起他们。

啧，既然她讨厌他们，硬凑过来 E 班做什么？

真觉得他们好糊弄？

洪秋泽回到自己的座位上，说：“你叫白夜吗？我很高兴当你的同桌。”

白夜礼貌回应：“我也是。”

洪秋泽又问：“你知道我叫什么名字吗？”

白夜摇了摇头。

洪秋泽摆出一副流里流气、不正经的样子，说：“你可以叫我亲爱的，来，你叫声亲爱的我听听。”

虽然这个称呼很奇怪，但白夜接受了：“亲爱的。”

洪秋泽不敢相信，心想：他幻听了吗？这女人难道不会因为被调戏而感到气愤吗？

洪秋泽捂住心脏，想着：这是女……女流氓啊！不行！他不能认输！

洪秋泽又问：“既然是亲爱的，那可以让我牵你的手吗？”

白夜怔了怔，以为这是赶在潮流前线的新兴握手方式，所以她坦然地握住洪秋泽的手晃了晃，说：“当然，我也很乐意和你交朋友，现在你是我在这个班上的第一个新朋友了。”

洪秋泽迎着白夜坦然的目光，突然感觉手心发烫，有些心虚地缩回了手，转而边懊恼自己的退缩边想着：为什么白夜表现得这么友好，连被欺负了都不知道，反而让他变得手足无措？

不行！他绝不认㞞！他绝对会让白夜知难而退的！

上完了一天的课程，白夜发现 E 班的教学进度和其他班有些不一样。刚开始她还不理解，等问了楚冬忍才知道，E 班每个人都会上自己的个人规划小课。

她不懂个人规划小课的意思，楚冬忍耐心地和她解释：“虽然还在上学，但班里大多数人已经选好了未来的就业方向，然后从现在开始努力发展自己的兴趣和特长，小课就是在补这些内容。”

巫岂安接过话：“比如说我，从小就学美术，也决定以后当一个画家，所以请的私教就是美术教师。”

原来E班的人并不是不注重学习，而是他们更注重个人职业发展的小课。

通过了解，白夜知道南波兔学的是经营管理，并且还在上拳击、武术等很多课程，甚至学了法律。

凌宿飞的父亲是曾经的拳王，他也在向这方面发展，上的都是拳击之类的课。

弥崖家里开马场，涉及赛马行业，他除了上心理分析课，还会上一些马术之类的冷门课。

楚冬忍又介绍自己：“我家里做生意，所以我正在上一些经营还有证券分析的课程。这就是我们E班，相当于国际班，教学模式也不同于其他班级，所以才让其他班觉得我们是异类。”

“好吧。”白夜现在觉得自己才是异类，是E班中的异类，她想着E班其他人都在为了自己的未来而奋斗，她却不知道未来自己能做什么，就拿起习题册做了起来。

楚冬忍看着白夜的样子，摸了摸裤兜。他因为上次考试没考好，被他妈减掉了不少零花钱，现在裤兜里只有几十块钱。他摸了摸仅剩的钱，噔噔噔地下楼了。

等他再回来的时候，手里捧着一盒炒酸奶。他将炒酸奶放在白夜的课桌上，说：“我请你吃这个，你来E班的第一天，要开开心心的！”

“我没有不开心啊。”白夜抬头望着楚冬忍，“谢谢你，有炒酸奶我就更开心了。”

望着嘴角微微翘起的白夜，楚冬忍的心也暖了起来，心想：E班很古怪，她来后，班上的人对她也不是很友善，如果她没有不开心就太好了。

白夜边吃炒酸奶边问他：“你为什么只给我买了炒酸奶？你没

钱了吗？”

“怎么可能！我有的是钱！”楚冬忍马上道，“我只是……不喜欢吃炒酸奶。”

白夜吃着炒酸奶，看着楚冬忍为了买炒酸奶来回跑动出的一身汗，便举起酸奶杯，叉起一片炒酸奶递向楚冬忍：“你尝尝？其实它很好吃。”

“不……不用了。”楚冬忍有些不好意思。

白夜说：“但你一定很热吧？热得脸都红了，还是吃点儿它降温吧。”

感受到唇边的凉意，楚冬忍嗷呜一口吞下白夜喂过来的炒酸奶，心想：平生第一次有女孩子喂他吃东西啊！啊——他超幸福！

被白夜接连投喂了几口炒酸奶后，楚冬忍觉得自己飘起来了，就这样晕乎乎的，直到班里的其他人回来，他发现他们此时都光着大膀子。

楚冬忍指着他们说：“你们怎么不穿衣服？”

“我们去上搏击课了，只是太热脱掉上衣而已，我们又没脱裤子。”南波兔和众人一身汗味，拥进班里。

“平时热怎么不见你们脱得这么整齐？”楚冬忍知道，这些人都是故意的！他们想让白夜这唯一的女孩儿感到不自在！

白夜的目光正落在一群光膀子的男同学身上，应接不暇。

楚冬忍赶紧挡在白夜身前，说：“白夜，你别看！他们……他们要流氓！”

白夜赶紧低下头，说：“啊！我不看，我爸说不能占别人便宜。”

洪秋泽走到白夜旁边，说：“同桌，同桌？这天多热啊，我们都把上衣脱了，你怎么连外套都不脱啊？”

白夜绅士地别过脸，说：“我不是太热，谢谢呀。”

洪秋泽坚持不懈地说：“你害羞什么啊，来，你抬头，看看我的胸肌怎么样？”

白夜瞟了一眼，说：“挺好的。”

洪秋泽继续要流氓：“你要不要多欣赏一下？”

白夜摇头道："不用了，我爸说一直盯着人家看不礼貌。"

然而白夜的话还未说完，洪秋泽直接就抓起白夜的手按在自己的胸肌上，说："你客气什么！"

洪秋泽调笑般看着白夜，却发现白夜并没有露出害羞的神情，或者说，她依然没什么表情。

白夜见盛情难却，就夸奖了一下洪秋泽："嗯，你的胸肌确实练得很不错，肉质紧实，肥瘦适中，鲜嫩多……"

"得了！你以为自己在形容鸡胸肉吗？"洪秋泽情不自禁红了脸，触电般放开了白夜的手，心想：明明是自己先出手要流氓，为什么每次自己对白夜的捉弄都以失败告终？

白夜见到洪秋泽的反应，有些不确定地将手缩回去擦了擦："以我看过多本言情小说的经验……你刚才不会是在勾引我吧？"

"滚！我才没有！"洪秋泽彻底破功了。他赶紧拿起衣服穿上，不知为什么，他感觉好憋屈啊！

……

晚上放学后，白夜给白洛风打了电话："爸，我转到E班了，一切都挺好的，你不用担心，同学们都挺和善的。尤其他们今天还都脱了上衣在班里晒太阳，这让我仿佛看到了曾经在山里裸奔的自己，很亲切。"

白洛风赶紧规劝她："你可不要学他们，女孩子不要随便在外面脱衣服，这是城里，可不是山里。"

"嗯，我知道，你教我的我都没忘。对了，爸爸，小说里写碰了别人的身体就要对别人负责，这是不是真的？"

"虽然小说是瞎说的，但你也不许随便和别人肢体接触！你的翅膀硬了吗？你想碰谁？"电话那边传来白洛风暴躁的声音。

对于白洛风的间歇性暴躁行为，白夜已经习惯了，她回道："我没有，爸，我没有。"

"没有就好。"电话那边的声音再次变得温柔似水，"爸爸只是怕你这个乖乖被人骗了，爸爸很关心你。"

"嗯，我知道的。对了，爸，这个月的生活费……"还没等白夜问完，对面就挂断了电话。

白夜拿着手机陷入深思：她家就这么穷吗?

与此同时，楚冬忍也在给自己的父亲打电话："爸，我跟你商量一件事，我这个月的生活费你能不能偷偷给我多打点儿，别让我妈知道……"

"嘟嘟嘟……"楚冬忍也被父亲无情地挂掉了电话。

……

第二天，楚冬忍给白夜带来了一本崭新的笔记本："这是昨天我的英语私教给我讲的重点内容，我第一次认真做笔记。刚买的本子，所以没写几页……字也不好看，嗯……你随意看吧。"

"谢谢，为了下次考试，我正需要这个。"白夜很感激楚冬忍的雪中送炭，"而且你的字很好看。"

楚冬忍突然感觉全身充满了动力，说："哈哈，那我以后每天都给你带抄写笔记，让你欣赏下我的字！"

就这样，两人愉快地约定好了。

当天晚上，楚冬忍的爸爸就接到了英语私教的电话，听语气还以为楚冬忍又闯祸了。

结果经老师仔细一说，楚冬忍不仅没闯祸，还虚心请教老师问题，甚至认真做起了笔记。

挂掉电话后，楚冬忍的父亲陷入沉思，难道是孩子开始懂事了?

不知不觉，今天已经是白夜来E班的第四天。这几天在白夜看来是过得平平静静，但在E班其他人看来却暗流汹涌。

此时白夜正在翻书包，翻完书包翻抽屉，疑惑地问道："咦?同桌，你看到我的笔记本了吗?"

洪秋泽表示没看见，但白夜明明记得她上厕所之前把笔记本放在桌子上了，为什么突然消失了呢?算了，她找楚冬忍重新借抄写笔记，然后重抄一遍吧。

结果当白夜再次出门归来，却看到自己的笔记本被撕成一片一片，撒在她的桌椅上。

“谁弄的？”白夜问。

班里的同学纷纷表示不知道。

洪秋泽催促白夜：“喂，同桌，这些纸碎片撒在这里很影响班级整洁，麻烦你一片一片把它们捡起来，行吗？”

“哦，好，我这就捡。”白夜低头捡着纸碎片，虽然她依旧是面瘫般的表情，但眉毛却皱了起来。

南波兔见终于让白夜吃瘪，心里舒爽了。

白夜却突然问：“我说，咱们班是不是发生过什么怪事？”

“啊？”洪秋泽没想到白夜竟然丝毫没怀疑是他们做的，而是怀疑有怪事发生！

洪秋泽笑了一声，赶紧答道：“对对对，有怪事，这些都是一股神秘力量弄的。”

白夜觉得自己的体质特殊，怕连累身边的人，就说：“如果你们遇到了什么怪事，千万要跟我说，我爸也懂一些这方面的东西，或许可以帮上你们，他很厉害的。”

看着白夜认真的表情，班里的人哄堂大笑：“哈哈哈，白夜，你可别逗了，一本正经地装神弄鬼，我的天哪。”

洪秋泽也憋不住笑，心想这姑娘不是脑子有问题吧？如果脑子没问题，那就是在装傻！

洪秋泽一转头，却诧异地看着自己的桌子：“你们谁踩我的桌子了？我的桌子上怎么都是泥巴！”

凌宿飞觉得洪秋泽是神经质，说：“大家都在这儿坐着，谁踩你的桌子啊？”

洪秋泽觉得肯定有人故意把泥巴放在他的桌子上，明明在白夜回来之前这张桌子还是干净的。

想了想后，洪秋泽看向白夜，说：“好呀，你都知道报复了，是不是？”

见到白夜一脸无辜，洪秋泽更火大了：“你别跟我装傻！我陪着你演了几天同桌，你还真把自己当回事了？”

说罢，洪秋泽一把将白夜的文具掀翻在地：“你再敢捉弄我，我就把你的头按在土堆里！”

“有没有可能刚才有其他东西站在你的桌子上，土是从它身上掉下来的呢？”白夜问。

“你少吓唬人，把我当小孩儿耍吗？”洪秋泽依旧怒气冲冲的。

刚回来的楚冬忍正好看见这一幕，他赶紧挡在白夜身前，将洪秋泽推开：“洪秋泽，你对一个女孩子发什么疯？”

“楚冬忍，你别在这里装好人！”洪秋泽指着楚冬忍道，“你推我干什么？想打架吗？”

随即两人还真一言不合打了起来，而旁边的人淡定地围观，仿佛见怪不怪了。

凌宿飞说：“你们猜他俩这次谁先喊停？”

苑山光说：“我猜洪秋泽，他爆发力强，但持久力不足。”

弥崖说：“我也猜洪秋泽，也不知道楚冬忍这打架揪头发的行为是跟谁学的。”

白夜淡定地捡起文具，然后偷偷问藏在裤兜里的门觉：“刚才怎么回事，真有其他东西进来了吗？”

“应该不是那种怪力乱神的东西。”门觉答道，“但刚刚我确实感觉到一股很强烈的气息围绕在你身边，像是一种未知的磁场。”

门觉又补充了一句：“其实，整所学校的磁场都不太对劲。学校当初发生过怪事，校长还找你爸做心理治疗，这里面一定有问题。”

此时，打完架的楚冬忍和洪秋泽浑身是汗，不约而同地走向卫生间洗脸。

洪秋泽指着自己胳膊上的红印，说：“你看你给我打的！居然还挠人，恶不恶心？”

楚冬忍一脸骄傲地回答：“这叫女子防身术，是我的武术特色！”

两人叽叽歪歪、骂骂咧咧地洗完脸，楚冬忍先离开了卫生间。

这时，洪秋泽的电话响了，那边传来南波兔的声音：“你去学校图书馆四楼找我。”

“校图书馆那么远，咱们去那里干什么？”洪秋泽一脸疑惑地问道。他边讲电话边往杂物间走，忽然反应过来，他拿的是最近买的手机。新手机里装的是他新买的备用电话卡，这个号码他还没来得及告诉任何人，南波兔是怎么知道的？

洪秋泽看了一眼来电显示，发现屏幕上没有显示任何号码。

一瞬间，洪秋泽只感觉脊背发凉，他对着电话那边问：“那个，兔爷，真是你吗？”

“是我啊，你赶快过来吧。”电话那边的人答道。

但洪秋泽突然觉得，电话那边的声音有点儿诡异。

洪秋泽停下脚步，对着电话那边的人问：“等等，虽然你的声音和兔爷一模一样，但你知道我最喜欢的颜色是什么吗？”

电话那边的人答道：“紫色。”

洪秋泽露出胜利的微笑：“错！傻子南波兔根本不会在意我喜欢什么颜色！”

电话那边的人顿了顿，又说：“我真的是南波兔。”

“哈哈，刚刚你又上当了！”洪秋泽大笑，“如果你真的是南波兔，那我骂你傻子的时候你一定很生气才对！”

“你到底是谁？找我打架的吗？居然卑鄙到用这种方式骗我过去！你等着，我这就带着兄弟们过去揍你！”

嘟嘟嘟，对方挂断了电话。

“小样，被我吓怕了吧。”洪秋泽想看看到底是谁在捣鬼，便翻看了一下通话记录，但页面却是一片空白，就像从来没人给他打过电话一样。

咦，什么情况？他刚才出现幻觉了？

洪秋泽赶紧回教室找南波兔，却发现南波兔就在班里，根本没给他打过电话！刚才的人果然是冒充的！

他开始合理推论电话那边的人一定是一个很厉害的黑客。

南波兔也合理推论：“自从李叔走后，我哥接管的生意一直不太平，我怀疑有其他人在暗地里找我哥的麻烦。”

最后南波兔和洪秋泽得出结论：“男孩子出门一定要小心才行！”

图书馆里，钟声在响，嘀嗒嘀嗒。

安静的走廊里传来由远及近的声音，嗒嗒嗒嗒。

纪思薇在安静的图书馆四楼四处寻觅："喂？爸，你不是说让我来图书馆四楼找你吗？你怎么不在啊？而且你的手机号怎么显示的是未知来电？你到底在用什么软件给我打电话啊？"

纪思薇停下脚步，环顾四周，突然听到身后传来下楼梯的声音。她猛地一回头，一张满是皱纹的脸出现在她的视野里，将她吓得倒退几步："啊——"

"小姑娘，你来看书吗？"对方耷拉的眼皮下夹着小小的眼睛，看起来就像没有瞳孔。

"你是谁？" 纪思薇觉得对方的脸实在恐怖极了。

"我是这里的图书管理员。"对方答道。

"图书管理员不是赵姐吗？难道她辞职了？"纪思薇一脸疑惑，扫了一眼后面，"对了，你有看到我爸吗？就是这里的校长。"

等纪思薇回过头，却发现那个老人不见了。

她心想：他怎么走得这么快？这么大岁数，腿脚还挺利索的。

这时，最里面的书架处有人在叫她："思薇啊，思薇。"

纪思薇听出是她爸的声音，便将那奇怪的图书管理员抛之脑后，回道："爸？你跑到那里面干什么？"

里面的声音传来："思薇，你站在那里不要动，去帮我拿点儿东西。"

纪思薇问："拿什么？"

那道声音指挥着她："在第五个书架，往右数第四格，往下数第七格，那里有十五本书，从左到右，你把第八本书拿出来。"

纪思薇顺着位置找了过去，发现那排书架被护栏围了起来，并且写着"禁止进入"。但她爸爸是校长，这种禁令她当然不在乎。紧接着她发现她爸要的那本书还挺难找，因为这排书架很高，需要她踮脚才能够到，一般人就算能进来也不会伸手拿上面的书的。

当她把书拿下来，发现这书没有什么内容，是空白的，而书里有一页贴着一张红纸。

这时那道声音又催促她撕下红纸。

纪思薇再次感到困惑："为什么要撕红纸？而且这本书怎么是空白的啊？"

但因为是父亲的交代，纪思薇还是慢慢将红纸撕了下来。

"等等啊，爸，我这就把书给你送去。"纪思薇拿着刚撕下来的红纸，拐到最里面的书架，发现这里是一个死胡同。

只有一个入口，没有出口，里面一个人都没有。

"咦，爸，你去哪儿了？"纪思薇见里面没有人影，环顾四周找父亲，"爸，你不要这红纸了吗？"

说话间，纪思薇将握着红纸的手一抬，却发现红纸不见了。

纪思薇的思维停滞了两秒，开始怀疑自己的记忆，她越想脑袋就越是一团糨糊。

"这不是思薇吗？你在这里喊什么呢？"一道熟悉的声音叫住纪思薇。

纪思薇回头一看，正是之前的图书管理员赵姐，她愣怔地问道："赵姐，原来你还在啊！刚才有一个老爷爷自称是图书管理员，我还以为你辞职了呢！"

赵姐疑惑道："什么老爷爷？今天只有我在值班啊。因为四楼有点儿冷，所以我平时都不怎么来四楼的。"

纪思薇只觉得刚才经历的事太诡异了，有些后怕地问："那我刚才看到的人是谁？"

这时赵姐看到纪思薇手里的书，认出这本书是从角落的那个黄架子上拿的，有些急切地将书拿过来放回原处，随后看向纪思薇，语气就像在责备小孩子："那个架子上的书一个字都没有，你碰它们干什么啊？"

纪思薇从没见过赵姐这个态度，便问："为什么不能碰？"

赵姐解释道："因为那些不是给人看的书，所以才一个字都没有！之前有人来咱们学校看过，在这些书中藏了一张红纸，说是可以用来破势，清除负面磁场，反正你爸特意交代了我，让我管好那排书架。"

纪思薇喃喃："可……可就是我爸告诉我，让我去帮他拿这本书，还让我撕下书里的……等等，我只听到声音，没看到脸……难道不是我爸？”

想到这里，纪思薇的脸都吓白了。

这时走廊尽头响起咔嚓咔嚓声，停在四楼的电梯开了又关，之后自己动了起来，仿佛有什么东西乘着电梯下楼了。

……

此时的食堂里，楚冬忍用饭卡点了一桌子菜，然后对白夜说：“你还想吃什么？跟着我……混，保准你吃香的喝辣的。”

白夜摇摇头，说：“够了，我爸说不能浪费粮食。”说着，白夜又吃完了一碗米饭。楚冬忍看着白夜的食量，总觉得自己点少了。

洪秋泽也来到了食堂，他调侃道：“哎哟，你们在这里约会呢？伙食挺好啊。”

楚冬忍的脸立马红了起来，说：“约……约什么会，你别瞎说！”

洪秋泽继续试探楚冬忍的忍耐力：“小伙儿还挺羞涩的，介不介意我坐下来跟你们一起吃饭啊？”

楚冬忍满脸都写着介意，洪秋泽却当没看见一样揽住他的肩膀：“都是兄弟，别这么小气，而且白夜也是我的‘同桌’呢。”

就在洪秋泽努力要贱时，走过来的南波兔冷冷地说了一声：“秋泽，走了。别人穷到需要蹭饭吃，我们可不需要。”

洪秋泽站了起来，也阴阳怪气起来：“是啊。穷人不要起脸来，真是什么事都干得出来，为了几口饭就能折腰。”

楚冬忍听不下去了，他赶紧帮白夜解释：“白夜没有蹭我的饭吃，是我自己要请客的！花钱也是我自愿的！”

南波兔决定对楚冬忍好话说到底：“是，我那聪明睿智的老父亲曾经也是这样‘自愿’被女人骗钱的，后来他死了，女人也卷钱跑路了，所以我最讨厌这种女人了。”

楚冬忍无奈道：“你是不是对白夜有偏见？”

南波兔觉得他叫不醒一个傻子，在他眼里，楚冬忍就是被骗还帮人数钱的蠢货。他不耐烦地放弃了与楚冬忍沟通：“走了，洪秋泽，我们需要给楚冬忍好好留下被骗的空间，等他连底裤都被骗掉的时候，才知道回头。”

洪秋泽这次没有第一时间回应南波兔，而是紧盯着一个方向。他问南波兔和楚冬忍：“等等……你们有没有看到那边站着一个没有头的人？”

没有头的人？这句话让楚冬忍和南波兔听得一愣，心想洪秋泽是在恶作剧，想吓唬他们吗？

洪秋泽的声音却急切起来：“那边，就是自动贩卖机那里啊！你们真的看不到？”

南波兔摇了摇头，那里明明什么都没有。他问：“洪秋泽，你是在跟我开玩笑吗？”

洪秋泽的嗓子发紧，似是要尖叫出来：“我没开玩笑！那个人全身黑漆漆的，是一个人的形状，但没有头！我不会看见什么不干净的东西了吧？”

白夜回过头，看向洪秋泽所说的位置，那里站着一个黑影人，是专门跟踪“神”“狼”，负责将玩家拉入里世界的。

白夜望向洪秋泽，有些意外地问：“你能够看到它吗？”

洪秋泽诧异地回望白夜：“难道你也能看到那个黑影？”

白夜没有回答他的问题，而是反问道：“你的手掌上有没有一个六芒星的标志？”

洪秋泽一脸迷茫，抬起手掌确认了一下：“没有啊，我的手上怎么会有六……我的天！怎么真有一个六芒星！什么时候出现的？”

南波兔凑了过来：“在哪儿呢？我怎么看不见？”

洪秋泽举着颤抖的手掌，说：“你看不到吗？很明显啊！手掌中间有一个大大的六芒星！”

南波兔的嘴角抽了抽，总觉得现在大家正合伙来骗他。

洪秋泽举着自己的手，左右横跳：“我这是怎么了？难道我是被黑暗之神选中的人？我成了它第八十八代暗黑传人？”

南波兔实在忍不下去了，说：“我看你是被精神病医院选中的人，你这是抽什么风？”

“不是抽风啊！我真的看到了一些很奇怪的东西！”洪秋泽抓

住白夜这个唯一懂他的人，“不信你问白夜！她也看见了！”

白夜却表现得一脸茫然：“嗯？你说什么？我什么都不知道。”

洪秋泽知道白夜肯定在装傻，她刚才可不是这么跟他说的！

白夜拉了拉楚冬忍，想要离开，洪秋泽却着急地拦住她：“等等，你别走啊！跟我说清楚！”

白夜说：“人太多，不方便说。”

洪秋泽马上掏出手机，说：“好！那你把你的电话号码给我，咱俩晚上说。”

白夜点了点头，两人就这样交换了电话号码，仿佛之前的针锋相对和阴阳怪气只是意外。

刚刚发生的一切让楚冬忍感到云里雾里，此时他见洪秋泽竟然要了白夜的电话号码，还要和白夜晚上聊天，顿时产生了朋友要被抢走的危机感：“等等，这是什么情况？你俩晚上到底要说什么？”

白夜解释道：“也没什么，就是一些关于我们两个人的私事。”

楚冬忍更加不爽了：“什么？你们有什么私事？你们同桌的这些天到底都发生了什么？”

白夜一脸坦荡道：“真没什么，就是他有时候会让我欣赏胸肌什么的。”

楚冬忍尖叫道：“啥？”

下一刻，楚冬忍和洪秋泽又开始扯头发，楚冬忍一边扯一边骂洪秋泽：“我拿你当兄弟，你就是这样对我的？你在游戏里抢我的人头就算了，在班里还要抢我的……”骂着骂着，楚冬忍简直要委屈得哭出来，他和白夜都没晚上通过电话呢！

洪秋泽边挣脱楚冬忍薅他衣领的手，边反唇相讥：“你冷静一点儿！你有毛病吗？你看南波兔多淡定，他就一点儿都没误会我，不像你，跟一个蠢货一样。”

洪秋泽转头看向南波兔，想得到南波兔的一些支持，却发现南波兔正一脸震惊并嫌弃地看着他。

洪秋泽有种不祥的预感：“兔爷，你不会也……”

南波兔的嫌弃简直要溢出来了：“我真是服了你们两个人！我

说你俩上午为什么打架呢，原来是为了这个女人啊！一个这样的女人，倒贴我都不要，你们竟然为了她争风吃醋。”

完了！南波兔真误会了！

洪秋泽推开楚冬忍，说：“兔爷，你等等我啊，事情不是你想的那样！你听我解释！”

他刚要去追南波兔，忽然想到电话号码还没要到呢，于是赶快回头存好了白夜的电话号码。

还没走远的南波兔一回过头，就看到低头和白夜要电话号码的洪秋泽，他撇了撇嘴，心想：啧，男人，前一秒还说来追他，后一秒就丢下他往女人身边凑。

南波兔瞬间觉得自己看破了红尘，再也不相信兄弟情了。

等要完电话号码，洪秋泽一回头，发现南波兔走远了，南波兔竟然没等他。于是在追上南波兔后，他又对南波兔解释了一通，但南波兔始终不相信他见到一个黑影人的事情。

后来洪秋泽放弃了，他想：今夜，他是一个被误会背叛组织的可怜男孩。

晚上放学后，白夜回到寝室，她因为白天见到黑影人的事问门觉：“今天那个黑影人应该不是来找我的吧？因为距离我们上次从里世界出来还没过多久，还没到下次去里世界的时间。”

一般离开里世界后，要过两个星期左右才会再遇见黑影人，而现在她才出来不到一个星期。

门觉点了点头，说：“嗯，那个黑影人应该是来找洪秋泽的，洪秋泽应该是刚刚觉醒的玩家。”

他们都不知道被选为“神”“狼”的条件是什么，这时洪秋泽忽然被选中让他们感到很意外。

他们不知道这场游戏到底是为了什么而进行，但这场游戏背后，一定有一种力量或规则操纵着一切。并且六芒星空间的石壁上，“神”“狼”的位置还没有被完全认领。

两人正分析着，洪秋泽的电话打了进来。

白夜一接通电话，洪秋泽就开门见山地问："白夜，白天我看到的那个东西到底是怎么回事？"

白夜问："现在你还能看到那个没有头的黑影人吗？"

"能！"洪秋泽的语气比起白天稳定了一些，"它就在我宿舍楼下站着，一动不动。"

白夜以过来人的语气告诉他："不，它并没有一动不动，而是在慢慢接近你，时间过得越久，它接近你的速度就会变得越快。当它触碰到你，你就会在当天晚上进入游戏，出现在另外一个世界。"

洪秋泽感觉白夜说得十分抽象，就像在讲什么天方夜谭："游戏？什么游戏？"

白夜慢慢将自己所知道的事跟洪秋泽讲了一遍。

洪秋泽听得懵懵懂懂："哈？你说的这些事也太夸张了吧！简直有违科学发展观！而且你说能被黑影找到的人一定有玩家身份什么的，那我是什么身份啊？"

白夜给洪秋泽慢慢解答："你把带着六芒星的手掌放在眼睛上试试，我听说这么做可以看到一个特殊空间，那个特殊空间里立着一面石壁，你最先触碰到石壁上的哪个图案，就会变成什么身份。"

洪秋泽半信半疑道："啊？真的？那我去试试。"

洪秋泽说完这句话之后便没了声响，电话那头死寂一片，白夜叫了好几声都没反应。

这时白夜的微信响了，是她爸白洛风找她。

白洛风的消息像是子弹一样发射过来。

白洛风："我给你打电话为什么占线？"

白洛风："你大半夜给谁打电话呢？男的女的？"

白洛风："你不怕电话欠费，我联系不到你吗？"

白夜直觉这个时候不能让白洛风知道和她通话的人是男同学，便回复消息："我给 10086 打电话呢，爸，我这就给你打电话。"

白夜挂掉洪秋泽的电话，给白洛风拨了回去。当白洛风接了电话，白夜便问："爸，你是不是准备给我转生活费了？"

电话那边的白洛风沉默了几秒。

等再开口时，白洛风用诱哄的语气说道："好闺女，帮爸办一件小事，完事之后我给转好多好多生活费。这件小事是关于你们学校的。"

白夜正想着学校里能有什么事需要她帮忙，白洛风那边就已经开口说了起来："就是吧，当初在开发那片区域时，工程队在地下发现了一口百年棺材，里面堆叠着大小不一的四具尸体，挤得像罐头一样。"

白夜打断他："爸，你能不能别形容得这么具体，现在可是晚上，你把我说得都想吃罐头了。"

白夜谴责着白洛风的"深夜放毒"，她最受不了有人大半夜跟她提美食。

白洛风也知道她是什么德行，顿了顿，吞下将出口的脏话，继续像一个耐心温和的父亲般解释着："简而言之，你们学校就是因为那件事发生了很多异常现象。"

白夜说："这我知道。"

白洛风说："我之前去你们学校看过，那里的地脉磁场存在异常波动，我就想了一个办法调节或屏蔽磁场，但被一个不长眼的小崽子破坏了。之前的办法已经不能用了，现在整个学校的磁场大乱，会导致学校里的人人心浮躁，产生抑郁、愤怒等负面情绪，并激发他们心中的恶念。"

白夜捧场道："哦，好可怕，这里不能没有我的父亲。"

白洛风点头道："总之，你们校长刚才联系了我，说如果我能解决这个问题，他就会支付丰厚的报酬。你要帮我赚到这笔钱吗？"

白夜学会了和抠门的父亲讨价还价："那我有什么好处？"

白洛风还是一如既往抠门："等赚到钱，我带你去吃自助餐。"

提到自助餐，白夜成功心动了："那我能帮上什么忙呢？你是心理咨询师，还精通那么多领域，而我什么都不会。"

白洛风说："你们学校的磁场本来已经回天乏术，但现在，我想到了一个绝妙的方法，就是带你去旅游，你开不开心？"

白夜说："啊？开心！那爸爸，我们要去哪里呀？"

白洛风说："百年前的世界。"

白夜对白洛风的话有些不理解，人怎么能回到百年前，难道有时光穿梭机吗？

电话那边传来白洛风不疾不徐的声音："虽然在现实里无法改变它百年来形成的磁场，但我们可以回到那口棺材入土前的时空节点，只有弄明白棺材为什么会出现在那里，解开了症结，才能彻底消除棺材对磁场的影响。"

"可是爸爸，你知道怎么去百年之前的世界吗？"白夜问出这句话后忽然灵光一闪，有些不确定地问白洛风，"难道，你说的百年前的世界是里世界？"

电话那边传来白洛风认可的声音："我闺女真聪明。"

白夜诧异道："爸爸，你怎么也知道里世界？转学之前我寝室的人都遭遇了不测，我对你说我去了另外一个世界，你马上就信了，难道那时你就知道了里世界的存在？"

白洛风说："是的，我早就听说过去里世界的方法，只不过我觉得没必要告知你，就没有和你说。"

白夜觉得白洛风知道的肯定没有自己多，毕竟她才是真正去过里世界的人，便对白洛风说着自己知道的信息："据我所知，一场游戏中集齐'神''狼''平民'这三种身份才能开启那个世界。"

白洛风听完后却笑了："什么'神''狼'，还游戏，你觉得这是一场游戏？"

白夜说："不是游戏，那是什么？"

白洛风的声音温和："算了，你姑且这么认为吧。"

白夜突然觉得爸爸好像比自己知道的还多，但他就是不和自己说。自己的父亲竟是"谜语人"！

白夜试探地问："爸，每隔一段时间就会有一个黑影人把我拉进里世界，你知道那是什么吗？"

白洛风随意地答道："哦，你遇见的那个叫'引路人'。"

白夜说："爸，你怎么知道得这么详细啊？你是不是有事情瞒着我啊？"

白洛风说："怎么会呢，你可是我的法定继承人啊，我瞒着你干什么。"

白夜说："你真的没有瞒着我什么吗？"

白洛风说："你天天坑爹，你见我坑过你吗？"

白夜觉得白洛风说的话也有道理，便和他约定明晚通过在手心画六芒星的方式在里世界父女团聚。

然而想准确到达棺材所在的世界，身边必须有和棺材相关的媒介。白洛风那里有一瓶埋棺之地的开棺土，可以晚上睡觉时放在枕边当成媒介使用，但白夜需要去当初挖出棺材的位置睡一觉。

谁家老爸会让自己女儿去挖棺材的地方睡觉啊？

白夜头大地问："那个位置现在在哪里？"

谁知白洛风吐出了令她意外的四个字："男生寝室。"

白夜心想：难道她要夜闯男生寝室？

白洛风继续给白夜出馊主意："你只要在男生寝室的厕所里睡觉就好了，厕所里没有人。"

白夜坚决拒绝："不，我不要。"

白洛风劝道："难道我会让你和男生寝室的哪个臭小子睡一个房间？这坚决不行！你听爸爸的话，睡厕所吧！就这么愉快地决定了，晚上你别忘记锁厕所门啊！"

白夜："……"

白夜心中是拒绝的，直到挂掉白洛风的电话，她心里依然都是睡厕所的恐惧。

这时，一段急促的铃声分散了她的注意力——是洪秋泽打来的电话。

刚接通电话，洪秋泽就和猩猩一样高声号叫："白夜！白夜！你知道我刚才看到了什么吗？"

都不用白夜问，处于亢奋状态的洪秋泽就开始如竹筒倒豆子般说了起来："我用带着六芒星的手罩住眼睛后，眼前竟真的出现了一面墙壁！上面有很多不同的图案，然后我就随便按了一个。我按下去后，那个图案就亮起来了，原来你说的都是真的！"

白夜好奇洪秋泽所选择的图案代表什么身份。

洪秋泽告诉她：“图案亮起来后就显示了名字，写着‘守卫’两个字。”

白夜问：“‘守卫’？这个身份有什么能力？”

洪秋泽继续道：“我正要跟你说呢，自从我按亮这个图案后，脑袋中就多了许多信息，那些信息告诉我，‘守卫’可以通过拥抱别人的方式，和被拥抱者一同进入虚无状态。”

他继续和白夜解释什么叫虚无状态：“比如我拥抱了你，别人就看不到我们了，而且也攻击不到我们，他们的攻击会从我们的身体穿透过去。虚无状态下，我们就像透明的烟一样。”

白夜由衷地夸赞：“咦，你这个能力很厉害，怪不得名字叫‘守卫’，很适合保护人。”

洪秋泽在电话那边挠挠头，说：“不，其实也不怎么厉害，因为我每天晚上只能选择守护一个人，而且‘守卫’不能守护自己……最重要的是，想进入虚无状态，我必须抱着被保护的那个人不撒手，并且要全程憋气，如果我撒手了，或者没憋住气，虚无状态就会被解除。”

原来洪秋泽能保护别人多长时间，取决他能憋多长时间的气，白夜忍不住找漏洞：“那要是憋不住换了口气，还能接着憋吗？”

“可以，但是有个条件。”洪秋泽告诉她，“我无法在别人的注视下守护一个人。”

也就是说，他要守护谁，得偷偷摸摸地抱，如果有人看见了，守护就会失效。

白夜又觉得洪秋泽的能力不厉害了——在被追击的危急时刻，他根本没法儿在追击者的眼皮子底下发动能力。

这是一个只适合慢慢苟活的能力。

洪秋泽在彻底相信白夜的话后忍不住问她：“不过，你说的那个世界真的有那么危险吗？真的会死人？”

白夜正思考怎么去男生寝室的事，没空给洪秋泽充当“新手教程”，她想挂掉电话，洪秋泽却缠着她，化身成磨人的小妖精。就算她挂断电话，洪秋泽的消息还是一条一条发过来："白夜姐姐带带我。"

洪秋泽："小新人求带。"

洪秋泽："今天你带了我，明天我就拿你当真同桌，再也不欺负你了！"

看到这句话，白夜忍不住回复："啊？你什么时候欺负过我？"

洪秋泽发去一个问号。

他心想：难道之前他那些行为在白夜眼里都不算欺负吗？是他的捉弄太幼稚了，还是白夜太包容了？或者她根本没将他当回事？

白夜突然想到怎么去男生宿舍住了，她回复洪秋泽："其实带你也可以的，因为最近我也要去那个世界，但是，明天你必须让我去你的宿舍住。"

洪秋泽大惊失色，回复："你要来我宿舍住？等等，你想对我干什么？难道让你带我一次还有条件吗？"

白夜仔细思考了一下，回复："我觉得你的提议很不错。"

宿舍里，洪秋泽按住小心脏，心想这女的到底是什么意思？

但他还是要和手机那边的白夜说清楚："你这是和我同桌几天处出感情了？我……我告诉你，我对你可没感情，你别胡思乱想！"

白夜看着洪秋泽发过来的小作文陷入思索，然后小心翼翼地说："你要是没有请我吃烤肉的条件，那我也可以吃别的。"

洪秋泽沉默了一阵，忽然爆发："啥？你指的是吃肉？吓我一跳！真浪费感情！"

白夜一脸困惑，回复："浪费什么感情？"

洪秋泽："没啥！"

真是青春悸动喂了狗！

洪秋泽在心中骂了一万遍，然后又忍不住问："所以你为什么要晚上来我寝室住？"

白夜朴实无华地回答："因为我不想睡厕所。"

洪秋泽一连发去三个问号。

白夜临睡前嘱咐洪秋泽："明天你找时间去碰一下那个黑影人，

然后晚上别忘记给我留门。”

洪秋泽强烈拒绝：“明天早上我直接把寝室钥匙给你，你自己过来住！”

第二天，楚冬忍发现，洪秋泽对白夜的态度变好了。

南波兔发现，洪秋泽居然还在上课时跟白夜说悄悄话。

这男人坏得很！楚冬忍和南波兔同时想。

下课后，自动贩卖机处，两人找到了洪秋泽。

楚冬忍先发制人：“洪秋泽，你现在和白夜到底是怎么回事？！实话告诉我！”

南波兔单刀直入：“你前两天还和我们一起同仇敌忾讨厌她，今天下课却主动给她让位置，这是怎么回事？”

洪秋泽的脑袋疼，说：“啊？你们俩怎么这时候过来了啊？我现在还有事呢，你们等等啊。”

洪秋泽想抽身，楚冬忍却拉住他的手，沉痛地说：“你不用紧张，我只是想问问情况，如果白夜也是真心的，那我……我就祝福你们。”

抱着胸口立在一边的南波兔也走了过来，他拍了拍洪秋泽的肩膀：“我其实也没怪你，大家都是兄弟，虽然我讨厌她，但我尊重你的想法。”

但南波兔还是忍不住劝兄弟：“不过她那种女人通常都不会相处得长久，我不希望你被骗，所以不赞成你继续下去。”

洪秋泽要绷不住了，说：“你们都想哪儿去了，你们真的误会了……啊！它过来了！”

“什么过来了？”楚冬忍向后一看，却什么都没有。

真奇怪，洪秋泽最近总是一惊一乍的，他到底在看什么啊？

楚冬忍见洪秋泽仰着头，好像在看一个很高的东西。

洪秋泽面色不好地说：“没什么……我们回班里吧。”

南波兔也觉得洪秋泽很反常：“你不是说有事要办吗？”

“已经办好了。”洪秋泽面露担忧，自言自语，“不过它碰到我之前先碰到了你们……被它碰到应该没什么问题吧？”

一路上洪秋泽都在观察楚冬忍和南波兔，见两人没什么怪异反应，才放下心来。

……

晚上，洪秋泽躺在床上打游戏，随着门锁处传来一阵响动，穿着黑衣服的白夜走了进来。

洪秋泽忍不住吐槽："你怎么穿得跟刺客一样？"

白夜老实答道："毕竟是夜闯男生寝室，我还是低调一点儿好。"

她环视洪秋泽的寝室，发现是一套宽敞的双人间，但他的室友不在。

洪秋泽解释："我室友请病假回家了……哦，他就是凌宿飞，你也认识，和你掰手腕那个人。"

白夜问："我今晚睡哪里？不跟他说一声就睡他的床是不是不太好？"

洪秋泽抱起自己的被子，说："你睡我的床吧，我睡他的床。"

白夜坐在洪秋泽的床上，夸赞道："你的寝室好干净啊。"

洪秋泽表示："当然，我们男生最爱干净了。"

洪秋泽是不会告诉白夜，他在白夜来之前一直在整理寝室，连床单都换了，比迎接卫生员检查都勤劳！他是绝对不会将脏乱差的一面展现在女生面前的！

白夜躺在洪秋泽的床铺上，说："快到时间了，我们快点儿睡吧。"

洪秋泽别过头就能看到白夜，这种和女生睡在一个寝室的感觉实在太古怪了："你……你别用这种眼神看着我，我心里发毛。"

白夜不解道："我哪种眼神？"

洪秋泽说："没什么……"其实是他自己突然心跳加速罢了。

洪秋泽本以为自己不会那么快入睡，但没想到刚躺下一会儿，困意便一波波袭来。

当洪秋泽再次精神起来的时候，发现自己躺在一张大床上，床边站着一个人，一个黑漆漆的人。

"白夜？"他唤那个人。

不！这个身形不像白夜，那是谁？

洪秋泽刚要质问，那个人便咔嚓一声弯下了腰。

当床边那人骤然低下头，洪秋泽在瞬息之间看清了对方骤然放大的面容——此刻他们鼻尖相距不过半厘米。

那个人的眼睛有些异样，好像有什么东西不太对劲，随着对方低头的动作，脸上似乎有什么在微微晃动。

洪秋泽直接大叫一声，一句脏话脱口而出。

他有应激反应了。

他条件反射地想逃，但身体却动不了，感觉有什么东西在他身上爬来爬去。

洪秋泽低头一看，是女人长长的头发。

洪秋泽根本没见过这场面，瞬间破防，拼命大喊："救命啊！白夜，你快来！啊啊啊——救命啊！同桌！快救命啊——我的姑奶奶！快过来救我！"

洪秋泽奋力挣扎着，虽然他的眼睛被头发挡住，但双手胡乱在空中挥舞着，他用最后的意志力阻止怪女人的接近。

这时一道声音问他："你干什么呢？"

是白夜的声音！

洪秋泽忽然找到了安全感："救我！有怪女人！"

白夜满屋子看了看，问道："在哪儿呢？你是不是做什么亏心事了？"

洪秋泽睁开眼睛，发现那个怪异的女人不见了，整个屋子静悄悄的，只有他像抽风一样手舞足蹈地捶着空气。

洪秋泽："……"

这样岂不是显得他很没面子？

洪秋泽马上给自己挽回尊严："刚才我的床边明明有个怪女人！她的样子好奇怪，还用头发缠住我的身体，遮住我的眼睛，但……但不知道为什么，现在她不见了，可能是被我打跑了吧！"

在洪秋泽的自吹自擂下，白夜很平静地回复："哦。既然你醒了，那我们就去找找这个屋子里的其他人吧，我刚听到你的喊声就过来了，目前还没见到其他人。"

洪秋泽惊魂未定地看着四周，这是一个复古风装修的房间，里面摆放着各种爷爷奶奶那个年代的老物件。他问道：“我们已经到了你所说的里世界了吗？果真危险！怪不得我一睁眼就碰到了一个怪物！”

白夜说：“如果那是怪物，怎么不攻击你就走了呢？”

洪秋泽摇摇头，说：“我也不知道啊，‘爸’。”

白夜诧异地说：“‘闺女’，你刚才叫我什么？不对，我怎么情不自禁地想叫你‘闺女’了？”

两人对视一眼，诡异的感觉更甚。

因为洪秋泽发现自己情不自禁地想喊白夜“爸爸”，而且很自然地脱口而出，就像白夜真是他爸一样！

白夜安慰着洪秋泽：“不要慌，‘闺女’，我也总是情不自禁想叫你‘闺女’。”

洪秋泽受不了了，他总觉得白夜在故意占他便宜。

洪秋泽不禁怒道：“‘爸’，你能不能别总喊我‘闺女’了？”说完，他立即捂住嘴巴。

白夜已经接受自己有个“男闺女”这件事，她教导洪秋泽：“‘闺女’，如果无法改变现状，我们就要学会接受。”

洪秋泽说：“那我们现在该怎么办啊，‘爸’？”

洪秋泽：“……”

洪秋泽说：“我再也不想说话了！”

有时候一个人说话也挺无助的。

白夜回想了一下，说：“我记得我刚醒的时候，床边坐着一个人，从背影看是一个老人，佝偻着背，但我从床上爬起来的时候，那个坐在我床头的老人就不见了。”

“原来你刚醒来的时候也在床边发现了陌生人！”白夜的话一下子让洪秋泽有了猜想，“出现在我床边的是一个女人，后来她也消失不见了。你说出现在咱俩房间的那两人会不会是父女关系？他们突然消失是因为转化成了意识体，并依附在了我们身上，所以我才会情不自禁地叫你‘爸’？”

白夜说：“难道我们真的是受到他们的影响？可是他们为什么不攻击人，却要附在我们身上？”

洪秋泽突然感到无奈：“你问我，我问谁去？唉，我居然还指望你带我！我太傻了，真的！”说着说着，他忽然没了声音。

与此同时，白夜听到屋子外面传来声音，就像大晚上有人在他们屋子周围走动。

白夜又去看突然没了动静的洪秋泽，发现洪秋泽的表情呆滞了起来，并且嘴巴一张一合地自言自语，就像有人在操纵他的身体，借用他的嘴巴说话。

白夜试探地问：“洪秋泽，现在说话的是你本人吗？”

洪秋泽无视白夜的问题，自顾自地说：“孩子们都在楼上睡觉，‘爸’，你也快去睡吧，估计是邻居王叔养的猫在叫。昨晚我听到猫挠门的声音，肯定是隔壁的猫认错门了，居然开始挠咱家的门了。”

说完这些，洪秋泽的眼睛忽然恢复了清明，随即他像是身上有蚂蚁在爬般抱着臂膀：“刚才我都说了啥？我真的被附身了？”

白夜说：“大概是这个原理？可是对方怎么上身就上一会儿，一点儿也不专业。”

洪秋泽说：“那你希望我被附身多久啊？”

两人说话间，楼上忽然传来东西碎裂的声音，哗啦一声响。

白夜和洪秋泽向楼梯上看去。

楼上有人？不过，在这种诡异的世界，真的是人吗？

两人决定上去看看，但又害怕遇到危险，白夜忽然想起洪秋泽“守卫”的能力，提议洪秋泽发动技能带她上楼看一看。

因为洪秋泽不能保证自己能憋那么久的气，所以两人打算走上去一点点，快到二楼的时候洪秋泽再开始憋气。

就这样，两人顺着楼梯轻手轻脚地上了二楼，快到他们说好的位置时，白夜示意洪秋泽抱住她。

洪秋泽对着白夜的腰比画了半天，不知如何下手。他犯难地轻声问：“从后面抱还是从前面抱？”

白夜说：“前面抱，方便走路。”

“那我可来了。”黑暗中，洪秋泽抱住了白夜的腰。

可能因为在这种情况下接近女生，他忽然有些心跳加速。

洪秋泽正打算憋气，楼梯上忽然传来一道熟悉的声音：“喂！你们在干什么？”

洪秋泽一抬头，一口气没憋住，喷了出来。

白夜和洪秋泽一样意外：“南波兔？你怎么也会来里世界？”

这里可是里世界啊！南波兔又不像洪秋泽一样被选中了，他怎么也会来？

南波兔皱了皱眉头，说：“里世界是什么地方？为什么我一觉醒来会在这里？而且……你们已经发展到这种程度了？”

南波兔望着洪秋泽搂在白夜腰上的手，一副没眼看的表情。

洪秋泽立马放下手，说：“兔爷，你又误会了！”

南波兔说：“我误会什么？我站在楼梯上都能听到某人的心跳声了。”

洪秋泽按住自己的心脏，那里的确跳得特别快，跟打鼓一样。他解释道：“我心脏跳得快还不是被你的声音吓的！你突然出现在上面，我以为是鬼呢！”

南波兔白了洪秋泽一眼，说：“算了，我不想问你这些没用的。”说完这句话，他立马掐住了自己的脖子。

南波兔皱着眉头，满脸凝重道：“刚才那句话是我说的？我为什么忽然想叫你‘妈’？”

洪秋泽这个过来人解释道：“这个我有经验，你应该也受到了屋子里某个意识体的影响。”

白夜问：“你醒来后在床边有看到什么人吗？”

南波兔回忆了一瞬，说：“人？我没看到，不过我身上的被子鼓起一块，还会动，就好像有个小孩子在里面爬，可当我掀开被子，里面却什么都没有……‘爷爷’，你知道这是怎么回事吗？”

南波兔大惊失色：他为什么要叫白夜“爷爷”？

白夜用一副习惯了的语气回答：“‘爷爷’也不知道。”

南波兔低声骂了一句，然后掐住自己的喉咙，一副不悦的表情：

“这到底是怎么回事？”

洪秋泽赶忙劝他：“‘儿子’，你别激动……不对！‘儿子’，我错了……‘儿子’啊！我真的不是故意叫你‘儿子’的！”

南波兔按住太阳穴，说：“你快别说话了，我脑袋疼。”

此时白夜身上满是爷爷一般的长辈的气质，她用慈爱的眼神望着南波兔，解释道：“这里已经不是现实世界了，是另外一个世界，你来到这里，应该是被黑影人触碰了。”

洪秋泽恍然大悟：“原来被黑影人碰到的人就会跟我们一起来到这个世界。”

白夜点头道：“嗯，前提是他短时间内先触碰了你，在他沾上你的气息后再触碰黑影人，就会和你来到同一个世界。”

竟然是这样！洪秋泽回想之前自己触碰黑影人时，南波兔的确就在他身边，可能南波兔就是那时被碰到的。

南波兔还是不太明白这个世界，洪秋泽自告奋勇帮南波兔解答疑惑：“我来跟你讲，之前‘爸’跟我说过。”

南波兔说：“‘爸’？”他仔细一想，这应该指的是白夜。

洪秋泽不禁也按住了太阳穴，说：“唉，我好像也有点儿脑袋疼了。”

第二章

之后，洪秋泽将这个世界的相关内容讲给了南波兔听。南波兔满脸怀疑地听完了，他问：“所以我管你们叫‘妈妈’‘爷爷’，也是和这个世界有关？”

白夜想起之前白洛风告诉自己的话，也大概有了猜测。她对洪秋泽和南波兔说：“现在我们来到的这个世界跟我们学校建造前挖到的棺材有关。据说棺材里封着四具尸体，我猜测他们可能是一家人，而我们来到了他们曾经所在的时间节点。

“这个时间段他们应该是活着的，但他们在未来已经死亡，所以我们没办法见到活人，只能通过自己的身体感受他们残存在里世界的意识体，受意识体影响，继承了他们在这个世界的身份。”

“所以受他们影响，我们才互相改变了称呼？像是玩‘剧本杀’一样？”南波兔光听别人讲，根本无法信服，“这什么跟什么！”

他始终觉得洪秋泽和白夜讲得太夸张，有种不真实的感觉。

南波兔问洪秋泽：“所以说，现在白夜是‘爷爷’，你是‘妈妈’，而我……”

呵呵，他是孙子？

洪秋泽看出了南波兔的郁闷，说：“‘儿子’，你别生气……呸呸！那个，都是被他们残留的意识影响，你不要介意。”

南波兔更郁闷了。

南波兔问：“不是说棺材里有四具尸体吗？那么现在三缺一。”

白夜点头，这个屋子里应该还有一个人，但那个人为什么一直不出来呢？

想着想着，白夜问：“刚才你有没有打碎什么东西？我刚才在楼下听到了东西摔碎的声音。”

南波兔表示他也听到了，好像是从他隔壁房间传来的。白夜决定去那个房间里看一看，便让洪秋泽再次发动“守卫”的能力。

南波兔看到白夜和洪秋泽以一个十分诡异的姿势抱在一起，眉毛抽了抽：“你们在干什么？”

白夜劝道：“我知道你觉得我好看，但你先别看，不然洪秋泽的能力就无法生效。”

“你又在说什么乱七八糟的东西。”南波兔马上别过头。他的目光随意地落在别处，却见落满雨滴的窗户上出现了一个人头形状的干净区域。明明外面下着雨，但窗户上的那个区域却没有雨滴落上去，就好像外面有个人头形状的东西正趴在窗户上往里面看，所以挡住了外面的雨。

南波兔正想走过去仔细研究一下，就听到白夜叫他回一下头。

白夜问：“南波兔，现在你能看到我和洪秋泽吗？”

南波兔感到莫名其妙：“当然能看到啊，难道我应该看不到？‘妈’，你……不是，洪秋泽，你在憋气吗？都把脸憋红了。”

洪秋泽瞬间破功，他吸了一口气，说：“这是我在这个世界的能力，能通过憋气让我和我抱着的人短暂消失，但现在我为什么不能抱人进入虚无状态呢？这不合理啊！”

“也许是因为有人在看我们。”白夜说。

南波兔赶紧撇清关系：“我刚才可没看你们。”

“我知道，也许是别的东西在看我们。”白夜望向四周，他们可能被屋子里的什么东西偷窥了。

洪秋泽也谨慎地四处张望，南波兔条件反射地看向刚才那扇窗户。但现在，窗户上那处人形的干净区域不见了，只剩下落满雨滴的整片玻璃。

只是人头的形状不见了，这也不能说明什么，南波兔开始怀疑是自己太敏感了。

此时，那间打碎了东西的屋子里忽然传来一声微弱的呼唤：“白夜，是你在外面吗？”

“是赵瑾辞。”听到熟悉的声音后，白夜回应道。

洪秋泽跟在白夜身后，询问赵瑾辞是谁，白夜简短地和他解释，说赵瑾辞是她在上一个里世界中认识的人。

今晚之前，白夜就给赵瑾辞发了信息，让她也跟过来。

得知赵瑾辞是“狼”后，洪秋泽满脸困惑：“啊？你不是跟我说要小心‘狼’，因为他们是‘神’的敌对阵营吗？”

白夜答道：“赵瑾辞不会伤人的，因为她知道不自相残杀就能离开里世界的规则，所以我才叫她一起过来，这样我们就能不内讧。”

白夜推开那个房间的门，发现赵瑾辞正瑟缩地蹲在床边，脚边有一盏碎掉的台灯。

白夜问：“为什么你蹲在这里不出来？”

赵瑾辞说：“‘狼’有独特的对危险的嗅觉，某种程度上能够感应非人类的存在。刚才我感觉有东西在我周围，好像在看着我。这间屋子的台灯不知为何关不掉，为了不被它看见，我情急之下把台灯打碎了。”

白夜问：“那现在你还有那种危险的感觉吗？”

赵瑾辞迟疑地摇摇头，说：“没有了，现在那种危险的感觉消失了……但我不能确定，因为‘狼’的感应也会有乏力的时候，有时候会不准，或者感应不到。”

白夜又问赵瑾辞是否能感应到“狼”队友，赵瑾辞也说感应不到。

这次进入里世界白夜完全不慌，她说：“你们不要怕，因为这场游戏我爸也来了，他很强，所以不管有什么邪恶势力，都会是正义一方赢。”

赵瑾辞问：“所以你爸在哪里呢？”

白夜说：“不知道啊。”

气氛就在大家大眼瞪小眼中陷入了沉寂。

洪秋泽率先意识到危机，那就是辈分乱了。

现在白夜是他“爸”，如果白夜的爸爸也来了，那他要管“爸爸”的爸爸叫什么？

洪秋泽立刻想明白了：“哦，我‘爷爷’来了？”

南波兔大感无语："这什么混乱的亲戚关系……我不光多了白夜这个'爷爷'，难道还要多个'太爷爷'？"

突然洪秋泽一拍脑袋，说："对了！现在我才想起来，来里世界之前那个黑影人也碰到了楚冬忍！"

楚冬忍也来了？那么，那小子在哪里呢？

大家找遍了整个屋子，发现这里除了他们四个人，就没有其他人了。难道楚冬忍不在这个屋子里，而是在外面的某个地方？可是外面很黑，还下着雨，出去也不好寻找他。

大家望着外面的雨幕，看着窗外的风景，猜测他们现在所在的地方是一个小城镇，镇子的建筑风格很有年代感，应该是距离他们所在的时代很久之前的小镇了。

南波兔突然感觉窗外的风景有些眼熟，好像在哪里见过。其他人也有同样的感觉。他们仔细一想，终于知道这熟悉感来自哪里，这里就是他们现实中所在的城市！

洪秋泽指着窗外远处一个地标建筑物说："那个不就是我们学校旁边商业街的北启艺术馆吗？"

白夜也想起来了，那个艺术馆她爸还带她去过。

那好像是很久之前的建筑，现在已经成了一个旅游景点。

在里世界中看到熟悉的建筑物，让洪秋泽倍感亲切："对，对，北启艺术馆的形状跟一口棺材一样，绝对不会有第二个这么奇葩的艺术馆了！所以我们没认错！"

他们一定是来到了很多年之前的北启艺术馆附近。

白夜结合父亲白洛风的话后更加确定："那口被挖出的棺材里的尸体据说年代也很久远，被埋了很多年，我们一定是来到了那些尸体生前所在的年代。"

她继续推理："他们一家人曾是这个城市的居民，却因未知的原因被杀死，然后埋了起来，最后我们学校在那里建立了。"

洪秋泽想了想白夜之前对棺材里四具尸体的形容："究竟是什么样的凶手这么变态，不光杀了一家人，还特意给他们准备了棺材，最后还将一家人装进了同一口棺材中。难道这个凶手是一个有强迫症的处女座，一定要这样做事才觉得完美？”

南波兔忍不住反驳：“你不要侮辱处女座。”

洪秋泽说：“哦，对不起，‘儿子’，我忘记你是处女座的了。”

南波兔白了洪秋泽一眼，只希望快点儿从这糟糕的世界离开。

这时，南波兔身边站着的赵瑾辞忽然哇地哭出声来，在夜里很嘹亮。

大家不明白赵瑾辞为什么突然哭，却又听她边哭边喊起了妈妈。此时的她像失智了一样，哭得鼻涕都流了出来。

南波兔嫌弃地站远了，赵瑾辞还是一直哭，但白夜发现她的声线变了，变成一种非常幼稚的声线，就像嗓子被捏着发出的声音，是一个孩子的声音。

孩子的声线在夜里很瘆人：“妈妈，爸爸到底什么时候才能回家啊？为什么其他孩子都对我和哥哥说，爸爸已经死了？呜呜呜，妈妈，爸爸真的死了吗？”

洪秋泽躲个不停，说：“我怎么觉得她在冲我说话？”

白夜说：“对，就是这样的，你是她‘妈’。”

洪秋泽感觉挺突然的：“原来我都有二胎了？”

忽然，赵瑾辞的哭声停了，她呆呆地立在原地，一动不动，就像一尊蜡像。

白夜正要上前看看赵瑾辞的情况，她却忽然说：“妈妈，他和爸爸长得很像，但他不是爸爸。妈妈，坐在天花板上的男人是谁？他为什么一直看着你啊？”

白夜困惑道：“天花板怎么坐？倒立坐吗？”

她下意识抬头看了看天花板，忽然外面一道闪电划过，她看到天花板的灯具上吊着一个黑影。她又定睛看了看，发现并没有什么黑影，只有昏暗的灯光。

当白夜再低下头时，赵瑾辞扑通一声跌坐在地上，解脱般大口呼吸着，她终于从那种被支配的状态中出来了。

赵瑾辞颤颤巍巍地站起来，说：“刚才我好像被控制了一样，身体和嘴巴不听我使唤。”

原来赵瑾辞就是这个家里的第四位成员。

洪秋泽发现了盲点：“她为什么只有在被支配的情况下才喊我‘妈’？为什么我没被控制也会喊白夜‘爸’？”

赵瑾辞谦虚地说：“其实我也受到了一些影响，刚见到白夜的时候就忍不住喊‘爷爷’，但被我控制住了。”

洪秋泽绷不住了：“那我们怎么就控制不住呢？”

白夜猜测：“可能控制赵瑾辞身体的意识体年龄最小，所以影响力不那么大，对赵瑾辞的控制也弱，但是控制我们的意识体年龄偏大，所以对我们的影响也就大。”

洪秋泽顿时感到十分不公平。白夜劝道：“忍一忍就好了，‘闺女’，吃亏是福。”

南波兔哼了一声，说：“福个屁。”

白夜教导道：“说脏话不好，‘大孙子’。”

南波兔怒道：“你怎么不管赵瑾辞叫‘孙子’，非冲我叫‘孙子’？‘爷爷’，你故意的，是不是？”

白夜说：“‘爷爷’真不是故意的啊……”

南波兔捂住嘴巴，恨铁不成钢地拍了拍：“我就是嘴欠！为什么非要和‘爷爷’说话？”意识到自己说了什么，他又扇了自己一嘴巴。

“别吵！先停一停！”赵瑾辞问，“你们有没有听见……像猫挠门的声音？”

所有人都骤然安静下来，看向玄关的位置，只听外面挠门的声音更加清晰了，好像有什么尖锐的东西正在一下一下刮着木门。

白夜说：“以我过来人的经验，有东西要过来了。”

南波兔说：“废话！”

白夜继续说：“我们先上楼藏在不同的房间里，要是藏在同一个房间，会加重人的气息，更容易被里世界中的怪物找到。”

南波兔更加讨厌这个世界，真是乱世规矩多。

众人赶紧急匆匆向楼上跑去，然而就在这时，玄关的门砰的一声打开了。门外是浓浓的夜色，风呼呼地刮了进来，夹着湿湿的雨。

洪秋泽顺了顺气，说："吓死我了，我还以为有个怪物站在门外呢！"

现在门外什么都没有，那到底是什么东西在挠门？

门又是怎么被打开的？

以防一会儿真的有东西冲进来，白夜打算去关一下门，赵瑾辞却立即叫住她："白夜，别去！它已经进来了！"

白夜问："有东西进来了？在哪儿？"

赵瑾辞也看不到，但她就是能感觉到那种危险。她赶紧叫上众人："我们快走！"

白夜刚想跑，却忽然看到自己面前的地板上有个湿湿的脚印。她顺着脚印的方向看去，是从门外进来的，好像有人踩着雨水进屋，并站在了她面前。

这时她旁边的脚印多了一个，那个"东西"移动了，正在她的身边走动。

赵瑾辞催促白夜快跑。白夜指了指地上带雨水的脚印，说："我没办法躲了，因为它就在我身边。"

这好像是一个不能被看见的、透明的怪物。

白夜不知迎接自己的将是什么，而脚印向沙发的方向走了，没攻击她。

之后脚印消失了，因为那东西脚上的雨水流干了。现在看不到脚印，她无法确定对方在什么位置。

沙发旁边墙上的日历突然被撕下一页，紧接着被揉成一团扔在地上，然后客厅的窗帘忽然被拉上了。

大家都搞不懂这个透明的东西在搞什么，总之它没有动手杀白夜，算是友好的吗？

洪秋泽乐观地说："它应该很友好，你们看它还知道帮这个屋子的主人撕日历、拉窗帘呢……喀喀……噗……"

洪秋泽说着说着就吐了一地的血。大家忙过去问他怎么样了。

下一刻，洪秋泽的胸前忽然破了一个血洞，他痉挛了几下，就无力地倒在地上。

看到这恐怖的一幕，南波兔的瞳孔骤缩，情不自禁地喊了一声：“‘妈’——”

洪秋泽躺在血泊中，睁着的眼睛一动不动，还暗含着死前的恐惧。

他死了。

洪秋泽上方的半空中停留着一只形状怪异的手，那只手的指甲很长，但只有手，没有身体。因为沾着血，所以它的手没和身体一样变成透明的。

果然是一个透明的怪物！

随着怪物手上的鲜血慢慢消失不见，大家后知后觉地反应过来——它在舔血！现在快逃！要趁能看见它的时候快逃！

幸存的三人迅速向楼上跑，他们已经来不及惋惜洪秋泽的死亡，分头冲进不同的屋子。

白夜跑入一个屋子后将门关了起来，门外却传来混乱的敲门声，南波兔在门外叫着：“‘爷爷’，你不要丢下我！”

白夜歪了歪头，心想：南波兔有这么可爱吗？

外面的南波兔在哭：“呜呜呜——‘爷爷’，我好怕啊！”

白夜意识到，南波兔可能像赵瑾辞一样被意识体影响了。她赶紧拉开门将南波兔拽了进来。被拽进来的南波兔就像受了刺激的小孩，忽然扑进白夜怀中，道：“‘爷爷’，外面那个是什么东西？怎么办？‘妈妈’死了，‘妈妈’死了！”

“嘘！你先别出声！”白夜马上捂住南波兔的嘴巴，“再哭我扇你一个巴掌。”

南波兔被吓得顿时安静了，屋内只有钟表指针走动的声音。

白夜抬头看了一眼钟表，现在是凌晨四点。

南波兔像孩子那样缩在白夜身边，哭得梨花带雨。

白夜忽然发现南波兔身后的衣摆被掀了起来，就像有人在他身后扯着他的衣服。她心想：难道那个东西跟着南波兔进来了？

白夜退后两步，说：“‘大孙子’，你转身摸摸身后有没有什么东西。”

“我身后？”南波兔突然破涕为笑，“咦，‘爷爷’，‘妈妈’原来没有死！太好啦！”

白夜说：“‘妈妈’在你身后吗？但你根本没回头看啊！”

南波兔说：“不，‘爷爷’，‘妈妈’站在你身后呢。”

白夜一脸不解。

南波兔也困惑起来：“‘爷爷’，‘妈妈’为什么要掐你的脖子啊？你惹‘妈妈’生气了吗？”

“我……”白夜正要说话，忽然感到一阵呼吸困难。她的双脚离地，感觉有什么东西掐着她的脖子往上提。

白夜挣扎着回头，与此同时，她的脖子咔嚓一声响，断了。

在死亡来临之际，她身后那个透明的怪物逐渐变得清晰。

“‘爷爷’，你怎么了？”南波兔再次被吓坏，跪在白夜身边摇晃着气息全无的她。摇着摇着，他忽然停止了动作，目光也恢复了清明。

南波兔爆了一句粗口：“怎么又死一个！”他环视着整个屋子，虽然他知道怪物就在这个屋子里，但是他看不见。

南波兔随手拽起床单，往空中一抛，谁知床单竟真的罩住了一个透明的人。

床单下，那个透明人身子佝偻着，像一个老人。

可刚才他被小孩控制时明明看到的是一个女人害了“爷爷”，难道怪物杀死谁就会变成谁？刚才怪物杀死了白夜身上的“爷爷”，所以它变成了“爷爷”？

眼看床单下的怪物要钻出来，南波兔抡起旁边的凳子便向怪物砸去。他边砸边骂：“给我去死！敢吓我，以为我这么多年都是吃素的吗！”

直到凳子被砸碎，床单上渗出了血，里面的怪物一动不动。

南波兔忽然发现床单下多了一双脚，他想：他现在怎么能看见怪物了？而且这双脚怎么有点儿面熟？难道……

南波兔心中一惊，一个箭步上前掀开床单，却看到满脸是血的洪秋泽。他急忙道：“‘妈’，你不是死了吗？不是……洪秋泽，你现在还是活的吗？回答我！”

洪秋泽不说话，而是歪着头，盯着墙上的钟，像是一个假人。

南波兔上去就对着洪秋泽踹了一脚，说：“你不说话干脆死了算了，别给我在这里装神弄鬼！”

然而不管南波兔踢了多少脚，洪秋泽都没有反抗，他的身体硬硬的，南波兔踢他像踢一块石头。

就在这时，白夜的手机突然响起，南波兔谨慎地上前接通了电话：“谁？”

电话对面传来楚冬忍的声音：“白……不是，南波兔？你怎么会出现在里世界？而且你怎么拿着白夜的手机！”

南波兔努力让自己的声音平静：“白夜死了……她和洪秋泽都死了。”

楚冬忍沉默了两秒后，说：“怎么可能一落地就出局啊？那你赶紧的啊！”

南波兔说：“赶紧什么？”

楚冬忍急道：“你赶紧看他们能不能救治啊！白夜不会这么轻易就死了的！”

“我知道你欣赏的女生死了，你很伤心，但是你要学会接受现实……”南波兔边说话边打量四周，“现在那个杀人的怪物就在我身边，不过它没有攻击我，我不知道是什么原因……”

楚冬忍打断南波兔：“什么怪物在你身边？怪物明明在我身边啊！你知道我为什么给白夜打电话吗？因为我在艺术馆这里看到了白夜！可是白夜呆呆地站在远处不动，所以我才打电话想证实一下我看到的那个人是不是真的她！”

南波兔低头看着刚被掐死的面色发青的白夜说：“肯定不是，因为白夜的尸体就躺在我脚边！”

突然，南波兔想到了什么，说：“等等，刚才我面前也出现了死去的洪秋泽，他同样呆呆地站在我面前一动不动！”

电话那边又传来楚冬忍的轻呼：“啊！我这边的白夜开始动了！她拿着蜡烛到处走，像在找什么……她怎么向我这边走来了？她怎么看到我的？先不说了！我要赶紧找个地方躲起来。”

南波兔赶紧说：“我去艺术馆找你！”

毕竟这个世界死到只剩下楚冬忍一个熟人,他不找楚冬忍找谁?

南波兔从窗口跳了下去，此时外面的雨下得很大，将他的衣服淋得很湿。

整条街道上，家家户户都没开灯，只有月光为他引路。

南波兔走在路上，眼看就快到艺术馆了，忽然听到身边传来脚踩在水里的声音。紧接着南波兔的手机响了，是楚冬忍打来的，此时是四点四十分。

楚冬忍在电话里说：“兔爷，你小心点儿，白夜不见了！我看到她往艺术馆外面走了！你来的路上别和她迎面撞见！”

南波兔绝对不认㞞：“我还怕她？她敢出现，我就一脚把她踢成残废！”

南波兔挂了电话，往四处看，就见自己侧方不远处飘着一把伞和蜡烛，仿佛有人撑着伞站在那里，另一只手里拿着蜡烛。那空中悬浮的伞和蜡烛离南波兔越来越近，他仿佛能闻到伞下燃烧着的蜡烛飘散出的奇异味道。

看不见的脚踏在雨水中，啪嗒，啪嗒，啪嗒。

南波兔壮着胆子说：“别以为我看不见你就不能拿你怎么样，你这死东西要死就死绝一点儿！别出来吓唬人！”

南波兔上前一脚踢向伞下，咔嚓一声响，他顿时痛叫，只见他的膝盖反向折了过去，有东西重重地挥打在他的膝盖骨上。

南波兔跪在地上，仰着表情扭曲的脸哀号：“啊啊啊——”

那把伞出现在他的上方——它来了！

下一刻，南波兔的头颅便遭到重重一击，随即他的尸体被无形的力量拖向深处。

……

赵瑾辞一个人躲在空荡的房子里，发现房子变得太过安静。她心想：大家都怎么样了？刚才好像有人出去了，是谁？

赵瑾辞感应到那种危险的气息消失了，难道怪物走了？

她试着去外面找人：“白夜，白夜，你在哪儿……白夜？”

赵瑾辞推开之前白夜躲藏的房间的门，发现里面没人，但地上有血。

谁受伤了吗？

赵瑾辞来到南波兔跳窗的地方研究，忽然听到身后传来门被推开的声音。她紧张地快速回头，见到来人，瞬间松了一口气：“是你啊，你站在这里干什么？白夜呢？都已经五点十四分了，天快亮了，那个东西走了吗？”

然而，进门的南波兔一直没说话。

赵瑾辞感到怪异：“你怎么不说话？而且手上为什么拿着一根蜡烛？”

她刚要走过去，却留意到蜡烛的蜡油滴在南波兔的手上，但他好似感觉不到烫，仍然一动不动。

赵瑾辞觉得不对劲，说：“你……那个，我先去找白夜了，告辞！”

赵瑾辞快速奔向开着的窗子，可还没等她跳下去，头发便被人扯住，将她拖回来摔在地上，下一秒她就失去了知觉。

等赵瑾辞醒来的时候，她发现自己正待在一个封闭的空间里，很窄很挤，身下软软的。她自言自语：“这是哪里？”

有人回答她：“棺材里。”

旁边的人声把赵瑾辞吓了一跳，紧接着她反应过来，问道：“是白夜吗？听声音你怎么在我身下？”

白夜答道：“是的，我正被你和南波兔压在下面。”

“南波兔？”

白夜的声音从黑暗中传来：“嗯，他死了，你旁边是他的尸体，而我旁边是洪秋泽的尸体，我们被那个怪物装在同一口棺材里，就和现实世界那口棺材里的四具尸体一模一样。”

赵瑾辞开始捶打棺材：“我现在就狼化，把这口棺材弄碎。”

白夜叹了一口气，说：“没用的，我试过了，这口棺材我都弄不碎。我摸过，棺材的四壁刻着古怪的符文，可能就是因为这些符文的作用，我们被困在了这里。”

赵瑾辞绝望了。所以，现在他们只能奢望有人从外面将棺材打开吗？

丁零零，丁零零，手机铃声在棺材里响起。

赵瑾辞试了半天，无法在狭窄的空间里掏出手机。她道：“这是我每天早上定的闹钟，看样子这个世界已经早上七点了。”

赵瑾辞刚说完这句话，突然发现白夜不见了，周围的景色也从黑暗的棺材变成充满年代感的小屋。她心想：这是怎么回事？她为什么会躺在刚来这个世界时所躺的大床上？她到底是怎么从棺材里出来的？对了……要先去救白夜他们！

赵瑾辞急匆匆地从屋子跑出来，却迎面看见了南波兔。因为已经被“南波兔”袭击过一次，所以她汗毛直立：“真是见鬼了！”

南波兔追着她说：“你别跑！我不是鬼！我还活着！”

赵瑾辞不敢停，她一溜烟跑到一楼，看到了白夜和洪秋泽。

赵瑾辞这下愣在原地：“白夜？你怎么也从棺材里出来了？而且洪秋泽怎么活着？白夜，我们快跑！”

洪秋泽赶紧解释：“我不是鬼啊！我也不知道自己为啥活了，你们别跑！”

众人面面相觑，确认过眼神，彼此都是活着的人，才总算冷静下来。

但为什么他们会死而复生？

洪秋泽回想了一下：“昨晚我虽然死了，但不知为什么，脑子还有意识，反正总觉得自己不是真正地死了，之后和你们一起被关在棺材里，我也有感觉。”

南波兔盯着自己的手机说：“我想我知道我们为什么会活过来了。我刚醒来的时候，想给楚冬忍打电话，但我发现我俩昨晚的通话记录不见了，而且我被袭击时所受的伤也消失了。”他又指了指窗户，“屋子里，原本被我打破的窗户也好好的。”

南波兔指着地板上消失的血迹说：“我们还活着，会不会是因为这一天重来了？”

赵瑾辞望向昨晚打碎的台灯，此时它也完好无损。难道他们真的重新来过了？

“如果是重来……”白夜看向客厅昨晚被怪物拉上的窗帘，现在是打开的，地上也没有昨晚怪物走进来的水迹脚印。就连被怪物撕下来揉成一团丢在地上的日历，也找不到了。

白夜来到日历前，今天是十三日，日历上写着：诸事不宜。

昨晚那个杀人的东西为什么要撕日历呢？

白夜翻看着日历，说：“我们死在后半夜，所以我们的死期应当是在十四日，看看十四日的日历上有什么。”

然而，他们发现这日历后面很奇怪。

十三日的日历页后竟又出现一页十三日，之后才是本该接续的十四日。

十四日的皇历上面写着宜动土、入殓、安葬……

洪秋泽说：“难道十四日真的代表我们的死期？这怪物还挺讲究的，杀人还看皇历。”

“也许十四日并不代表我们的死期，而是代表这家人的死期。”白夜说，“这家人的意识体附在我们身上肯定是有原因的。”

众人都不禁深思，难道他们昨天是代替死去的人，还原了他们的被杀时刻？

赵瑾辞又联想到了别的方面：“仔细想想，那个东西一开始离白夜最近，却没有杀白夜，而是先杀了洪秋泽，是不是因为……那东西在按原本那家人的死亡顺序杀人？”

突然谜底变得明朗起来，大家都觉得这极有可能。洪秋泽在这里的身份是“妈妈”，原本那家人里的妈妈大概是第一个死的，所以那东西先去杀了洪秋泽。之后那东西明明就在南波兔身边，却又消失了，过了好久才回来杀南波兔。

所以他们每个人应该都有着固定的死亡时间。

白夜问：“你们记住自己的死亡时间了吗？”

死亡时间很重要，如果能躲过死亡时间，是不是就能活下来了？

他们开始梳理自己在上一个回合死去的时间，但上次只有赵瑾辞没死，她当时是被打晕后，活埋在棺材里。

这时众人又意识到了一个新问题：那东西为什么没杀赵瑾辞?

白夜冷静分析：“赵瑾辞是咱家年龄最小的，也许它喜欢小孩。”

大家觉得白夜的分析十分没有技术含量。

赵瑾辞说：“它如果真喜欢小孩，那它揍我干什么？”

白夜想了想，说：“因为你欠揍？”

赵瑾辞说：“白夜，你能重新好好组织一下语言吗？”

白夜改口很快：“哦，我错了，可能因为那个东西太坏了。”

洪秋泽赶紧制止了白夜的胡乱分析：“先别管那怪物为什么没杀赵瑾辞了，我现在最关心的是，如果咱们今晚又死了，那一切还会重来吗？”

白夜说：“会的。”

洪秋泽已经受够了白夜没有脑子全靠感觉的分析，他问：“为什么你这么确定？”

“其实我也不怎么确定，但是……”白夜指向墙上的日历，“日历上有两页十三日。”

洪秋泽没听懂，问：“这说明了什么？”

白夜说：“说明这日历没做好。”

洪秋泽：“……”

他不想听白夜分析了。

白夜继续说：“但事情不可能这么巧，偏偏到死亡之前的这一天，日历多出来一页，所以我觉得，多出来的十三日是在提醒我们，我们还可以重新经历十三日这天。”

南波兔忽然懂了白夜的意思：“现在还剩两张十三日的日历，这代表我们还可以经历两次十三日。”

所以他们还有两次……不，他们只有一次死亡机会了!

当多余的十三日被用完，这一天就不会再重复，若他们用光十三日后在十四日凌晨遭遇怪物的袭击，那他们死后就再也不会复活了!

推理到这里，洪秋泽又发现了盲点：“如果真是这样，那这‘复活日’是谁送给我们的？究竟是谁能让时间重复？”

总不可能是那个将他们杀死的怪物，又多给了他们两次活命的机会吧？

大家觉得怪物肯定不会这么好心，那这会不会是“狼”“神”的技能呢？说起来他们还没见到其他“神”“狼”。

白夜却说：“应该不是‘狼’‘神’让时间重复的，因为提示在日历上，而日历是属于这个世界的东西，不受外来者的控制。所以我觉得，一定是曾经在这房子里死去的那四个人的意识体在帮我们，用他们的力量，让我们避过了死亡，回到了死亡之前。”

此时问题又来了，这四个意识体为什么会希望他们活下来？难道是想让他们帮忙向凶手复仇？可那是不可能的。

洪秋泽皱着脸说：“你们昨晚也见识到了，那个东西实在是太强大了，我们根本杀不死嘛！”

“我们先别着急下结论，弄清一些还不清楚的事情再说。”南波兔说，“昨晚楚冬忍也遇见了这种事，他在艺术馆，我们先去找他会合。”

白夜想着白洛风说不定也在艺术馆，便同意了。她刚要走，忽然整个身体不听她的使唤，脚无法控制地动了起来，就像有人操控着她。

白夜走到南波兔面前，说：“‘大孙子’，你今天还要去艺术馆玩吗？”

南波兔抽了抽嘴角，说：“怎么办？我真想打她。”

洪秋泽劝架：“忍住啊，‘儿子’！”

“洪秋泽，你别跑！给我过来！看我不先打死你！”南波兔刚想去追洪秋泽，忽然被白夜从身后抱住了，这让他浑身一僵。

白夜缓缓摸着南波兔的头，说：“‘大孙子’，你不要伤心，我只是怕你想起你‘爸爸’。”

南波兔瞬间应激了：“你放开我！不然我把你打成半身不遂和老年痴呆！”

白夜继续慈祥地说：“‘大孙子’，你‘爸爸’现在已经不在艺术馆工作了，他出远门了，所以你也别经常去艺术馆打扰工作人员了。乖，我知道你最懂事了。”白夜又摸了摸南波兔的头。

南波兔彻底破防：“别摸我的头！你……”

暴走中的南波兔忽然亲了一下白夜的侧脸，导致他将要出口的脏话变成一个亲昵的音符。

原来在这关键时刻他也被意识体控制了！

他们应该在重现死者生前发生过的对话，这些对话也是了解他们死亡真相的线索。

不管南波兔的心理活动多么剧烈，此刻的他都只能任人摆布，他还原着意识体曾经的对话：“‘爷爷’，我知道你担心我，但我今天就去艺术馆最后一次，最后一次，好不好？那天我远远地看到艺术馆里站着一个男人，那个背影真的很像‘爸爸’，所以我总觉得‘爸爸’并没有离开……‘爷爷’，我求你了，这次之后我真的不会再给艺术馆的工作人员添麻烦了，好不好嘛？”

南波兔摇着白夜的手撒娇。白夜心软地妥协：“唉，那好吧，但这次你不要带你‘弟弟’去了，自从上次他跟你从艺术馆回来，总说家里多了一个和‘爸爸’很像的人，但咱们家里明明没有人来做客。”

南波兔用可爱的声线乖巧地应道：“我知道了，‘爷爷’，这次我不带‘弟弟’去艺术馆啦！谢谢‘爷爷’！‘爷爷’最好啦！”说完，他又对着白夜的侧脸亲了一口。

下一秒，南波兔的控制状态就被解除了。

此时南波兔的内心是崩溃的，如果那意识体还活着，他很想把对方揪出来揍一顿。

洪秋泽拍了拍南波兔的肩膀，说：“唉，‘儿子’，亲女孩子是多么美好的一件事，你就别得了便宜还卖乖了，你看‘爷爷’都没说什么。”

“她愿意又不代表我愿意！”南波兔翻了一个白眼，“你不是喜欢‘爷爷’吗？这么想亲她，你自己去亲吧，别在这儿说风凉话！”

洪秋泽再次澄清道：“我发誓！如果我对‘爷爷’有非分之想，

就立即被意识体附身，然后做出比你更丢人的事！”

“嗬，发这种誓如果准，我就立刻心甘情愿叫你‘妈’。”南波兔不屑地损了一下洪秋泽。

这时，洪秋泽忽然眼含泪水地盯着南波兔。

南波兔起了一身鸡皮疙瘩，心想：这小子要搞什么？！

南波兔说：“能不能把你那眼泪憋回去？”

洪秋泽的泪珠一颗接一颗地往下掉：“‘儿’啊，‘妈妈’让你受苦了，你放心，就算你‘爸’回不来，‘妈妈’砸锅卖铁也会将你养大……”他上前紧紧搂住了南波兔，那带着肌肉的胳膊直接勒住了南波兔的脖子，结实的胸肌从后面硌着南波兔的后背。

南波兔鸡皮疙瘩掉了一地，直接给了洪秋泽一个过肩摔。

洪秋泽被摔在地上，却并没表现出疼痛，而是爬起来接着哭。

白夜走到洪秋泽身边，说：“‘闺女’啊，别哭了，我早就跟你说了，虽然我‘儿子’死了，但从今以后你就是我‘闺女’，这里永远是你的家。”说完这句话，白夜的目光恢复了清明，洪秋泽却没有，他依旧是被意识体影响的呆滞模样。

洪秋泽一脸孝顺地扶住白夜，说：“‘爸’，你的年龄也大了，别总因为这些事操心。你的身体本来也不好，多在房间歇着，不用经常替我分担家务。你的肩膀又疼了吧？来，我给你捏捏肩吧。”

洪秋泽伸手就要给白夜做肩颈按摩。

白夜礼貌地拒绝：“不用了。”

洪秋泽擦完眼泪，似乎振作起来了，说：“不用什么啊，你拿我当‘闺女’，我也拿你当‘爸’，洋子没了，就由我来孝敬你。”洪秋泽说完就给白夜捏起了肩膀，甚至还想帮白夜洗脚。

白夜拒绝无果，迷茫地问：“洪秋泽什么时候会清醒过来啊？”此时洪秋泽已经给她按了很久的肩膀，还没有结束的意思。

赵瑾辞灵光一闪，说：“他还没给你洗脚！”

南波兔附和：“对，让洪秋泽给你洗脚！”

看到洪秋泽丢人，南波兔忽然觉得很爽。

白夜只好答应了洪秋泽想给她洗脚的请求。于是洪秋泽便当着众人的面，给白夜洗了脚，随后他真的恢复了清明。

洪秋泽："……"

这东西有毒！它是魔鬼！太魔鬼了！

南波兔调侃道："喂，洗脚婢，给人洗脚是什么感觉啊？"

洪秋泽感觉自己正逐渐变态，语气低落道："你别问我了，我最难受的地方就是我居然不觉得难受。"

南波兔："……"

艺术馆中，楚冬忍孤身一人在大堂穿梭。

他记得昨晚那个假白夜就藏在这附近了，现在怎么不见了？难道因为到了白天，它就自动消失了？

走着走着，楚冬忍听到有人在背后叫他。

那道声音问："你是否需要指引？"

楚冬忍向后一看，没有人。那声音是从哪里传来的？

"你是否需要指引？"那道声音重复了一遍。

楚冬忍发现，这声音来自艺术馆的员工休息室。

"你是否需要指引？"那道声音继续问。

楚冬忍回道："不需要，我一向是想去哪儿就去哪儿，不做亏心事，不怕鬼敲门。"

咚咚咚，有东西在里面敲了敲员工休息室的门。

楚冬忍汗毛直立，说："干什么？在里面敲门是什么意思？我没时间跟你玩这套！我不管你是人是鬼，赶紧给我出来！我数三个数，如果你再不出来，我就把这门给你踹烂，你信不信？"

休息室的门被推开一条缝，门缝里黑漆漆的，什么也看不见。

"只开一条缝干什么？光天化日之下，你以为我会怕你？"楚冬忍上前，一把将门完全拉开。他戒备地摆出防御姿势，却发现休息室里空无一人，只有地上摆着一根蜡烛。

咦？好像昨天那个假白夜手上拿的就是这样的蜡烛。

这蜡烛是不是有什么蹊跷？

楚冬忍走进去捡起蜡烛，谁知那根蜡烛忽然燃烧了起来，火苗蹿得很高，差点儿烧伤楚冬忍的眼睛，幸好他躲得快。

此时砰的一声响，门被关上了。楚冬忍赶紧推门，门却纹丝不动。可这门明明没有锁，怎么推不开？难道外面有人堵门？

楚冬忍大力拍着门板，说："开门啊！开门啊！你有胆子把我骗进来，没胆子给我开门啊？"

……

白夜看向艺术馆的深处，说："我刚才好像听到了什么动静，好像是楚冬忍的声音。"

他们在艺术馆里四处寻找着，叫着楚冬忍的名字。

楚冬忍清晰地听到了，他用最大的嗓门喊着："我在员工休息室！你们快过来给我开门啊！"

可不管他怎么叫喊，大家好像都听不到他的声音。休息室就像一个密不透风的空间，传不出去任何声音。

在白夜他们的感知里，整个艺术馆静悄悄的，仿佛白夜刚才听到的声音只是错觉。

难道楚冬忍不在艺术馆的大堂?

"我给他打个电话问问。"南波兔拨下号码，却发现电话打不通，电话显示楚冬忍的位置不在服务区。

南波兔心想：怎么回事？明明昨天他们还可以通话的。

白夜迈着步子向大堂深处走，路过员工休息室的时候，她停顿了一下，说："他会不会在休息室里睡觉？"

楚冬松了一口气，说："对啊！对啊！你快打开门，救我出去！"

白夜越走越近，当她打开员工休息室的门时，里面空无一人，只有地上放着一根熄灭了的蜡烛。

白夜摇摇头，说："他不在。"

这诡异的状况让楚冬忍措手不及："我就在你眼前啊，白夜，你怎么看不到我呢？"

门是开着的，楚冬忍去抓白夜的手，却根本抓不到。他想跟着白夜从员工休息室出去，却有一扇无形的门阻挡了他的步伐。

楚冬忍越来越慌，心想：为什么没人听到他说话？他还不能触碰他们，甚至门开了，他也出不去？

大家正决定去别处找找，但白夜走了两步又停住了，说：“有人叫我。休息室里有道声音问我是否需要指引。”

“为什么我没听见？”洪秋泽又问南波兔。南波兔也没听到什么声音。

“你们等我一下。”白夜重新打开员工休息室的门，里面依旧空无一人。

她问南波兔：“‘大孙子’，我记得路上你跟我说，昨晚那东西杀死你时手里拿着蜡烛？”

南波兔答道：“对啊。”他自己都没反应过来，他已然适应白夜叫自己“大孙子”。

“你们谁借我个火，我将这根蜡烛点燃一下。”白夜问。

“给，我这儿有。”南波兔扔给白夜一个打火机。

白夜将蜡烛点燃，蜡烛发出十分浓烈的香味，与此同时，员工休息室里的楚冬忍只觉得浑身发烫，仿佛四周都是火，在灼烧着自己。

楚冬忍大喊：“啊啊啊！好疼！为什么这么烫？不要烧了！快停下！”

白夜对着蜡烛叹气：“这根蜡烛质量不太好，火苗一直在跳动。”

随即他们发现了奇怪之处，火苗一直在向他们的方向跳动。

可四周没有风，为什么蜡烛火苗的方向始终朝向他们呢？

南波兔突然反应过来：“我知道那东西昨晚为什么要拿着蜡烛找我了！会不会是因为这蜡烛可以帮助它找到藏起来的人类？这蜡烛的火苗就像罗盘一样，火苗跳动的方向就是人类所在的位置！”

白夜说：“那我们现在都换个地方站。”

白夜将燃烧的蜡烛放在地上，然后和众人分散站位。果然，蜡烛的火苗会追逐众人移动的方向，看样子它真的能识别出人类所在的位置。

那如果他们围着蜡烛站一圈，火苗会先指向谁呢？

众人决定试试看。他们围着蜡烛站成一圈，蜡烛的火苗忽然转向了洪秋泽。

为什么是洪秋泽？难道是因为洪秋泽是他们当中第一个要死的人，所以是那东西优先寻找的对象？

就在众人讨论时，楚冬忍觉得自己的灵魂快被一点儿一点儿地烧成灰了，他歇斯底里地嘶吼，却没人听到他的声音。就在他以为自己要被烧死时，白夜吹灭了烛火。

南波兔问：“你怎么把火吹灭了？不如让这根蜡烛烧完，等到晚上，那东西就无法利用它找我们了。”

白夜盯着蜡烛发呆，没有回话。

南波兔不解地问道：“你在想什么？”

“因为我爸爸给我讲过一个故事。”白夜回忆着从前，“他当时点燃蜡烛，半开玩笑地跟我说，每支蜡烛都代表着一份罪孽，等蜡烛烧完，罪孽就会消散。当时我爸拿着蜡烛到处走，我问他在干什么，他说这根蜡烛的火苗可以帮他找到附近正在发生的罪行。”

南波兔问：“你是说，现在我们面前的这根蜡烛是赎罪的产物，里面藏着某个人的罪孽？”

白夜说：“不，我觉得这根蜡烛里藏着的可能是人，因为烧罪找罪，烧人找人。”

众人听了白夜的话后纷纷沉默，他们总觉得白夜的推理有时过于跳脱，却又好似有些道理。

这时，白夜又说：“如果烧人找人，那就要先把一个人变成蜡烛才对……所以那东西会不会每晚都点一根这样的蜡烛，用于找到我们？”

赵瑾辞像是根据白夜的话想明白了什么东西，点了点头，说：“怪不得。”

众人看向赵瑾辞。她问：“你们有没有想过，如果那东西的目标仅仅是杀死我们一家四口，那么来到这个世界的其他人它就会放过吗？它会那么仁慈吗？所以，它会把其他人当成蜡烛的材料！”

洪秋泽有些忧心地问道：“现在楚冬忍失联了，他不会已经成了‘蜡烛’吧？”

他看了一眼白夜手上的蜡烛，忽然扑过去喊道：“楚冬忍，是你吗？你说句话啊！呜呜呜——楚冬忍，你死得好惨啊……”

楚冬忍：“……”

洪秋泽抹了抹不存在的眼泪，说：“唉，看来楚冬忍已经没救了，我们走吧。”

“我有救！”楚冬忍大声嘶吼。

洪秋泽继续哀悼：“楚哥，你一路走好，我会帮你好好照顾白夜的。”

楚冬忍说：“啥？”

洪秋泽十分讲义气地说：“白夜，以后E班还有我呢。有我在，楚冬忍在天之灵一定会安息的！你以后就跟着我吧！我是说，跟我混吧！”

白夜说：“啊？好。”

楚冬忍抓狂道：“你们就这么愉快地决定了，真的没问题吗？你们真的不想救一救我吗？不想念我吗？我真的没死啊！洪秋泽，你这个狗东西！”

洪秋泽又道：“楚冬忍现在一定在骂我狗东西，你们信不信？他总这样骂我，可不文明了。”

白夜点头道：“骂人不好。”

洪秋泽说：“对，他不好，我们不要向他学习……不过反正他也死了，我们就不要再嫌弃他了。”

白夜再次附和：“嗯，死者为大。”

楚冬忍气得挠门，喊道：“你们再一边咒我死一边嫌弃我，我就活给你们看！”

白夜说：“我把这根蜡烛扔回去吧，反正也没什么用了。逝者已矣，生者如斯……咦，我会背古文了，这是哪篇课文里的句子？”

众人开始讨论起句子的出处。

楚冬忍气得要死，自己都这样了，他们还在讨论课文！白夜还直接将蜡烛像丢垃圾一样扔回员工休息室！

楚冬忍大吼：“我做鬼也不会放过你们的！”

此时，白夜忽然用南波兔的打火机点燃了一簇火，她将燃着火焰的打火机贴着休息室的门放下，并在口中念了几句："楚冬忍，回来。"

明明是很小的声音，但楚冬忍却听得很清晰，然后就在头顶的位置看到一束光。

一瞬间，他所在的空间天旋地转，他这才发现，原来员工休息室的门不是真正的门，真正的门在他头上！

楚冬忍向着那道光扑去。众人就见原本空无一人的员工休息室里，楚冬忍忽然扑出来，并倒在白夜的脚下。

白夜收起打火机，说："人出来啦。"

楚冬忍开始找众人算账："死人都要被你们气活了，我一个没死的人怎么会出不来！"

洪秋泽赶忙摆手："你别生气，刚才我们是故意那么说的，白夜给我发短信，说想让你出来，就必须先激发你的生气，而最快的办法，就是让你生气啦。"

楚冬忍明白过来，原来大家是故意的。

白夜解释："既然蜡烛是在员工休息室里找到的，我就怀疑你也在里头。你成了'蜡烛'，本体应该已经被默认死亡，如果不刺激你让身上爆发出生气，你就不会看到出来的路。"

"路？你是说那束光？"

"嗯，那束光其实是我手中的打火机。"白夜将打火机还给南波兔，"这也是爸爸跟我提过的方法，我就试着照做了。"

楚冬忍绝处逢生，差点儿喜极而泣："原来你们还是爱我的！"

解救了楚冬忍后，他们打算去看看艺术馆里还有没有别人。白夜很纳闷她爸去哪儿了，为何一直没出现？

楚冬忍也凑过来问："你那个木偶头门觉呢？"

"哦，我也不知道为什么他没跟过来，我睡觉前明明记得把他的木偶头放在怀里了。"白夜来到这个世界后，在她醒来的房间找了很久，都没找到门觉。

楚冬忍说门觉可能离家出走了，但白夜觉得他不是那种不懂事的木偶头。

洪秋泽在旁边听得云里雾里，这时他的余光忽然看到有一张脸贴在艺术馆的窗户上，正在看他们。

“什么东西？”洪秋泽惊叫出声，“你们看！窗户那里有个人！”

众人壮着胆子去窗户后面查看，正好看到一个人从外面的大树上跳下来，脚好像崴了，跑的时候一不小心又摔在了地上。

众人见状，心想那应该是人吧？里世界的怪物会这么笨吗？

此时那个跳下树崴了脚的男人一脸崩溃道：“你……你们别过来！别过来，我的肉不好吃，你们不要吃我！”

众人互相看了一眼，心想这难道是一个“平民”玩家？

白夜问：“你刚才在树上干什么？”

男人拖着崴了脚的腿艰难后退：“别过来，你这个妖女！”

白夜不明白自己为什么会被叫作妖女。

那个男人观察了他们一会儿，又试探性地问：“昨天晚上不就是你把我杀死的吗？”

楚冬忍明白过来，原来男人昨晚也看到了由怪物变成的假白夜。

楚冬忍安抚着男人：“你不要怕，现在这个白夜不是那个杀人的东西。昨天我们也死了，现在咱们一起复活了。”

男人又看了他们几眼，似乎在确认什么：“是……是吗？你们真的不是妖怪吗？”

白夜努力证明着自己：“真的，我会现代网络用语，不信我说给你听，‘大吉大利，今晚吃鸡’。”

男人怔了怔，说：“吃鸡？哦，鸡很好吃，那我相信你们不是妖怪了。”

他放松下来后继续说：“其实昨天不光我死在了外面，还有一个人和我一块儿死了。”

白夜问：“那今天早上你看到他了吗？”

男人摇摇头，说：“没看到，但昨天我们是在花坛那里遇见的，他有一头火红色的头发，如果他还活着，应该很好找。”

……

通过聊天，大家了解到男人叫王强。王强带着众人去花坛找了一圈，却没有见到什么红头发的人。

楚冬忍又开始发功了，他神神道道地说："根据我身为男人的第七感，我总觉得有人在盯着我，它就在附近，就在……"

楚冬忍一抬头，看到了一张大脸——是一座石膏像。

楚冬忍扫了扫一旁的其他石膏像，说："我们快走吧，这里石像太多了，看得我瘆得慌，我总觉得它们在看着我……"

洪秋泽嘲笑他："看你那胆小的样子，石像而已，有什么可怕的，以后你别说你是 E 班的人。"

楚冬忍反唇相讥："你真没见识，难道你没看过这种题材的恐怖片吗？"

洪秋泽哈哈大笑。

白夜突然问："你们说，这座艺术馆为什么到了我们那个年代就没有工作人员了，而是沦为一处供人参观的建筑景点？"

洪秋泽想了想，说："可能因为它的外形像一口棺材吧，这么不吉利的艺术馆，谁会来上班啊？"

白夜说："那为什么当时要把艺术馆修成棺材的形状呢？难道是故意的吗？"

洪秋泽说："谁知道呢，不过说到棺材……我记得在现实中，我参观过这个艺术馆的旧址，有个导游说东侧有个地下墓室，只不过因为损毁得不成样子，所以禁止游客通行，不知道现在这里的地下墓室是什么样子。"

"先找找看。"白夜觉得既然他们醒来的地方分别是四口之家和艺术馆，那这两者之间一定有什么联系。

众人去往东面寻找地下墓室的入口，此时南波兔忽然问了一句："'爷爷'，你怎么有两个影子？"

白夜回过头，赫然发现自己后面多了一个影子。

南波兔谨慎地退后两步，说："明明去花坛之前你的影子还是正常的，你怎么了？"

楚冬忍也紧张起来，以为白夜惹上了什么不祥的东西。

只有赵瑾辞比较淡定："难道是他？上次在船上，我的另外一个废物‘狼’同伴？”

“你说谁是废物呢？”影子突然说话了。

赵瑾辞回呛：“你不是废物是什么？你只知道装影子偷懒，什么事也不干！”

白夜叫影子从自己身上下来，影子却说自己现在不能见人。

白夜不喜欢被奇怪的东西上身，更不喜欢被人上身，说：“出来，不然我就藏在完全没有光的黑暗里，那时你也会因为没有光而不能化身为影子。”

影子叹道：“女人，你怎么这样？就这么想见到我吗？是不是好几天不见，你想我了？哎呀，你也太客气了！不过我这人比较害羞，所以我……”

白夜的声音少见地有些冷淡：“出来。”

影子终于妥协：“好吧，好吧，那我出来后你们可别爱上我。”

楚冬忍的拳头硬了，说：“这影子是谁啊？怎么这么欠揍！等他出来，我们一起揍他一顿吧！”

南波兔表示同意，默默捡起了地上的板砖。

黑影脱离白夜的身体，在日光下显出了人形，那是一个留着红色头发的男人。

赵瑾辞一脸惊讶，指着影子说：“咦？你不是那个——”

影子点头道：“对，我就是那个演《春风不度美人关》男主角的鸠影。”

虽然白夜和鸠影在里世界中相处过几次，但这也是白夜第一次见到鸠影的脸，她问：“《春风不度美人关》是什么？”

“原来你不知道？”赵瑾辞替鸠影做自我介绍，“他是一名演员，还挺红的，我身边很多人都看过他演的电视剧。”

白夜突然明白这个叫鸠影的为何一直不愿现身，又为何这么自恋了。

鸠影撩着头发说：“是不是看到我帅气的面孔的那一瞬间，你们就爱上我了？相遇即有缘，我可以给在座的各位女士都签个名，以便你们日后睹物思人……”

然而鸠影还没说完，他的后脑勺就被拍了一板砖。

鸠影怒道："谁偷袭我？"

南波兔说："揍他！"

楚冬忍说："他太自恋了，我看不下去了！"

洪秋泽说："我第一次打明星，想想还有点儿小激动呢！"

明星可是他们平时踹不到的人，三人一致决定多踹几下过瘾。

鸠影大叫着让他们停脚，他万万没想到，他身为大明星，还没来得及收获少女爱慕的眼神，就忽然被踹了！他不要面子的吗？

"你们觉得我好欺负？我可是'狼'！这偶像包袱我不要了！"说罢，鸠影便扑过去和三人扭打起来。

赵瑾辞看愣了，这真是大场面，不知道鸠影的女友粉们看了会怎么想。

白夜不确定地问："他真的有粉丝吗？"

此时鸠影的脑袋都被洪秋泽按到水缸里了，他的手还捅着楚冬忍的鼻孔，像是抓保龄球一样，毫无形象。

赵瑾辞真的看不下去了，以前她还觉得电视里的鸠影挺帅的，而现在，她只觉得自己年少无知。

经过赵瑾辞的劝架，他们总算结束了战火，鸠影原本炫酷的发型被水浸成了落汤鸡。

他边摆弄着发型边说："白夜，这次跟你一起进里世界的都是一些什么人啊，一看就不是好人。"

白夜还是习惯叫他影子："影子，我们为什么又会见到？上次那个世界你才出来没多久，短时间内应该不用再进入里世界吧？"

鸠影道："回到现实中后，我可以感应到在上一个里世界所寄生的宿主的情况，也就是我可以感应到你是否进入了里世界，而我可以选择是否随从。因为我比较信任你，就选择随从你咯。"他是奔着"躺着就能赢"来的。

白夜问："可是我刚进入这个世界的时候怎么没看见你？"

鸠影答道："因为每当进入里世界，我都要和人重新建立寄生关系，所以我和你的联系在进入这世界的那一刻就被切断了。"

还是在白夜去花坛时，鸠影重新遇见她，才能再次寄生在她的身上成为影子。

经过询问，原来鸠影昨天也被杀死了一次，是在毫无预兆的情况下被一个看不见的东西将心脏掏了出来。

白夜他们和鸠影交换了情报，也将他们的分析告诉了鸠影，方便大家一起寻找离开这个世界的方法。

说话间，众人找到了地下墓室，他们从潮湿的楼梯走了下去，里面非常阴冷。幸好这里有一盏油灯，用打火机就可以点亮，不然黑漆漆的，他们都不知道下面有什么。

随着众人的深入，借着微弱的灯光，他们看到地下墓室的中间停放着一口孤零零的棺材。

为了得到更多信息，他们决定开棺。

白夜刚走到棺材旁，还没动手，就听到了咚咚咚的敲门声。

不，是敲棺声。难道棺材里面有什么东西？

众人的神经立即紧绷起来。南波兔冲白夜喊道："不要随便打开棺材！"

"我知道。"白夜十分了解地点了点头，"既然棺材里面有人躺着，那我们就不能随便打开盖子，这样不礼貌。"

白夜礼貌地从外面敲了敲棺材盖，问："里面有人吗？方便开门吗？"

南波兔再次服了白夜的脑回路，赶忙再次提醒白夜："蠢货，就算棺材里有东西，也肯定不是人！你觉得它能听懂人话吗？"

"我就随便问问。"白夜的话音刚落，一只苍白的手忽然从南波兔的臂弯下伸过来，弄灭了南波兔举着的油灯，墓室顿时陷入一片黑暗。

"有人弄灭了我的油灯！"南波兔说，"那只手白白的，好像是女人的手！"

赵瑾辞首先排除了自己："虽然这里只有我和白夜两个女的，但不是我弄灭的灯。"

楚冬忍说："你快把油灯重新点起来！"

南波兔匆忙把手伸进兜里拿打火机，却摸到一只冰凉的手。

“什么东西！”南波兔回身就是一拳，砰的一声响，他打到了什么硬硬的东西，硬到把他的指关节打出了血。

恰在这时，黑暗中响起了一声重重的咔嗒声，像是棺材板被推开了。紧接着，众人听到了嗒嗒嗒的声音，那声音很奇怪，听频率像有人在走路，又像石头轻轻砸在地上的声音。

棺材里到底出来了什么东西？

楚冬忍催促：“南波兔，你快点火啊，还磨磨蹭蹭干什么！”

“打火机被那只手弄掉了！等等！”南波兔顾不上流血的手，开始蹲在地上摸打火机，而那脚步声离众人越来越近。

楚冬忍伸长胳膊胡乱捶打四周，拳打脚踢的，试图阻挡那未知之物的靠近。就在一只冰冷的手拍上他肩膀的瞬间，南波兔手中的打火机亮了。微弱的光驱散了墓室的黑暗，他赶紧回头：“谁？谁刚才站在我身后？”

结果他看到了王强。

楚冬忍问道：“是你？刚才是你碰我的肩膀？”

王强像拨浪鼓一样摇头：“我没有啊！我刚才被吓得一动都不敢动！”

惊魂未定的众人又看向棺材，然而此时，这个墓室里除了他们几个人，根本没有其他东西。但棺材是开着的，好像真的有东西从里面爬出来过。

白夜蹲下身看那口棺材里面：“咦？‘儿子’‘大孙子’，你们快来看，这口棺材好像是昨天我们死后关着我们的那口！”

南波兔不情愿地走了过去。相比之下，洪秋泽就很坦荡了：“来了，‘爸’。”

赵瑾辞蹲下身，借着微弱的光查看棺材：“这真的很像昨天关着我们的那口棺材，里面都画着这种复杂的图案。”

棺材在艺术馆里，难道杀害那一家四口的凶手是艺术馆里的人？

众人研究着棺材里的纹路，一般棺材里是不会有图案的吧？所以这些图案代表着什么呢？

洪秋泽分析：“凶手真的很像患有重度强迫症，不然对方为什么非要看皇历，并且只在指定的时间杀人呢？”

赵瑾辞说：“那凶手最后没杀死我，而是把我扔进棺材里，是有什么原因吗？”

“这里是艺术馆，能在艺术馆里放棺材的肯定是内部人员，难道是馆长？”白夜分析着，“不管怎样，那个凶手极可能是个艺术家，也许我们看到的那口封着一家四口的棺材，本身就是他的行为艺术作品？”

洪秋泽浑身发冷，说：“如果是这样，那凶手也太变态了，真是个打着艺术幌子的疯子！”

白夜也忽然反应过来：“怪不得……怪不得我们来到了这四口之家所在的世界，他们却不是这个世界的主人。构建这个世界的，应该是杀死他们的那个凶手。

“这四口之家的意识死后被束缚在这里，然后通过附身我们的方式，想脱离凶手的掌控。”

洪秋泽叹道：“但我们也不知道怎么反抗那个杀人凶手啊，对方现在都不知道变成什么东西了，我们根本不是那个凶手的对手。”

洪秋泽忽然被踩了一下，他用鞋一划拉，发现脚下踩着一块石膏碎片。

“石膏？”南波兔皱着眉头，看向洪秋泽脚下的石膏，又看了看自己的手。

刚才油灯被弄灭的时候，有个东西的手伸到他的兜里掏打火机，他发现后回身打了对方一拳。那时候他感觉对方的身体很硬，连他的手都被打出了血。等光重新出现后，他借着打火机的光照了照，发现指关节的伤口上沾的是石膏碎末。

南波兔跟众人说了自己的猜测：刚才那个袭击大家的东西说不定就是石膏像，活着的石膏像。

刚才灯灭之前，南波兔看到了弄灭油灯的那只手，那只手雪白雪白的，所以南波兔才猜测对方是一个女人。现在想来，应该不是什么女人，而是石膏，因为石膏就是那种惨白的颜色。

楚冬忍一脸凝重道：“刚才花坛上有很多石膏像，我还觉得它们总在看我，会不会是那些石膏像有问题？我们回去看看吧！”

“先不用回去。”白夜忽然走到了王强面前，“你为什么一直站在大家的后面？”

王强理所当然地说：“因为我怕啊！”

白夜说：“刚才在外面，我跟你说‘大吉大利，今晚吃鸡’，你却对我说鸡很好吃。”

王强一脸困惑道：“这有什么问题？”

白夜说：“没问题，所以我想再问你几个问题确认一下——宫廷玉液酒，多少钱一杯？”

王强停顿了好几秒，最后说：“不知道。”

白夜又问：“挖掘机技术哪家强？”

王强再次摇头，说：“我没了解过这个。”

“那只要 ×××，就可带回家，××× 代表什么数字？”

王强有些不耐烦地说：“你问这些没用的干什么？这不可能谁都知道吧？我和你们这些年轻人可不一样！”

白夜表示理解：“那再换个问题，10086 是什么号码？”

王强无奈地笑了笑，说：“这个我知道啊，你能不考我这么简单的问题吗？你到底想干什么啊？”

“所以 10086 到底是什么号码呢？”白夜不懈地追问。

王强始终没有回答她，并且眼神忽然阴森下来，不悦地盯着白夜。

白夜后退了两步，其他人也都意识到了情况不对。

王强和他们好像根本不是同一个时代的人。

他们都来自现代，而王强……王强是里世界的人！所以他才回答不了那些问题！

楚冬忍撸起袖子，劝着同样撸起袖子的南波兔：“要不等等，万一打错了呢？”

“管他是人是鬼，先打了再说！”南波兔紧盯着王强，“如果打错了，我就跟他道歉！”

洪秋泽附和道：“对！管那么多干什么！先打一顿就好了！”

“那你们轻点儿！他也很大岁数了，万一揍坏了就不好了。”楚冬忍边贴心提醒边一脚将王强踹倒。

E班几人对着地上的王强一阵狠踹，脚不能停。

赵瑾辞望着这场面，说：“这个‘狼人’我不当了，我觉得他们才是‘狼人’！”

白夜发现王强被踢了这么久都没声音，也不反抗，连忙叫停：“你们先停下！你们脚下的人看起来已经不是人了！”

南波兔边踢边说：“我当然知道他现在不是人了，而是石膏像！不是人才要狠狠踢！”

是的，他们没有踢错人，王强变成石膏像了！

如果这石膏像就是杀害他们的元凶，那他们现在恨不得将其挫骨扬灰，一个个疯狂地攻击。一般恐怖片都是因为攻击得不够彻底才造成集体灭亡的，他们一定要将石膏像踹成粉碎性骨折才行。

三个人像疯狗一样对着脚下惨白的石膏像一顿猛踹，原本安静的墓室里回荡着一阵阵石头碎裂的声音。

鸠影的嘴角抽了抽，心想幸好刚才他和这三个人打架时，他们还没有这么疯狂。

片刻后，三个人意犹未尽地停下脚。

楚冬忍非常有成就感地说：“这石膏像不如鸠影禁踹。”

鸠影：“……”

南波兔总结运动经验：“虽然我们力气大，但用脚踹比较费腿，下次我们抡凳子砸。”

就在三人以为杀人的东西已经被踢死时，白夜给他们泼了一盆冷水：“这个世界还没有崩塌，所以那个东西一定还没有死。”

楚冬忍想到艺术馆里有那么多的石膏像，说：“是不是要把石膏像都砸了……不对，是不是石膏像只是那东西的容器，那东西可以栖息到其他石膏像上？”

所以，他们还是要将这里的石膏像都砸了！

白夜却觉得事情没那么简单：“刚才明明有什么东西从棺材里跑了出来，会不会棺材里的东西才是真正的由凶手变成的怪物，它有操控石膏像的能力，所以王强当时才会弄灭油灯，帮助棺材里的东西离开。”

南波兔发出疑问：“那棺材里的东西在怕什么？怕我们看到它的庐山真面目吗？为什么非要灭灯它才能从棺材里出来？”

墓室回廊的楼梯上忽然传来声响，众人刚开始没在意，直到发现地上多出了一个人的影子。

大家不约而同地向楼梯口望去，却看到那里站着一个“白夜”！

“白夜”正拿着一根蜡烛，一脸微笑地望着他们。

楚冬忍看了看身边的白夜，又看了看楼梯上的假白夜，不禁警惕起来：“我们现在不会是产生幻觉了吧！”

赵瑾辞想起昨晚被关在棺材里的体验，声音开始颤抖：“墓室里没窗户，所以我们没注意天色，现在手机上的时间显示已经天黑了，所以它来找我们了！”

白夜的评价倒是和众人不一样：“它笑得比我好看。”

楚冬忍被白夜弄得神经倒不那么紧绷了：“要不你去夸它两句，让它把我们放出去？”

此时，拿着蜡烛的假白夜直直地向楚冬忍走来，嘴唇弯着的弧度像雕塑般定格在脸上。

楚冬忍抱住肩膀，像是即将遭受非礼般惊恐：“它怎么来找我了啊？”

白夜让他死得明白：“因为鸠影已经变成我的影子了，所以现在它的目标只剩下你一个了。”

楚冬忍说：“那你们呢？它怎么不去找你们？”

白夜给他答疑解惑：“哦，我们都有固定的死亡时间，它不会在非死亡时间内杀掉我们。”

楚冬忍懂了，感情在这个墓室里数他最无依无靠！他瞬间觉得自己弱小可怜又无助。

“放心，我们会保护你的。”白夜有了办法，“既然它不会在非死亡时间内杀死我们，那现在我们就可以将你围起来，替你挡住它。”

但他们肯定拦不了太久，所以楚冬忍需要找机会赶紧从墓室里跑出去藏起来。

假白夜果然无视南波兔等人，向楚冬忍冲去。南波兔和白夜他们赶忙挡在那东西面前，一同拦住它。

楚冬忍趁众人按住假白夜时，飞快从楼梯口奔上去。但假白夜的力气实在太大了，它几乎在楚冬忍跑上去的瞬间便推开了众人。

白夜赶紧说道："先抢它的蜡烛！没了蜡烛它就没办法找到楚冬忍！"

"交给我来办，这种事我没少干！"洪秋泽自告奋勇。他一个"猴子偷桃"，以一个刁钻的角度飞快拿走了假白夜手中的蜡烛，他正想拿着蜡烛逃跑，谁知道面前的假白夜竟然不见了，它变成透明的了！

洪秋泽直呼它作弊，竟然隐身跟他抢东西！

凭着直觉，洪秋泽觉得身边走过来一个东西，他立马条件反射，将蜡烛扔给了白夜。

白夜接过蜡烛后马上往外面跑，她不知道身后有没有东西追过来，所以只能更加奋力地跑。

这时，艺术馆外面下雨了。

楚冬忍躲在一棵歪脖子老树上，茂密的树冠挡住了雨水，也挡住了他的身形。忽地，他见到拿着蜡烛的白夜从树下跑过，以为是假白夜，赶紧屏住呼吸。

楚冬忍想，现在应当是蜡烛熄灭了，所以假白夜跑错了方向，没有发现他真正的位置。

楚冬忍松了一口气，看到树下又走过一个白夜，这个白夜没有拿蜡烛，并且面无表情，看样子是真白夜了。

楚冬忍小声叫住她："喂，喂，白夜，我在这里，你快和我一起躲到树上来！刚才那个东西往前面跑了，这里是安全的！"

树下的白夜缓缓转过头，抬头望向树上的楚冬忍，然后扬唇笑了笑。

楚冬忍浑身一僵，诡异的感觉开始蔓延全身。这是怎么回事？白夜居然会正经地笑了？不对……难道这不是白夜？

"白夜"的嘴角依旧挂着微笑，下一刻就手脚并用，像蜘蛛一样爬上树。楚冬忍心如擂鼓，大感危险。

这时远处有个人叫他：“楚冬忍，你在那上面吗？”

是白夜！楚冬忍马上呼喊：“我在！我在！”

在白夜的招呼下，楚冬忍立刻跳下树，然而他身后那个假白夜也从树上跳下来，并瞬间消失，隐身在雨幕中。

白夜根本辨别不出它的方位，只能拉着楚冬忍飞快地跑。如果让那看不见的东西追上来，她一定来不及替楚冬忍挡住攻击！

楚冬忍自责道：“刚才你拿着蜡烛经过，我以为你是假的！我太蠢了，真的，竟然因为犯蠢拖累了你！”

白夜扬起嘴角，说：“你不蠢，因为其实我才是假的啊。”

楚冬忍望着白夜一贯不露微笑的脸，说：“你别吓我！”

白夜收起微笑，说：“你看，被我吓一吓后你跑得更快了吧。”

楚冬忍问：“你手里的蜡烛呢？扔哪儿了？”

“扔哪儿我都觉得不安全，怕被那东西找到，所以我把它吃了。”白夜说。

“哦，吃了啊。”楚冬忍跑了几步后反应过来，“等等，你把蜡烛吃了？”

“嗯，反正这里是里世界，就算我吃了蜡烛，回到现实世界后也不用洗胃。”白夜说完这句话，便看到楚冬忍的身侧出现了一串不断增加的脚印。

幸好他们现在走在泥地上，在雨中可以看到隐身人的脚印。

它来了！就在楚冬忍的右边！

“让开！”白夜推开楚冬忍，挡在他的右侧，有她当盾牌，怪物就会放弃攻击，毕竟现在不是她的死亡时间，所以怪物不会现在杀死她。

但让白夜万万没想到的是，她的心脏处转眼间就多了一个大窟窿，就像怪物昨晚杀死洪秋泽那样。

“白夜，你怎么不跑了，白……”楚冬忍瞪大双眼，目光落在白夜胸前的血窟窿上，又见她无力倒下，刹那间，连逃跑都忘了。

“白夜！你别死，别死啊！”楚冬忍双手颤抖地接住白夜，按住白夜胸口流血的窟窿，却发现白夜已经没了气息，此刻他心中充斥着绝望。

都是因为他，白夜是为保护他而死，是他害死了自己的朋友。

楚冬忍在雨中红了眼睛，他知道怪物就在他身边，他也会死，但他不在乎了，来啊！把他也杀了吧！浑蛋怪物！

楚冬忍在雨中大声吼叫，对着雨乱挥拳头，做着最后的反抗。

这时他听到身后传来南波兔的声音：“楚冬忍，我们不是让你躲起来吗？白夜怎么在你怀里？她怎么了？”

“她死了，呜呜呜……”楚冬忍崩溃地大哭。

其他人也都陆续赶来，大家都远远瞧见楚冬忍抱着白夜哭得肝肠寸断，并听到了他们的对话。

鸠影从地上浮现，说：“她真的死了，因为现在我不能成为她的影子了，我不能成为死人的影子……”他又指了指泥地上的脚印，“而且那个东西已经离开了，在白夜死后往反方向走了。”

“那东西怎么会先杀白夜呢？我们不是都有固定的死亡顺序吗？”南波兔问。

如果怪物可以乱杀人，那他们之前的猜测就被推翻了。

鸠影分析道：“应该是误杀，那东西当时应该快将手捅进楚冬忍的胸膛了，白夜却帮他挡下了。之后它因为杀错人，便结束了杀戮，走了。”

南波兔蹲下来安慰楚冬忍：“你别哭了，白夜会活过来的。”

楚冬忍抬起头号叫，鼻涕差点儿流进嘴巴里，声音听起来悲伤极了：“她都这样了，还能怎么活过来？”

南波兔提醒他：“我们还有一次经历十三日的机会，虽然今天白夜死了，但这一天会重来的，明天早上，她一定还会活过来！”

“真的吗？”楚冬忍泪眼蒙眬地抬起头。

望着面前可怜的楚冬忍，南波兔不忍心告诉他不一定，毕竟那只是猜测，所以他对楚冬忍说：“真的。”

听南波兔说白夜会活过来，楚冬忍才平静了一些，但眼睛依旧红红的。他揉了揉眼睛，站起身来，抱着白夜的尸体说：“我把她抱到艺术馆去，外面雨下得太大了。”

鸠影觉得楚冬忍多此一举：“反正她现在是死的，又不会感冒。”

楚冬忍说：“但是发型会乱的！作为白夜的好‘兄弟’，她就算是死，我也要让她死得体面！”

在楚冬忍搬运白夜的过程中，鸠影一直在旁边唱歌，楚冬忍听得青筋四起：“都死人了，你还唱歌！”

“唉，我只是好心想调节一下气氛而已。”鸠影哼着小歌，和众人一起回到了艺术馆，一点儿也没有被人嫌弃而伤心的样子。

他之前虽然觉得白夜死了很可惜，但是他们共同冒险的时间不长，就是萍水相逢，他只能在心里为白夜哀叹一声。现在知道今晚会重来，不用死人后，鸠影的心理压力也没那么大了。

此时大家都觉得那杀人的东西不会找来了，毕竟它是自己离开的，并没有继续杀人，应该不会动手了吧？

楚冬忍替白夜梳理着发型，之后边替白夜擦脸上的水渍边碎碎念：“‘兄弟’，对不起，刚才你被怪物袭击一定很疼吧……怪物也太坏了，竟然把你的胸口弄出这么大的一个洞……”

楚冬忍盯着白夜胸口的血洞，洞里每冒出一股血，他的心就抽一下。

当时她一定非常疼，楚冬忍又陷入了深深的自责中。

听着外面的雨声，众人陷入了沉默。

眼看怪物真的没有再来找他们，南波兔沉默片刻，率先起身道：“趁怪物不在，我们应该做点儿准备。找张网，或者找些颜料，等它再出现时泼在它身上，这样就可以判断它的位置了。”

虽然这一天还会重来，但如果提前知晓这些材料的位置，明天用起来会方便一些。

夜幕开始透光，他们在等待明天的降临，但又不知道今天会不会重复，能否重新回到那个能让白夜复活的十三日。

第三章

当白夜再次醒来，是在四口之家的二层小楼中，她又回到了第一天开始的地方。

十三日又重来了。

白夜下床后，洪秋泽就闯了进来，身后跟着南波兔和赵瑾辞。

几人看到她，都松了一口气。

赵瑾辞高兴道：“太好啦，你真的没死！”

洪秋泽哥俩好地凑到白夜面前，说：“我醒来的第一件事就是过来看看你活没活！”

白夜一脸感动地评价：“啊，你真孝顺。”

“你怎么说话呢？”

“我错了，谢谢你们关心我。”白夜适时改口，“我真的很开心，这可能就是传说中的天伦之乐吧。”

洪秋泽被白夜弄得没脾气。南波兔抱着胸口站在一旁说：“你别误会，我过来看你只是怕你死了，楚冬忍伤心而已。”

白夜环视四周，没有发现楚冬忍，随后才想起来楚冬忍和他们的“出生点”不在同一个地方，十三日重来之后他们还要去艺术馆找他。

今天可是最后一天了，就算死人也不会再重来了，所以他们今天都要谨慎一些。

当众人再次来到艺术馆，楚冬忍和鸠影正坐在椅子上等他们。

楚冬忍看到白夜，立马开心地站起来：“‘兄弟’，你来啦！”

洪秋泽热情地回应道：“嗯，我来了！”

“我没叫你！”楚冬忍来到白夜身边，四下观察了一遍，“你的身体真的没事了吗？”

“没事了，不信你看。”白夜指了指自己胸口的位置。

楚冬忍马上别过头，说：“我……我不看，我不看！”

鸠影从椅子上跳下来，说：“按昨天商量好的，我们把这艺术馆里的石膏像都砸了吧， 现在是白天，那东西应该不会轻易出来作妖。”

按照里世界中的规则，怪物一般只会在夜里出现。

南波兔一声不吭地拿起锤子就砸起了石膏像，锤子是他在四口之家找到的，洪秋泽也拿了一把。

经过长时间的敲敲打打，石膏像一个接一个地被众人弄碎。

也不知哪里的石膏像又倒下了，发出清脆的破裂声，还伴随着赵瑾辞的一声尖叫：“啊！什么东西！”

众人闻声去看，只见被赵瑾辞砸碎的那尊石膏像的裂缝中流出了血——这尊石膏像里封着什么东西？

白夜拽过那截石膏像，将石膏像大腿处流血的裂缝掰断。她乍一用力，大量的鲜血便流淌了出来——里面封存着一具尸体。

众人立即决定将这石膏像整个儿砸碎看看。洪秋泽三下五除二就把石膏像的表体砸得粉碎，等石膏像的表体碎裂之后，里面的躯干露了出来。

楚冬忍被恶心得吐了出来，然后别过眼去不看那具尸体。

他们只是高中生，此时的场面对他们的心理冲击过于大了。

鸠影嘲笑着殴打过自己的楚冬忍，努力找回场子：“哈哈，这回知道怕了吧，小孩儿，看来还是需要我这种内心强大而稳重的成年人出场！”

白夜问：“那你的胳膊为什么在颤抖？”

鸠影理直气壮地答道：“我冷。”

“那你的脸色为什么那么白？”

鸠影总能找到理由：“因为我的皮肤本来就白！这么多年我被网友们称为小白脸，可不是白叫的！”

鸠影蹲下身，查看了一下石膏中的尸体，发现只有下半身，上半身则全是石膏。

鸠影一脸困惑道："为什么只有下半身的尸体在石膏中？"

"我知道是因为什么。"白夜冷静地分析，"因为我爸说，男人是用下半身思考的动物，所以这个石膏里只有下半身尸体——受害者是男的。"

鸠影说："你真是机智到令我无法呼吸！"

可重点是尸体的上半身去哪儿了，最合理的猜测就是它被封在另一个石膏像中。

为了验证这点，众人把其他石膏像的上半身纷纷弄碎，但里面除了石膏还是石膏，根本没有尸体。

南波兔自言自语："不在艺术馆里，那么另外一半尸体会在哪儿呢……"

白夜再次展现自己的机智："可能被它落在家里了吧。"

南波兔冷下脸来，说："白夜，我再次请你严肃一点儿，现在可不是开玩笑的时候，还落在家里了，我看你的脑袋像落在家里了！"说到这里，南波兔忽然想到第一晚出现在四口之家的那个透明怪物。

不对，难道上半身尸体真的落在家里了？

当时他们在家里遭遇了透明怪物的袭击，之后他给楚冬忍打电话，楚冬忍也说自己在艺术馆中遇到了怪物。

看样子怪物似乎有两个，但自始至终，追杀他们的只有一个。

理由就是他们在艺术馆会合后，那个怪物还是遵循着杀人顺序，如果有两个或者多个怪物，它们早就会凭借数量的优势让他们无法招架，打破这种杀人顺序，让他们无法平安活到下一个十三日。

想到这里，南波兔有了一个大胆的猜测："那个怪物在四口之家和艺术馆之间能短时间内快速移动，是不是因为这两个地方都有它可以操纵的石膏像？"

赵瑾辞听完南波兔的话后，也突然想到什么，说："在我们经历死亡的第一天，那个东西变成你把我打晕之前，我无意间触碰了它的胳膊，它的胳膊非常硬，并不像人的躯干，反而像雕塑一样，也许藏着尸体上半身的石膏像真的在那四口之家里！”

有了头绪之后，大家决定回到四口之家，将那里的石膏像也找出来打碎，这样怪物就没有可以操控的东西了。

但想想还是很棘手，因为怪物只有操控石膏像时才可以变成人类的样子，复制他们的外貌，其他时候它都是透明的。

等将所有石膏像打碎，变成透明的怪物依旧很难对付。

白夜忽然说：“也许打碎藏着尸体的石膏像后，怪物就会死掉呢，毕竟其他石膏像中没有尸体，也可以被怪物操纵。所以藏着尸体的石膏像，一定是特别的。”

“但是我们来不及回去找了。”洪秋泽看了一眼天色，“刚才我们打碎石膏像已经花费了很多时间，现在快入夜了，它快来了。”

怪物的第一个目标一定是楚冬忍，白夜提议先让楚冬忍藏起来，然后其他人回到四口之家找石膏像。

洪秋泽却有不同的想法：“不，楚冬忍今晚不能藏起来，他要负责当我们吸引怪物的诱饵。”

白夜歪着头说：“让楚冬忍当诱饵做什么？”

“当然是看看能不能杀掉怪物啊！”洪秋泽说。

“是男子汉就要正面对决！”楚冬忍的语气中还带着气愤，“昨天那个怪物杀了你，我正来气呢，今晚说什么也要揍它一顿！而且，我们也不能老是将希望寄托在推理上，万一找到石膏像后砸碎它也没什么用呢？”

今天可是最后的机会，所以就算冒险，他们也要各种方法都尝试一下。

白夜有些担忧道：“但那怪物是透明的，我们看不到它，怎么和它正面对决？”

对于这一点，大家早有准备，南波兔说：“等晚上它来了，我们把颜料洒在它身上就好了。”

白夜好奇颜料在哪里，鸠影便将一个杯子放在桌上。

南波兔抬起胳膊，用刀划伤手，滴滴鲜血流入杯中，慢慢变满。他连眉头都没皱一下，好似放的不是他的血。

白夜讶然道："你说的颜料是指血？那我也出一份'颜料'。"

白夜正想拿起刀，却被南波兔骂了："滚，不用你的血。"

紧接着南波兔说白夜碍事，将白夜挤开了。楚冬忍上前宽慰白夜："白夜，你别操心啦，不光兔爷一个人放血，我们几个男的也都是要放血的，血够用的，所以用不到你的血。"他又小声说，"兔爷就是太大男子主义了，觉得这些事轮不到女人做，只要有男人在，就不需要女人受伤。虽然他凶了一点儿，但他的初心是好的，你别跟他置气。"

楚冬忍的悄悄话好像被南波兔听到了，南波兔吼了一嗓子："婆婆妈妈什么呢？快放你的血！"

"我就不应该为你说好话！"楚冬忍气鼓鼓地撸起袖子放血，"祝你一辈子都没女人缘！身边连个女性朋友都没有！半只雌性苍蝇都没有！"

南波兔表示女人缘他不稀罕，他只想搞正事。在放完血后，几个男生用布条将伤口紧紧地绑了起来。

赵瑾辞就拉着白夜在地上铺沙子，沙子是从外面搞过来的，只要怪物进来，脚印就会在沙子上显现。

现在准备工作已经完成，楚冬忍站在最中间，等天黑后沙子上出现脚印，大家就会往脚印的方向泼血。

白夜问："可是怪物显形后，谁负责杀它呢？"

南波兔静静地望了白夜几秒，说："你心里就没点儿数吗？"

白夜指着自己说："难道是我？"

"不然呢？洪秋泽负责守护你，被他守护后你就会和那个怪物一样变得透明。"南波兔已经对规则和能力如数家珍，"这样的话，由你来偷袭那个怪物再合适不过了。"

众人差不多被分配了任务后，鸠影自告奋勇："我负责回四口之家找石膏像好了。"

"你一个人回去小心些。"白夜嘱咐他，"如果石膏像被你找到，那东西可能会有感应，然后回到石膏像的地方攻击你。"

鸠影摆摆手让白夜放心："不会有事的，只要有足够的光，且我是影子状态的时候，我的影子就可以无限拉长。我虽然寄生在你身上，但我的影子可以延伸到四口之家中找石膏像，那东西不会去攻击一个影子。等我找到石膏像后，会解除影子状态，从你身上脱离，直接出现在影子的末端，也就是四口之家中，之后，我会立即毁掉石膏像。”

听鸠影诉说着自己的计划，赵瑾辞有了更稳妥的提议：“以防万一，我们缔结契约怎么样？我是‘狼母’，如果你愿意做我‘儿子’，遇到危险，我就可以立刻把你传送回我身边。”

鸠影说：“我一个亿万少女的偶像，做你‘儿子’？你想得美！”

赵瑾辞说：“‘崽’，我是你的妈妈型粉丝。”

鸠影说：“行，那就做吧……”

嘟嘟，嘟嘟……这是赵瑾辞提前定好的闹铃声。当它响起，就代表夜晚将至。外面又开始下雨了，每天入夜的时候，外面都会下雨。

大家在被撒了沙子的地上耐心等着，夜色渐深，甚至让人等得有些烦躁。

楚冬忍有些不耐烦了，说：“那东西怎么还不来？明明香喷喷、热腾腾的我已经站在最中央了。”

洪秋泽与他有一搭没一搭地聊着，消磨着这让人煎熬的时光：“这说明你的魅力不够大，怪物竟然对你失去了兴趣。”

“也许那个东西已经来了。”白夜说，“我有种它就在这里的直觉。”

洪秋泽不禁紧绷神经，望向周围，现在沙子上还没有脚印出现呢。

但是白夜刚才听到了脚踩在水里的声音，所以她才觉得，那个怪物已从大雨中走了进来。

忽然白夜的脖颈一凉，她望向头顶说：“艺术馆的天棚难道漏雨吗？”

“有水滴到你脖子上了？冷吗？”楚冬忍脱下自己的外套，想给白夜披上。

白夜却忽然抢走了南波兔手中的血杯，把南波兔吓了一跳。

周围仍然没有怪物的脚印，所以南波兔觉得白夜简直一惊一乍：“你干什么啊，别捣乱……喂，你把血往天上泼干什么？我辛辛苦苦放出来的血不是拿来给你浪费的！”

南波兔想阻止白夜，但白夜的动作更快，眨眼间满满一杯血便泼到了上方。

南波兔正要发火，目光却在瞄到楚冬忍上方时瞬间顿住，他急急地对楚冬忍喊道：“楚冬忍！你快离开那里！”

楚冬忍迅速地滚远，等他稳住身体后，抬头看向刚才自己所在位置的上方，只见星星点点的血斑凝结在空气中——是白夜刚才泼上去的血。

此时那些血正黏在什么东西上，并没有掉落。

显然刚才他的头上有怪物！

洪秋泽赶忙把自己手里的那杯血也扬了上去，这次血泼对了位置，所以怪物的形状变得清晰可见。它吊在房顶上，一只畸形的手正向下抓，幸好楚冬忍刚才跑得快，不然都快被怪物摸到天灵盖了！

南波兔将楚冬忍拉到自己身后，说：“那东西动了，你藏好，别被它抓住！”

“‘闺女’！”白夜叫着洪秋泽。

洪秋泽立即会意，上前抱住了白夜，并发动了“守卫”技能。转瞬之间，他和白夜立即消失在了原地。

那被血染出红色形状的物体向楚冬忍扑去。楚冬忍知道自己不能往外面逃，因为外面的雨水会将怪物身上的血冲掉。他只能在艺术馆中躲避，只是那血红色的身影移动速度太快了！

楚冬忍冲着南波兔的背影大叫：“你怎么比我跑得还快？你不是说会替我挡刀吗？”

南波兔停下来，说：“不好意思，条件反射跑快了。”他立即抄起身边的长椅，砸向怪物，却被怪物非常轻易地躲开了。

怪物还要继续去追楚冬忍，空中突然冒出一把刀，狠狠地插入它的身体中，瞬间，大量黑红色的血液迸射出来。

众人都明白，是白夜成功刺进去了！

洪秋泽正好也憋不住气了，他吐出一口浊气，重新吸了一大口空气，刚才看不见的两人重新在众人眼中显现。

怪物要回头攻击了！他必须重新“守卫”！

其他人自觉地没有去看洪秋泽和白夜。

洪秋泽深吸了一口气后，再次抱着白夜进入虚无状态。

怪物锋利的爪子袭来，在它回身的那一瞬间，白夜和洪秋泽在原地消失，怪物的爪子便从他们刚才的位置穿过去了——因为白夜和洪秋泽已经进入了虚无状态，怪物的攻击无法生效。

可也因为这样，他们每次攻击怪物时都要解除虚无状态，不然他们的攻击也会一样穿过怪物的身体，没办法给怪物带来实质性的伤害。若是没办法快速解决怪物，那对他们而言只会越来越危险，毕竟他们总有暴露在怪物视线里的时候。

只要被怪物盯上，他们显形后就再也不能进入虚无状态了。

楚冬忍也明白这一点，他提议：“我们一起去帮忙杀那个怪物！”

南波兔将他拦了下来，说：“你就不要去了，现在这群人中最可能被怪物下死手的就是你，你先躲远一点儿！”

南波兔推开楚冬忍，捡起白天砸石膏像用的锤子，正要上前，却忽然听到白夜大喊一声：“你们都别过来！这东西杀不死！”

杀不死？为什么杀不死？

很快他们听到了白夜的解释：“怪物刚刚流在地上的血都不见了！全部逆流回去了！”

这种情况白夜只在一个人身上见过，那就是自己。之前她在现实中死亡，血液将身边的草木染红，但在她复活之后，那些草木变得干干净净，仿佛流出的血液又都回到了她的身体里。

现在，她竟然遇到了一个与自己十分相像的怪物。

“嗯嗯嗯！”洪秋泽实在是憋不住了，脸已经红得发青。

憋气时洪秋泽动起来会更容易憋不住，所以白夜直接用“公主抱”带着洪秋泽百米冲刺，躲到一根柱子后面让洪秋泽换气。

洪秋泽没想到白夜竟然抱得动他，说：“呼……幸好你抱我的时候，咱俩是透明状态，不然我就要丢死人了……以后你千万别跟别人说你抱过我啊，听见没？”

白夜说：“嗯，我听见了，怪物也听见了。”

洪秋泽探头一看，心脏一颤。它什么时候走得这么近了？

洪秋泽深深吸了一口气，再次进入“守卫”状态，一张小脸又憋红了。

怪物此时已经来到了两人身边。白夜和洪秋泽向右边走，怪物也跟着他们往右边走，这让白夜不禁怀疑：“那怪物能看见我们？”

“我们快跑！”洪秋泽放弃了憋气，“我刚才的‘守卫’一定失败了！它就是能看见我们！”

洪秋泽与白夜肩并肩快速狂奔，但还是不敌怪物的速度，两人纷纷被怪物捉住，悬浮在半空。

怪物把他们提起来了！倒吊着的洪秋泽还抱着最后的希望：“它应该不会杀我们吧？毕竟我们的死亡时间还没到呢，啊啊啊——”

艺术馆里回荡着洪秋泽惨痛的叫声，他的两条腿都被弄断了。

紧接着，白夜的双腿也是一痛，她向洪秋泽汇报：“真巧，我的腿也断了。”她又安慰洪秋泽，“别怕，就当减肥了。”

洪秋泽：“……”

你能不能不要在这么惊悚的时刻说这么破坏气氛的话啊？谁家好人遇到怪物还开玩笑啊！

两人都明白，怪物不会杀了他们。虽然怪物必须按照死亡顺序杀人，但可以弄残他们限制他们的行动。他们从现在开始就无法反抗了，等前面的人被杀完，总会轮到他们的。

洪秋泽哭道：“怎么办？怎么办？我现在残疾了！”

白夜道：“如果我们能平安回到现实世界，腿还是会和原来一样的。”

“可我们现在还怎么平安回到现实世界啊？这个怪物都杀不死！”洪秋泽简直绝望了。

现在那个怪物去往楚冬忍那里了，以他们断腿的状态，已经完全不能阻止它了！

忽然，那个怪物停下来了，它没有攻击楚冬忍。

大家都诧异怪物怎么了，难道是在思考人生？

这时，白夜的脑海中响起鸠影的声音："我找到石膏像了，就在阁楼里放着！但这里有两尊石膏像，我不确定哪个里面放着尸体的上半身。"

难道是因为石膏像被找到，那怪物才停止追杀楚冬忍？

这一刹那，白夜想了很多，如果鸠影想砸碎石膏像，就必须脱离她的身体，因为影子无法触碰任何东西。

"你先不要脱离我的身体！"白夜急急道，"让赵瑾辞使用'母子狼'的技能把自己传送过去砸石膏像！"

鸠影之前和赵瑾辞进行了"母子狼"的技能绑定，成了赵瑾辞的"儿子"，两人可以交换身体的位置。

白夜觉得现在怪物的状态有些不对劲，解释道："如果你脱离了我的身体，和我距离较远，就无法重新连接我，回到影子状态，这样很危险。"

鸠影很不解为何一定要让赵瑾辞来："可是如果遇到危险，我也会用能力传送到赵瑾辞身边的，不会有危险。"

白夜说："但那样你就会重新回到艺术馆，无法破坏四口之家中的石膏像了。"

"可是让赵瑾辞过来，她遇到怪物的攻击怎么办？她总不能又传送到我身边吧，那时候我俩可都在这个四口之家里了。我是影子，怪物攻击不到我，她就……"说到这里，鸠影顿了顿，忽然眼睛一亮，"我知道你的意思了！"

紧接着他说："现在我的影子还连着你的身体，是通过无限拉长的方式来到了四口之家，所以赵瑾辞不光可以传送到我身边，还可以传送到你身边！这样她就能完全避免攻击！"

想通之后，鸠影用崇拜的目光看着白夜，没想到总是出馊主意的她竟会有如此智慧的一面。

然而回应鸠影的却是白夜一脸呆滞的模样："咦？原来你想了这么多吗？"

鸠影说："咦……难道你不是这个意思吗？"

白夜挠挠头，回道："哦，我本来想的是，赵瑾辞上次是活着被扔进棺材里的，所以怪物应该不会杀她，她就算遇到了危险也没关系。"

鸠影："……"

他不该将白夜想得太聪明！

赵瑾辞说："白夜，我都听见了，求求你做个人吧！"

白夜面上没有任何抱歉的意思，嘴上却说："真是不好意思。"

赵瑾辞毫不犹豫地说："算了，就这么干吧，我现在就传送到四口之家。"话音刚落，她就原地消失了。

几秒之后，白夜看到站在艺术馆中央的透明怪物也突然消失了。

看来那个怪物真的是感应到石膏像附近有动静才一动不动的！

此时此刻，赵瑾辞降落于鸠影变成的影子上，她瞬间狼化，准备用最快的速度打碎两尊石膏像。可还没等她的狼爪碰到石膏像，石膏像中忽然窜出一个带着血珠的影子，挡住了她的攻击，她的喉咙也立刻被扼住，喉咙处传来骨骼紧绷的嘎吱声。

怪物的动作怎么这么快？

鸠影马上在脑内和白夜报告："白夜，怪物从石膏像中出来了！赵瑾辞被它抓住了！"

"怪物是从哪尊石膏像中出来的？"白夜问。

"右边！是右边的石膏像！"

白夜又问道："鸠影，你现在是我的影子，你可以利用赵瑾辞的能力，用影子状态将我传送到赵瑾辞身边吗？"

鸠影说："可以是可以，但那样你也会暴露！"

"没关系。"白夜马上叫住旁边的洪秋泽，"你的守卫状态会随着我被传送而解除吗？"

洪秋泽摇摇头表示不知道："规则只告诉我，只要我不撒手或者不结束憋气，守卫状态就会一直持续。"

白夜决定赌一把："那我们试一次！你开始憋气！"

抱住洪秋泽之后，白夜立即让鸠影通知赵瑾辞发动传送能力。

白夜只觉得一瞬间，眼前的景色就变了个样，很神奇。

此时，他们已经出现在四口之家的阁楼中，并且她的身边就是怪物。但怪物没有看到她，因为洪秋泽还紧紧抱着她，一张脸憋得通红。

白夜心想：洪秋泽也一起被传送过来了，说明“守卫”果然是可以追随的技能。

“怪物现在看不到我们，我们快去打碎石膏像！最右边的那个！”白夜指挥着洪秋泽。

两人的腿先前被怪物打断了，所以此时只能忍痛跪着走，姿势无比诡异。

白夜和洪秋泽使出全身的力气快速来到石膏像旁边。要触碰物体，就必须解除隐形状态，所以洪秋泽放开了白夜，白夜则举起石膏像大力砸在墙上。

咔嚓一声响，看似坚固的石膏如玻璃般碎裂，里面血肉模糊的尸体也随之露出来。

这声音惊动了怪物。

众人看到空中的血迹没有消失，就知道怪物还在。洪秋泽开始慌了：“石膏像碎了，怪物为什么还没死？电影里都是骗人的！”

白夜依旧淡定，说：“电影里也不都是骗人的，我记得很多电影里说，要杀死僵尸就要爆它的头。”

洪秋泽觉得白夜又在出馊主意了。

白夜却付诸了行动，一抬手锤爆了手边石膏像的脑袋，残渣顿时溅了她一身。

“你看，真的有用，那怪物停住了。”白夜的话音刚落，手臂便被怪物斩断了。她看着自己和腿一样断得很齐的手臂，说：“我错了，其实并没什么用，垃圾电影，毁我智商。”

鸠影喊道：“你俩还愣着干吗，快跑啊！怪物过来了！你俩的死亡时间好像要到了！”

洪秋泽心里也很急，要知道四口之家中第一个死的就是他：“你指望没有腿的我们用膝盖跑多远？”

就在洪秋泽倍感绝望之际，他忽然觉得身体一凉，那种被意识体操纵身体的感觉又回来了！是四口之家的妈妈在使用他的身体！

与此同时，白夜也站了起来，她的断腿下出现了一双透明的腿，在代替她行走。

鸠影有些头皮发麻，说：“你俩怎么了？怎么连被打晕的赵瑾辞也站起来了？”

鸠影一转头就看到了南波兔，问：“南波兔，你是什么时候过来的？你们怎么都不说话啊？”

没人回答鸠影的问题，鸠影只见白夜四人忽然手拉起手将怪物圈在中间，表情冰冷地望着痛苦挣扎的怪物。紧接着，怪物发出了凄厉的号叫，蓝色的火焰攀爬至它的全身。它想逃出圈子，但是好像被什么无形的东西拦住了。

这场面鸠影真是没见过：“古有神仙打架，今有怪物斗殴？”

另一边的楼梯口，楚冬忍气喘吁吁地跑过来，说：“刚才南波兔忽然像被超人附身一样，在我前面跑得特别快，我都追不上！”

拉着手的白夜等人忽然都松开了手，蹲下身来，用手撕扯着最中间的怪物。转眼间，怪物就被撕得粉碎。当怪物变成一摊肉泥后，白夜四人面无表情地转过身，直直地看着鸠影的方向，并向他走去。

鸠影感到害怕，说：“白夜，你快醒醒啊！我是你可爱的小影子啊！你要对我做什么？虽然我现在已经不在你身上了，但是曾经我贴身带给你的温暖你都忘了吗？我可是你的贴心小棉袄啊！”

楚冬忍看出了门道：“他们好像都被四口之家的意识体附身了，听不懂我们的话。”

当鸠影想要逃跑时，白夜捡起鸠影脚下一块血糊糊的牌子。

鸠影仔细一看，那块牌子好像是石膏像里的尸体的。

白夜将牌子握在手中，面无表情的脸出现一丝变化，然后竟然哭了出来。

鸠影的脑海中瞬间浮现一个词：“猛男”落泪。

楚冬忍看见那眼泪，也是一怔，他还从来没有见白夜哭过，之前白夜的手被火烧焦了都没哭。而且……白夜旁边的南波兔和洪秋泽也都一起落泪了！

楚冬忍更是没见过E班的人哭，他们就像眼泪绝缘体，流血不流泪，但如今他们都泪流满面，这是怎么回事？应该是他们身上四口之家的意识体在哭？

这时，白夜忽然对着木牌出声：“‘儿子’，我们一家现在都能解脱了。”

南波兔说：“‘爸爸’，我们找到真正的你了。”

赵瑾辞说：“‘爸爸’……”

洪秋泽说：“‘老公’，最后我们一家一起走吧。”

四个人竟然抱成一团，南波兔和赵瑾辞趴在洪秋泽的怀中，泣不成声。白夜则轻抚着赵瑾辞的脸蛋，让人莫名起了一身鸡皮疙瘩。

楚冬忍看南波兔哭得鼻涕泡都出来了，觉得这场面真是该死的辣眼睛：“我真想拿根针把他的鼻涕泡戳破啊！”

然而不用戳，南波兔的鼻涕泡已经蹭在洪秋泽的身上了。

片刻之后，几个带着光的东西脱离了四人的身体，飘浮在空中，消散而去，应该是四口之家的意识体。

白夜四人的目光不约而同地恢复了清明，开始大眼瞪小眼。

洪秋泽满脸嫌恶地吼道：“南波兔，我衣服上的鼻涕是不是你弄的？”

南波兔转过头去，抹了抹鼻子，说：“不是。”

洪秋泽说：“你以为你把鼻涕擦了我就看不出来了吗？”

南波兔说：“真不是我，我用我兄弟半年的寿命发誓……喂！谁的臭手放在了我的腰上？”

“不好意思，是你刚才坐在我怀里的，不怪我。”白夜还自我评价了一句，“我可能就是传说中的‘坐怀不乱’吧！”

南波兔终于没忍住骂了出来，场面一度混乱。

不过他们很快就消停了，因为现在还有更重要的事要做。

白夜环视四周后说：“刚才附在我们身上的那一家人的意识体把那怪物杀死了，我们应该安全了吧？”

虽然不知道这一家四口和凶手怪物在多年之前发生过什么事情，但这无疑是一场复仇。白夜猜测这一家的爸爸被凶手杀死了，然后一家四口也接连被凶手杀害了。他们的这段往事虽然被时间埋没，却遗留在了里世界中。

如果一家四口的意识体消失了，凶手怪物也死了，那他们怎么没从这个世界出去？

白夜刚这么想，这个屋子的墙壁便开始层层脱落，仿佛他们所处的空间只是一幅油画，此刻颜料正片片剥蚀褪色，整个世界逐渐消融于虚无之中。

里世界在崩塌！他们需要快点儿找到出口！

鸠影边和众人四处找着出口，边抱怨："这太猝不及防了吧！既然四口之家能够杀死怪物，那他们为什么不早点儿出来解决它，反而把我们困在这里这么久？"

白夜说："他们曾被某种力量困在棺材里，我猜他们的意识体之前处于被凶手怪物控制的状态，所以才不能反抗，而我们来到这里后，打破了他们被控制的状态。"

鸠影还是想不明白，问道："我们什么时候打破了他们被控制的状态？"

"不是有块木牌吗？"白夜回想着，"我把石膏像爆头后，从尸体里掉出来的那块木牌应该就是解除控制的关键。"

众人边跑边说，很快来到了外面，此时外面的街景已经变成一片废墟，像沙子一样在快速消散。往远处看，艺术馆已经不见了。就算艺术馆还在，他们也不能在短时间内跑回去。

"出口可能不在艺术馆里，我们找找别的地方。"赵瑾辞想回去四口之家，然而她刚转过身，四口之家就开始崩塌了。

现在他们面前的景物只剩下眼前这条街道，而且街道也在慢慢地沙化。

生死存亡的紧张感让白夜攥紧了拳头，却感觉手掌上有个东西，硌得她生疼。她张开手掌一看，是那块小小的木牌。她记得在怪物离开之前，身份是爷爷的意识体用她的手握住了这块木牌，现在意识体虽然离开了，但木牌仍然留在她的手里。

白夜说："这块木牌在发光，之前的里世界中，只有出口才会在世界崩塌时发光，难道这块木牌就是我们的出口？”

可是这块木牌这么小，他们怎么钻进去？

赵瑾辞提议：“白夜，你把它放在地上看看。”

白夜将木牌丢在地上，小小的木牌瞬间放大，变成一个白色的洞口。

太好了！木牌真的是出口！

白夜叫住鸠影：“离开之前，你能把电话号码给我吗？”

鸠影的自恋病又发作了：“你这就开始要我的电话号码了？唉，我这无处安放的魅力。”

白夜打断了鸠影的自恋发言：“有你和赵瑾辞在，下一次游戏我们可以约好时间进入里世界，防止遇到陌生的‘狼人’。”

在生命安全与阵营的影响下，大多数的陌生“狼人”应该都很难配合。这样会产生内斗，降低在里世界中的存活率。

赵瑾辞感慨：“确实，我第一次遇见你时，就一点儿也不相信你的话，还以为必须淘汰掉‘平民’‘神’才能活着出去。”

毕竟“狼人杀”是靠互相怀疑才能取得一方胜利的游戏，曾经他们以为这只是一场单纯的游戏，只要自己胜利就好，不需要相信任何人。

白夜说：“现在我们算熟人了，一起进入游戏更可靠。如果这次没有赵瑾辞的能力，我们想出去或许没这么简单。”

鸠影摆摆手，说：“好啦，其实我本来也是打算把电话号码给你的，我自从跟了你，就体会到了躺着就能赢的感觉。喏，这是我的私人电话号码，微信也是这个号，你要经常找我聊天哟。”

白夜：“……”

白夜记下了鸠影的电话号码。这时楚冬忍说：“出去后我好像又要‘失忆’了……”

想到这一点，楚冬忍就惆怅：“洪秋泽，你是‘神’，不会失忆，所以你出去后一定要……一定要想尽办法阻止我接近白夜！”

洪秋泽像发现了新大陆：“看样子你对她真的没有其他想法。”

楚冬忍目光如炬，斩钉截铁地喝道：“废话！白夜可是我过命的‘兄弟’！”

洪秋泽坏心眼地说：“这样吧，白夜，等出去后你就骗楚冬忍，说你毕业后会成为我的女朋友，这样楚冬忍就会死心了。”

白夜老实地点头，说：“好。”

楚冬忍说：“等等！白夜，你为什么要答应得这么爽快？难道你们谋划出去后打击那个单纯无知的我，内心就不会痛吗？”

白夜和洪秋泽不约而同地摇摇头，表示不会。

楚冬忍看着他们，感觉自己的心现在就开始痛了。

“真是有病。”南波兔看不下去了，给了他们一人一脚，将他们全部踢进出口。

当南波兔踢完洪秋泽和楚冬忍的时候，白夜往后退了一步，说：“不用你动手，我自己跳。”

“我管你！”说罢，南波兔自己跳了下去。

白夜：“……”

当楚冬忍醒来的时候，他觉得自己的右手掌特别疼，仿佛有什么东西在灼烧他的手掌。

“我这是怎么了……”楚冬忍从床上起身，“白夜他们应该也已经回来了吧……咦？我为什么会记得在里世界中发生的事？”

他这次居然没失忆？

楚冬忍觉得眼睛有些刺痛，他条件反射地用手掌捂住眼睛。

“我到底是……”楚冬忍自言自语，忽然他愣住了——他的面前出现了一面带有各种图案的黑色墙壁。

楚冬忍慢慢走上前，眼前的图案也越来越清晰。他心想：这是什么鬼地方？难道他又进入里世界了？

楚冬忍四处看着，这面墙上大多数的图案都是暗的，还有一些图案是微微亮的，这些代表什么？

他看到有一个知更鸟的图案被毁坏了，上面有很多裂纹。这样坏掉的图案好像还有很多，但他不理解这是什么意思。

“难道墙上有机关？”楚冬忍忍不住用手去抚摸碎掉的图案，

但什么反应都没有。

这时他摸到一个微微亮起的图案，当他碰到那个图案时，那个图案上的光芒忽然变得更亮了，他吓了一跳，说：“机……机关出现了？”

楚冬忍怔忡之际，忽然有强烈的信息流涌入他的脑海：墙壁，游戏，身份，规则。

只是一瞬间，他就知道了许多东西。

楚冬忍又忍不住愣了一会儿，他低头去看自己刚才触碰过的图案，图案下面写着一行小字：魔术师。

……

景瑛学院的男生寝室，白夜从洪秋泽的床上醒来，却听到洪秋泽在尖叫。

白夜问道：“洪秋泽，你怎么了？”

洪秋泽说：“我被南波兔踹进了出口，回到现实的感觉简直和坐过山车一样！”

白夜说：“南波兔帮你省了体验过山车的门票钱。”

洪秋泽抱怨道：“我不喜欢坐过山车！我恐高！”

这时外面有人敲门，白夜正要去开门，被洪秋泽拦住了：“我去开门，你别忘了这里是男生寝室，你快躲起来！”

白夜在洪秋泽寝室的一个角落蹲了下来。

洪秋泽打开门，见外面的人是南波兔。

南波兔问：“我听到你在寝室里尖叫，发生什么事了？”

洪秋泽刚要回答“是被你踹的”，忽然想到南波兔不是玩家，所以不会记得游戏里发生的事，便说：“没事，我做了一个噩梦。”

南波兔皱着眉头说：“我刚才好像也做了一个噩梦，但我不太记得梦见什么了，我只记得好像梦见了你。”

洪秋泽忍不住问：“那你还记得你在梦里对我做过什么吗？”

南波兔回想着：“我记得我在梦里对你很好，甚至还踢了你一脚，帮你逃离了险境，我真是一个重情重义的好兄弟。”

洪秋泽说：“是的……好兄弟，你先回寝室吧，一会儿我收拾好了找你一起去上课。”

南波兔正要回去，一阵电话铃声突然响起。是白夜的电话响了。

南波兔停下脚步，下意识看向白夜所在的位置，却被洪秋泽推了一下，说：“你快走，我要换睡衣了！”

门刚关上，白夜就接通了白洛风打来的电话：“爸？”

“知道你出来了我就放心了。”电话那边的白洛风说。

白夜下一秒却问：“爸，你怎么还活着？”

白洛风大为不解。

白夜松了一口气，说：“我还以为自己成为孤儿了。”

白洛风咬牙切齿道：“白夜，请你好好组织语言。”

白夜老实地说：“因为我没有在里世界中看到你，所以我以为你被怪物抓走了。”

“白夜，你……”白洛风忍住即将出口的脏话，“你真是一个傻孩子，我怎么会死呢？我怎么舍得将你一个人留在这世上……”

下一刻白洛风的画风突变：“所以你现在怎么不给我哭？”

白夜问道：“我为什么要哭啊？”

白洛风说：“既然你以为我死了，那你为什么不为我哭？”

“爸爸，我虽然没哭，但我心里难受。”白夜十分孝顺地说，“如果你真死了，我会天天给你上香，天天想念你的。”

“我信你个……爸爸相信你。”白洛风忍住想跑到学校将白夜打哭的冲动，并在心里默念了两遍“莫生气”。

白夜问：“爸，那我为什么没在昨晚那个里世界中看到你啊？”

白洛风说：“哦，因为我入睡前把六芒星画成五角星了。”

电话两头的人都沉默了一会儿，似乎是在缓解此时的尴尬。

之后白夜汇报情况：“哦……爸，这个里世界已经消失了，棺材对学校应该也没影响了，所以你答应我的生活费……”

白洛风说：“钱我已经给你转过去了。”

“咦？五千块，这么多？”穷惯了的白夜真的觉得自己收到了巨款。

白洛风的语气变得温柔起来：“我要出趟远门，那边没有信号，可能联络不到你，所以最近多给你一些生活费，你省着点儿花。”

白夜问白洛风要去干什么，白洛风却只说去找个朋友。

打完电话后，白夜戴上帽子，打算偷偷从男生寝室溜出去。毕竟再过一会儿大家都要去上课，走廊一定都是人，若是被人发现她偷溜进男生寝室会很不妙。

洪秋泽催促她：“你快走，不然明天校园网的头条就是‘花痴女夜闯男生寝室，欲对同桌图谋不轨’。”

“你放心，我马上走，一定不会毁了你的清白。”白夜打开门刚走出去，却没想到门外站着一个人。

那人拉门正要进来，导致两人撞在了一起。

南波兔和白夜大眼瞪小眼，脸上带着难以置信的表情，问：“这是谁？”

洪秋泽赶紧将白夜拉到身后，说：“哈哈哈，这是我的远房表弟，混进学校找我玩的！”

南波兔表示不信：“让你表弟把口罩摘下来，大热天不嫌热吗？”

南波兔上手去摘白夜的口罩，却被洪秋泽阻止了：“等下次我再介绍你们认识！我表弟早上还有急事，我带人先走了啊！”

南波兔皱着眉头去拽白夜的胳膊，但白夜走得快，他只拽住了一根手指，又很快被挣脱了。

南波兔望着洪秋泽风风火火带着“表弟”离开的背影陷入深思，他总觉得那个表弟露出的眼睛很眼熟。

他有些疑惑：表弟？一个大老爷们手会这么滑？

偷偷从男生寝室溜出来很远后，白夜才将兜里的小球拿出来，晃了晃，说：“门觉，这次你怎么没有和我一起进入里世界？”

“昨晚我没有进去，因为那里好像开始排斥我了。”门觉答道。

从前他只是一个残缺的意识体，所以可以被随意地带到里世界中，但现在他的意识越来越完整，越来越像一个完整的人。

可能因为里世界将他识别为人类，但他没有按照玩家的规则进入，所以才被排斥在外。

门觉将自己的猜测告诉白夜。白夜问：“那以后你就再也不能陪我去里世界了吗？”

“我也不知道。”门觉叹了一口气，说，“如果进不去里世界，我就只能在外面守着你的身体了。昨晚我在等你回来的时候，就很担心你在里面出什么事。”

“你不用担……”

白夜的话还没说完，门觉就说：“不用什么不用，儿行千里母担忧啊！”

白夜顿了顿吗，说：“门觉……你是什么时候看上我爸的？你居然都想当我‘后妈’了。”

“我没有看上你爸！”

“那你看上我了？”

门觉感觉有时候和白夜聊天心里堵得慌：“我……你知道‘自找麻烦’是什么意思吗？就是我找到了你！”

说话间，白夜已经回到了寝室。她将门觉放在桌上，然后把身上的黑色衣服脱了下来。

门觉不忍直视，别过头，说：“我再说一遍，以后换衣服你告诉我一声，不要随随便便就脱……等等！白夜，你先不要穿衣服！”

“啊？”白夜停下系纽扣的手。

门觉红着脸往白夜的锁骨处瞄了瞄，问：“你那三颗痣呢？现在怎么只剩下一颗了？”

白夜低头看了看，果然，她锁骨下方的三颗痣少了两颗。

白夜也摸不着头脑：“我的美人痣怎么失踪了，难道我最近变丑了？”

门觉的神情严肃起来：“你从里世界回来后痣就消失了两颗，一定有原因，你有没有觉得哪里不舒服？”

白夜觉得自己的身体和心理都没什么问题，不懂这三颗痣到底有什么意义。

与此同时，莫森吃着冰激凌，坐在公园的长椅上。

一个足球骨碌滚到他的脚边，一个孩子在球场上喊他：“叔叔，叔叔，能把足球给我们踢回来吗？”

“当然可以，你们接好哟。”

随着足球飞出去，孩子们发出一片欢呼：“哇，叔叔好厉害，直接就踢到网里了！”

莫森笑道：“你们好好玩吧，下次再踢过来，我可不帮你们捡了哟。”

“谢谢叔叔！”孩子们挥着手跑走开了，莫森继续跷着二郎腿坐在椅子上吃冰激凌。

这时，有人来到他身边，是一个留着红色长发的女人。

莫森和她打招呼，称她为彦雪姬。

彦雪姬也坐到长椅上，说：“没想到，你对人类的孩子很温柔。”

莫森望着操场，继续吃冰激凌：“坏人从来不把坏写在脸上，况且……我曾经也是人类的孩子。”

彦雪姬笑了笑，说：“给，这是你要的定辰纹图案。”

莫森展开纸，那纸上的图案竟和白夜在四口之家的棺材内看到的一模一样。

彦雪姬问：“你要这个干什么？”

莫森看着眼前的风景，温柔地说：“因为有个人，我杀不死她，但我想用这个锁住她。”

“好了，我们是来交换情报的。”彦雪姬问，“我知道你一直想吃了他们的能力，所以你知道谁是被选中的‘神’吗？”

“虽然我不知道其他‘神’都有谁，但我有方法让她身边的人被选中。”莫森嘴角上扬时就像在张开森冷的獠牙，“现在她身边已经有两个人被选中，等时机成熟，我会一个一个将他们杀死，夺走他们身上的力量。”说完，莫森将他所知道的名单给了彦雪姬。

两人的目标是等果实成熟后，将它们全部摘取。

黑与白勾结，正义与罪恶同流。

与恶魔做交易的，恰是光明的信徒。

白夜一大早来到教室，就看到洪秋泽正在面对全班同学愤慨的炮火。

纪烧追问道：“洪秋泽，那个女人到底是谁？”

洪秋泽信誓旦旦地说：“你们别信南波兔的话，那个女人真的是我的远房‘表弟’！”

南波兔轻哼一声，说：“你睁着眼睛说瞎话。”

班上又响起了嗡嗡的讨论声，大家都在指责洪秋泽，尤其凌宿飞最为愤慨：“好啊，洪秋泽，你居然趁我不在，在寝室做出这种事！校园这么神圣的地方，是你可以玷污的吗？”

洪秋泽道：“以前我怎么不见你们说学校神圣？”

凌宿飞义正词严道：“我不管，你私自背叛了组织，背叛了E班的大家庭！你以为E班是什么地方？是和尚庙啊！”

其他人跟着一起宣读E班的誓言：“我们E班的宗旨是——远离女人！”

女人，只会影响他们进步的速度！

虽然E班其他方面做得不好，但独独这一条是坚决遵守的。谁也不能背着兄弟过二人世界，那会成为全班的公敌！

洪秋泽感觉自己解释不清了，他看到白夜来了，就将白夜推了出去：“咱们班又不是没有女的，怎么远离女人？”

白夜一脸茫然。

洪秋泽说：“不好意思啊，白夜，帮我分散一下他们的注意力。”

白夜老实地点点头，她是真的很想帮朋友的忙，所以她问大家：“你们可以借我课堂笔记用一下吗？”

无人回答，南波兔甚至嘲讽她：“就算我撕了课堂笔记也不会借你！你也太把自己当回事了吧，‘爷爷’！”说完最后一个字，他险些咬到自己的舌头。他为什么会习惯性地叫白夜“爷爷”？就好像他曾经这样叫过许多次，这一定是错觉！

其他人也是一脸蒙。凌宿飞觉得自己好像幻听了：“兔爷……你刚才叫白夜什么？”

“你们听错了！”

凌宿飞实事求是道：“不！你刚才明明管白夜叫‘夜夜’！”

南波兔："……"

这个他真没有喊！

凌宿飞感到难以置信，觉得自己被组织二次背叛了："老大，你怎么叫白夜叫得这么亲密，还叫她'夜夜'？我们明明说过要远离女人的！"

这时洪秋泽搭腔："哈哈哈，我可以做证！南波兔对白夜的感觉很不一样！"

"洪秋泽，你想死吗？你别跑！"此时的南波兔和之前的洪秋泽一样，体会到了有口难辩的感觉。

望着在班里追逐的两人，白夜默默地打开数学书："门觉，你说得对，要好好学习。"

门觉点头道："嗯，不好好学习的下场，就是像他俩那样。"

……

下课后，楚冬忍偷偷摸摸地找到白夜，说："白夜，走，我跟你说一件很私密的事情，你跟我过来。"

楚冬忍正要拉走白夜，却被洪秋泽拦住了："你干什么啊？大庭广众之下拉拉扯扯的！你是不是又想趁机接近白夜？那是不能够的，因为白夜未来会成为我的女朋友！"

洪秋泽给了白夜一个眼神，白夜心领神会，配合他的演出："嗯，对，洪秋泽是我未来的男朋友。"

楚冬忍说："你们……"

洪秋泽主动安慰他："你不要问我们是什么时候约定的，缘分就是这样妙不可言，以后你别来纠缠白夜了。"

楚冬忍真的看不惯洪秋泽这副嘴脸，说："我刚才只是想说，你们不用跟我演戏了，我都知道了！在里世界发生的事，我全部想起来了！在上个里世界中，白夜是'爷爷'，你管白夜叫'爸爸'！嗯嗯嗯……"

楚冬忍被洪秋泽死死捂住了嘴巴，他道："楚冬忍，你知道得太多了。"

白夜说："把他带走，去一个不为人知的地方。"

洪秋泽说："收到。"

楚冬忍有种要被灭口的错觉。

事实证明他想多了，他们来到学校操场的活动区，三人霸占了两个跷跷板，聊到兴起时，还可以玩一玩。

楚冬忍感觉头晕眼花："你们能停下来不要玩了吗？"

"哦，好。"洪秋泽和白夜齐刷刷地停住动作。

三人讨论起楚冬忍为什么会变成"神"，但是都摸不到头绪，最后只能讨论起楚冬忍的身份。楚冬忍将自己"魔术师"的牌面告诉了他们，并展示了"魔术师"的能力。

楚冬忍打了一个响指，手上突然就多了一块巧克力，说："这个给你吃。"

洪秋泽伸手去接巧克力，说："谢谢。"

楚冬忍果断拿开巧克力，说："这是我给白夜的！"

洪秋泽说："呵呵——"

楚冬忍将巧克力塞到白夜的手中，说："'魔术师'在现实中的能力是等价交换，可以将钱变成等价值的东西，这块巧克力是我用兜里的两块钱变出来的。"

"没毒吧？"白夜边说着，边大胆地将巧克力吃掉，一点儿也不在乎有没有毒。

"没毒，它就是真的巧克力。"楚冬忍解释，"我的钱大概出现在了某个便利店，而便利店的货架上少了一块巧克力，就是这个原理。"

"你刚才说这是'魔术师'在现实中的技能，那在游戏中呢？"白夜问。

楚冬忍回想自己脑内出现的信息，说："在游戏中的话，'魔术师'的能力就完全不一样了，它的能力是变化。我可以复制里世界中的一种物体，完全变成那个物体的样子。成为那个物体后，我会拥有那个物体的特质。比如说我变成冰箱后，就具备了冷冻功能。"

白夜好奇道："那你可以变成汽车给我们开吗？"

楚冬忍说："嗯……应该可以。"

白夜的求知欲爆棚，说：“在你变成物体之后，怪物会察觉到你人类的气息吗？”

楚冬忍摇头道：“不会，但是如果怪物毁坏了我变成的物体，我还是会死。我变成物体后不能移动，如果我想动，必须你们来帮我。例如我变成了一辆车，我若想移动，就必须你们来开我。”

白夜觉得楚冬忍这个能力也不错，比如遇到下冰雹，他就可以变成雨伞给他们遮挡。

但楚冬忍觉得自己这个能力不是很完美：“我每天晚上只能变成一个物体，变了之后就不能改了。”

白夜和洪秋泽异口同声地说：“你真没用。”

楚冬忍立刻开始证明自己：“我还是有用的！我不光可以把自己变成物体，还可以将物体变成人！这个技能也是每晚只能使用一次，并且不能和将自己变物体的技能叠加使用。”

白夜说：“那你变出来的人是超人吗？”

楚冬忍说：“不是，是我自己。”

白夜说：“哦。”

楚冬忍明显感觉到白夜的失望，他继续卖力介绍自己的能力：“你不要小看我的这个技能哟，我变出来的这个小人儿可以像人类一样自己移动，看到了怪物还会跑，可智能了！”

洪秋泽说：“那它移动的路线你可以操纵吗？”

楚冬忍说：“这个……不可以，但它会像智能扫地机一样，碰壁了就换个方向走……而且我可以知道它死在哪里。”

白夜、洪秋泽：“……”

楚冬忍说：“你们刚才在心里鄙视了我的技能，对不对？”

白夜说：“没有，你这个技能挺好的。”

洪秋泽说：“挺好的。”

楚冬忍感觉被好友戳了心窝子，说：“我谢谢你们礼貌的敷衍。”

白夜忽然想到什么，说：“对了，洪秋泽，楚冬忍和顾奈他们在现实中都有一些特殊能力，你呢？你的‘守卫’技能在现实中也可以使用吗？”

洪秋泽点头表示自己也有现实中的能力，但“守卫”在现实中的能力比较鸡肋。他现实中的能力是“门神”，和他处于同一房间的人会受到庇护，所有的怪物都进不来。

楚冬忍听后心里平衡了：“哈哈哈，你的能力比我的还鸡肋，现实中怎么会有怪物啊！”洪秋泽白了楚冬忍一眼，递给他五块钱：“我想喝可乐了，你给我变出来一瓶。”

“你当我是什么？”楚冬忍有些不悦，边抱怨边打了一个响指，变出两瓶可乐给洪秋泽，“你给多了，五块钱能买两瓶可乐。”

洪秋泽倍感神奇，说：“这么便宜吗？你这个技能真好！真是移动的小卖铺！”

白夜说：“而且不给中间商赚差价的机会。”

被夸奖后，楚冬忍的心情好多了：“你们还想吃什么？我给你们变！”

白夜想了想，问道：“你能不能给我变一本《高考数学模拟题大全》出来？”

楚冬忍说：“我常因为不爱学习与你格格不入……”

这天是周六。

因为白洛风出远门了，所以白夜也不打算回家，正巧乔芳约了她一起出去逛街，她便答应了。

乔芳一脸纳闷道：“白夜，今天到底是什么日子？为什么你会反过来请我吃冰激凌？”

“你请我吃了很多好吃的东西，所以我也想请你吃。”白夜懂得礼尚往来的道理，乔芳对她好，她也要对乔芳好。

乔芳有些担忧道：“但是你不是没钱吗？你花多了，生活费没了怎么办？”

白夜开心地说：“现在我有钱了，我爸走之前给我留了好多好多钱！”

“那恭喜你啊，你爸终于靠谱一点儿了！”乔芳真的很同情白夜有个对她不闻不问的爸爸，所以总是忍不住关心她，“对了，白夜，你不多买两件衣服吗？等过段时间，我们就不能穿校服了。”

白夜问：“为什么？”

“咦？你们E班文体委员没有把秋游活动的事告诉你吗？”乔芳仔细一想，E班那群家伙，不告诉白夜好像也不奇怪，也许他们始终将白夜当成外人。

乔芳提醒道：“我们要集体出去玩啊，但好像每个班去的地方不一样。咱们学校主张德智体美劳全面发展，所以每学期都有一次出游活动！”

“可这和买衣服有什么关系？”白夜问。

乔芳觉得自己就像家里有孩子的妈妈：“谁出去不想打扮得好看一点儿？毕竟那天终于不用穿校服了。要是出去玩还穿着校服，大家一定会觉得你穷，连件衣服都买不起。”

白夜十分坦然地说：“可是我家本来就穷啊。”

乔芳突然觉得她更可爱了。在他们这样学费高昂的学校里，大家都在攀比，应该很少有人会这么坦诚。

白夜看着自己手机里的余额，觉得她现在应该可以买衣服了，毕竟她爸给她留的钱还有很多。

乔芳见白夜终于开窍了，比她还开心：“我还从来没见过你穿裙子，走，我带你买裙子去！你长得这么好看，好好打扮一下一定更好看！”她将白夜拉进一家高端品牌专柜，这是她常逛的地方。

白夜拿起一件衣服，看了看价格，瞬间沉默了。她爸留给她的钱竟然一件衣服也买不起！

乔芳见白夜把衣服放回去，突然意识到自己的消费观可能和朋友的不一样，便说：“白夜……你爸不是给你留了很多钱吗？”

白夜叹道：“把我爸卖了，也不值这么多钱。”

乔芳抱歉道：“对不起，我只是觉得这家店的衣服好看，所以没有考虑周到……”

白夜并没有不自在，反而说：“没关系啊，谢谢你带我出来见世面。”

虽然白夜这么说，但乔芳还是一阵自责，她怎么就以自己的消费观衡量白夜了呢？之后她拉着白夜去了平价的服装街，发誓一定要把白夜打扮得漂漂亮亮的！

乔芳花了两小时给白夜挑了两套衣服。当白夜穿着连衣裙从更衣室走出来时，乔芳忍不住赞叹："你真好看。"

白夜从来不谦虚，说："我也这么觉得。"

两人开心地逛了一天街，乔芳将白夜当成洋娃娃打扮了个够，她没想到白夜换上别的衣服后和穿校服的时候反差那么大。

乔芳和白夜开玩笑："我听说你在E班总被欺负，但如果他们看到你现在的样子，肯定会下不了手。"

白夜说："他们也没欺负我啊。"

乔芳说："那是因为你迟钝，所以才没感觉出来。"

白夜这迟钝劲儿乔芳早见识惯了："等回去后，我继续给你传送学习资料，这段时间你好好学习，下次一定要从E班考出来！"

白夜点点头，说："嗯，我会好好学习的。对了，这些衣服多少钱？"

乔芳说："六百八十块钱。"

白夜没想到这几件衣服那么贵，这钱够她吃好多顿饭了。但她想到这是自己第一次买衣服，又是乔芳帮她选的，就都买下了。

提着衣服离开后，乔芳小心翼翼地问白夜："你是不是觉得有点儿贵啊？"

白夜摇头道："没事，反正我爸给我留的钱挺多的，他也不可能好几个月都不回来。"

乔芳松了一口气，说："哦，这样我就放心了！因为咱们秋游后，要参加一个由全校学生组织的大型公益活动，并且要捐一些费用，本来我还担心你的钱不够用呢。"

白夜知道乔芳捐多少钱后，瞬间觉得自己又变成了穷人。因为白洛风临走前只给她留了五千块，她没有多余的钱参加这个公益活动，现在她联络白洛风要钱来得及吗？

白夜问乔芳："我可以不参加这个活动吗？"

乔芳说："当然可以，这个又不是强制性的，但很少有不参加的学生。一来，这是做好事，大家会去到不同的地方，了解当地人的生活和故事，这个活动不仅能增加阅历，还让人感触颇深。二来，学校会把参与表现计入学分，算是对社会实践活动的一种鼓励。”

此时白夜才意识到，这学校和自己以前读的学校真是不一样。

白夜陷入了对未来的深思，正当她想给白洛风打电话时，她感觉身后有人贴了过来。她警觉地向旁边一躲，一只带着文身的大手拍了个空。

“哎哟，反应还挺快啊。”文身男冲白夜笑道，“小姑娘，我们没有恶意，就是想交个朋友，你能给我你的电话号码吗？”

乔芳认出对方是这条街上的地痞流氓，她正要张口骂文身男，但被白夜制止了：“电话号码而已，就给他吧。”她将南波兔的电话号码给了出去。

文身男还是不肯让她们离去，满嘴酒味地说：“我的车就停在那里，我们一起唱歌去啊！”

“你再不让开，我报警了！”乔芳刚掏出手机，就被男人抢走了。

文身男好像生气了，说：“我又不是坏人，怎么说两句就要报警？你这小姑娘是不是不知好歹？”

乔芳毕竟只是高中生，被面前这个长相凶狠的文身男一吓，顿时快哭了。她一脸害怕地拉住白夜向后退，小声说：“我们快跑吧，白夜，手机我不要了！”

白夜说：“不行，手机挺值钱的，而且我有方法让他离开。”

乔芳好奇是什么办法，万万没想到白夜说：“我从言情小说里学的，感觉很管用的样子。”

乔芳忽然有种不祥的预感，言情小说里的方法能靠谱吗？

满身酒气的文身男越走越近，乔芳正想劝白夜快点儿逃，白夜却突然问了他一句：“你知道我是谁吗？”

文身男蒙了：“啥？”

白夜冷冷一笑，说：“连他的人你都敢招惹。”

乔芳：“……”

乔芳听着白夜背台词一样说出这几句话，惊得快跪下了。这不是前几天白夜推荐给她的小说里的台词吗？

乔芳刚才心中强烈的恐惧此刻变成难以忍受的丢人，她在心中大喊：白夜，我求你了，正常一点儿！不要这样啊——

文身男的语气好像不那么凶了："谁的人？你给我说明白！"

"你以为呢？还能是谁的人？"白夜依旧面无表情，"看在你不知道的分上，今天这件事我就当没发生过，你把手机还给我朋友，然后滚开。"

醉醺醺的文身男也说出了符合醉汉的台词："难道你……是老大的人？"

乔芳扑哧一声笑。

白夜关心地问："乔芳，你怎么了？"

乔芳掐着自己大腿，说："没什么，我没想到他居然……居然猜对了！"

乔芳在绝望中选择配合白夜表演，从此在不正常的道路上跟着白夜越走越远。

"你不会是在骗我吧？"文身男好像反应过来了一点儿，"就算你是老大的人，但是老大不管男女，根本没在意过谁！你算哪根葱啊！"

"我？"白夜想了想，说出了一句让乔芳五雷轰顶的话，"他的命根子在我手里。"

文身男退后了两步，显然他也被这句话的杀伤力波及。之后他不知想到了什么，将手机恭恭敬敬地还给了乔芳，对白夜说："大姐，对不起，真是大水冲了龙王庙啊，还请大姐莫怪。"

白夜竟然还和这醉鬼唠了起来："算了，我看你也不是故意的，以后你不要在街上吓唬小姑娘了，一点儿也不绅士。"

"谢谢大姐教诲！"文身男走了。

乔芳惊了，心想这样也行？她一边拍着胸脯一边想，幸好那文身男的大哥真有什么把柄害怕被抓到！

白夜拉着乔芳离去。乔芳面无表情地跟在白夜身后。

白夜问："乔芳，你怎么也面瘫了，是因为随我吗？"

乔芳摇头，她只是被刚才的事惊到了，没想到这都能骗到文身男，她真是高估了他的智商。

乔芳忍不住劝白夜：“你别天天看小说了啊！都被带坏了！你现在脑袋里都是一些什么东西啊？”

文身男目送白夜和乔芳走远，下意识摸了摸后脑勺，总觉得哪儿不太对劲。他拨打了白夜留下的那个号码，没想到却是一个男人接的电话。

南波兔说：“喂？谁？”

听到这个声音，文身男顿时酒醒了大半，惊疑道：“这个声音难道是二爷？”

“嗯？你是我大哥的手下？”南波兔皱眉，“你打这个号码干什么？”

文身男心中翻涌起惊涛骇浪，看来刚才那个女人说的是真的，她跟老大南波万的关系匪浅！

南波家肯定都知晓这个女生的身份，且关系十分亲密，不然她留的电话号码怎么会是南波兔接听的？

文身男心里一慌，赶紧道歉：“是这样的，二爷，刚才我和大姐发生了一些误会，我打电话是想给她道歉的。”

南波兔一头雾水，说：“啊？大姐？哪个大姐？”

文身男听到当时另一个女生喊她白夜，便说：“哎呀，就是我白夜白大姐啊！”

南波兔更是不知所云。

文身男自顾自地说：“刚开始我没认出来，是我有眼不识泰山，竟然不记得在老大身边见过她。”

南波兔震惊道：“你还在我哥身边见过她？”

文身男愣了一下，心想南波兔这句话的意思是不是在指责自己“目中无姐”，所以他赶紧说：“我当然见过啦，大姐长得那么漂亮，和老大站在一起简直赏心悦目！”

紧接着，他再次道歉：“今天我冲撞了大姐，实在心中有愧！我不知道大姐和老大的关系那么密切，她手里有老大的把柄，如果两人发生了冲突，二爷也帮忙劝着点儿。要是大姐现在在二爷身边，请让我亲自再跟她道个歉！”

南波兔说：“把……把柄？”

南波兔忍不住挂掉电话，将它重重拍在桌子上，他觉得整个世界都崩塌了。

旁边的弥崖问南波兔：“你怎么了？手抖什么，控制不住自己的麒麟臂了？”

“我现在就想揍人！”南波兔噌的一下站了起来，“我就知道那个叫白夜的不是好人！小小年纪就干些下三滥的事！”他狠狠地摔了手里的游戏机，“我哥看人的眼光为什么这么差？”

忍下去干架的冲动，南波兔给自己的大哥打了电话：“哥！”

电话那边传来南波万独特的腔调：“怎么了？你咋一惊一乍的？”

“哥，你怎么又满嘴北方口音了？”南波兔有些不适应。

南波万无所谓地说：“毕竟咱们公司北方人多，我听他们说着说着就习惯了。干什么呀？你有什么事吗？”

南波兔犹豫之下还是问：“哥，你认识白夜吗？”

“谁啊？”

听南波万说不认识白夜，南波兔觉得有些奇怪了：“我们班同学，她不是和你关系密切吗？”

南波万赶紧否认：“那哪能啊，我怎么着也不能招惹高中生啊！”

南波兔一脸困惑道：“那你的手下为什么说在你身边见过她？”

南波万：“我不知道啊，毕竟我身边的女的太多了！”

南波兔急道：“你可长点儿心吧！你的手下都说她的手里有你的把柄！”

“哎呀，这可咋整啊？”

“你问我，我问谁？”南波兔感觉自己要被不靠谱的大哥弄得崩溃了，“那把柄是什么你都不知道，要是以后她用它来威胁你怎么办？”

南波万在电话那边说：“要不这样吧，毕竟咱家不差钱，就给她一点儿钱，让她不管知道什么把柄都烂在肚子里。我不想被缠上浪费时间，你麻溜去办这件事啊，听见没？”

南波兔终于忍不住了：“哥！你以后能离那些北方人远点儿吗？跟你聊天我有点儿精神分裂！”

南波万不耐烦地说：“你咋这么磨叽呢，咱这两个经理都是北方人，人敞亮，跟他们相处可带劲儿了，你让我离他们远点儿？你别在这儿找事啊！”

“我……我错了，行吧？”南波兔实在听不下去这口音，十分糟心地挂断了电话。

他回忆起大哥有一次从外地回来后，说每句话结尾都要带一个“的啦”。例如我打算揍你的啦、你再跑会没命的啦、惹我你会死的啦等，把公司里的员工都整得受不了了。

要不是他是老大，那群人肯定想揍人。

第四章

✦✦✦

假期结束后，周一开学。

洪秋泽看着白夜的新发型说：“今天你怎么把头发扎起来了？”

“因为乔芳送了我一根头绳。”

“哦，挺好看的。”洪秋泽觉得白夜把脸露出来更好看，“对了，有件事周五我忘记告诉你了，我们过段时间要去秋游，你提前准备一下，我把班级群里秋游活动的细则发给你。”

“我们班还有聊天群吗？”白夜问。

洪秋泽边发边说：“有，但班级群的管理员是南波兔，他现在肯定不会让你进群。”

这时，白夜感受到一道令她如芒在背的目光，她回头一看，原来是南波兔在瞪她。

白夜和南波兔对视了一会儿，评价道：“南波兔的眼睛真大。”

南波兔听到白夜的评价后也不瞪眼了，白她一眼就走了。

到了中午，白夜打算去找乔芳一起吃饭，谁知半路上被南波兔拦住了。

南波兔说：“你跟我过来！”

白夜问：“怎么了？”

“你说话能不能别带北方口音？”南波兔更加觉得白夜和他哥有关系，不然能被口音传染吗？

白夜不好意思道：“我最近在看北方背景的电视剧呢。”

南波兔直接将白夜拉到一个小角落，然后严肃地问：“这件事你隐藏多久了？”

“嗯？什么？”白夜不明所以。她隐藏什么了？难道南波兔是指她兜里的门觉？

白夜问："他怎么了？你为什么要说他？"

南波兔直接问："几个月了？"

白夜很诧异，道："他跟着我也没多久，你问这个干什么？难道你知道他是什么来历吗？"

"废话，不然我找你干什么？这真的和我哥有关吗？"南波兔压低嗓音问道。

白夜不悦地皱起眉头，然后不满道："怎么是你哥的了？他明明是我的！"

南波兔此时更加确定了，看白夜的眼神更加鄙夷："听你话的意思，你是打算以后用这个威胁我哥？你以为我哥会乖乖妥协吗？口气不小啊！"

白夜突然觉得南波兔的话难懂起来："啊？"

南波兔一脸轻蔑地望着她，说："我给你一笔钱，你把它忘了，别敬酒不吃吃罚酒！"

白夜说："啊？"

南波兔说："你听不懂人话吗？"

白夜说："啊？给钱？好啊。"

南波兔没想到办事这么顺利，问："你真的答应了？"

白夜狂点头："嗯，最近我缺钱。"

南波兔试探地问："那……你要多少钱？"

白夜报出公益活动的捐助金额，心想钱终于有着落了。

南波兔觉得不可思议，道："我们南波家的秘事那么不值钱吗？"

白夜一头雾水。

还没等白夜说话，南波兔就说："最低五万块！"

白夜没想到天上掉馅饼的事是真的，她感激地道："谢谢啊，南波兔，我误会你了，你真是大好人！看到我遇到了难题，你居然主动帮助同学，助人为乐，世界上怎么会有你这么好的人！"

突然被夸奖的南波兔感到一阵恶寒，马上挣开白夜的手："那就这么说定了！你把这份协议签了，以后发生什么事都不要到牵扯我们南波家！”

听到签了协议就有钱拿，白夜干净利落地签好了字。

南波兔看白夜按完手印又签好字，立马嫌弃地走开。

白夜望着南波兔离去的背影，连说三句谢谢，然后呢喃：“南波兔真是好人啊。”

这时乔芳正好过来，问：“白夜，你说谁呢？”

白夜指着南波兔的背影说：“说我们班同学啊，乔芳，你误会他们了，他们真的很好！”

乔芳觉得不可思议，怎么难相处的 E 班人到白夜这里都成了大好人？

这时白夜将门觉拿出来，扔到草坪上。

门觉：“……”

乔芳问：“白夜，你扔掉这个木雕干什么？”

白夜老实说：“刚才我同学说，我忘掉他的话就给我五万块钱。”

乔芳不能理解：“E 班的人有钱是有钱，就是太恶趣味了。”

两人肩并肩走远了，此时南波兔接到了南波万的电话：“什么？让我找时间打探一下她的口风？好吧，那我周末再找她。”

……

有了钱之后，白夜按乔芳教的方法将资助金额上传到班级自助系统上。洪秋泽看出白夜今天很开心，问白夜发生了什么事。

白夜告诉他：“没发生什么事，就是发了一笔横财。今天我想请你们吃好吃的。”

洪秋泽用拳头碰了一下白夜的肩膀，说：“行啊！苟富贵勿相忘，你有钱之后第一个想到我们，够义气！”

白夜开始和洪秋泽讨论吃饭都叫上谁，这时她又感觉到一道冰冷的视线，回过头后发现又是南波兔。

白夜悄悄地问洪秋泽：“同桌，如果一个男人经常盯着一个女人看，这是什么意思？”

洪秋泽说：“这么明显的事你还问我？当然是那个男生欣赏那个女生啊！”

白夜一副若有所思的表情，说："原来如此，他是真的很欣赏我，小说里没骗人。"

"嗯？你说的是谁？"

白夜十分贴心地说道："这种事不宜说出来，不然对方会很没面子。"

后排的南波兔望着洪秋泽与白夜相谈甚欢的背影，不由得眯起了眼睛。他心想：白夜真是一个喜新厌旧的女人，刚跟他哥断了关系，转眼间又去招惹别人了，就这么离不开男人吗？

看着洪秋泽和白夜聊天的样子，南波兔暗骂了洪秋泽好几句。他还没腹诽完，就接到了他哥身边一位经理的电话。

南波兔问："老韩？怎么了？"

电话那边的韩明宗很着急："二爷，不好了！你哥刚才突然晕倒了，正送去医院抢救！"

"什么？我这就过去！"南波兔边跑边问，"他是在什么情况下晕倒的？是否有人袭击他？"

韩明宗悲痛欲绝道："老板是在喝草莓酸奶的时候晕倒的。"

南波兔的第一反应就是："酸奶有毒？"

"还不知道，已经把它拿去化验了！"韩明宗回想着当时的情况，"但老板喝酸奶的时候我在他身边，他晕倒前说了一句意味不明的话！他说'这个新人我怎么没见过'。"

韩明宗总有种古怪的感觉："当时屋子里只有我们几个经理，根本没有什么新人啊！"

"等我过去再细说，老韩，你一定要派人守好我哥的病房！"急匆匆的南波兔夺门而出，"我哥晕倒的消息千万不能泄露出去！"

现在李叔走了，他哥刚接手公司，本来局势就不明朗，如果被外界知道他哥晕倒的事，公司一定会乱的！

又是一个周末，白夜请她的好朋友们吃了一顿饭，包括乔芳、洪秋泽、楚冬忍、巫岂安。

楚冬忍大快朵颐，说："白夜，你怎么突然有钱了啊？"

白夜大方地说：“南波兔给我的。”

楚冬忍惊得嘴里的饭都掉了下来：“他给你这么多钱干什么？难道他表面上讨厌你，实际上却对你心怀鬼胎？”

白夜纠正他：“南波兔是男的，生理上不能怀胎，更不能怀鬼胎。”

巫岂安被逗得喷饭，抹了抹嘴巴，说：“我可能知道他为什么给你钱。”

白夜一脸忧愁道：“唉，我也知道，因为他对我求而不得，想用这种方式引起我的注意。”

巫岂安终于憋不住了，哈哈大笑道：“小白夜，你是要逗死我吗？哈哈哈……”

乔芳受不了巫岂安油腻的笑声，赶紧躲远点儿。

最后还是楚冬忍先忍不住了，主动凑近巫岂安，说：“你说说看，兔子他为什么要给白夜钱？”

“要说这个……我给我的座位安装了监控，谁路过我的座位都可以拍摄得一清二楚。”

巫启安的话遭到所有人的嫌恶。洪秋泽骂了一句：“你还是那么变态！”

巫岂安不以为耻，反以为荣，继续说道：“兔子的座位离我的比较近，所以他打电话的时候我听到了通话的内容，监控也拍下了他路过时手上拿的合约。合约上的小字虽然看不清楚，但大字是白夜的签名。”

白夜说：“南波兔是让我签过一份协议，说签了以后就与南波家再无关联之类的。本来我们也没什么关联，但我觉得遵守合约还挺简单的，就签了。”

巫岂安终于忍不住说明事实：“唉，白夜，根据我对通话内容的分析，兔子可能以为你和他哥关系匪浅。”

白夜刚开始没想明白，又问了一遍。

当被巫启安说通后，白夜的第一反应是南波兔好傻，第二反应是他的想象力很丰富，第三反应……白夜瞬间觉得吃到嘴里的饭不香了：“那我是不是应该把钱还给他？”

白夜没想到自己会空欢喜一场。

上联：欠钱还不起。下联：她是真的穷。

她撂下筷子，说：“这顿饭我不想吃了，我觉得我应该去吃土。”

乔芳安慰白夜：“说不定南波兔不差钱，不让你还了呢？”

可白夜还是觉得这钱要保不住了，她问：“咱们学校附近有什么勤工俭学的地方吗？或者我利用寒暑假兼职还他钱？”

饭桌上的四个有钱人相互对视了一眼，一起下了决定。楚冬忍将白夜拉回饭桌上，叫她吃饭：“算了算了，要不我们替你还钱吧。”

巫岂安表示赞同：“对，而且你没到法定年龄，是不能打工的。反正这钱你也没花多少，我们给你凑凑好了。”

“不行，我爸说‘廉者不受嗟来之食’。”白夜拒绝了小伙伴们的好意，“虽然你们是我的朋友，但我也不能心安理得地拿你们的钱，谁家的钱也不是大风刮来的。”

巫岂安决定劝劝白夜：“那你什么时候才能还完啊，就算你真能找到活儿干，打零工好像每小时才十多块。”

“对啊，对啊。”楚冬忍说，“好像只有工地那种地方工资给得高，搬的砖越多，给的钱越多，但就是太累了。”

提起工地，洪秋泽家就是做房地产的，他说：“这个我知道，工地里搬一块砖只给五分钱，搬三千块砖才一百五十块，太累了。”

让洪秋泽没想到的是，白夜听完他的话反倒眼里有了光：“好，我要去工地！”

洪秋泽说：“啊？”

洪秋泽觉得白夜疯了，但白夜觉得她一定能一天搬几万块砖！

“别闹！你一个女生搬什么砖！”洪秋泽扫了一眼白夜并不健硕的身板，“虽然是用手推车搬砖，但一般人也是搬不动的。手推车很难掌握平衡，如果把砖摔坏了，还要扣工资呢！”

但几人劝不动白夜。

白夜真的觉得自己一定是搬砖的天才，强烈请求洪秋泽介绍她去工地帮忙。

洪秋泽被磨得没办法，打算让白夜尝过搬砖的苦后自己放弃，就松口道："行，你就当去工地给我家帮忙吧，我会给你辛苦费的。你如果觉得累，也不要勉强自己。"

有了赚钱的方向后，白夜很开心。

聚会结束后，其他人因为是周末都回了家，只有白夜回了学校宿舍。她远远地看到有个人在校门口很急躁地走来走去，身边还跟了一个彪形大汉。那人正是南波兔。

还没等白夜走过去，南波兔就冲过来抓住她："你终于回来了！走，你跟我去医院！"

白夜打算做最后的挣扎，看能不能糊弄过去："我前两天去过医院了，医生说我失忆了。"

南波兔双眼通红，就像熬了一宿："你不用骗我！你根本没去过医院！平时学校都是封闭的，你哪有机会去医院？"

白夜见钱真的留不住了，便决定和南波兔说明白："那我告诉你一件事情，你不要生气，其实我……"

南波兔打断她："你不用说了，我知道你其实不想和我哥断掉关系，什么把柄都只是借口，对吗？换句话说，就算你手里真有他的把柄，那你肯定也是他的亲近之人。"

白夜说："我不是这个意思。"

南波兔说："没关系，你不用强迫自己忘记，我不会再插手你和我哥的事了！"

白夜一脸不解：这么疯狂的小说剧情竟然发生在她身上？是这个世界疯了，还是她疯了？

不，一定是南波兔疯了。

白夜正想观察一下南波兔的"病情"，就见南波兔一脸忧愁与诚挚地说："我哥出事了，变成植物人了，医生说他可能不会醒来了，所以你是我哥为数不多的亲近之人了……大姐！"

听到南波兔叫自己大姐，白夜觉得自己好像被雷劈了一样，但她望着南波兔微红的双眼，很犹豫要不要告诉南波兔这个惨烈的事实：确实没什么把柄，因为她和他哥根本毫无关联啊。

忽然，白夜想起来什么，问："所以你拉我去医院干什么？"

"去看我哥，你跟他说说话，说不定他就能醒来了……"南波兔好像将白夜当成了最后的希望，"虽然我哥对你没什么印象，但死马当活马医吧……"

南波兔要拉白夜上车，白夜飞快地躲开了："我不去。"

"你是我哥亲近的人，去医院看看他怎么了？"南波兔的眼底尽是阴霾。

白夜说出实情："我不是，其实我根本不认识他。"

南波兔的眼神更加阴郁了："怎么，知道我哥现在病得很严重，捞不到好处就急着撇清关系？一个个都这样，你们翻脸真是比翻书还快！"

南波兔苦笑一声，一副看穿了世态炎凉的表情，也没心情和白夜说下去了，冲老韩轻轻招了招手，说："你先把我这个'大姐'带过去。"

之后他气场低迷地坐入车中，紧抿着唇，一言不发。白夜正要追过去和他解释，他坐的那辆车就开走了。

"大姐，咱们也走吧，请上车。"老韩为白夜打开车门。

白夜决定早点儿和南波兔解释清楚，便上了老韩的车。

十几分钟后，白夜来到南波万所在的医院，被带到了高级病房。在这里，她见到了躺在床上的植物人南波万。

白夜问："南波兔怎么不在？"

老韩组织了半晌语言，终是没将南波兔在车上哭着睡过去的事说出口，而是说："他两个晚上没睡，在车上睡过去了。"

他必须帮二爷护住面子！他老韩这点儿职业素养还是有的！

白夜让老韩在南波兔醒来后叫她，然后表示自己想去趟厕所，却没想到老韩步步紧跟，好像怕她跑了一样。

老韩一脸殷切地说："你就陪老板一会儿吧！"

白夜说："回来再说……"

白夜溜去了厕所，等她出来的时候，女厕所外面的走廊上贴墙站着一排彪形大汉，搞得其他人都不敢上厕所了。

再次回到病房，白夜拿出默默回来的门觉悄悄沟通："门觉，南波万的这个房间是不是有问题？”

门觉点头，他也感觉到了，进门后他就觉得房间很压抑，像有人在盯着他们，他甚至有种进入里世界的感觉。

“并不是病房有问题，应该是南波万身上有问题。”门觉说，“我感觉到南波万的身上有很强的、不属于这个世界的气息，他和我一样不像是人。”

白夜苦思冥想后说：“可他又不像你一样死过一次，在现实中怎么会变成植物人……”

听了白夜的话，门觉突然想到：“他是不是意识体被困在了里世界？就像我们夜晚在睡梦中进入游戏一样。”

白夜觉得很奇怪，说：“可是我们一晚上就回来了，南波兔的哥哥已经睡好几天了。”

门觉分析道：“一定是发生了什么特殊情况，他的意识体被囚禁在了里世界！要是南波万的意识体在里世界中迷失太久，那么他就再也醒不过来了！”

“就算醒过来，他也不是真的他，而是‘它’。”门觉总觉得，南波万如果这样下去，身体会被别的东西占据。

例如他在神树世界遇险时，险些被那个世界的主人当成能量吸收，对方还想侵占他的一切。

白夜关心地问：“那南波万还有救吗？”

“我不知道。”门觉猜测，“如果是迷失状态，应当是意识体失忆了。如果我们进入他所在的里世界，刺激他想起关于现实的记忆，应该就能将他拉出里世界吧。”

“那太好了！”白夜瞬间精神了，“你说如果我把南波兔的哥哥从里世界中救出来，那我欠他的钱能不还吗？”

门觉说：“我还以为你在担心同学……你能不总想着钱吗？”

白夜说：“毕竟我还要赚钱养你啊，养‘孩子’好辛苦的。”

门觉说：“你再说一遍？”

白夜说：“但养你一点儿也不辛苦，因为再苦我也喜欢养。”

门觉：“……”

等待的途中，白夜和楚冬忍、洪秋泽进行了聊天群的群组通话，并将南波万的事情简单讲了一下。毕竟他们三个都认识南波兔，而且也都在里世界中拥有“身份”。

说完之后，白夜问他们是怎么想的。大家都毫不犹豫地表示想去里世界把南波兔的哥哥救回来。

洪秋泽叹道：“毕竟南波兔在这个世界上只有南波万一个亲人了，如果南波万真的死了，兔子肯定会很伤心。”

楚冬忍说：“对，他会真的变成一只‘红眼兔’！虽然他看起来又凶又坚强，但其实很爱哭的！”

明明是三个人的聊天群，白夜却受到了“排挤”——楚冬忍让白夜不要和他们一起去冒险：“毕竟里世界很危险，我们去是为了兄弟两肋插刀，你去算什么？你和南波兔又不熟。”

岂止不熟，南波兔对白夜的态度，大家都看在眼里，所以楚冬忍觉得白夜没有必要去冒险。

可白夜很坚持：“虽然我和南波兔不熟，但是我有必要为了你们去啊！你们不是说我是你们的‘兄弟’吗？我也可以为你们两肋插刀。如果我不去，那你们在里世界中出了什么事我都不知道，我会很担心。”

她会担心，她说他们是“兄弟”。

楚冬忍听完白夜的话简直感动到哭：“呜呜呜，白夜，虽然你说话一直都一个腔调，又冷淡得像一个机器人，但我好感动是怎么回事？”

洪秋泽也很动容：“谢谢你啊，白夜，我没想到你也把我当‘好兄弟’，明明之前我总欺负你……其实我……我也……”

洪秋泽想说自己也把白夜当成“好兄弟”，也很在意她，但他觉得太难为情了，憋了半天就是憋不出话来，男孩子之间从来没有说过这种话！不行，太肉麻了！不说了！不说了！

想进入南波万意识体所在的里世界，就必须在他身边睡觉。因为每天晚上只会开启一个里世界，所以留一个人和南波万在同一个屋子里睡觉就够了。

南波万就像一把钥匙，睡在他身边就能拿到那把开启他所在里世界的钥匙，这样一个人用钥匙开门后，其他人只要按照游戏规则入睡，就能一起进入同一个里世界。

可就算几人考虑了很多，也不能随时打开里世界。

若是当天参加游戏的人员不足，那进入游戏的时间就会延后，等到人数足够，进入游戏的玩家具体是谁也难以确定。

白夜他们为了避免时间延后，且防止玩家被打乱重组后，意外被安排到不同日期举行的游戏中，便打算一起以探病的名义在这里睡觉，确保大家能进入同一个里世界。

洪秋泽和楚冬忍可以用南波兔好哥们的身份留下，南波兔不会赶他们走，但白夜却犯了难："我该以什么名义留下？"

洪秋泽说："当然是以南波兔'大姐'的名义啊！"

白夜问："我还要继续装下去吗？"

洪秋泽和楚冬忍都撺掇白夜继续行骗："对啊！你装得真一点儿，别露馅！如果南波兔知道你骗他，估计病房的门他都不会让你进的！"

就这样他们制订了计划，白夜也决定等把南波兔他哥救出来后，再和南波兔坦白。

三个人的群里，楚冬忍说出了南波兔家的事。

原来南波兔和南波万两兄弟的爸爸是孤儿，所以南波家没什么亲戚。在南波兔小的时候，他爸在出差的路上出意外死了，他妈后来也病逝了。之后两兄弟相依为命，南波万早早辍学，给他爸曾经的上司打工，那个上司也颇为照顾他。最后他积累了经验，白手起家，一步一步打拼到今天，才能给南波兔提供优渥的生活。

其实南波兔小时候过得很苦，也是因为过了一段苦日子，见过形形色色的人，所以他更加讨厌崇尚金钱的人。

白夜终于明白南波兔为什么那么厌恶她了，可能是因为曾经的经历，南波兔将她代入他见过的可憎面孔。

白夜他们三人在手心画好六芒星后，一直在病房坐到夜晚降临。

只是到了游戏差不多开启的时间，他们依旧清醒，看来今天进入里世界的人数不够，所以进入里世界失败。

就算很急，他们也要继续等。

现在他们只能寄希望南波万迷失于里世界中的意识体坚强一点儿，不要那么快被里世界当作能量消耗掉。

因为有南波兔在身边，白夜他们三个只好在聊天群里讨论接下来的计划。南波兔看着神神秘秘的三人，总觉得他们有什么事情瞒着自己。

忽然南波兔发现白夜三人的手心都画着什么图案，这让他更加狐疑，心想这三人肯定在背着他做什么事情，他一定要搞清楚。

……

接下来白夜他们每晚都去医院留宿，白夜因为周末白天没什么事干，就打算去洪秋泽家的工地搬砖。

洪秋泽郑重地嘱咐她："搬砖事小，你别让南波兔看出来你在骗他！"

白夜让洪秋泽不要担心："不会的，虽然我的演技不好，但南波兔的想象力很丰富，我圆不上的地方他会自己找补的，就算我不骗他，他也会骗自己。"

洪秋泽想起之前南波兔在接连的误会下叫白夜"大姐"的事，觉得白夜说的话还真有道理。

见白夜毅然决然去搬砖，他也不阻拦了，只当找个地方让她体验生活："好吧，重在参与，你搬不动砖就回来，别逞强，我会让我家工地的工头多照顾你一下。"

洪秋泽已经能联想到白夜当天撑不住后，汗流浃背和他哭诉的场景了。

从病房离开的第二天，白夜就来到了洪秋泽家的工地报到。

这工地就在学校不远处，工头热情地和白夜打招呼："你就是领导介绍来的小姑娘？哎呀，你们学生还挺喜欢体验生活的嘛。"

白夜说："我不是来体验生活的，我是来赚钱的。"

朱四强扫了一眼白夜的细胳膊细腿，说："搬砖也赚不了多少钱，你一个文文静静的姑娘，就别想着搬砖赚钱了。而且你们小姑娘不是都害怕晒黑吗？这工地太阳这么大，如果你不想搬砖了，就去那边歇着啊。"

因为是领导交代要关照的人，工头还给白夜准备了饮料。

白夜却一门心思研究搬砖，问道："搬的就是这里的砖吗？搬到哪里？"

工头刚给白夜讲完搬砖路线和注意事项，白夜就上手了。

怕白夜高估了自己的力气，工头赶紧帮她扶着手推车："等等啊，小姑娘！你先别往手推车里放这么多砖，你肯定推不动！够了，够了……"

然而工头的阻拦无效，白夜放了满满一车砖："您放心吧，我能推动车子。"

"你真推不动！如果砸坏了怪浪费砖的！"工头突然停下了动作，因为他看到白夜稳稳地推着手推车，健步如飞地走上运输路线，甚至还超过了路上的不少工友。

工头大为震惊。

"姑娘，你等等！我跟着你！"工头还是不放心，跟了过去，他怕白夜走到半路就推不动手推车了，毕竟这活儿用蛮力的话很容易力竭。但是工头没想到，白夜直到到达卸砖处，都没怎么喘大气，看起来一点儿也不累。

"叔叔，你不用担心，我能行的。"说完，白夜回去继续搬砖了。

工头："……"

现在的高中生是不是都体力很好啊？

一天下来，工头眼睁睁地看着白夜一趟又一趟地快速搬砖，速度比工地上最身强体壮的小伙子都快。

工头一脸疑惑：这个女生力气怎么这么大，还一点儿不知道累？

这时白夜搬完最后一趟砖头，擦着手回来了："大叔，我今天搬够砖了，你帮我算算多少钱吧。"

"哦，哦。"工头按照记录算了算，这姑娘今天居然搬了将近两万块砖！这可是别人的好几倍啊！

“你等一会儿啊……”工头说，“你拿着这张字条去财务那里领今天的工钱。”

白夜接过字条一看，说：“才八百多块钱？这么少啊……”

工头觉得她年纪小，不知好歹：“已经够多了！五分钱搬一块砖，你以为搬一天砖能赚多少钱啊？普通人也就赚二百块钱左右！”

“哦，谢谢，那我下周再来。周一就上学了，这两天我不能来这里搬砖了。”白夜一脸遗憾地说。

不知为什么，工头竟然也觉得遗憾：“我觉得你真的很有搬砖的天赋，不干这行可惜了！”

白夜说：“谢谢夸奖。”

工头说：“以后你一定要常来啊！”

搬砖的一天在友好交流中结束了，白夜穿着工地发的衣服离去，脖子上还和其他工人一样搭着一条白毛巾，十分“入乡随俗”。

当白夜快走到学校，路过巷角时，忽然听到砖头掉落在地上的声音。可能因为搬了一天砖，想到砖头掉在地上碎了是要扣钱的，白夜条件反射地去寻声源，却看到一个满头是血的男人被板砖拍倒在地上。那个男人有点儿面熟，好像是他们班的凌宿飞。

白夜又去看那群欺负凌宿飞的人，他们看起来年龄比较大，不像是学生。

凌宿飞怎么会惹到校外的人？

本着帮助同学的原则，白夜朝那边喊了一声：“你们别欺负人，不然我报警了。”

凌宿飞见是白夜，马上催她走：“没你的事！快滚！”

那群人怕白夜报警，盯上了白夜：“哎哟，你别着急让人家走啊，让我们也认识一下啊！”

“我跟她不熟！”凌宿飞虽然不在意白夜，但是他也不想牵连一个女人，“白夜，你快走！如果再不走，出了什么事可别怪我连累你！”

“哦，那我走了。”白夜特别听话地点点头，觉得凌宿飞并不需要她帮忙。

再说了，她确实和凌宿飞不熟，既然凌宿飞不需要她帮忙，那她也不会上赶着多管闲事。

可那群欺负凌宿飞的人却不依不饶地挡住她的去路，说：“别走啊，小姑娘，你这么着急走，是要上哪儿报信去？”

“没有啊，我饿了，要去吃饭。”白夜老实地说。

“那要不要哥哥们陪你一起吃饭啊？”那群男人调笑间拦住了白夜的去路。

白夜皱了皱眉头，说：“你别耽误我的时间，这五分钟我可以多搬一车砖了。”

“你是搬砖的？”男人上下打量着白夜的扮相，说，“凌宿飞不是景瑛的吗？没想到高级学校的学生，都沦落到和搬砖的混在一块儿了，这口味有点儿清新脱俗啊。”

白夜认真道：“你再不让开，我要生气了。”

对面几个男人笑成一团，其中一个男人说：“生气？那你怎么不哭啊？女生一般不都会被气哭吗？”

那个膀大腰圆的男人一步步逼近白夜，凌宿飞挣扎着爬起来，喊道：“有种别对女人动手！她和我们的事没关系！”

“现在有你说话的份吗？一只南波兔手下的狗！现在他哥病了，他都自身难保了，更没时间管你。”说罢，凌宿飞身边一个男人又狠狠踹了一下他的头。

凌宿飞只觉得大脑一阵眩晕，眼前一黑。

他心想：完了……今天自己要栽在这里了。

凌宿飞晕过去后，那些人的目光锁定了白夜：“喂，你叫白夜是吗？我听说你是南波兔的大姐？”

白夜：“……”

不是，现在谣言传播的速度比高铁都快吗？

这群人明显和南波兔有仇，不如说是和南波万有仇，因为他们言语间都在咒南波万变成植物人。白夜联想到在医院时听到南波万的属下讨论公司人心浮动的事，并且他们公司的一些业务可能惹上了一些人。

此时那膀大腰圆的男人开始推搡起白夜来："你不是要生气吗？来啊，气一个，要不要用小拳拳捶我的胸口啊？"

"好主意。"白夜一拳捶在郭峰的胸口上。

郭峰只觉得那一瞬间一口气卡在了喉咙里，巨大的压迫感让他连呼吸都做不到。

"你……"下一刻，他的肚子也被打了一拳，他痛苦地跪在地上，中午吃的饭直接被打得吐了出来。

"峰哥！"有人叫着男人，而男人却疼得无法正常开口说话，一直捂着肚子咳嗽。

他缓了一刻，嘴巴十分不利索地说："你们还愣……咯咯咯……愣着干什么？帮忙啊！别让她跑了！"

白夜没有跑，而是静静地站在原地，说："打人不好。"

……

在凌宿飞清醒一点儿之后，他发现自己周围躺着一圈伤患，连块头最大的那个男人也有气无力地躺在地上。

凌宿飞很迷茫：他只是晕过去一下子，这是错过了什么？

凌宿飞问在场唯一站着的白夜："他们怎么都受伤了？都是被谁打的？"

"被我。"白夜蹲在凌宿飞身边，说，"你能自己起来吗？如果能，我就去吃饭了。"

凌宿飞追问："我能起来，不过他们到底是被谁打的？"

白夜说："被我啊。"

凌宿飞觉得白夜在说谎，她怎么可能打得过这么多人！

他再次问："白夜，你快告诉我，那个帮了我的人到底是谁？"

白夜："……"

白夜说："算了，我不知道。"

"看来我遇上做好事不留名的大善人了！"凌宿飞的脸上染上肃然起敬的神采，"能打得过这么多人，那位大神一定是世外高人！没想到咱俩这么幸运，在这么危险的时候能遇到这么强的大好人！"

“哦，是挺幸运的，我去吃饭了。”白夜用肩膀上的白毛巾擦了擦汗，然后离开了。

凌宿飞也爬起来迅速离开了，边走边念叨着“谢谢大神”。

第二天，周一，凌宿飞将这件事告诉了南波兔：“要不是那个路人大神仗义相助，我肯定会受更重的伤，未来能不能上职业拳击场都不一定了。”

南波兔很内疚地说：“对不起，因为我家的事连累了你们。”

忽然，南波兔想到了白夜，他不想白夜也像凌宿飞一样被连累。随即他起身来到白夜的书桌旁，语气虽然算不上好，但和从前相比好多了：“白夜，以后如果有陌生人找你，你不要对他们说你是 E 班的。”

白夜以为南波兔又在驱赶自己，就说：“如果我下次考试考得好，就可以被分出 E 班了，不会继续在这里烦你们，你放心，我会努力的。”

“我现在不是在驱赶你，而是在和你聊正事！”南波兔用最严肃的语气说，希望引起她的重视，“外面有很多看不惯我们的人，如果让外人知道你也是 E 班的人，你可能会有危险！”

“哦。”白夜一副没放在心上的表情，继续低头看复习题。南波兔觉得自己快气死了。

南波兔深吸一口气，然后做了一个重大的决定：“白夜，你以后中午都跟我们一起吃饭。”

白夜问：“啊？为什么？”

“没有为什么，我现在承认你是 E 班的人了，我是班长，你要听我的。”

南波兔听说白夜家里很穷，肯定没钱买好吃的，时间久了就会营养不良，所以他决定，如果有时间就盯着白夜吃饭。毕竟她和他哥相熟，那他也得多关照她一些，把她养得好好的。

此时白夜不知南波兔所操的心，便答应了。等到了中午，白夜和南波兔、洪秋泽等人奇异地出现在同一张饭桌上。

白夜还是第一次和南波兔吃饭，她看着满桌的菜，问道：“这么多菜，你们吃得完吗？”

弥崖摇头，他也不知道南波兔为什么点这么多菜。

南波兔没有多做解释，只说：“吃不完，所以大家一起吃。白夜，你多吃点儿。”

“谢谢。”白夜不客气地开始吃菜了。她发现跟南波兔他们一起吃饭还挺不错的，伙食很好。

此时，角落里的纪思薇接连对白夜翻了好几个白眼，问：“怎么回事，之前E班的人不是很讨厌白夜吗？现在他们怎么和白夜在一张桌子上吃饭了？”

从前纪思薇就和白夜不对付，她讨厌白夜这个特招生，所以和E班的人说了白夜不少坏话，但E班人怎么就接纳白夜了呢？

姐妹团里的韩美美在旁边嘀咕：“我猜白夜这段时间没少巴结他们，而且她长得不错，E班又都是男的，她肯定用什么手段了呗。”

纪思薇打心底里认同韩美美的话，说：“美美，上次E班的弥崖不是跟你要了联系方式吗？你跟他旁敲侧击问问，白夜现在是什么情况。”

之前白夜不小心弄伤了纪思薇的脸，这件事让纪思薇一直记恨在心，她不想白夜在学校里过得太平静。

洪秋泽最近很慌，因为南波兔总用慈祥而和蔼的眼神望着他身边的白夜，还时不时来白夜的周围转悠。现在他又来了，说：“洪秋泽，桌子上的辣条是谁给白夜买的？”

洪秋泽说：“不是我，是楚冬忍买的！”

“他给她买这种没营养的东西干吗？”说罢，南波兔将辣条都没收了，“弄得班里一股怪味。”

白夜觉得浪费粮食不好，想把辣条拿回寝室吃，但被南波兔以污染空气为由强硬地扔掉了。

之后南波兔扔给白夜一堆坚果与肉脯，说：“我买多了，吃不完，正好赔给你吧。”

白夜说：“谢谢，但我想吃辣的。”

南波兔说："吃什么辣的，辣的对胃不好……等等，难道你是心情不好？"

洪秋泽在旁边假装自己没听见，白夜说得很对，南波兔果然会自己骗自己。

因为觉得学习也很重要，所以南波兔主动借了很多学习笔记给白夜，还主动维持课堂纪律。

下午打完篮球的楚冬忍从外面归来，因为天太热，他就顺便给白夜带了一瓶冷饮，但还没等白夜接过，就被南波兔半路截了下来。

南波兔打开盖子把冷饮喝了，说："你别什么都给她买，这么凉的东西喝了对身体不好。"

白夜说："我觉得挺好的啊。"

南波兔瞪了白夜一眼，然后去给她倒了一杯热水："你以后多喝热水。"

白夜："……"

白夜觉得这样骗一个高中生实在太辛苦了，高中生是真傻，也是真较真。

当南波兔回到自己的座位上时，弥崖忽然凑近他，小声问："兔爷，你不会对白夜……"

南波兔说："你别瞎猜，没有的事。"

弥崖继续帮韩美美打听："那你最近怎么一副好像很关心她的样子？"

"有一些很复杂的原因。"南波兔不胜其烦，挥开了众人，然后翻开在网上买的书，认真看了起来。

当他认真研究时，弥崖的脑袋探了过去："《女性成长手册》？兔爷，你怎么看这个？"

"吓死我了！你能不能别忽然凑过来？"南波兔马上合上书。

"你看这个干什么啊？哎呀，兔爷，你别生气，我开个玩笑嘛。"见到南波兔不耐烦，弥崖停止了在死亡的边缘试探。

不过他仍然很困惑南波兔为什么要看这类书。

这时，他收到了韩美美的短信，对方向他打听白夜的事。

弥崖忽然想到南波兔刚刚看的那本书，心想：难道南波兔对白夜好的原因竟是……天哪，不是他想的那样吧？

一天结束，乔芳来找白夜一起回寝室，两人约好了去操场跑步。

乔芳说自己好久没健身，肚子上都有肥肉了。白夜也捏了捏自己的肚子，她最近好像也吃了很多东西，但体形并没有什么变化。

“白夜，你也给我捏捏！”乔芳正要去捏白夜的肚子，忽然被一道声音吓了一跳。

南波兔像一个鬼一样出现在她们旁边，说：“你干什么呢？别捏人家的肚子。”

乔芳说：“啊？”她是真觉得莫名其妙。

“白夜，你跟我来。”南波兔习惯性地想命令白夜，但他忽然想到书上说不能让女性情绪波动，便走到白夜面前低声说，“大姐，你先跟我过来一下，我真的有事跟你说。”

“哦，乔芳，你等我一下。”白夜跟着南波兔走进教室。

谁知南波兔说的重要的事是：“你不能跟乔芳去跑步，这本书上说了，女性最好的运动方式是瑜伽。”

白夜有点儿装不下去了，说：“你为什么不好好学习，天天看这种书？”

南波兔说：“学习比你的身体还重要？”

白夜忍了又忍，终究还是继续装了下去：“研究了这么多，辛苦你了。”

“不辛苦，我会做个好大人的。”南波兔的脸上仿佛带着成年人的沧桑，“你放心，就算大哥醒不来，我也会一直照顾你。”

“你开心就好。”白夜不知道该说什么，她仿佛能预见南波兔知道真相后发火的样子。

玩家人数不够，里世界一直无法开启。

又一个周末来临，楚冬忍和洪秋泽再次来到南波万的病房“探病”。南波兔很纳闷楚冬忍和洪秋泽为什么三番五次这么晚还不走，真没想到他们对自己的哥哥情深义重到这种程度，所以见两人想留下来，他也没有赶人。

除了南波兔，白夜他们都在等待这次里世界的开启。

因为这次依旧没有到进入里世界的时限，所以黑影人不会来接他们。为了进入游戏，三人睡前不约而同地在手上画了六芒星。

南波兔终于忍不住问："你们为什么要在手上画这个图案？"

白夜他们异口同声地说："没事闲的。"

南波兔说："嘁，幼稚。"

望着准备入睡的三人，南波兔想了想，也在自己手掌上偷偷画了六芒星。他觉得不画不合群，这几个人，别想什么事都撇下他！

入睡之前，白夜总觉得哪里缺了什么，她捏了捏装着门觉的衣兜，空空如也。

这孩子去哪儿了？

……

天空飘着雪花，冷，很冷。

白夜睁开眼睛，入眼就是一片白茫茫。她躺在雪地中，四周风雪交加，寒风吹得她睁不开眼睛。

楚冬忍和洪秋泽都不在附近，这里只有她。

但是她出现在这种地方就表明他们终于成功进入里世界了。

此时风雪很大，又是夜里，四周什么都看不清，白夜不知该往哪个方向走。她扫了一圈，发现西北角有个黑漆漆的建筑物。那个建筑物虽然在风雪中不太显眼，却是目之可及唯一的去处。

白夜走了几步又被风雪眯住眼睛，便先低下头，顶着风雪向建筑物的方向走。然而她走了没多远，视野中忽然多了一双腿。

有人走在她前面？可刚才她怎么没看到？

"你好。"那个陌生人与她打招呼。

"嗯？你好。"白夜抬头向那人看去，只看到了一个后脑勺。

那人也和她一样，低头前行着。他穿着黑色夹克衫，脖子缩进了衣服里。

白夜问："你也是参加游戏的人吗？"

"嗯。"他答道。

"你为什么缩着脖子走路？"

"我冷。"又是十分简短的回答。

白夜又问："你是怎么在雪地里看到我的？"

那人只是说："我回头看到的。"

白夜回想了一下，不记得最初自己前方有人。

对方身穿黑色衣服在雪地中应该很显眼才对，她刚才为什么没看到呢？这个人就像突然出现在她前面一样。

好似猜到白夜所想，那人说："之前我一直坐着休息。"

"哦。"白夜问，"你能再回头让我看看你的脸吗？"

"好。"那人回过头。白夜看到了一张正常人的脸，可她总觉得哪里不正常，很不对劲，为什么这人的脸色这么青白？

突然，前面那人问："我刚才回头看到你身后有个人，他是你的朋友吗？"

"我身后没有人。"白夜记得是没有的，她之前找楚冬忍和洪秋泽的时候看过四周了。

可那人说："你不回头看看，怎么知道身后没有人呢？"

"我没有听到身后的脚步声。"白夜答道。

那人却坚持说："他在后面悄悄跟着你，你还是回头看一下吧。"

白夜再次拒绝。这个人越劝白夜回头，白夜就越不想回头，尤其在不确定他身份的情况下。

白夜忽然察觉到什么，说："喂，我们走的方向是不是有点儿不对？这不是去那边黑色建筑物的路。"

"不能去那个建筑物。"他说，"它很危险，我带你去安全的地方。"

白夜说："可是这周围好像除了那个建筑物，没有其他地方可以去了。"

"你跟我来，我知道路。"那人继续带路，白夜却突然停下来。

那人像是知道她停下了一样，脚步也随之停下，头也不回地问："你怎么不走了？"

“你又没回头，怎么知道我没走了？”白夜问。

那人答道：“我听见你的脚步声停了。”

这里风雪这么大，怎么可能听得到什么脚步声。

白夜越发感到诡异，她问：“你说那边的黑色建筑物很危险，为什么？”

“那是一所监狱，里面关着一群怪物。”那人声音有些颤抖，不知是在风雪里冻的还是在害怕，“那群怪物已经很久很久没吃过东西了，如果你过去，一定会被它们生吞活剥！”

白夜并没有被对方带着浓浓恐吓的语气吓到，说：“你怎么知道得这么清楚？你进去过？”

“不，是我的同伴告诉我的，”那人指着远方说，“他在那边等我们，我们快过去。”

白夜顺着他手指的方向看去，影影绰绰间看到一间小木屋。

虽然看着不大，但小木屋在黑夜里亮着灯，泛着温馨的光芒，白夜甚至还闻到了从小木屋里飘来的食物的香气。下一刻小木屋中的灯光晃了晃，她好像看到了楚冬忍的身影。

那人语气轻松地说：“看，我们到了，你的朋友也在那里，我们快过去吧。”

白夜的脚步顿住，这个人怎么会知道楚冬忍是她的朋友？

她紧盯着眼前人的背影，忽然想明白了这人什么地方不对劲。那就是对方刚才回头时，身子好像没有动，只有脑袋转了一个圈。

这到底是什么东西？

白夜不想多话，飞起一脚就踢向那人的脑袋，明明没用多少力，但那人的脑袋忽然掉了下来。脑袋掉下来后，那人的衣领下露出了一双白到不正常的手。人手怎么会从头部冒出？

白夜再仔细一看，原来是有东西藏在衣服里，举着死人的脑袋跟她说话！

“哎呀，你把我刚寻到的脑袋弄掉了。”那个东西说道，黑色的夹克掉落下来，从里面钻出来一个如成精的雪人般诡异的脑袋。

雪人继续说：“你把我的脑袋弄掉了，你要把你的脑袋赔给我。”

“不好意思，我没有多余的。”白夜冲着黑色的建筑物拔腿就跑，但身后一直传来咕噜噜的声音，并伴随着追魂一样的魔音：“给我脑袋，我要你的脑袋……我们交换脑袋，好不好？”

“不换！你的脑袋太丑！”白夜边跑边斩钉截铁地拒绝，她每一个脚印都深陷在雪地里，越跑越慢。

后面的声音也越来越近：“你回一下头啊，你看，它正和我一起追你呢……它把头搭在你的肩膀上啦！”

“我不会上当的！”白夜刚说完，就觉得右边肩膀一沉，好像真有什么东西搭在她的肩膀上，紧接着，有温热的呼吸喷洒在她的脸颊上。

白夜条件反射地想回头，却被人叫住了：“不要回头！”

那道声音有些稚嫩，不断催促着她：“你一直往前跑！跑到这边来！”

白夜觉得这声音耳熟，随即想起这是宁安安的声音。之前他们在神树所在的里世界相遇，宁安安虽然是小学生，却表现得很沉着冷静，最后和大家一起安全离开。

但这道声音也有可能是怪物模拟出来的，毕竟之前她还在小木屋见到了楚冬忍的影子，怪物似乎能让她产生看到某些关于熟悉事物的幻觉。

白夜咬了咬牙，只犹豫瞬间，就选择了相信，向着宁安安的方向奋力奔跑。那声音在黑色的建筑物附近，反正那个建筑物正是她要去的地方，就算是假的被骗也无所谓！

白夜的脚程很快，片刻后就跑到了宁安安身边，当她踏入黑色建筑物所在的区域，肩膀上的重量忽然消失了。

白夜转过身，发现跟在她身后的雪人不见了，而风雪中也根本没有什么亮着温馨灯光的小屋，而是一处高耸险峻的断崖。

“白夜姐姐，我又见到你了，真是太好了！”宁安安拉住白夜的手说，“我进入这个世界后才想起我们上次一起玩过这种游戏！”

宁安安的身份是“平民”，所以她在现实中不会有关于里世界的任何记忆，只有再次进来才会想起。

在进入游戏的一刹那，宁安安的脑海中涌现出关于里世界的记忆，且周围又只有她一个人，简直把她吓坏了。

白夜问："你怎么会又参加游戏？"

宁安安懊悔道："我一个同学让我陪奶奶和后妈玩这个游戏，还让我陪她们玩完之后就将手上的六芒星擦掉，可我忘记擦了，然后就又不小心进入这个游戏了……"

"你的同学？跟你一样大吗？是什么样的人？"白夜警觉起来。

她能感觉到宁安安的同学是故意的，故意让宁安安的家人进来送死，但同时那个同学又嘱咐宁安安擦掉六芒星，难道对方不想害宁安安？

面对白夜的问题，宁安安说："我能不告诉你吗？因为我觉得她人挺好的……不是坏人。"

宁安安多少也察觉到同学朗悦涵的意图——朗悦涵想帮她摆脱虐待她的家人。

想起来一切后，宁安安忽然明白，班里那些欺负她的同学的遭遇都不是偶然。

奇怪的是，就算她明白过来，仍然觉得朗悦涵不是坏人。

"算了，你不想说就不要说了，只是你刚才为什么提醒我不要回头？"白夜问。

宁安安讲了一个民俗传说后，指着另一边说："那边那个姐姐的男朋友，就是因为在雪地里回头被雪人咬死的。"

白夜朝宁安安所指的地方看去，只见一个女人抱头蹲在角落里，像是在啜泣。如果不是宁安安提醒，她根本没发现这个人。

那个女人身前还躺着一具几乎赤裸的无头男尸。

男人的头应该就是被雪人咬断的，之前她被雪人追逐时，身后的雪人也特别想要她的头。

小声啜泣的女人擦干眼泪，红着眼睛，满是懊悔地说："我真没想到在前面带路的那个人是雪怪……呜呜呜……"

白夜安慰了哭泣的女人几句，从聊天中得知对方叫傅丽香。白夜又看向男尸，问了一句："他的衣服呢？"

傅丽香摇摇头，说："我不知道，我当时吓傻了，他的尸体被雪怪拖走我也不敢追。后来我又往前跑了一段路，只找到了他的尸体，衣服已经没有了，身体还被咬得血淋淋的……"

"你男朋友之前穿的是不是黑色的夹克外套？"白夜问。

傅丽香一脸惊奇道："你怎么知道的？"

"因为我走在雪地上时，雪怪拿着他的脑袋冒充过他，穿的就是黑色夹克外套。"

"那件衣服还是他生日时我送给他的！"傅丽香又开始抹眼泪。

天色泛白，第一个黑夜结束了。白夜望着渐渐明亮的上空有些疑惑，因为这次黑夜的时间有点儿太短了。

这时风雪中又走进来两个人，白夜一眼就看到了走在前面的楚冬忍。

"白夜，我就知道往这个方向走能找到你！"楚冬忍几步跑了过来，又惊讶于宁安安也在，蹲下来捏了捏小萝卜丁的脸，"之前你有新手光环，我说这次你可要好好的啊。"

白夜的目光落在另外一个人身上，那人边看着众人边说："太好了，我终于从雪地里走出来了，也终于看到活人了……你们谁知道这里是什么鬼地方？"

看样子，他也是新手？

见没人回应自己，那人挠了挠凌乱的头发，说："你们都不知道这里是什么地方吗？"

白夜回答他："这里是监狱，上面写着呢。"

"我当然知道眼前这个建筑是监狱，看它外面的建筑构造就能看出来。"对方一脸迷茫，"我指的是，我们存在的这个世界是什么地方？现在我们肯定不是在现实中了，你们也都能感觉到吧？"

白夜点头道："嗯，我们在不是现实的地方。"

白夜敷衍的语气让对方停止了问询。楚冬忍感觉白夜有些心不在焉，问道："你怎么了？"

"我刚才看到南波兔了。"白夜说。

楚冬忍四处张望，问："啊？他在哪儿？"

白夜望着高空说："他在那边的绞刑架上吊着。"

楚冬忍也去看绞刑架，可上面什么都没有，楚冬忍怀疑白夜出现了幻觉。

白夜也觉得自己好像出现了幻觉，因为她刚才看到绞刑架上的南波兔好像老了十岁。此时，幻觉又出现了，她不确定地望着远处，说："南波兔好像从监狱大门向我们走来了，你看到了吗？"

"这不是幻觉！他的确向我们走来了！"楚冬忍满脸欣喜，"不过他不是南波兔，而是南波兔他哥南波万！"

两人没想到这么容易就找到了南波万被困的意识体。

身穿黑色制服的南波万来到众人身前，说："你们来了啊。"

南波万又自顾自地说："没想到这么快就天亮了，我好像根本没有睡多久，你们都跟我进来吧。"

楚冬忍赶紧叫住南波万："等等啊，大哥，你让我们进去干什么啊？"

"你叫我什么？"南波万的眉头皱起，面上带着狠戾的表情，"叫我典狱长，再叫错一次，我会将你与那群死刑犯关在一起。"

楚冬忍没想到南波万会不认得自己，他努力想唤醒南波万的记忆："大哥，我是楚冬忍啊，南波兔的朋友，你不记得我了？"

南波万却说："我不认识你，也不认识南波兔，我最讨厌和我套近乎的人了。而且，你刚才又叫我'大哥'了。你叫错了。"最后一句话仿佛是对罪行的一种宣判。

南波万的话音刚落，楚冬忍便痛苦地倒下，身体痉挛了起来，最后双眼翻白，口吐白沫，在地上抽搐。

白夜问："典狱长，他怎么了？"

南波万点了点头，说："你很听话，叫对了我的称呼，你们都是我新来的部下，所以必须听我的话，不听话的人都要像他一样受到惩罚。希望你们未来都可以尽忠职守，完成我分配的工作。"

众人这才明白，他们的身份是典狱长新来的手下。

南波万指了指白夜，说："你，把这个不听话的垃圾拖过来，跟我走，把他丢到死刑房里去。"

“哦。”白夜应下，将半死不活的楚冬忍扶起来，然后跟在南波万后面。

南波万不悦道：“我让你拖着他。”

白夜很职业化地对“老板”道歉：“对不起，典狱长，我的力气太小了，拖不动他，只有这样扶着才能跟上你。”

南波万似乎相信了白夜的解释，他抬手指了指那个头发蓬乱的新人，说：“你，和她一起拖，一人一条腿。”

“好的，典狱长。”新人赶紧照做，避免在陌生的环境里惹出什么事端。

两人一起跟在南波万的身后，通过交谈，白夜得知这个新人叫侗尔，是一名程序员，因为无聊看到网上的游戏说明，才意外进来这里的。

白夜还发现，这个南波万版的典狱长好似很执着于让别人痛苦，比如他不希望楚冬忍被扶进牢房，一定要两个人一起拖着他。

当可怜的楚冬忍被拖到牢房，白夜跟着典狱长来到一处走廊上，她非常入戏地问向自己的“老板”：“典狱长，这里是关囚犯的地方吗？”

“不，这里是关垃圾的地方。”南波万一脸嫌弃地回答，仿佛囚犯让这里的空气都变得恶心。

“这里很安静，这些房间里都有犯人吗？”白夜又问。

“当然，他们安静，是因为都被我拔了舌头。”南波万似乎很满意自己的杰作，语气上扬，心情似乎不错。

等路过数个牢房后，南波万终于喊停：“就把这个新垃圾关在这个房间里吧，把他绑在这个房间的椅子上。”

“好的。”白夜将楚冬忍推进房间，只见房间里有一把带血的椅子。

白夜边绑绳子边对楚冬忍说：“我先跟着这个‘南波万’，看看他是怎么回事，待会儿再回来找你。”

“好，你先去吧，谨慎一点儿。”楚冬忍小声提醒白夜，“刚才他都没有碰到我，我就感到被电击了，我猜他有随时对我们‘行刑’

的能力，因为他是这里的‘典狱长’。”

白夜应下：“在事情有眉目之前，我会暂时听他的话的。”

现在看来，南波万真的已经不记得自己是谁，而且他被“典狱长”的人格支配了。

只是白夜不知道，典狱长和这个世界的怪物有什么联系。一般情况下，里世界的支配者都是某种怪物，而这次，南波万的意识体却成了这里的主体。

这时，监狱走廊上的南波万催促道：“喂，你怎么绑得这么慢？”

白夜回道：“对不起，我马上就好。”

白夜快速绑好楚冬忍，然后走出牢房，来到南波万的身边，问：“典狱长，关押新囚犯房间的墙角为什么有个洞？”

南波万说：“那是狗洞。”

白夜说：“啊？监狱里养狗？为什么要养在那个房间？”

南波万丝毫不介意和下属解释这里的一切：“不是真正的狗，而是被我饿了很久的犯人，但是它们现在已经不能称为人了。”

白夜一惊，心想：那被她绑在椅子上不能动的楚冬忍处境岂不是很危险？

白夜突然很慌，说：“典狱长，刚才的犯人我好像没有绑好，我能回去看一下吗？”

“不能，只要外面的牢门锁好了就没关系。”

白夜觉得楚冬忍还能再抢救一下，转身道：“我还是回去看一下吧！”

南波万皱眉道：“不需要，现在所有人都跟我去会议室。”

他又看了一眼停留在原地的白夜，说：“你怎么还不走，难道你要无视我的命令吗？”

“我没有，典狱长。”虽然她很担心楚冬忍，但典狱长的惩罚是无法反抗的，万一她也被“惩罚”，那不光没办法救楚冬忍，自己也会失去探查真相的机会。

白夜跟着南波万走向会议室，心想：楚冬忍的身份毕竟是“神”，并且刚才她给楚冬忍绑的是活结，她相信楚冬忍有自保的能力。

白夜打探道：“典狱长，这里除了我们，就全是犯人了吗？”

南波万却说：“你说什么呢，你们也是犯人啊。”

白夜说：“啊？”

南波万语气散漫道：“只不过我一个人工作太久了，觉得很无聊，便决定让你们成为我的部下。如果我觉得腻了，你们也就没命了。”

白夜说：“哦，感谢典狱长的不杀之恩，您真是人帅心善。”

南波万的脸上再次闪过厌烦的表情，说：“我最讨厌别人巴结我了。”

“可我说的都是实话。”

典狱长没再吭声，看了白夜一眼，继续带路。

路上遇见其他人，宁安安凑到白夜身边小声说：“白夜姐姐，你小心别惹到他，刚刚楚冬忍哥哥只是喊错了称呼，就变得那么惨。”

白夜说：“不会的，我一直在夸他，他不会生气的。”

宁安安不解道：“你为什么要夸他？他好像不太喜欢。”

“因为他现在是我们的上司，而且不是其他里世界那些不通人情的怪物。”白夜解释，“我听网友说，拍马屁是无敌的绝招，说不定我多夸夸他，他就会对我们好点儿呢。”

“真的有用吗？我觉得网友的话还是不要信了吧……”虽然宁安安觉得自己应该相信大人的判断，却还是忍不住质疑。

这时宁安安听旁边的侗尔说：“典狱长，能成为你的属下，我真是太荣幸了，若能帮助您这样的人分忧，我倍感欣喜。如果下次有人令您感到讨厌，您可以不必亲自动手，我愿意代劳。”

宁安安：“……”

好吧！原来大人都爱用这招！真是诡计多端的成年人！

南波万听侗尔这么说，便问他：“你会什么？”

侗尔回答得很完美：“我会很多折磨人的方法，一定会让您讨厌的人痛苦不堪、求死不能！”

白夜没想到侗尔作为新人能适应得这么快，完全没有最开始时懵懂的样子了。

南波万挑起眉毛，说：“哦？有你这么懂事的人在真是太好了，如果我什么时候不想留你们的命了，会考虑把你放到最后解决的。”

伺尔谦虚并感激地说：“谢谢您，尊敬的典狱长，我这条命是您给的，别说这条命，就算让我赴汤蹈火，也万死不辞！”

白夜：“……”

她没想到，居然有人和她争着拍马屁，而且还拍得比她好！

……

监狱的其中一间牢房里，洪秋泽抱着胸口缩在墙角，大口大口地喘着粗气。心有余悸的他拍着胸脯，回想着刚刚牢房里那几个死人突然活过来的一幕。最诡异的是，现在那些尸体又忽然躺在地上一动不动了，这让他很担心它们再次醒来。

谁能告诉他怎么从这个牢房出去？他可不想继续和会复活的死人关在一起了！

这时洪秋泽听到旁边的牢房传来声音：“我隔壁有人吗？”

那是一道纤细的女声，听起来像是小孩子。

洪秋泽小声回应：“谁？”

隔壁牢房的人瞬间欣喜起来：“呜呜呜，原来隔壁真的有人！哥哥救我，我好怕啊！”

听着耳边喋喋不休的求救声，洪秋泽有些心烦：“闭嘴，哭什么哭，你是小学生吗？”

隔壁的人说：“嗯，哥哥，我还是小学生。”

洪秋泽：“……”

天哪！这次的世界怎么连小学生都有？他居然真的遇到了小学生队友！太坑了！

隔壁的朗悦涵想了想，决定继续装哭，这样才符合她小学生的身份：“呜呜呜，哥哥，可是我真的好怕啊，你能别凶我吗？”

洪秋泽丝毫不怜悯小学生：“再哭，等我出去就揍你！”

朗悦涵：“……”

看来，这位大哥是一个狠人。

第五章

✦✦✦

监狱会议室里，众人表面恭敬地坐在典狱长周围，连大气都不敢出。南波万边摆弄着刀叉边说：“桌上的美食都是为你们准备的，吃啊，你们怎么不吃？”

傅丽香顶着压力回答：“我们不饿。”

南波万将刀叉拍在桌子上，说：“我让你们吃就吃，哪来那么多废话！”

众人噤若寒蝉，纷纷拿起桌子上的餐具，却依旧望着餐盘里的肉犹豫不决。

白夜问：“典狱长，这个盘子里的肉是什么肉？”

南波万说：“这是牛排。”

听到是牛肉，白夜就放心了。但是这牛排为什么这么红？难道是传说中的一分熟？

南波万看着迟疑的众人，语气再次危险起来：“怎么，你们都不想吃吗？”

侗尔率先回答：“没有，它看起来很美味。”

侗尔拿起刀叉，率先将肉塞入口中。

典狱长见其他人都没动刀叉，便从最左边的傅丽香开始一个一个问：“你为什么不吃？”

傅丽香磕磕巴巴地回答：“嗯……因为……因为我还不饿，我等饿了再吃好了，谢谢您为我们准备美食……”

南波万眯了眯眼睛，说：“你对我撒谎了。”

傅丽香猛地摇头，说：“我……我没有撒谎啊，真的！”

“不，你撒谎了，之前我对一号使用的是电刑，对你就使用饿刑好了。”南波万优雅地用餐巾布擦了擦嘴巴。

他并没有对傅丽香做什么，只是看了傅丽香一眼，傅丽香就觉得有一股强烈的呕意从胃部袭来。她控制不住地开始呕吐，将胃里的食物都吐了出来，最后吐得只剩下胆汁，居然还在吐。

典狱长又问宁安安：“你为什么不吃啊？”

宁安安慌乱之下实话实说：“我……我吃不下，这东西没熟，看起来很恶……恶心，我说的是真话！”

“嗯，我知道你说的是真话，可是我不太想听你说它恶心，所以我也要惩罚你。”南波万想了想，说，“电刑和饿刑都用过了，就给你用火刑好了。你会感觉浑身有火在烧，虽然不是真正的火，却比真正的火让人更痛。”

宁安安立即求饶道：“别烧我！是我错了！这道菜一点儿也不恶心！”

迎着南波万的目光，宁安安含泪开始吃眼前的肉，于是南波万没有对宁安安用刑。

紧接着，他又望向白夜：“你为什么也不吃？”

“我在等你一起吃。”白夜说。

白夜发现，南波万始终没有吃盘子里的肉，他只是拿着刀叉做个样子，除了喝酒，其他东西都没动。

结果南波万对白夜说：“我吃我做的东西干什么？”

啊？什么？白夜简直以为自己听错了。

宁安安也震惊地抬起头，怪不得她刚才说恶心，这个男人会不高兴，但他不吃，为什么偏要让他们吃？

这个问题白夜问了出来：“你为什么要让我们吃你做的东西？”

南波万只是说：“扔了浪费，我每天都要扔一次。”

白夜感到不解，她正想追问，南波万却转移了话题：“你快吃啊，尝尝我做得好不好吃。”

面对南波万催促的目光，白夜问：“能方便你说一下这是怎么做的吗？”

对于白夜的问题，南波万很意外：“我不记得了，随便做的。”

白夜评价：“好吃。”

南波万就像终于抓住学生作弊的老师，嘴唇弯起来：“你都没吃，就说好吃，你也对我说谎了，让我想想给你用什么刑罚好呢。”

“真的好吃，典狱长人这么好，手艺肯定也好，就算不吃也知道肯定好吃。”白夜叉起一块肉喂到南波万的嘴边，“真的好吃，不信你尝尝，你都没尝过，怎么知道不好吃？”

南波万看了一眼盘中的肉，恶心得皱了皱眉。

白夜看到他一闪而逝的表情，说：“你不会是嫌自己做的东西恶心吧？”

南波万说：“我没有。”

白夜说：“那你尝尝。”

南波万说：“不用了，就餐时间到此结束，没吃完的你们也不用吃了。”

众人听到南波万的话，都松了一口气，心想终于能从这顿聚餐中解脱了！

紧接着南波万盯着白夜，说：“二号，你跟我过来。”

白夜左顾右盼，说：“谁是二号？”

“就是你，你是二号。”

“哦，我们要去干什么？”想到要巴结上司，白夜又说，“对了，您能带上我，我非常开心，您是我人生的灯塔，照亮我前进的方向，我对您的敬仰如滔滔江水般连绵不绝，又如黄河泛滥般一发……”

南波万打断她刻意的巴结：“我要带你去看拔隶。”

白夜感到好奇，便跟上南波万的脚步，很快就到达一个小屋子。

南波万说：“你不是好奇这是哪里吗？这扇门上有个洞，你把头伸进洞中，就能看到里面了。”

白夜站着没动，典狱长却按着白夜的头塞进门洞。

一片漆黑中，白夜只觉得一股巨大的力量撬开了她的牙关。

“啊啊啊！”白夜只能无声号叫。

南波万介绍道：“你看到了吗？它就是拔隶，很喜欢收集别人的舌头，现在它专门为我执行这种刑罚。刚才你在饭桌上太令我不快了，以后还是别说话了。”

白夜：“……”

此时白夜忽然明白一个道理，拍马屁是没有好下场的，她就是一个例子。

这时倜尔跟了过来，说：“典狱长，她惹你不开心了吗？为什么不把她交给我呢？我会帮你狠狠折磨她的。”

白夜瞪大了眼睛，心想刚刚还聊着天的小伙伴怎么变得这么狠毒呢？这个新人适应角色有点儿太快了吧？

但好在南波万说：“她不用。”

倜尔好像很想表现自己：“好的……典狱长，那另外两个人？”

“随你。”

倜尔笑得谄媚，说：“谢谢典狱长将这么光荣的差事交给我，我一定会让她们明白您的威严！”

白夜说：“嗯嗯嗯！”

南波万说：“你舌头都没了还这么吵。”

这时倜尔向南波万打听：“对了，典狱长，刚才路过牢房，我发现牢房里的犯人好像都死了……死人也要关着吗？”

南波万说：“当然，虽然大多数犯人现在是死的，但是每到夜晚这些人就会活过来。不过晚上我不在监狱，到时候监狱由你们来看守。希望今晚过后，你们不会死光，这样我也不会那么寂寞。”

倜尔和白夜都因为南波万的话震惊了一下，看来晚上将是他们的历险记。

这时南波万又想到了什么，说：“对了，这里还有些‘犯人’和你们一样，也是新来的，只不过他们被直接关押在牢房里，而你们虽然在牢房外，但要看我心情，决定会不会被关押。”

倜尔继续巴结南波万，说他们的自由是南波万恩赐的。南波万意外透露：“每个白天，都要从他们中选出一个人执行死刑，这是规矩。今天的‘死刑犯’还没选出来呢，我先去看一下那些新来的犯人吧，如果看谁不顺眼，就让谁先死好了。”

白夜忍着口腔的疼痛，跟在南波万身后，此时她想明白了，和她一起来的洪秋泽应该就被关在牢房里，希望被选中受刑的人不会是洪秋泽。

昏暗的牢房中散发着阵阵尸臭，南波兔皱着眉头，听着隔壁传来的声音。

名叫陈玉凤的老太太正在声嘶力竭地大骂着：“宁安安那个坏胚子，当初就不该让她生下来……不，当初我就不应该让我家阿飞娶她妈！还说玩这个游戏可以发财，结果不知道到了什么鬼地方，这肯定和睡前玩的那个游戏有关！”

陈玉凤愚昧无知，一听说这个游戏能让人发财就参与了，却没想到一睁眼来到了阴暗湿臭的牢房。她继续骂着：“那个死兔崽子，看我再见到她不掐死她！”

一个中年女人安慰着陈玉凤，她是陈玉凤的新儿媳妇王彩华。王彩华虽然对于突然出现在陌生的地方感到很害怕，但她还是下意识和陈玉凤一起骂宁安安。

在宁安安成长的路上，她们的打骂是家常便饭。在那个重男轻女的家庭中，宁安安像是家里多余的人，她们并不觉得这样对宁安安有什么不对。

发泄完怒火，王彩华说：“妈，现在我们还是想想怎么离开这里吧，这到底是什么地方的监狱啊？昨晚我咋还听到周围有各种惨叫声？怪吓人的！”

陈玉凤说：“你别怕！反正咱们不做亏心事，不怕鬼敲门！”

南波兔因为隔壁聒噪的声音有点儿心烦，他摇了摇牢笼上的锁，示意隔壁安静。

听到声音后，陈玉凤她们安静了几秒，害怕有什么非人的东西，但陈玉凤还是壮着胆子问：“有人在隔壁吗？”

“没人。”南波兔闭上眼，靠在墙上回应。

这是南波兔第二次进入里世界，之前消失的记忆又涌进了他的脑海，他也明白了自己身在何处——原来睡前白夜他们又玩了那个游戏。

南波兔闭眼小憩时，陈玉凤却来劲儿了：“听声音是年轻人，你这是什么态度啊？”

知道隔壁是人类后，王彩华的气焰也嚣张了起来：“是啊，跟老人家哪有这么说话的，现在的年轻人真是没有一点儿素质、道德！”

倚老卖老一向是她们最擅长的着数，在现实中百试不爽。

南波兔却不怕，说：“嗯，我没道德，所以你们最好别惹我，否则我会打人。”

陈玉凤惊呼：“天哪，这什么人啊，一看就没家教！气死我了，我心肝肺疼！”

王彩华说：“妈，您别生气了，小心气坏了身子！”

这时，监狱尽头传来脚步声，南波兔向外看去，等待那脚步声慢慢接近，随即他居然看到了自己的哥哥！

“哥！”他马上扒着牢笼对着南波万喊道。

南波万瞥了一眼南波兔，问：“你在叫谁？”

南波兔觉得不太对劲，问：“哥，你的北方口音呢？”

南波万对他笑了笑，说：“又一个乱认亲戚的。我决定了，今天白天的‘死刑犯’就是你了。”

南波兔一脸茫然，心想：不对啊！他哥怎么认不出他了？

南波兔努力勾起南波万的记忆：“哥，我是你弟弟南波兔啊！你好好看看我的脸！”

南波万盯了他一会儿，说：“你的脸……”

南波兔一脸欣喜道：“你是不是也觉得我们很像？你认出我来了吗？”

南波万却撇撇嘴，说：“你的长相可真恶心，看起来就是要死的命。”

南波兔：“……”

下一秒，南波兔看到典狱长身后的白夜，便大喊：“白夜！正好你也在这里，你快和我哥说点儿什么，帮他想起以前的事！”

“啊……”白夜一张嘴，吐出一口血。

她指了指自己的嘴，南波兔顿时惊骇万分：“白夜，你怎么了？”

明明昨晚睡前她还好好的！这里是哪里？她的伤又是怎么回事？南波兔突然意识到，他来到了一个极其危险的地方。

白夜还张嘴啊啊个不停，南波兔赶紧说："我听不懂！你先把嘴闭上！血流出来了！"

南波万饶有兴致地说："是我让她没办法开口说话了。"

南波兔气愤万分，说："她之前和你关系甚是亲近，你却这样对她？哥，你怎么能这么坏呢！"

"你不要叫我哥，别和我套近乎，我是这里的典狱长。"南波万再次声明。

南波兔抓着铁栏杆，喊道："什么典狱长，你是我哥！是南波家的一家之主！哥，你清醒一点儿！"

"你话也太多了。"南波万睥睨着南波兔，"你再多话，我就惩罚你再也说不出话。"

南波兔却依旧试图唤醒南波万："哥……"

"啊啊啊！"为了保住南波兔的舌头，白夜装成舌头疼的样子，打断他们的对话。

白夜给南波兔使了一个眼色。

南波兔心领神会，他突然悲痛地说："白夜，你被我哥这样对待是不是很伤心？你放心，我们一定可以一起唤醒他的记忆的！"

白夜："……"

她真是和他毫无默契！

幸好南波兔的作死行为被典狱长无视了，因为有人比南波兔更作死。

陈玉凤见南波万是人类，便喊他："年轻人，你就是这所监狱的狱长吗？我想问一下，明明我和儿媳妇在家里睡觉，怎么醒来就出现在这里了呢？我们又没有犯法，你不能不明不白地就把我们关起来！"

南波万回答："每个人都有罪，每个被关在这里的人都不无辜，你想想你做过的那些错事就好。"

王彩华拿出在村里对付别人的泼妇姿态，愤怒地嘶吼："不知道你还抓我们？万一我们的身体出毛病了，你赔得起吗？”

陈玉凤说：“是啊！我这么大岁数了，你还把我弄到监狱里来！”

南波万微笑：“不是我关押了你们，而是你们自己过来的。我不负责判刑，只负责行刑。”

此时陈玉凤更加肯定，这是宁安安联合外人对她们的愚弄：“瞎说！还有没有王法了？小心我们告你！”

南波万像是听到了什么很好笑的事，他咧开嘴角，说：“我就是王法，这里我说了算。”

白夜觉得南波万和南波兔真是亲兄弟，因为他刚才说这句话时的神情，和南波兔说“E 班我说了算”时一样欠打。

果然，陈玉凤也觉得南波万很欠打：“哎哟！你这小典狱长是什么态度啊！你把我气得心肝疼！要是我在监狱里气病了，你们监狱绝对摊上事了，我跟你说！”

南波万叹了一口气，说：“我有点儿想改变主意了，今天到底要谁受死刑比较好呢？是让这个快入土的老太婆先死，还是让那个长着死人脸的蠢货先死？”

南波兔腹诽：长着死人脸的蠢货？难道是在说他？

提到生死，陈玉凤的气焰降了下来，她这才发觉在别人的地盘上不能什么都说，开始害怕起来：“狱警同志，你怎么能这么草率地决定别人的生死啊？不要杀我啊！我是好人！”

陈玉凤指着南波兔说：“对了！你杀他吧！他是问题少年，长大了肯定也是危害社会！杀他准没错！”

南波万面无表情地说：“谁允许你干涉我的决定了？太吵了，你也太吵了……垃圾果然是垃圾，都有散不完的臭味。”

南波万的目光定格在陈玉凤身上，说：“我就先惩罚你受截舌之刑吧，你自己来上刑。”他的话音刚落，陈玉凤只觉得自己的牙关开始不受控制，随即感到钝痛无比。

王彩华一脸恐惧地问：“妈？妈，你在干什么啊？你的嘴巴怎么流血了？！”

南波万轻轻地说：“安静。”

这次，没人敢再挑战典狱长的威严。

王彩华捂住嘴巴，瘫坐在地上瑟瑟发抖，南波兔这才反应过来，如果不是刚才白夜拦着，陈玉凤现在的下场就是他的下场！

白夜后知后觉，原来之前典狱长让拔隶惩罚她已经很仁慈了，起码他没让她自己下手。

“好了，我现在想好今天白天让谁受死刑了，就那个死人脸吧。”南波万说。

南波兔指着自己：“我？”

南波万说：“嗯，就是你，三号。你这张脸长得太让人厌恶了，我看一眼就想让你死。”

南波兔十分震惊：他哥哥居然那么厌恶他！

南波万又说：“四号，我叫你呢，四号！”

立在一边半天的侗尔问：“四号是我吗？”

南波万说：“不是你是谁？你傻了吗？”

侗尔说：“对不起，典狱长，我常常因为不够聪慧跟不上你的思路。”

典狱长给人定号码似乎比较随意，想叫谁的那一刻才给别人编号排序。

南波万发布了新任务：“四号，你把刚才在会议室受刑的那两个人叫过来，我要让你们抽签。”

“抽签？好。”侗尔很快就将两人叫了过来，虽然他不明白抽签意味着什么。

人到齐后，典狱长对着他们张开右手掌：“这里有四枚硬币，你们一人拿一枚……都拿好了吗？那么把硬币翻过来，看看谁的硬币背面有血。”

白夜翻开硬币一看，上面带着凝固的血迹。

“咦，竟然是你啊，你真幸运。”南波万似乎很高兴，“今天白天你可以代替我行刑了。”

白夜一脸茫然。

南波万嘱咐白夜：“二号，你就是这个死人脸的行刑者，既然你抽到了带血的签，就必须让他死，否则，你就会代替他死，由我亲自来行刑。”

南波万塞给白夜一把刀和一把钥匙，说：“去吧，你把那个死人脸带出来，如果他跑了，那么他的命也要算在你头上，由你来代替他死。”

“我是不会跑的……”南波兔仿佛接受了南波万不会恢复记忆的事实，也接受了南波万现在是一个变态的事实。

他握紧拳头，悲壮地说：“我是不会让她死的，我也不会那么孬……哥，你现在所做的事，你绝对会后悔的。”

监狱中央立着一根深红色的木桩，木桩下的泥土泛着红色，仿佛有血液长年累月浇在上面。

南波万让白夜把南波兔绑在那边的木桩上受刑，白夜只能照做，她推着南波兔向前走。她知道典狱长一直在看自己，不敢停留。她现在已经分不清典狱长到底是不是南波万了。

待天色一暗，典狱长就会离开监狱，谁也不知道他们夜晚将面临怎样的危险。而且，那个叫侗尔的玩家让白夜起疑，毕竟他作为一个新人，对这个世界的适应速度实在太不正常了，还是提防一点儿比较好。

路过宁安安身边的时候，白夜小声说：“天要黑了，你们离侗尔远点儿，藏在一个他找不到的地方，不然他可能会引来怪物对你们下手。”

宁安安怔忡间，白夜已经推着南波兔走远了。南波兔边走边偷偷和白夜交谈：“你怎么能说话了？你不是被惩罚了吗？”

白夜说：“其实我早就能说话了，只不过我装成了不能说话的样子，否则我怕自己再受一次惩罚。”

南波兔并不知道白夜的伤会自动愈合，继续问：“所以你之前到底有没有因为惩罚而受伤？”

“现在不是说这些事的时候，你快要死了。”

“我知道，不用你提醒我。”南波兔似乎看开了，“自从醒来后我发现自己又来到了这个诡异的世界，就已经做了最坏的设想。但我没想到的是，在这个世界里想让我死的人居然是我哥……他好像忘记了现实世界中的事情，你知道他怎么了吗？”

白夜将门觉的推理告诉南波兔：“你哥在现实中变成植物人就是因为意识体迷失在了这个世界，如果不能让他想起关于现实世界的事，想起来自己是谁，那他就永远都醒不过来了。”

此时，两人已经来到了血色的木桩前，白夜慢慢拿起绳子，将南波兔绑上去。

南波兔提醒她：“你绑得紧一点儿，不然我怕一会儿太疼的话，会忍不住挣扎。”

白夜问：“你已经放弃挣扎了吗？为什么这样视死如归？你不害怕吗？”

“害怕有什么用，还不是要死。”南波兔就像在交代遗言，“白夜，之后的一切就靠你了，你一定要让我哥醒过来，把他从里世界中带出去。”

“哦，你还有其他遗言吗？”

南波兔想了想，说：“如果我哥醒来，不要让他知道里世界中的事，不要让他知道我是因他而死的……还有，照顾好自己和我哥，以后他身边最亲近的人只有你了。”

白夜没想到南波兔还惦记着这茬儿，赶紧解释：“南波兔，有一件事我需要告诉你，我其实……”

“你不用说，反正我都要死了，你告诉我任何事都没有意义。”南波兔打断白夜，他临死前似乎有说不完的话，“你还是多听我说几句话吧。其实，我一直很讨厌你，总是不给你好脸色，还对你发脾气，真的很对不起。”

“我没生你的气。”

南波兔笑了笑，说：“那就好，对了……以后我哥有了孩子，你记得提醒他，给孩子起名可别像我父母那么随意了，还南波万南波兔的，你千万要交代他认真给孩子起名。”

“哦。”白夜敷衍地应了一声。

白夜已经将南波兔的身体完全绑在木桩上，说："但有一件事我必须告诉你，也让你死得明明白白。"

南波兔说："嗯？"

白夜终于一口气说了出来："我认识你哥的事是假的，我和你哥根本没见过，一切都是误会。"

南波兔看着白夜，还没缓过来："啊？"

白夜继续说："我不是你哥的亲近之人，也不是你大姐，你以后当不当好大人跟我更是没关系。"

南波兔坚定赴死的眼神逐渐涣散："啊？"

愣怔了片刻，南波兔忽然大吼起来："死女人！你竟然骗我！我弄死你！"

"不好意思，现在典狱长让我弄死你。"白夜一脸无辜地说，"而且真的不怪我，都是你在骗自己，我从来都没说过我跟你哥有什么关系。"

"不！你绝对是故意的！"南波兔剧烈挣扎，"你放开我！你给我绑这么紧干什么？死骗子！我死也不会放过你的！"

远处的典狱长皱起了眉头，说："真吵。"

果然，人死之前，都会被吓得和疯子一样。

南波万催促："二号，你快点儿行刑，我不想听到这么聒噪的声音。"

"哦。"白夜望向木桩上的南波兔，说，"他让我行刑了。"

南波兔忽然平静下来，他不再骂人，而是一本正经地对白夜说："听着，白夜，我接下来的话很重要，不管你和我哥有没有关系，我都希望你听完，然后带着我哥离开这个世界。"

南波兔继续说："我猜这个世界一定是受我哥的执念影响，才会诞生这所监狱，我哥才会成为这里的狱长……我哥犯过一些错，总是幻想自己入狱，也经常做这类的噩梦……他虽然嘴上不说，但一直觉得自己是十恶不赦的坏人，会受到惩罚。"

白夜一脸若有所思，道："你是说，现在的典狱长是你哥现实中的缩影？"

南波兔点头道："嗯，你了解了我哥的恐惧与品性，总会找到唤醒他的方法……对了，我哥还特喜欢说北方方言，你可以尝试用北方方言唤醒他……还有，平日里大家都怕我哥，但是我哥喜欢不怕他、能和他说真心话的人。"

南波兔絮絮叨叨地说了很多话，白夜现在觉得"人之将死，其言也善"这句话是真的。

"好！我说完了，你快动手吧！你这个骗人精！"南波兔又恢复了之前讨厌白夜的那副样子，以及对赴死的无畏，"被杀死总比被你这个骗子气死强！"

白夜问："南波兔，你也算是少男吧？"

南波兔不知道白夜为什么这么问，说："有什么问题吗？"

白夜说："如果我杀了你，我也算是'少男杀手'了吧？"

南波兔："……"

南波兔怒道："都什么时候了，你还跟我开玩笑！你别折磨我，快给我个痛快吧！"

白夜凑近他说："其实我没想杀你，我就是把你绑住做做样子，典狱长说天黑了，他就不在监狱里了，如果我们能磨蹭到天黑，你今天就不用死了。"

南波兔看了南波万一眼，心想：可惜他哥已经很不耐烦了，应该不会让他们拖延太久。

白夜看出了南波兔的担忧，说："我现在做一些假动作，然后你假装受了伤，叫得惨一点儿。"

白夜用刀背在南波兔的腹部前轻轻划过，因为动作太轻，所以南波兔的反应慢了半拍，才不大不小地叫了一声："啊！"

"你能不能叫得凄惨一点儿？"白夜对他的叫声很不满意。

南波兔说："我努力……"

不远处，典狱长望着两人，渐渐皱起了眉。他抬头看了一眼天色，然后大步跨到白夜身边，说："让开，我看看你做得怎么样。"

"我做得挺好的，真的。"白夜挡在南波兔的身前寸步不让，她不自觉地抿起嘴唇，那种半夜偷玩手机被白洛风抓包的感觉涌上心头。

南波万疾言厉色道：“我让你让开，你刚才是当我瞎了吗？”

白夜不忘夸奖南波万：“典狱长英明！”

南波万：“……”

他已经看出白夜的打算，忽然凑近她，轻声说：“你是在等天黑吗？天黑的这里，可是比白天的我更可怕。”

南波万重申了一遍：“你把刀给我。”

“这么重的东西，还是我帮您拿吧。”白夜紧握着刀不放，但奈何南波万的力气无比大。

“给我。”南波万一把夺过刀。

紧接着，南波万捏住白夜的下颚，迫使她张开嘴巴，说：“你当我瞎吗？你刚才嘴巴一张一合与他说话，真当我看不见？”

“原来你是指这个？”白夜这才想起来，她刚才忘记掩饰自己无法开口的事了。

原来典狱长早就看出来了，却没有立即揭穿，只是不动声色地看着她表演。

直到现在——

南波万直视着白夜的双眼，说：“本来让你不能说话我还觉得可惜，毕竟有你陪着解闷也不错，所以发现你还能开口时，我甚至想过放过你。但现在……没必要了，你还是去死吧！”

眼看尖刀就要刺过来，白夜猛地一脚踹开了南波万。

南波万怔然间被踹得退后几步，白夜快速将南波兔身上的绳索解开，因为她系的是活结，所以一拉就开了。

“快跑！”白夜道。

南波兔和白夜分别向两个不同的方向逃去，南波万望着他们的背影忽然笑了起来：“从来没人能从我目光所及之处逃走，不过你们逃跑的样子看起来很解闷，好像不那么没劲儿了。”他轻柔地吐出两个字，“火刑。”

下一刻，白夜和南波兔纷纷跌倒在地上，身体剧烈地挣扎着，惨叫不止。南波万观赏着他们的样子，说：“怎么样，被火灼烧全身的感觉很痛吧？这个火不是真正意义上的火，没有我的指令，它永远不会熄灭。”

曾经有很多犯人因为承受不住火刑的煎熬，几小时就会心理崩溃，转为伤害自己，所以南波万很期待两人的下场：“让我瞧瞧你们能不能坚持到天黑吧，如果到了那时候，你们还没心理崩溃，我就放过你们。”南波万说着，悠闲地坐在椅子上。

南波兔一度因疼痛而心理崩溃，他拿起地上的刀，却被白夜按住手：“你再忍忍！马上就天黑了！”

“我忍不了了！”南波兔咬牙切齿道。

“我都能忍，你不能吗？还什么E班的老大。”白夜脱口而出，“窝囊废。”

南波兔额头的青筋暴起：“你再说一遍！”

“窝囊废。”

“我还能再忍几分钟！”南波兔紧握拳头。

白夜继续精神攻击南波兔：“窝囊废，窝囊废，窝囊废。”

南波兔忍着身上灼烧的感觉，发出痛苦的号叫，并努力保持清醒。不知过了多久，最后他痛到无法思考，大脑一片混沌。

忽然，身上的疼痛散去，旁边传来南波万的声音：“还挺能忍的，今天我就暂且放过你们，既然活罪撑过去了，那死罪就先免了。”

南波万又望了望天色，说：“月亮快出来了，我该去休息了。”

“哥……是我啊，哥……我是南波兔！”南波兔冲着南波万的背影大叫，但南波万并没有为他停留，哪怕一瞬间的犹豫也没有。

白夜扶住南波兔，说：“你还好吧？典狱长已经走了。”

“大姐，我好疼啊……”南波兔边哭边喃喃。

“你这是被烧傻了吗？我刚才说我不是你大姐，你忘了吗？”白夜摸了摸他的额头，怀疑他刚才被火烧坏脑子了。

南波兔也确实是一副被烧坏脑子的样子，魂不附体，浑浑噩噩的：“我不是窝囊废……”

“嗯，你不是。”白夜感觉自己现在像在哄小孩。

南波兔又说：“我好疼……”

白夜拍着他，安抚道："已经撑过去了，你不会疼了。"

过了很久，南波兔才缓过来，但他仍记得被火焰支配的恐惧，所以直到现在，他一回忆起那种疼痛，身体就会条件反射地一抽一抽的。

回过神后，南波兔发现白夜正背着他走，又恍惚了一瞬：白夜的力气这么大的吗？

南波兔哑着嗓子问："我们要去哪儿？"

白夜说："现在天要黑了，你又晕着，外面肯定有怪物，侗尔看起来又很危险，所以我只能把你背起来去找安全的地方。"

白夜说着南波兔昏迷时发生的事："刚才侗尔一直在跟踪我，但被我甩开了，这个监狱真是大啊。"

看到白夜挨过火刑之后甚至还能将他扛起来，他有些难为情地说："你把我放下来，我自己能走。"

"好。"白夜将南波兔放下，南波兔却险些摔倒，他的腿还是有点儿发软。

白夜提议自己先扶着他，却被他再次拒绝。他不想显得自己很脆弱，毕竟他可是E班的老大啊！

然而南波兔嘴上说着不用，在走了一段后，还是任由白夜扶着他了，因为他现在确实没完全缓过来，只能依靠白夜。

南波兔忍不住问："为什么你好像什么事都没有？你刚刚也被烧了那么久，怎么恢复得这么快？"

白夜说："因为我天生痛觉神经就不那么敏感，所以虽然我和你一样经历了火刑，但大概没你那么痛。不过那种无形的火焰是很折磨人的神经的，你能撑过来，我很佩服你。我那时候说你是窝囊废，是为了刺激你坚持下来，不是真的觉得你是窝囊废。"

南波兔听后觉得暖心，说："你不用特意告诉我，你不说我也知道。"

谁知白夜问他："你知道我在关心你？"

南波兔马上说："不，我知道我不是窝囊废！"

"哦。"白夜对南波兔说明现在是在去找楚冬忍的路上。之前楚冬忍被关在一个牢房里，白夜还记得路。但等白夜找到关楚冬忍的牢房时，发现牢房里并没有人，她隔着栏杆往里面看，只看到一张染血的椅子。

南波兔问白夜，楚冬忍在哪里，白夜沉痛地说："楚冬忍可能卒了。"

"你别咒他！"南波兔心里也很担忧，"他绝对活着！"

白夜思考片刻后，道："牢房的门紧锁着，难道楚冬忍从狗洞里爬出去了？可是狗洞里住的不是……"

南波兔闻言，猜想："他是不是被狗叼到狗洞里了？"

白夜再次悲观了："那完了，楚冬忍那孩子肯定卒了。"

"我才没有！"

白夜自言自语："我好像听到楚冬忍的声音了，他显灵了？"

南波兔也听见了，说："那声音的来源……在地面上！"

两人不约而同地低头，看到了牢房内的一串钥匙。

这里怎么会有一串钥匙？

正当他们纳闷时，钥匙发出楚冬忍的声音："是我啊！这串钥匙就是我！我是魔术师，可以变成里世界中我见过的一样东西，你们忘了吗？"

原来之前狗洞里那些人想出来攻击楚冬忍，楚冬忍情急之下就变成了物体，这样那些人就没办法伤到他了。

本来楚冬忍想变成那把椅子，但想想变成椅子肯定出不去，还不实用。正好典狱长离开之前楚冬忍看到了他开门的钥匙，就变成了钥匙。他觉得钥匙比较有用，而且体积小，方便来找他的人将他带出去。

南波兔听完楚冬忍的叙述，用目光丈量了一下手伸进牢笼拿到钥匙的距离，说："可现在你离得有点儿远，我们怎么把你拿出来？"

白夜提议："南波兔，你腿长，你把腿伸进牢房里试试。"

事实证明腿长还是有点儿用的，楚冬忍变的钥匙串被南波兔用脚踩住，一点儿一点儿蹭了出来。

找到楚冬忍后，他们决定去找洪秋泽，可是他们一直没见过洪秋泽，更不知道其所在方位。

南波兔觉得洪秋泽一定和之前的他一样，被关在哪间牢房里。正好他们现在有了楚冬忍所变的钥匙，可以打开牢房的门。

楚冬忍得意地说：“看吧！我还是挺有用的吧！”

就在此时，一声尖叫引起了三人的注意，听声音是一个小女孩在喊救命。

“声音是从楼上传来的！”白夜嫌弃南波兔走得慢，便一个人拿着“钥匙”快速跑到二楼。

只见二楼牢房里的死尸都活了过来，将手纷纷伸出牢房，想挣脱。

“刚才是谁喊救命？”白夜在走廊上问了一声。

朗悦涵欣喜于外面真的有人，她回应白夜：“是我！小姐姐，我在左边第七间牢房！你快救我出来！我们要坚持不住了！”

白夜疑惑地心想：第七间？但第七间牢房里根本没有人，只有一群想往外爬的活死人。

“你到底在哪里说话？”白夜继续搜寻。

朗悦涵急急地回答：“我就在七号牢房里！小姐姐，你先把门打开！他要憋不住了！”

憋不住？

白夜立马想到了洪秋泽，难道洪秋泽正抱着别人憋气，所以自己才看不见他们？

白夜快速找到二楼牢房的钥匙，打开了第七间牢房的门。

牢里，一个女孩子忽然显形滚了出来，并立马将牢门关上。

朗悦涵对白夜说：“姐姐快去救我隔壁那个大哥哥！”

白夜没想到他们没关在一起，她马上来到隔壁牢房前，看到洪秋泽顺着铁栏杆爬到了房顶上，并不停用脚踹那些不断向上扑咬他的活死人。

白夜立刻找到钥匙打开门，洪秋泽一脚踹开一个活死人，并顺着栏杆跳出来：“你快锁好门！别让它们出来！”

洪秋泽一出来就抱怨：“我的天哪，为什么我的运气这么不好，和一群随时会活过来的死人关在一起？”

白夜纠正他："不是随时会活过来，是因为现在是晚上，所以它们才会活过来。"

"晚上？"洪秋泽没想到自己居然被关了一天，他觉得自己好像错过了很多事情，忙追问白夜白天发生了什么。

白夜与洪秋泽简略地讲了讲，又问："刚才你们不是没有关在一起吗？你是怎么抱住那个小女孩并发动'守卫'技能的？"

"你能别问吗？"洪秋泽拒绝回答。

白夜正好奇为什么不能问，朗悦涵就替洪秋泽答道："小姐姐，是这样的，刚才这个哥哥让我把腿从栏杆中间伸过去，然后一把抱住了我的腿。"

这下白夜知道了，说："原来是洪秋泽抱小孩儿大腿。"

洪秋泽有些羞恼成怒，说："小孩儿，你能别乱说话吗！嘴欠是不是？"

朗悦涵躲到白夜身后，抓住白夜的衣角，一副被吓到了的表情："啊，不好意思呀，小哥哥，我不是故意的。"

洪秋泽翻了一个白眼，觉得这小孩儿好会伪装。此时南波兔跟了上来，腿脚看着也利索了一些，他的语气里满是急切："我们快走！从另一边走！刚刚我上楼时看到楼下尽头的一间牢房的门被打开了！一个浑身挂着舌头、比平常人体型大四倍的怪物走了出来！它边走边打开两边牢房的门，现在楼下已经全是怪物了！"

"是拔隶。"白夜想到白天典狱长特意带她去看的怪物，又回忆了一下当时的路线与地形，说，"监狱另一边也有出口，我们先从那边离开。不过这里可能不光拔隶一个难对付的怪物，我们五个人走的时候谨慎一些。"

"等等，五个人？"洪秋泽打了寒战，"白夜，你是不是数错了？这儿明明只有四个人！难道我们中间有一个我看不到的人？"

白夜举起手晃了晃，说："哦，我把这串钥匙也算成一个人了，给你介绍一下，这是楚冬忍。"

洪秋泽立即反应过来，这是楚冬忍的能力。他向白夜借钥匙串："这是楚冬忍变的？快给我摸摸。"

楚冬忍在白夜手里号叫："白夜，不要把我给他！不要啊！洪秋泽，把你的脏手拿开！不要到处摸！"

洪秋泽摆弄着楚冬忍，说："哎呀，都是兄弟，给我摸一下怎么了？我就是好奇你变成的东西是不是跟真的一样。"

说话间，众人已经穿过长廊，这时有人压低嗓音喊他们："孩子们，等一等！救救我！你们有办法把我弄出去吗？"

白夜他们一转头，就看到旁边牢房里趴着一个白发老大爷。他们忙走过去，用楚冬忍变成的钥匙给老大爷打开牢门。老大爷抚着自己的胸脯，连连道谢："谢谢了，孩子们！幸好遇见了你们，不然我心脏病都要吓出来了……你们知道这是哪里吗？"

为了确认老大爷的身份，白夜他们细问了几句。他们确定了老大爷真的是人类，并得知老大爷的名字叫鹏程。

当他们来到之前关押宁安安后妈的牢房，王彩华赶紧将胳膊伸出牢房，对他们招手："这边！这边也有两个人！你们也来救救我们啊！"

洪秋泽走过去打开牢房的门，宁安安的奶奶陈玉凤发出痛苦的呻吟。楚冬忍问白夜："她怎么了？你知道吗？"

白夜当然记得陈玉凤，她对楚冬忍说："她白天被典狱长'行刑'了。"

楚冬忍打了一个寒战："那个典狱长明明和南波兔他哥长得一模一样，但怎么这么狠毒？"

这时王彩华问几人："各位小朋友，我家老太太现在走不动了，你们谁来背一背她？"

见无人回答，南波兔再次展现毒舌风采："不背，她是嘴坏了，又不是腿坏了。"

王彩华原本就对南波兔的印象很差，闻言怒斥他："孩子，你怎么这么没有尊老爱幼之心啊！现在老人走不动了，你怎么能袖手旁观呢？"

南波兔抽了抽嘴角，说："让我背咒我去死的人？你长得丑，想得倒挺美。"

“你……不就说你两句吗？你也没少块肉，这点儿小事记什么仇啊！”王彩华瞪了南波兔一眼，又一脸和善地看向洪秋泽，“那边的小兄弟，你一看就心地善良，你来背一背我妈吧！”

洪秋泽笑着摇摇头，说：“不好意思哟，我力气小，背不动她。”

王彩华继续缠着洪秋泽：“怎么会呢，你是年轻人，肯定有的是力气！”

洪秋泽马上靠在南波兔身上，说：“咯咯咯……我的身体好虚弱啊！哥哥，你快扶我一下！”

南波兔：“……”

王彩华的目光掠过小学生朗悦涵，又掠过老年人鹏程，最终落在白夜身上。她对白夜说：“小姑娘，你来背一背我妈吧，如果没人背她，她就真的动不了了，会有危险的！求你了，小姑娘，你就大发慈悲做做好事吧！”

“可是你自己为什么不背她呢？”白夜看向王彩华，“你一直在牢房里关着，也没受什么伤，背一个老太太还是能背得动的吧？”

王彩华马上捂着心口，说：“我背不动，我的身子太虚弱了……小姑娘，你帮阿姨一次。”

白夜一针见血道：“你只是害怕这个奶奶拖累你，才让我们背她吧？”

王彩华立马反驳：“我没有！小姑娘，你怎么能把人想得这么坏呢！”

“哦，既然没有，那你就自己背她吧，是我误会你了。”白夜轻飘飘地补充了一句，“她不是你的亲人吗？照顾自己的亲人是应该的。”

王彩华被堵得哑口无言，半天才憋出一句话：“你们都太冷漠了，居然连一个小忙都不愿意帮！”

洪秋泽嗤笑道：“呵呵，阿姨，你以为这是扶老奶奶过马路那么简单的事吗？你也能感觉到这里有多危险，可能一不小心连自己的小命都要丢，哪里还有空保护别人。”

王彩华开始骂洪秋泽自私自利，完全忘记刚才是洪秋泽用钥匙打开牢房的门，将她救了出来。

听着王彩华接连不断的骂声，众人只觉得头皮发麻。他们怕王彩华将怪物引过来，就纷纷加快了脚步。

“你们等等！”王彩华见众人越走越远，终于急了，她想快步跟上，却要扶着陈玉凤，心中更加觉得陈玉凤是拖累。

这时她听到身后传来锁链的拖动声，回头一看，楼梯口涌上来一群皮肤糜烂的活死人，活死人中间，还有一个身高三米多的怪物。

那个怪物浑身挂着舌头，脚下拖着锁链，腰间还挂着一串钥匙，每走一步都叮当响。

陈玉凤发出惊悚的尖叫：“啊啊啊——”

“你鬼叫什么，小心把怪物招过来！”王彩华再也没办法装成好儿媳，直接骂陈玉凤，“别叫了！死老太婆，少给我惹麻烦！”

陈玉凤不敢相信儿媳妇会这样骂自己，一时没反应过来。

王彩华继续骂道：“你就知道拖累人！活这么大岁数也没攒下来什么钱！要不是宁安安她妈留下了一套房子，我能嫁给你儿子？你还真以为我拿你当妈？你对我指东指西的，现在还得我背着你！”

王彩华背着陈玉凤跑了一段路，最后她嫌陈玉凤的身体沉重，便将陈玉凤放下了，说：“你自己走吧！这可不怪我，要怪就怪你自己跑不动！”

“啊啊啊——”陈玉凤跌坐在地上，向着王彩华离去的方向爬，眼泪都急得掉了下来，但王彩华只留给她一个越跑越远的背影。

她一直很喜欢这个新儿媳妇，但没想到王彩华对她的尊敬只是表面工夫！而她还在王彩华的怂恿下将宁安安当成家里的小仆人，甚至纵容王彩华虐待宁安安。

陈玉凤想着等回去以后，一定要让儿子好好收拾王彩华，然而还没等腿脚不好的她从地上爬起来，腐朽的味道便从她的脖颈后飘过来。

陈玉凤惊恐地回头，那些“行尸走肉”已经将她淹没。

王彩华终于追上了白夜他们，还责怪他们不等自己。白夜见只有王彩华一个人跟上来，便问道："你妈呢？"

王彩华哭了起来，说："还不是因为你们不愿意背她，我又背不动她，后来我们遇到了怪物，我妈被怪物袭击了……如果你们当时愿意好心背背她，她也就不用死了……我妈的命真苦……"

众人："……"

王彩华依旧喋喋不休："人遇到困境，不就该互相扶持吗？你们这种见死不救的行为实在是……"

"闭嘴。"白夜说。

王彩华见一个小丫头都敢不尊敬自己，立马来劲儿了："你们不就是仗着人多欺负我吗？如果在现实社会，哪有你说话的份！你这样的学生，早就被学校开除了！"

随后王彩华的语气又软了下来，用大人吓唬小孩儿的那套说："但如果你们愿意保护我，我回去后肯定会让你们学校表彰你们尊老爱幼的行为，你们觉得怎么样？"

白夜依旧不为所动："我都跟你说闭嘴了。"

"你这个小丫头片子……"王彩华感觉自己身为大人的威严被挑战，正要继续骂，就见白夜指了指远处。只见远处一扇房间的门中伸出了一只手臂，手指还在动。

那个房间里传来诡异的声音，那声音渐渐大了起来，在空旷的走廊里回荡着。白夜示意洪秋泽上前探路。洪秋泽明白过来，将朗悦涵一把扛在肩上，然后发动了"守卫"技能。

只见洪秋泽消失了一阵，又忽然出现在了原地。

洪秋泽对众人说："屋子里面有一个怪物，在吞噬那间牢房里的活死人。"

众人的表情凝重起来，可见之前他们遇到的那些活死人并不是这所监狱中最可怕的存在，还有一种怪物处于监狱食物链的顶端。

他们甚至不知道这所监狱里一共有多少这种怪物。

白夜轻声说："我们要马上从这间屋子前穿过去，不然等怪物吃完东西，一定会从房间里出来，而身后的那些活死人很快就会到达这里，到时候我们就会被困在怪物与活死人中间。"

可洪秋泽拦住了众人："那个怪物正对着门口，我们现在过去一定会被它看到！"

王彩华慌了，说："那……那怎么办啊？我已经听到身后走廊那边传来脚步声了！那群活死人一定过来了！"

一直很安静的鹏程大爷突然出声："我想到一个办法，你们看，这边的水管是烫的，而监狱里面很冷，包括地面都是冰的。热水遇冷就会雾化，如果我们把热水管弄开，热水流在地面上，就会形成一层水蒸气，到时候我们在水蒸气的掩盖下离开，怪物就看不见我们了。"

大爷说的话的确在理，但问题是谁来把热水管弄断。

白夜直接问众人："有'狼'吗？狼化一下，用爪子把水管戳几个洞。"

无人回应。洪秋泽叹道："就算有'狼'，也不会轻易出来的，别指望'狼'了，他们肯定想隐藏自己的身份。"

鹏程有些呆呆地问："狼化是什么？你们说的是这样吗？"说着突然举起一只巨大的狼爪，利刃般的指甲泛着森冷寒光。

众人一惊，没想到大爷竟是"狼"！

鹏程依旧一脸迷茫："'狼'是什么？我只知道我每次来到这种地方都可以变成这个样子。"

白夜和洪秋泽他们对视一眼，心中庆幸大爷比较落伍，不知道什么是"狼人杀"，所以也没对他们藏着掖着，竟然这么坦诚地直接暴露身份。

鹏程也没闲着，不太熟练地用爪子将热水管戳出几个洞。

水蒸气慢慢变浓，向整条走廊铺散开，众人开始一个接一个，小心谨慎地从怪物所在的房间门口跨过。

在水蒸气的掩盖下，怪物并没有发现他们的行动。当最后一人来到分岔口的安全区，大家都松了一口气。

鹏程见孩子们都过来了，着实松了一口气。

白夜问他："大爷，你之前也来过这种地方？"

鹏程点头，他说每次来这种地方都是一直躲着，有时候还会遇见其他人，但是其他人总是互相敌对，还会让别人去死，他感觉很害怕，就躲着不出来了。

每次躲到最后，他就会看到一束白光，然后就回到现实中了。

几人听完鹏程的讲述后面面相觑，心想：果然还是大爷最厉害，居然能靠一直躲着获得游戏的胜利！

洪秋泽给鹏程解释："大爷，你能出去一定是因为把所有对手都给耗死了！"

鹏程说："我怎么能把他们耗死呢？我又没对他们做什么？"

洪秋泽分析："你躲在那里不动，他们在找你的过程中被怪物追杀，或者为了找出'狼'相互淘汰，最后只剩你一个人，世界出口可不就被打开了。"

鹏程还是不懂他的意思，最终几人决定不要让大爷知道真相，毕竟傻人有傻福，大爷只要心态好，下次还能赢。

"喂！大家别往前走了！"南波兔突然叫住众人，"快蹲下！"

白夜还没反应过来怎么了，就被南波兔按着头蹲下了。她抬眼看向自己前方的拐角，虽然此时整条走廊都是水蒸气，但是仍能模糊地看到前方的墙角处伸出来一只手。那只手正在缓缓向前摸索，之后，怪物的身体从墙壁内探了出来。

洪秋泽看到那只怪物的轮廓和房间里的那只一模一样，看来这所监狱里还有很多这种怪物！

此时他们前进的路又被堵住了，鹏程又试着戳热水管，想让水蒸气变多一点儿。同时，鹏程还将自己的生存经验传授给大家："你们先蹲在这里不要动，安静一点儿，蹲着蹲着就安全了。"

众人屏住呼吸，只听走廊背后，活死人的脚步声越来越近。

怪物似乎是听到了猎物的声音，立即向众人身后的走廊奔去，浓浓的腥臭味掠过众人的鼻腔。

只是一瞬间，怪物就跨过他们远去了，好像去找那群活死人了。

幸好他们刚刚反应快，没叫怪物觉察到。白夜带着大家继续往前走，然后小声说："我想先去找宁安安，她应该在一楼，不知道现在怎么样了。"

朗悦涵听到白夜的话一怔，心想：宁安安也来这个世界了？

她不动声色，倒是王彩华先出声了："你刚才说宁安安？宁安安那个小崽子也在这里？"

"你是宁安安的什么人？"白夜皱眉问。

"我是她妈！"王彩华没有言明自己是后妈，气愤道，"果然，她也来了！我今天遇到这种事情，肯定和那个小崽子有关！我真是倒了八辈子血霉！等我找到那个小崽子，看我不好好收拾她！"

与此同时，监狱一楼。

宁安安躲在墙角的柜子里一直发抖，而她旁边的柜门被接连打开。搜寻她的正是侗尔，侗尔喃喃："不在这里，也不在这里……哎呀，那是在哪里呢？难道在第三个柜子里？嘿嘿，这次我肯定找到你了……咦？第三个柜子也没有。"

宁安安听到脚步声离自己越来越近，她知道他马上要找到自己了，因为这个更衣室里只有八个衣柜。

咔嚓一声响，她所在的衣柜门忽然被打开了，她一脸惊恐地看过去，却和开门的傅丽香对上了视线。

侗尔问傅丽香："人在你那边吗？"

傅丽香摇头，说："没有，这个柜子里也没有。"

傅丽香在宁安安诧异的目光中关上了柜门，然后她问侗尔："你找那个叫宁安安的小女孩做什么？一个孩子值得我们这样花心思吗？我看还不如去找那个叫白夜的。"

"谁能想到白夜受完火刑能恢复得那么快，竟然让她跑了。"侗尔有些懊悔自己没有早点儿去追白夜，"不过宁安安也很重要，她跟白夜认识，并且似乎之前她就来过里世界，一定是'神'。"

他和傅丽香都是"狼"，只要把"神"都淘汰出局，他们就能安全离开这个世界。

虽然很难通过投票的方式淘汰"神"，但若是让怪物杀掉"神"，"狼"一样也会获胜。

侗尔一脸戏谑地问傅丽香："怎么，你这种黑寡妇居然会可怜那个小女孩吗？要知道，你的丈夫可是被你亲手带入里世界的。"

“那是因为我发现他出轨。”傅丽香不耐烦地说。

忽然，侗尔警觉起来：“你有没有听到什么声音？”

有什么东西朝这个房间走来了！是怪物的气息！

两人对视一眼，不约而同地打开身边的柜门，躲进了柜子里。

嗒嗒嗒的脚步声有条不紊地传进来。

外面传来声音：“衣服……我的衣服被放到哪个柜子里了呢？我又忘了，挨个儿柜子找一找吧。”

躲在柜子里的三人同时倒吸了一口气，并在心中祈祷千万不要打开他们所藏身的柜子。

当柜门被一扇一扇拉开，宁安安紧张地向后缩了缩。

那东西边找边呢喃：“囚服呢？我的囚服呢……”

囚服？宁安安低下头，发现自己脚下踩着一件带血的囚服！

咔嚓一声响，这次是门被撞开的声音，外面不知道发生了什么事。

“咦？你怎么穿着我的衣服？”宁安安只听那个东西在外面这样问。紧接着外面传来噼里啪啦的声音，再然后，脚步声居然慢慢地远去了。

嘎吱一声响，一扇柜门被轻轻推开，傅丽香探出头，却被外面的场景吓了一跳。

地上多了很多具活死人的尸体，是刚才进来的那个“人”做的？

傅丽香仔细观察地上活死人的尸体，其中一具尸体上的囚服被扒下来了，应该是被那个怪物穿走了。

傅丽香不禁疑惑刚刚进来的到底是什么东西，不光厉害到可以对付这么多活死人，好像还非常执着于穿囚服。

侗尔也从衣柜里出来，回忆道：“虽然我没看到那个‘人’的样子，但是我觉得那声音有点儿像典狱长。”

……

宁安安等侗尔和傅丽香都离开了，又在衣柜里藏了许久，腿都有些发麻了。

这时，宁安安又听到了一些声响，更衣室再次有人进来了。紧接着她听到了白夜的声音：“宁安安，你在这里吗？”

“我在这里！”宁安安像得救一般跑了出去，结果她刚离开衣柜，就被迎面扇了一个耳光。

宁安安茫然地抬起头，看到了自己的后妈：“阿……阿姨？”

王彩华掐着宁安安的耳朵骂道：“小兔崽子，路上我已经听这些人告诉我这里是哪里了，你把我和奶奶弄到这里想干吗？自己想死还想拉着我们？你这个不孝女！”

宁安安忍着疼痛解释道：“我没有！只是我同学说……”

这时，宁安安看到了人群中的朗悦涵，她忽然不想说下去了，选择闭嘴。

“说啊！你怎么不说了？继续狡辩啊！你这个灾星！”愤怒的王彩华还想打宁安安，却被白夜抓住了手。

“别对着孩子撒气。”白夜说。

“这是我家里的事，要你管？我打的是自己的孩子，又没打你！”

王彩华想继续打宁安安，白夜却幽幽地说：“你身后的活死人爬起来了。”

王彩华被吓了一跳，放开宁安安就想逃，却发现地上的活死人根本没动，是白夜在骗她。她不禁骂道：“你有病啊！”

白夜夸赞道：“阿姨哪怕在怪物的地盘上都气势如虹，一点儿也不怕招来怪物，骂人的精神头也特别好，我们不能留在您身边拖累您了。”

王彩华一听便急了，她不就是骂了宁安安几句吗，这些人怎么说走就要走？她赶紧为自己争辩：“你怎么这样啊！我教训自家孩子碍着你什么了？”

洪秋泽看出王彩华是一个窝里横的人，见怪物㞞，见人倒狠了起来。他将宁安安拉到一边，说：“大妈，你有打人的力气，去打打怪物多好，现在都什么情况了，还有空教训孩子。你再耽误大家的时间，就别跟着我们了。”

“好好好，我现在不教训孩子了，行吧？”王彩华一脸委屈，“你们人多，你们都是对的，你们就算不讲理，也是你们说了算！真是的，你们合起伙来欺负我一个女人，呜呜呜……”

洪秋泽再次崩溃："天哪，你能别哭了吗？会把怪物招来的！我真是服了！这种时候你还搞不清自己该做什么！"

众人不禁加快了步伐，王彩华哭哭啼啼地跟在最后面。

路上，宁安安将在更衣室听到的事告诉了众人。

白夜思索道："一道像典狱长的声音？"

宁安安点头道："嗯，那道声音真的很像典狱长的，连侗尔也这么觉得。"

可白夜记得，典狱长说晚上要休息，不在监狱里，为什么监狱里会出现一个和他声音很像的人？而且如果那是典狱长，他为什么要穿囚服？

南波兔问："你们有人记得快天黑时，典狱长往哪个方向离开了吗？"

宁安安举起手，说："我记得，好像就是我们前进的这个方向。"

众人顺着这个方向继续往前走，想看看会不会在典狱长消失的地方发现什么。随着他们的深入，众人来到一扇铁门前，铁门后是一条长长的三角回廊。

回廊很深，只有尽头处有扇门，两边都是墙，看起来和监狱里其他关押囚犯的房间有所不同，只是一扇光滑的铁门，看不到里面关着什么。因为看不到，所以他们总觉得里面藏着很多秘密。

白夜拿起楚冬忍变的钥匙串，开始挨个儿试着开锁，南波兔却提醒她："你先别开门，门下有血！"

白夜停下开锁的动作，门却自己开了，原来这扇铁门根本没锁。

白夜从窄窄的门缝朝里面看，不由得怔在原地："典狱长？"

南波兔以为典狱长在这间房里休息，却听到白夜说："好多个典狱长。"

南波兔感到不解，他推开白夜看向房内，只见小小的房间里堆积着无数具典狱长的尸体，他们的死法不同，腐烂的程度也各有不同。

南波兔立即一阵反胃，洪秋泽赶紧上前安慰他："我知道，见到你哥死得这么惨，你肯定心里不舒服。"

"不……我只是单纯觉得很恶心。"

这里为什么会有这么多典狱长的尸体？而且他们都没穿衣服。所有的衣服都整整齐齐地放在房间的角落。

宁安安却茅塞顿开：“我知道为什么了，也许白天他是典狱长，但到晚上会变成囚犯，所以他才会将典狱长的衣服脱下来，换上囚犯的衣服。”

白夜望着那些尸体思索：“可这里为什么有这么多具尸体，难道典狱长每天都会死一次？”

宁安安堪称最强小学生，她又开始了奇思妙想：“也许典狱长变成囚犯后，每晚都给自己行刑，所以他每晚都会死一次。旧的典狱长死去之后，就会诞生一个新的典狱长，之后他会将死去的自己扔在这个房间里？”

虽然这只是小学生的猜测，但众人并没有不当一回事，谁说小学生就不如大人聪明呢？

现在这个房间都快被尸体堆满了，并且因为南波万和南波兔长得非常像，所以白夜总觉得是这一屋子南波兔。她望着南波兔的脸开始找不同处：“怪不得典狱长说你长着一张死人脸，一定是因为你和他长得像，他看你就像在看死去的自己。”

“所以我哥也不是讨厌我，而是太讨厌自己了，正巧我和他长得像，他就‘恨屋及乌’。”南波兔蹲下身，合上那些尸体的眼皮，然后发现了什么，“为什么我每个大哥的嘴角都有血？”

洪秋泽猜测是对方死的时候吐的血。南波兔却觉得事情没这么简单，他仔细查看那些尸体，半晌后抬起头：“这些尸体的舌头都没了！”

“没舌头？”突然，白夜又想到了那只叫拔隶的怪物，它喜欢收集人的舌头，“难道每晚拔隶都会来这里收集当天死掉的典狱长的舌头？”

白夜的话音刚落，回廊深处便传来轻轻的拉动锁链的声音。

南波兔的面色一白，说：“白夜，你说得对，现在拔隶要来收集舌头了！你这个乌鸦嘴！”

王彩华也慌了，说：“都怪你们非要来这个房间，现在被困在这里了吧！早知道我就不跟你们走！”

洪秋泽说：“大妈，你放什么马后炮啊，我们逼着你跟着我们走了吗？”

白夜开始往尸堆里钻：“这里这么多具尸体，我们先藏在尸体下面吧，拔隶应该不会翻旧尸体。”

“唉，只能这样了……不好意思了，小伙子，多有冒犯。”鹏程非常有礼貌地对着典狱长的尸体鞠了一个躬，然后掀起两具尸体，像盖被子般将自己藏在尸体下面。

白夜将其中一具典狱长的尸体弄成劈叉的姿势，然后立在自己藏身之处的前方。

南波兔暴怒，说：“白夜，你在干什么？”

白夜一脸无辜道：“啊，我就是想找一个掩体挡一挡自己。”

南波兔说：“那你为什么不让他好好坐着给你遮挡？”

白夜振振有词：“坐着的话，他的尸体会后仰，我还要扶着他的后背，太容易暴露。但如果是劈叉，我只要在他身后很远的地方抓住他向后劈叉的那只脚，他就不会倒下来了，我还能将其他尸体盖在自己身上，上双层保险。”

“你……”南波兔紧紧地闭上眼睛，说，“哥，我对不起你！你的颜面我保不住了！”

南波兔十分心疼自己的哥哥，他在心里默默骂了白夜百八十遍，最后他也选了一具尸体，弄成劈叉的姿势挡在自己身前。他在心中默念：这不是我哥，这是典狱长！这不是我哥，这是典狱长！这不是我哥，这是典狱长……

洪秋泽感觉南波兔是在用催眠的方式减轻自己的罪恶感，想吐槽两句，却忽然留意到什么，说：“兔子，咱大哥后背上这个文身挺好看的啊。”

“文身？对！文身！”南波兔忽然想到什么，“我大哥后背上的文身是定制的，这个麒麟文身上还有他名字的缩写！如果明天给典狱长讲讲这个文身，他会不会想起自己曾经是谁？”

此时，门外锁链的声音传到了离众人极近的地方，南波兔自觉地闭上了嘴巴。

通过掩体，众人再次看到了满身舌头的拔隶。

拔隶找到新尸体，将舌头拔下来，随后它抖了抖身体，身体上掉下来一条舌头，露出一个黑乎乎的小洞，而它则把刚刚拔下来的舌头塞入那个洞中。

那条舌头被塞入洞中后，忽然开始说话了："前，二十一；左，十七；右，三十四。"

舌头说完这些话就安静了，拔隶也慢悠悠地离开了。

白夜从尸体中钻了出来，问道："刚才舌头说的那些话是什么意思？"

众人思索着，那听起来像某个坐标的位置。

南波兔猜测："那个拔隶把刚拔下来的舌头塞入自己身体上的洞，我猜它可以用这种方式让死人说话，这些话是利用典狱长的舌头说出来的，那那个坐标的位置应该和典狱长有关吧？"

白夜说："若是这样，那拔隶一定是想去一个地方，一个只有典狱长知道的地方。所以它才会每天收集典狱长的舌头，想通过舌头说出的话，找到那个位置。但典狱长每天说出的位置信息有限，所以拔隶只能每天走一段路。也就是说……它现在还没有找到那个地方。"

拔隶想找的到底是什么地方？

南波兔是行动派，他立即起身："我们先跟过去看看吧！现在拔隶应该还没走远，我总觉得这件事很重要！"

王彩华却大惊失色："你们可别作死了，你们就不能考虑一下别人的安危吗？"

"啊？"南波兔觉得王彩华很不可理喻，"我叫你跟着我一起去了吗？"

王彩华却说："就算你没叫我，叫上别人也会害了对方啊！我是好心才劝你，你别不知好歹！有这个精力，你保护一下我们多好，跟着怪物不是会白白送命吗？"

"你别不知好歹，我忍你很久了。"南波兔冷冷地瞪了王彩华一眼。

王彩华被南波兔骤然变化的眼神吓到了，悻悻地站在一边不再吭声。

南波兔走出屋子后，便向拔隶离开的方向追去。

白夜跟了出来，说："我跟你一起去。"

南波兔却让白夜回去："其实刚才那个女人说得对，不能因为我个人的行为害了你们。那是我哥，所以救他的事我自己操心就好。"

白夜说："我和楚冬忍他们出现在这里就是为了救你哥，所以你不用客气。"

洪秋泽也跟了出来，说："是啊，作为朋友，我们也不希望你没哥哥啊……只不过兔爷你是怎么来到里世界的？你是不是偷偷学我们在手上画六芒星了？"

南波兔一脸尴尬道："我才没学你们……那你们约好来这里救我哥，为什么不告诉我？你们觉得我很没用？"

白夜点头表示认可，见南波兔瞪过来，又马上摇头："不，我们只是觉得如果你也出不去，那南波家就彻底绝后了。"

"你这个乌鸦嘴，别说话！"南波兔突然感觉自己的眼珠子根本不够用来瞪白夜。

白夜从善如流，再次认错，她跟在南波兔身后一起找拔隶。

走了几步，南波兔突然小声说："不过……谢谢你们。"

要不是白夜耳力好，她甚至听不清南波兔在嘟囔什么。

洪秋泽忽然猛地停下来，说："等等！楚冬忍呢？我刚才还拿着变成钥匙串的楚冬忍，现在他怎么不见了？"

哦，不！他居然把楚冬忍弄丢了！洪秋泽想赶紧回到刚才的房间找楚冬忍，嘱咐继续往前走的白夜和南波兔一定要小心点儿，注意安全。

白夜也嘱咐洪秋泽："回去后你顺便提醒宁安安他们，去一个安全的地方躲着。"

"好好好……"洪秋泽急急地往回跑，却听到一阵凌乱的脚步声和野兽般的低吼。

是活死人！

走廊上的王彩华听见这声音，简直吓破了胆：“这些活死人肯定是那三个抛下我们逃走的人引来的！他们真是居心不良！我只是提了一些意见，他们居然引活死人过来害我们！”

宁安安小声反驳：“活死人肯定不是白夜姐姐他们引来的……”

“不是他们是谁？你真是被人卖了还帮人家数钱的蠢货！”

宁安安的心里突然有了答案：“可能是一个叫侗尔的人！他应该潜伏在附近发现了我们，然后就引来了这群活死人想害我们！”

“我管那个人是谁呢，现在活死人把大家都冲散了，找不到那三个年轻人，连那个看起来厉害一点儿的老头儿也不知躲哪儿去了，居然要我带着你们两个小孩儿跑？”王彩华越看宁安安和朗悦涵越不顺眼，只觉得她们是拖油瓶，“你们别跟着我！”

朗悦涵甜甜地说：“我们没有跟着你哟，阿姨，现在唯一的逃跑路线就是这条回廊，我们也没有别的路可以走。”

“你们真是牛皮糖！”王彩华快速跑着，丝毫没有等后面两个孩子的意思，却没想到宁安安和朗悦涵跟得很紧。

那些活死人是从他们的来路过来的，所以王彩华在往反方向跑。由于是三角回廊，中间有个天井做阻隔，所以她们从另一边绕到了出口。

此时除了身后追过来的活死人大军，迎面只有几个活死人做阻挡，王彩华见甩不开宁安安和朗悦涵，便在碰上活死人时故意放慢脚步，挪到两个孩子身后，利用她们掩护自己。

朗悦涵对此嗤之以鼻，却看到了眼熟的东西：“阿姨，你手上拿着的是什么？”

“我捡的钥匙呗！”王彩华将手上的钥匙串攥得更紧了。幸好刚才那个红毛小子走得匆忙，让她捡了个漏。

此时他们已经跑出了长廊，但慌乱中七拐八绕的，竟在偌大的监狱中迷失了方向，因为监狱的每间牢房都长得差不多，所以王彩华没法儿判断自己到了哪里。

眼看前面又是一道大铁门，铁门上面还挂着锁，但四周已经没了活死人，看起来安全得很。

唯一不安全的，就是一直追着她们的那群活死人。

王彩华心想：不如将宁安安还有这群活死人都锁在这里面，这样不光自己能逃生，家里没了孩子和老人拖累，家产就都是她儿子的了！

想到以后的生活，王彩华一不做二不休，穿过铁门之后立即回身将铁门关上。

挂在上面的铁锁被她一按，发出咔嗒的声响。

宁安安一脸不可思议，晃着铁门说："阿姨，你干什么？"

王彩华的脸上毫无歉意："不好意思，我太紧张了，一不小心把门锁住了。这也怪你们跑得慢，如果你们快点儿跟上我，不就能出来了吗。"

宁安安求着她："活死人快过来了！你快帮我们把锁打开吧！"

王彩华却摇着手里的钥匙串，说："可这锁我打不开啊。"

"你不要跟她废话了，没意义，求一个想让你死的人没用。"朗悦涵一把拉住宁安安，冲向一边的房间。

她边跑边对宁安安说："这两边是监狱办公区，房间里应该是有窗户的，而那扇铁门的另一边，我记得是通向关押犯人的牢房区，铁门上的锁，正是为了防止里面的犯人跑出来的，而她居然将自己锁在了里面。"

朗悦涵一个拐弯，将宁安安拉进房里，说："我们先把门锁上，防止外面的活死人撞门进来。"

宁安安发现这个房间还有扇后门，也主动去锁门，和朗悦涵分别将入口封住。

……

王彩华一路向前跑，她本以为自己来到了安全的地方，但没想到，铁门两边的牢房里竟然传来类似狗的低吠。

什么声音？怎么好像是狗叫？这里面有狗？

王彩华汗毛直竖，随即她在几间牢房里看到了像狗洞一样的空间，吠声就是从那里传出来的。

王彩华松了一口气，说：“为什么要把狗养在牢房里？不过幸好它们还没出来……对了，我现在有钥匙，只要把那些养狗的牢房锁起来就好了，那些狗就跑不出来了！”

王彩华立即拿起钥匙去锁传出狗叫的牢房，但还没等她找到对应的钥匙，忽然一个人形的怪物从狗洞里爬出来。

那个怪物曾经是人，但如今四肢着地，如狗一样爬着，且十分可怖。

看到王彩华后，那个怪物隔着牢房向她扑来，发出饥饿的叫声。王彩华哆哆嗦嗦地锁上了门，却发现身后传来了更多嘶鸣声。

是其他牢房里的怪物听到声音跑出来了！

王彩华一回头，就对上了一双双红色的眼睛，她尖叫一声，拔腿就跑，但她根本没有怪物跑得快。

此时王彩华不禁想：如果她不把宁安安她们锁在那边就好了，她就可以将她们扔给这群怪物，赢得跑路的时间了。

王彩华慌不择路地跑，眼看就要被怪物追上，她只能找间牢房将自己反锁在里面，起码这样不会立即被咬死。

“我的天哪！我终于安全了！”

王彩华的话音刚落，就听身后传来一道声音：“嗯，你安全了。”

王彩华被吓了一跳，这床上怎么躺着一个人？再仔细一看，居然是白天见过的典狱长！

王彩华害怕地打招呼：“典狱长好，你……你怎么穿着囚服躺在这里啊？”

对方却很困惑：“典狱长是谁？我只是一个死刑犯。”

“哎哟，典狱长，都什么时候了，你还开这种玩笑。”王彩华试着向对方求救，“您快想办法出去啊！你看外面都是不人不狗的怪物！”

对方叹气道：“本来我只是想回我的牢房做个记号，还有一天，我的刑期就满了，可是你却引来这么多怪物。要不是你进入了我的牢房，我也没办法从这些怪物的包围中离开……不过幸好你来了。”

“幸好我来了？”王彩华恍然大悟，“是因为我有钥匙吗？那我给你钥匙，你保护我离开！我会很感激你的！”

“好，我这就带你走。”穿着囚服的“典狱长”忽然揪住王彩华的头发，将她往牢房外拖去。

王彩华疯狂挣扎着，道：“你在干什么？放开我！啊啊啊！你为什么要这么对我？”

“因为我要用你引开这些怪物。”对方解释，“你不是要出去吗？为了自由，遭点儿罪算什么。”

王彩华求饶：“我不出去了！求你放开我！我不走了！”

对方温柔地叹息：“不行，我都答应带你走了，怎么能反悔呢？你一定可以离开这里的……不过等见到了外面的阳光，你应该也快没命了吧。”

“典狱长”抓着王彩华当诱饵，身后的怪物将她抓得浑身是伤。片刻之后，两人来到通往外面的三岔口，他将王彩华扔在地上，就径自离开了。

求生欲让王彩华奋力向外爬着，她想：马上就可以到外面了……她一定要活着从这个世界离开，不能让后面那些怪物找到她，她要活着，要活着……

爬着爬着，王彩华看到了一双脚，那双脚上穿的鞋她很熟悉。

王彩华猛然抬头，颤声叫道：“妈？”

“啊啊啊——”陈玉凤的嘴里没有舌头，发出阵阵号叫。

王彩华连忙道歉：“妈，我之前不是故意抛下你的！妈，看在你孙子的分上，你别生气……你能不能搭把手，扶我出去？”

忽然，王彩华发现陈玉凤不太对劲——现在的陈玉凤也和那些怪物一样，陷入了疯狂状态。

“妈，你……你怎么了？你离我远点儿！”王彩华立即想爬着逃离，然而陈玉凤对着她低下头，露出森白的牙齿。

“滚开！死老太婆！啊啊啊！”在王彩华痛苦的尖叫声中，那群怪物一拥而上。

王彩华握着钥匙的手无力地垂在一边。

第六章

办公区的房间里，宁安安听着外面的号叫声缩了缩身体，旁边的朗悦涵捂住她的耳朵，说：“你害怕就不要听了。”

“你不用帮我捂耳朵，我不害怕……”宁安安终于问了出来，“只是……只是涵涵，这两次你都是故意的吗？故意利用我将那些欺负过我的人弄到里世界……”

朗悦涵沉默片刻，反问：“我只是不想他们再欺负你了，你会讨厌我吗？”

在宁安安的沉默中，朗悦涵继续说：“你讨厌我也没关系，反正等你醒来也会忘掉，在现实中，你还是会将我当成好朋友的。”

宁安安认真道：“不，你不能继续这样骗我，你应该在现实中跟我说明白，其实我……”她的话未说完，就听到咚咚咚的敲窗声。

活死人还会敲窗？

朗悦涵的面色沉下来，说：“糟糕，他一定看到我们进入这个房间了……宁安安，你先藏起来。”

宁安安不知道外面到底有什么，但还是听朗悦涵的话藏到储物柜里。在她藏好后，窗外的人就打碎窗户上封着的木板跳了进来。

已经狼化的侗尔落在地上，他的爪子上沾着血，显然刚才他解决了不少活死人。

侗尔问朗悦涵：“如果我不进来，你就打算一直藏在这个地方吗？为什么你不出来和我们一起寻找‘神’？”

朗悦涵装出天真的样子：“我逃跑的时候后面的活死人太多了，我没找到你们。”

朗悦涵又问：“外面那些活死人是你引过来的？”

“是啊，主要是为了对付白夜和她身边那两个男人。”侗尔皱着眉头，“他们到底躲到哪里去了呢？”

朗悦涵适当露出委屈的表情：“都是‘狼’队友，你就不怕那些活死人把我也杀了吗？”

“我知道你能自保，”侗尔微笑着望着她，“并不是不在乎你的死活哟。”

朗悦涵像是被侗尔哄好了，露出笑容：“是吗？我还以为你这次遇见了更厉害的队友，就觉得我可有可无了。”

“哪有，你看我这不是来接你了吗？”侗尔走向朗悦涵，忽然他的话锋一转，“所以宁安安呢？你把她藏哪儿了？活死人追你们的时候，我看到你们一起进了这个房间。”

朗悦涵紧张地抿紧嘴唇，又说：“她不是‘神’，就算不淘汰她，我们也能离开。”

“你怎么这么肯定？这种时候不能心慈手软。”侗尔威胁朗悦涵，“不说实话的小孩儿是要挨罚的哟，你应该知道我们的狼爪有多锋利。”

“唉，好了，我说！”朗悦涵指了指其中一个储物柜，“她就在那里。”

趁侗尔转身之际，朗悦涵立即拉出躲在另一边储物柜里的宁安安，带她赶紧逃。

侗尔却提前觉察，一脚将朗悦涵踹倒在一边：“你当我傻吗？用你那装出来的乖巧模样骗骗家长还可以，骗我就算了。我们合作这么多次，我早就知道你不是省油的灯。”

朗悦涵爬起来后将宁安安护在身后，继续与侗尔周旋：“怎么说我也是你的同伴，你就放过我的朋友吧，我能确保她不是对我们有威胁的‘神’。”

侗尔却笑了，说：“其实我早就怀疑你不是‘狼’，你一直在装‘狼’骗我，对不对？你也是‘神’？”他蹲下身，捏住朗悦涵的脸，微微用力。

朗悦涵哭着说：“我真的是‘狼’，不信我去杀怪物向你证明！

我能够狼化！”

“好吧，我再给你一次机会。”侗尔松开了朗悦涵。

然而他没料到，朗悦涵一脚将宁安安从破掉的窗户踢了下去，喊道：“快逃！”

宁安安掉下来后，爬起身就逃。外面的活死人已经被找过来的侗尔解决得差不多了，所以她凭着娇小的身躯钻来钻去，竟获得了一线生机。现在的侗尔比活死人更可怕，要是被侗尔抓住，她可能会被他喂给活死人！

侗尔气得想拧断朗悦涵的头，朗悦涵却快速对他说：“我知道白夜他们几个‘神’的能力，你想知道吗？”

“你还跟我讲条件？”侗尔一脚踩在朗悦涵的手上，还用利爪划伤了她的脸。

朗悦涵从未遭受过如此巨大的疼痛，惨叫出声。

侗尔冰冷的声音再次在她耳边响起：“说。”

朗悦涵的脸上又是泪又是血，她说：“白夜的能力是变大，她能够将自己的身体变得很大，像巨人一样。那个洪秋泽就更厉害了，他能够在天上飞。对，他能够飞得很高很高，然后……”

侗尔发出质疑：“你说的都是真的？”

“真的！”朗悦涵十分真诚地说，“洪秋泽不光会飞，他的拳头还会发射动感光波！如果他摆出了比心的手势，就说明他要发动攻击了！”

侗尔大为不解。

“最厉害的是南波兔！他的能力就逆天了，他……”朗悦涵的话未说完，窗外便跳进来一个人，竟然是洪秋泽！

“小学生，我来救你了！”洪秋泽说罢，右手抬起做了一个比心的手势，“动感光波！”

侗尔害怕朗悦涵说的是真的，便谨慎地向旁边躲了躲，谁知洪秋泽抓住机会跑到朗悦涵身边，扛起她就跑。

“幸好你叫的声音够大，不然从楼的外面找这个房间有点儿不好找！”洪秋泽扛着朗悦涵躲避侗尔的攻击，“我把活死人都引过来了。”

侗尔刚要对滚到桌子后的洪秋泽发动攻击，就看到窗外爬上来一个黑色的庞然大物。

“你们不要命了吗？把这东西引到屋子里来！你们也别想走！”侗尔气急败坏，跳到洪秋泽藏身的桌子后面，却发现空无一人。

人呢？

侗尔来不及细思，因为那些活死人已经来到他身后。他回身一挡，狼爪与活死人的巨掌碰撞在一起。

这居然是一个异变成巨人的活死人！

旁边，屏住呼吸的洪秋泽早已带着朗悦涵用隐身状态逃离了侗尔的攻击范围，然后为了避战，从碎掉的窗户跳到了楼下。

来到安全的地方后，宁安安哭着和朗悦涵抱在了一起：“我……我替你包扎伤口。”

朗悦涵安慰她：“不用了，反正如果我能活着出去，这些伤都会好的。”

宁安安问：“如果能活着出去，你能不能告诉我里世界的事？”

朗悦涵觉得宁安安知道这些事没有必要，会徒增烦恼。宁安安却说：“有必要！我不想失去一段关于朋友的记忆，也不想被永远蒙在鼓里，让你一个人承担所有秘密！”

洪秋泽感觉没眼看了，两个小学生搞这么肉麻作甚？

三人观察着周围，他们跳下来的位置大概是监狱的后院，还没走几步，宁安安三人便瞠目结舌地望着院子正中央的位置——那里有一名犯人正躺在通红的铁床上，看样子正在受刑。

宁安安害怕地说：“这个监狱真奇怪，里面的犯人竟然会主动给自己上刑……”

洪秋泽越看那个犯人越觉得不对劲，走近一些瞧，发现受刑的人是穿着囚服的南波万……不，是典狱长！

“你之前的分析居然是对的，典狱长果然每天都会死一次，但我没想到会是以这样的方式。”洪秋泽继续走近，想看看南波万能不能抢救一下。

两个小姑娘也跟着洪秋泽跑到了典狱长身前，只见典狱长面上没有什么表情，眼睛望着天，一动不动。

洪秋泽叫道："南波万？万哥？"

见对方没反应，洪秋泽又开始喊："典狱长？"

"别叫了，人已经没了。"朗悦涵说，"我猜他走得很安详。"

此时此刻，侗尔的肩胛上滴着血，一瘸一拐地走在走廊上。巨型活死人被他杀死了，但他也受了严重的伤。他默默想着，一定要快点儿找到傅丽香，找到她就好了，因为她的能力可以为他疗伤。

他注意到前面弥漫着很多水蒸气，心想是水管漏了吗？

侗尔慢慢走入水蒸气中，突然，胸口传来剧痛，他来不及痛呼就倒在了地上。

一个怪物从侗尔旁边经过，然后消失在了雾里。

侗尔做梦都没想到，他的死亡竟会来得这么突然！他一直算计别人，却死于毫无预兆的意外！之前的那些算计就像一个笑话！

这时侗尔听到白夜的声音："怪物走了，那边好像有个人。"

侗尔紧盯着白夜的方向，目光带着怨毒，心想：她为什么不提醒他？为什么不将怪物杀死？为什么躲起来不出声？否则死的就不会是自己！

临死之前，侗尔终于看到从雾里显露身形的白夜，他所有累积的仇恨瞬间都转移到了白夜身上。他盯着白夜的脸，最后一次使用了他身为"狼"的能力，只要他临死前标记了别人，这个能力就会在他死后生效。

南波兔不小心踩到了侗尔的尸体，轻呼出声。白夜赶紧捂住他的嘴巴，说："别惊动那边的拔隶。"

不远处，拔隶已经站在那里很久没有动过了。

白夜不知拔隶到底在等什么，他们也跟着等了许久，最后停在不远处的拔隶终于动了。

它在两边的房间不停搜索，身上的舌头不断拉长，舔遍路过的每个角落，像是在找东西。并且连一些家具的缝隙它都找了，看样子它要找的是一个很小的东西，它甚至开始翻找地砖的缝隙。

白夜和南波兔躲在水蒸气中暗中观察了一阵，拔隶从一个房间里走出来后便不继续找东西了，满身的长舌也缩了回去。

白夜不知它是放弃寻找那个东西了，还是已经找到了。

看样子拔隶要去另一个地方，白夜和南波兔决定继续跟过去看看。只是这次前方没有水蒸气可以藏身，他们跟踪时需要小心点儿。

白夜总觉得，这个拔隶是比典狱长更有威胁的存在。

白夜和南波兔跟着拔隶走了一段路，竟然重新走回了存放典狱长尸体的房间。

拔隶站在房门前，它身上的一条舌头吐出了一把钥匙。

白夜心想：难道拔隶在刚才那个坐标找到的就是这把钥匙？不过这个房间的门又没锁，它找到的钥匙到底是用来做什么的？

白夜猜想："也许它是想将这间屋子锁起来？"

两人不约而同想到什么，同时皱起了眉头。

忽地，外面天光大亮，白昼已然来临。

拔隶正想锁住这个房间的门，忽然有一股力道从房里猛地向外冲击，拔隶用力压住门，不让里面那个东西出来，并将钥匙插向锁孔。

眼看钥匙即将入孔，白夜和南波兔顿时感到大事不好，白夜冲拔隶的方向大叫了一声："喂！"

与此同时，南波兔抢过白夜手中的钢管，向拔隶挥去。

拔隶被两人干扰，插钥匙的动作慢了半分，这一秒之差，砰的一声响，门从里面被推开了。

穿着制服，像是刚睡醒的典狱长从房间里走出来："是你们？刚才是你们在外面压住门不让我出来？"

"不，是拔隶！"白夜一转头却发现拔隶不见了，她茫然四顾，"门被推开之前它还在这里！"

"拔隶怎么可能出得来呢？"南波万不悦地望着白夜，"昨天你们侥幸活了下来，今天就上赶着送死吗？"

"真的是拔隶，我没骗你。"白夜正想说下去，却被南波兔捏了捏手，她将话咽了回去。

南波万问："这个房间的门上没有锁，你们进来过吗？"

白夜和南波兔不约而同地猛烈摇头："没有。"

"那你们想进来吗？"

两人继续摇头："不想！"

"但愿你们的'没有''不想'是真的。"重新变为典狱长的南波万越过两人离开了。

等典狱长离开后，白夜问着南波兔："你刚才为什么不让我继续说？"

南波兔回答她："我哥不会相信的，因为他觉得自己真的是这里的'典狱长'，而站在典狱长的角度，他是这个监狱里的王，根本没人能伤害他。还有，刚才我看见了，拔隶在典狱长推开门的那一刻就消失了，我猜是'王不见王'。"

"王不见王？"白夜不解道，"什么意思？"

南波兔推测："典狱长是这所监狱白日里的主人，而拔隶是夜间的主人，这个世界由他们共同组成与支配，并且他们互相不能看见，所以拔隶才会突然消失。我猜现在拔隶已经回到它那个没有光的房间里了。"

白夜思索道："为什么会有白天和黑夜两个主宰？典狱长说拔隶是自己的手下，难道事实根本不是这样？拔隶才是这个里世界的主宰？"

南波兔赞同道："我也是这样猜的，可能是因为我哥的意识反抗了这个世界，所以他才影响了这个世界，变成了这里的典狱长，且能控制这里的白天，形成和拔隶相互抗衡的局面。"

但重点在于，南波万失去了记忆，他认为自己是这里至高无上的典狱长，而拔隶却清楚地知道南波万不是典狱长，而是被困在这里的人。

两人又想起刚才拔隶想用钥匙将典狱长锁在那个堆满尸体的房间里，如果典狱长真的被锁在里面出不来，那南波万的灵魂是不是就被完全囚禁在这个世界了？

也许这个满是尸体的房间就是南波万的"心房"，南波万在潜意识中反抗这个世界，所以他将能锁住这个房间的钥匙藏在一个地方。但晚上拔隶通过让南波万尸体的舌头说话，一点点找到了能锁住南波万“心房”的钥匙。

白夜和南波兔分析到这里，发觉现在的情况很糟糕——昨晚拔隶已经拿到了这个房间的钥匙。等到夜里它的主场到来时，它就会锁住这个房间，而他们这些外来的人类根本无法阻止。

“所以今天白天我必须唤醒我哥！”南波兔下定决心，“我一定会唤醒他的！亲情的力量是无限的！”

南波兔的话音刚落，忽然听到一阵由远及近的脚步声，是典狱长拖着什么东西回来了。

白夜主动和“老板”打招呼：“典狱长，您在做什么？”

“搬垃圾。”典狱长答道。

白夜看向典狱长手里拖着的“垃圾”，那东西散发着一股煳了的烤肉味儿。

典狱长叫白夜：“二号，你过来帮我搬它。”

白夜马上过去。

典狱长又扫了一眼南波兔，说：“那个死人脸是几号来着？也过来。”

南波兔赶紧过去和白夜一起搬“垃圾”。

典狱长走在前面自言自语：“那个我很喜欢的马屁精昨晚死了，真是可惜，不过他是几号来着？我想不起来了。”

白夜和南波兔反应过来，典狱长指的是侗尔。

典狱长又问白夜：“二号，你帮我想一想，死掉的那个马屁精是几号？”

“好像是四号？”白夜答道。

“哦，果然是四号啊，怪不得大家都说这个数字不吉利……不过大家都是谁来着？算了，我想不起来了。”典狱长继续碎碎念。

白夜问：“典狱长，为什么你忘记了别人是几号，却唯独记得我是二号，是因为我很特别吗？”

典狱长用奇怪的眼神瞥了白夜一眼，说：“嗯，因为你特别像二愣子。”

说完，他又进入了那种精神恍惚的状态：“不过二到底是什么意思呢，为什么我一看到你就会想到二呢？算了，不想了……果然是监狱太无聊了，无聊到让我忘记了很多事情。”

白夜和南波兔帮典狱长抬着“垃圾”，到达放着典狱长尸体的房间门口。

两人停在门前，白夜踌躇地问：“我们要进去吗？”

“当然。”此时的典狱长过于亲切，甚至还夸奖了他们，“这是我第一次带人参观我的私人休息室。因为你们都是好孩子，跟我进来吧。”

白夜和南波兔站在门口没有动，他们总觉得典狱长的态度不对劲。他变得太和蔼了，嘴角还挂着浅浅的笑，事出反常必有妖。

白夜说：“我们还是不进去了吧。”

南波兔附和：“对，这个房间毕竟是典狱长休息的地方，我们怎么能随意进去呢。”

典狱长的脸上依旧挂着笑容，说：“可你们不是进去过吗？”

典狱长的话让两人同时一怔，一股危机感忽然袭来。南波兔赶紧否认：“没去过，我们谁都没去过。”

典狱长又问：“那你们知道，我让你们搬的是什么东西吗？”

白夜立即否认：“不知道，我们什么都不知道。”

“你们进去就知道了。”典狱长冷声命令两人进入房间。

白夜和南波兔只能硬着头皮进入房间，房间内是和昨晚一样的情景。

典狱长似乎在观赏那些尸体，问道：“你们看清楚了吗？这些都是什么？”

白夜不知道怎么回答，便继续践行书上看过的“职场拍马屁”：“这些是……很多和典狱长一样英俊神武的人的尸体。”

“你觉得他们和我长得很像？”典狱长问。

白夜马上否认：“没有，还是典狱长最好看。”

对于白夜的马屁，典狱长没有反应，他只是望着尸体，有些惆怅地说："他们都是令人嫌恶的犯人而已，但我知道他们其实就是我自己。我不知道我晚上为何变成罪犯，除了行刑的记忆，也记不起其他事情，但我讨厌给他一遍一遍地收尸，现在这个房间里的尸体变得越来越多，我连睡觉的地方都没有了。"典狱长就像终于找到可以闲聊的人一样，说了很多话，也发了很多牢骚。

白夜问："您为什么不换个房间睡觉呢？"

"就算我在别的房间睡下，第二天早上，我也会在这个房间醒来。"典狱长说。

南波兔鼓起勇气道："典狱长，你把我们叫进来，是想知道晚上监狱里发生的关于自己的事吗？我可以告诉你！"

典狱长却忽然恼怒了，表情狰狞道："不用你说，我也知道那个肮脏的罪犯想做什么！虽然他每天都会死，但他真正想做的是越狱！都是因为他，我才会在夜里沉睡不醒，他想带着我离开我的监狱！"他的语气变得更加癫狂、愤怒，就像提起仇人般咬牙切齿，"如果他成功了，就会完全代替我，到那时候，即使在白天，我也醒不过来了！"

"典狱长，也许你想错了。"南波兔怕哥哥和自身的意识对抗得越发胶着，急切地解释，"黑夜里的'你'可能是想救你，并不是想取代你。你有没有想过，也许你并不是这里的典狱长，而夜里的'你'想带着你逃离监狱，并不是想害你？"

身为典狱长的南波万无法理解南波兔的话："你在说什么呢？我一直是这里的典狱长，我不是典狱长还能是谁？"

白夜在一旁问："那你还记得自己叫什么名字吗？"

南波万的眉头紧拧，表情有一瞬间的迷茫与无措："名字？大家都叫我典狱长，至于名字，我很久没听到别人喊过，我忘了……"

南波兔继续试图唤醒他："典狱长只是一个职称而已，你不是生来就是典狱长，而在成为典狱长之前的那个你才是真正的你！你不能忘记自己的名字，你要想起来！"

典狱长似乎因为南波兔的话感到头痛，他扶住额头，说："你的废话太多了！我把你们叫到这里来，只是因为我太过寂寞，我很久很久没和别人说过自己的秘密了……你们只要负责听就好。”

典狱长又用看可怜虫的眼神看着他们：“而且，我之所以和你们说这么多，是因为你们快死了。”

白夜和南波兔立马意识到，典狱长今天对他们和颜悦色，只是因为他已经对他们动了杀心。

典狱长对着那些尸体叹气，语气有些惆怅：“这些尸体每天躺在这里也很寂寞，我要找人陪他们一起躺着。”

白夜觉得自己还能抢救一下，便说：“典狱长，你不要整天打打杀杀的，这样不好。而且你不是说四号死了很可惜吗？让我活着，我觉得四号能做的事我也可以做。”

“四号能做什么？”典狱长问。

“拍马屁。”白夜非常虔诚，“让我做您的四号吧。”

典狱长对马屁精没有任何留恋，斩钉截铁地拒绝了她：“我不需要。”

南波兔拉住白夜，说：“你不用和他说这么多，他不会轻易改变主意的。”

典狱长没想到南波兔这么了解自己。

南波兔一副豁出去的样子，说：“反正都要死，我也就不在乎那么多了！就算你不高兴，我也会跟你讲清楚所有事！”他指了指那些尸体后背的文身，“哥，你知道你后背的文身是什么意思吗？”

典狱长不悦地皱了皱眉，这小子又叫他哥了，不过他也很好奇：“好，你说，那个文身是什么意思？”

南波兔一字一句地和典狱长讲着关于南波万的事情：“想当初，你文这只麒麟的时候疼得龇牙咧嘴，眼泪都快掉下来了。文身师建议你敷麻药，你却硬撑着说不怕疼，还说只流血不流泪的恶棍怎么会疼！”

典狱长的眉头皱得更深：“我不是你说的那个人，虽然我不怕疼是真的，但我最讨厌坏人了。”

南波兔却笑道：“对，你之所以讨厌坏人是因为咱爸出意外就是被坏人害了！结果屠龙少年终成恶龙，你为了谋生，成了自己最讨厌的人！”

南波兔继续说：“至于这个文身的意思，你看到文身上的三个字母‘NBW’了吗？你知道那是哪三个字的首字母吗？”

南波兔是想让典狱长回忆起自己叫南波万，典狱长却说：“我知道，是牛霸王。”

白夜、南波兔：“……”

南波兔终于忍不住大声吼道：“是你的名字南波万啊！这三个字母是南波万的拼音首字母！你快想起来啊！”

“你说完了？你是我见过的最会编故事的犯人。”典狱长瞥了一眼南波兔，丝毫没为他的话而动容，“只不过你骗不了我。”

南波兔有些怀疑人生：“你怎么还是想不起来？难道是我讲得不够刺激？那我再讲几件事。”

他又开始快速回忆往昔：“你高中时有次走路没注意，掉进管道井里了，正好你的死对头也来了，你怕从井里爬出来丢人，就在里面等他们离开才爬出来。还有，我读高一时，你来参加我的家长会，你来的时候就站在校门口抽烟，路过的主任以为你是我，还给我记过了。之前你说从北方出差回来给我带土特产，我以为你会买人参、鹿茸，结果你扛回来了一袋大米！还有……”

典狱长打断他：“好了，你不用讲了，我已经知道了。”

南波兔喜上眉梢，道：“你知道什么了？”

典狱长的回答却是：“知道你哥是真的蠢。现在我可以确定了，我和你哥确实不是一个人了，因为他是蠢货，而我不是。”

南波兔顿时心如死灰，幻想能用亲情唤醒自己哥哥什么的都是假的！他根本半点儿都没想起来！

典狱长的目光在白夜和南波兔之间来回扫视：“现在故事听完了，我也该动手了。你们谁先死比较好？要不你们猜拳好了。今天我只留一个人陪这些尸体，剩下的那个我会带在身边慢慢折磨。”

白夜站了出来：“不用猜拳了，我先死吧。”

南波兔听到白夜的话，一愣：“白夜，你干吗？”

白夜一脸平淡地说：“不能让南波家绝后啊，而且说不定我不会死呢。”

南波兔听得心中很不是滋味：“你别开玩笑！”

白夜安抚他：“你看，上次的里世界我就没死。”

“那是因为上次有时间重置，你死后时间重来了！那次时间重置后我不是也没死吗？”在南波兔看来，白夜就是在为了他做傻事，“但这次不一样，死了就真的死了！”

白夜却无所谓地说：“我命大，真的，应该还是不会死的，你别担心。我现在帮不上什么忙，但是你要留下来继续唤醒你哥，加油啊。”

南波兔突然湿了眼眶：“你到底为什么要这样……明明我对你那么差！”

白夜不理解南波兔为何突然这么激动，她应该还会复活，所以让她先死更划算。

南波兔心里想的却是：白夜正在牺牲性命帮自己，她为了自己竟然愿意做到如此地步！

南波兔握着拳头，既感动又内疚地说：“白夜，我现在一点儿也不讨厌你了，真的……就算你之前骗我，我也不生气……你人真的很好，以前是我误会你了。只可惜，我发现你很好，居然是在这种时候……我不能回去和你做朋友了。”

白夜说：“啊？”

在白夜的一脸茫然中，南波兔推开她走向典狱长，说：“你动手吧！让我留下来陪这些尸体，也算兄弟俩整整齐齐的。”

白夜赶紧拉住他：“南波兔，你不要冲动！回来！”

南波兔却回头冲她笑了笑，第一次笑得这么温柔：“你是因为我家的事才被牵扯进来的，我怎么可能让你出事……白夜，谢谢啊。”

典狱长却在这时笑了：“我看到过很多人为了活命的自私丑态，还是第一次见到像你们这样的。你们的关系很要好吗？”

白夜和南波兔异口同声：“啊？”

白夜赶紧澄清：“我们没有。”

南波兔也立即撇清关系：“哥，你不要误会！”

南波兔甩开了被白夜拉着的袖子。

白夜望着面露嫌弃的南波兔，忽然有点儿想让他去死。

典狱长忽然捂住头，眉头皱了皱。片刻之后，他才将手放下来，但眉头依旧皱着。

白夜问："典狱长，你头痛吗？"

"肯定是你们刚刚叽叽喳喳的，让我头疼了。"典狱长说。

白夜忽然福至心灵，问道："你是不是想起了什么？"

"没有！你们别再叽叽喳喳地烦我！"典狱长刚刚缓和的面色忽然变得阴沉，他望着南波兔许久，忽然说，"让一个死人脸陪着我的尸体不合适，再说男人还是要有女人陪着才有面子，所以还是让这个女人留下比较好，你滚出去。"

南波兔急道："哥，你怎么能这个时候还这么好色呢？你别动她，还是找我吧！"

"滚！"典狱长一脚将南波兔踢出了屋子。

白夜觉得，典狱长的主意识一定觉醒了一点点，所以他才舍不得对南波兔下手，变成坚定地想对她下手。

此时，典狱长泛着阴霾的眸子定定地望着白夜的脸，面色十分可怖。

白夜随口问了一句："你瞅啥？"

典狱长随口答了一句："瞅你咋的？"

说完，两个人都愣了。

白夜说："典狱长，你会说北方方言了？"

典狱长的眼神有些失焦，似乎在回魂："我刚才说什么了？"他很茫然，不知为何刚才自己用古怪的语调接了一句古怪的话。他又看向白夜，却发现对方用慈祥且闪亮的眼神望着他。

白夜问："典狱长，我们能继续唠嗑吗？"

典狱长拒绝："唠什么嗑！滚！"

"好嘞。"白夜转过身想走。

典狱长这才想起自己把白夜留下来的目的，于是赶紧叫住她："回来！"

白夜停下来，说：“行，这也不是事。”

典狱长有些受不了她的口音：“你好好跟我说话！别用这种怪腔调！”

白夜问：“典狱长，我听说您以前北方方言是十级水平，现在听我的北方口音难道就没有亲切感吗？”

“我只觉得你欠欠儿的！”典狱长随口答道，却又有些失神。

“典狱长，听，你的语言天赋正在飞速觉醒。”白夜继续引导他，“这说明你的确忘记了一些东西，我们没有骗你，只要你再努力一下，就能想起来了。加油，努力的男孩儿运气都不会太差！”

典狱长抿着嘴唇，听完白夜的话更想让她闭嘴了：“看来昨天的火刑不够痛苦是吗？那么我就给你换个更难忘的惩罚好了。”

白夜说不怕死却真㞞，说怕死却真贫：“典狱长，其实您不用给我上刑，让我待在您身边就可以让我生不如死，所以你就罚我在您旁边活着吧。”

“我看你的胆子越来越大了！”典狱长不由分说，直接用手指了指白夜，“行刑！”

他的话音落下，白夜并没有感觉到身体的疼痛，说：“典狱长，你刚才是对我用刑了吗？我怎么不疼？”

“因为我还没有动手啊。”典狱长露出微笑，就像在看一个不听话的孩子，“受到这种惩罚的人都会苦不堪言、痛不欲生。”

典狱长满脸厉色地走向白夜。白夜条件反射地后退，却发现自己不能动了，就像有根无形的绳索将她绑在原地，无法挣脱。

典狱长将手放在白夜的脖子上。白夜的面上难得露出惧色，说：“典狱长，这使不得，男女授受不亲。”

“你在想什么？”典狱长瞪了白夜一眼，手上微微用力，白夜就感到心如刀割，虽然她生来痛觉不灵敏，但这种钻心之痛还是让她疼到身体发麻。

“这种疼痛一旦开始，就会持续并且不断扩散到你的四肢百骸，直至全身器官衰竭，咽下最后一口气才会停止。这就是这种刑罚的神奇之处。”说罢，典狱长手上的力度更大了。

白夜忍着疼痛，抽搐着说：“典狱长，你这样一点儿也不讲究。”

“所以呢？”典狱长慢条斯理地说。

“所以你摊上事了，我要骂你了，我骂人很厉害的。”白夜说。

“骂啊。”典狱长很好奇将死之人会骂出什么来。

他却听白夜说：“你这个死鬼，真讨厌！”

典狱长说：“啊？”

白夜接连骂出北方方言里的脏话。

典狱长终于受不了了：“虽然我不知道你在骂什么，但你给我换个口音！”

白夜说：“不行！”

典狱长说：“你现在是在挑衅我？”

“嗯，咋的？你能把我咋地？”白夜故意操着浓重的北方口音，试图用这种方式唤起典狱长的记忆，绞尽脑汁把知道的方言土话都倒了出来。

典狱长忍无可忍，道：“你别说了！”

白夜开启“话疗”模式：“为什么不让我说？典狱长，听北方方言有助于身心健康。”

典狱长说：“你说的话是什么意思？我听不懂！”

“我再多说说，你就能想起来那是什么意思了。”白夜继续输出。

听着白夜念经一样的口音，典狱长的头又痛了。白夜说的一些词语他闻所未闻，但听着听着好像又有点儿明白其中的含义。

但是他的头真的很痛。

典狱长红着眼睛说：“我命令你不要说了！你这个二愣子！”

白夜承受着身体上的疼痛，一脸欣慰地望着典狱长，说：“你也说了，典狱长……不，南波万。”

一个满头白发的人蹲在房间角落的阴影中。

傅丽香见状，蹲下来问他：“喂，你蹲在这里做什么？”

鹏程回过头，没想到自己竟会被找到。

傅丽香解释道：“我昨晚就看到你了，侗尔让我来找你，你没感应到吗？我们是同伴啊。”

“同伴？”鹏程依旧不解其意。

傅丽香问：“难道你没有进入石壁空间吗？为什么你看起来对这里的事一窍不通？而且你现在蹲在这里干什么？还在旁边堆了那么多杂物将自己围起来。”

鹏程理所当然地说：“这个世界有怪物啊！我当然是在躲那些怪物了！”

“躲得了一时，躲不了一世！”傅丽香对鹏程讲起游戏规则，“我来告诉你吧，我们是‘狼’，想从这里出去就要淘汰敌对阵营的人。”

鹏程用十分不解的眼神看向傅丽香：“等等，小姑娘，什么敌不敌对的？我来这种世界很多回了，每次都能活着出去啊。”

这回轮到傅丽香愣住了，鹏程以一副过来人的姿态教导道：“是真的，这方面我肯定比你有经验，你相信我。”

傅丽香问：“你有什么经验？”

鹏程说：“蹲一蹲就好了！只要蹲得够久，我们就能出去！”

傅丽香一头雾水。

鹏程热情地挪了挪地方，说：“你快蹲下，我旁边还有位置。”

傅丽香的嘴角抽了抽，她仿佛看到自己的死期将至。

这都是什么队友啊！这一局游戏，“狼”队肯定完了。

……

典狱长的房门外，南波兔一动不动地站在那里，仿佛被定身了。

不远处的楚冬忍看到他，赶紧奔过来：“兔子，原来你在这里！我们找了你好久！”

洪秋泽、宁安安和朗悦涵紧跟其后。

洪秋泽道：“是啊，连原本不知所踪的楚冬忍都和我们在路上碰见了，但居然到现在才找到你，你站在这里做什么？怎么一动不动的？”

南波兔急切地说道：“我像是被什么看不见的绳索绑住了，动不了！你们快去救白夜！我听到典狱长说要给白夜行刑！”

“等等！别冲动，我们可别没救到人，还把自己搭进去了！”

楚冬忍想了一个法子，“昨夜的变身机会我还没用，正好现在变一个替身进去看看情况。”他说完就变出自己的替身，然后将替身推进了典狱长的房间。

虽然楚冬忍的替身没有什么智力，但能够和楚冬忍共享视野。不到三秒，楚冬忍的面色便苍白如纸。

洪秋泽赶紧问：“楚冬忍，你在房间里看到什么了？”

楚冬忍描述道：“典狱长抱着自己的头，好像很痛苦地趴在地上，白夜她……一动不动的！她一定死了！”他控制不住地开始抹眼泪。

南波兔让他不要慌：“她应该还没死！我依稀听到了那种刑罚的特别之处！我们只要趁白夜还有一口气在，带她离开里世界，她就能活下来！”

楚冬忍瞬间明白救人的关键。

现在他们要把典狱长引出来，让他离开白夜的身边。

但怎么才能把典狱长引出来，还让他不至于和大家动手呢？

洪秋泽正冥思苦想，就听楚冬忍大喊道：“下雨啦，打雷啦！典狱长，你快出来收衣服啦！”

洪秋泽顿时觉得楚冬忍是上天派来的傻子：“如果你这么喊，典狱长能从里面出来，我就跟你姓！”

洪秋泽的话音刚落，典狱长就推开门出来了，他扔出一个如塑胶娃娃一样的东西，那是楚冬忍刚才推入房里的替身。

洪秋泽有些尴尬地打着招呼：“监……典狱长？你怎么真的出来了？”

典狱长依旧用手捂着头，让人看不清他的表情，但他整个人的状况有些不对劲。他自言自语道：“对，我是典狱长，应该叫我典狱长，你们这样叫才对。”

这时房间内传来白夜的大喊：“不！你是南波万！不是典狱长，而是南波万！”

典狱长将手放下，露出布满血丝的双眼，抬手就掐住了洪秋泽的脖子：“你来说我是谁！”

洪秋泽看到典狱长的状态，打算冒死拼了，和白夜一样肯定地说："你是南波万！"

楚冬忍也在旁边附和道："对！你是南波万，是南波兔的哥哥南波万！"

南波兔唤他："哥，你快想起来，然后离开这个世界，和我一起回家！我们都在等你回去！我们并不是犯人，而是来这个世界带你回家的！"

典狱长的目光下移，落在宁安安和朗悦涵的身上，又问向她们："你们说我是谁。"

两个孩子不明白发生了什么事，却异口同声地跟随南波兔乖乖答道："南波万。"

典狱长扫视众人，说："不要骗我，不然你们都不会有好下场！"

南波兔说："我们没骗你！哥！快想起来啊！你就是南波万！"

"不……我不是……还有两个，对，还有两个……"典狱长喃喃自语着，突然目眦欲裂，发出一声低吼，在众人的注视下仓皇离去。

楚冬忍问："兔爷，你哥怎么跑了？我还以为他要想起来了！"

南波兔请求自己的兄弟："我现在不能动，你们帮我追过去继续刺激他！必须让他在今天内想起来自己是南波万！"

楚冬忍和洪秋泽二话不说追了过去，然而跑着跑着就跟丢了典狱长。

楚冬忍气喘吁吁，停下来歇息："他怎么跑得这么快？"

洪秋泽在意的事却是："你说典狱长为什么忽然跑了？难道他真的是因为被我们刺激得快想起来了，但是脑子太疼，本能地想回避我们？"

他们想起典狱长在离开之前说了一句"还有两个"，开始思索这句话的意思。还有两个，是还有两个犯人的意思吗？

不对，他不可能在这个时候突然去找犯人，一定有什么特别的原因。

典狱长的离开应该和他们的对话有关，而当时的典狱长在挨个儿问他们，自己是谁。

想到这里，洪秋泽忽然灵光一闪："是不是需要所有幸存者都叫对典狱长的真名，才能够让他想起自己是谁？你想啊，刚才朗悦涵和宁安安躲在角落，典狱长却特意走到她们面前问她们，如果真是这样，那就糟了！因为剩下的玩家不知道典狱长的真实身份！”

……

被杂物堆砌的小房间内，一个漆黑的阴影将蹲在角落的两人笼罩。傅丽香神情萎靡地抬起头，被那张阴鸷的脸吓了一跳，惊道：“嗯？典狱长？你……你怎么找到这里来了？”

“你刚才叫我什么？再叫一遍。”典狱长命令道。

傅丽香既恐惧又疑惑，只好小心翼翼地说：“叫你……典狱长？”

典狱长又看向一边的鹏程：“你呢？你也说说，我是谁？”

典狱长的房间里，白夜问背着她的宁安安：“我不重吗？”

宁安安非常质朴地回答：“白夜姐姐，你现在人都瘦了一圈，不重。”

宁安安打算先把白夜背到安全的地方，这样典狱长回来后就找不到白夜了。然而，宁安安刚出门就撞上一脸阴霾、身躯高大的典狱长。

宁安安被吓了一跳，说：“监……不，南波万哥哥……不，叔叔，你怎么回来了？”

典狱长额头上的青筋跳动，说：“果然，刚才是你们骗了我……你们……”他抬起手，本能地想降下惩罚，却又将手放下来，只因他觉得“南波万”这个名字让他感到莫名熟悉。

“明天我再将你们一起行刑。”典狱长抓起宁安安，连带着白夜，砰的一声丢进一间牢房里。

宁安安松了一口气，没被当场行刑已是万幸了。

白夜环视牢房后说：“楚冬忍，还有鹏程大爷，你们怎么都在这里？”

楚冬忍答道：“我们都是被典狱长扔进来的，现在所有人都在这个牢房里。”

鹏程哭丧着脸说：“唉，都怪我和傅丽香刚才说错话了，我们哪里知道要告诉典狱长他叫南波万啊！”

洪秋泽将自己的推测告诉众人，只有所有幸存的玩家都叫出典狱长的真名，才能让他想起自己是南波万，兴许这样大家就能免去一死。

白夜试着砸牢房的门，却发现绑牢门的锁链太粗了，根本砸不断。她问：“鹏程大爷，你还能再狼化将这条锁链切断吗？”

鹏程摇摇头，说：“不能了，我的狼化次数已经用完了。”

白夜很担忧，如果在黑夜来临之前他们不能将典狱长唤醒，那晚上拔隶就会用钥匙锁住典狱长所在房间的门。要是南波万的意识体被锁在里面，他就永远都醒不过来了，大家大概也无法逃脱这个里世界。

白夜将自己和南波兔昨晚的推测简短地说了出来。

鹏程恍然大悟：“原来典狱长是你们现实中的朋友！唤醒他，我们就能离开这个世界了？”

白夜说：“我猜测是这样的，因为现在这个世界的一半支配权属于典狱长，如果他夺回自己的意识，那这个世界一定会崩塌，出现出口。但如果典狱长被拔隶锁住，那么这个世界的支配权就完全归属拔隶了。”

鹏程着急道：“那不行啊！不能让典狱长被锁住啊！傅丽香，你也是‘狼’，你快变出爪子来将锁砍断！”

“你！”傅丽香没想到自己的身份就这么轻易地被“猪队友”说出来了，“谁是‘狼’啊？我不是！”

鹏程继续拆台：“不是，你……小姑娘，咱可不能撒谎啊！”

傅丽香在心里抓狂：为什么要让她摊上这样的队友啊？

她以为自己接下来会被其他人群起而攻之，毕竟淘汰他们两个“狼”，其他人就可以活着出去了。但她没想到，众人不仅没有对她出手，反而都一脸热切地看着她。

白夜说：“你居然是‘狼’啊，真是太好了！”

南波兔说：“我还以为要被锁在这里出不去了！”

洪秋泽说：“快点儿快点儿，搞断这牢房的锁，让我们出去！”

傅丽香：“……”

既然这样，傅丽香便干脆承认了：“你们可能不知道，‘狼’只能在夜里狼化，所以现在我也拿这个锁没办法。”

可是到了夜里就来不及阻止拔隶了。

白夜问楚冬忍：“你还能变成钥匙吗？”

楚冬忍摇头道：“不能了，我不能变成重复的东西。”

傅丽香观察了众人一会儿，小心翼翼地问：“知道我是‘狼’，你们不一起淘汰我吗？”

白夜不解道：“我们已经找到了让大家都能平安出去的方法，为什么要淘汰你？”

傅丽香有些难以置信，明明让她出局的话，众人就可以不用冒任何风险，离开这个世界了。难道刚才白夜提到的唤醒典狱长的方法，真的可以让所有人无须争斗，活着出去？

傅丽香思考了一阵，然后走向白夜，说：“你现在的生命体征很微弱，我来帮你治疗吧。”她的手轻轻抚过白夜的身体，白夜原本微弱的呼吸渐渐平稳下来，苍白的脸也变得红润。

众人都十分惊奇。白夜问：“你的能力是治愈吗？”

傅丽香道：“不，我是天狼星，光线可以跨越时间，能把物体或人还原成半天之前的样子，但还原人类的前提是必须活着，死人我也没办法。”

白夜说：“谢谢你，不过……我的衣服也能一起还原吗？”

“哎呀，抱歉，不能，我每晚只能用一次这个能力。”傅丽香这才注意到，白夜上身穿着的衣服破破烂烂的。

楚冬忍正要将上衣脱下来给白夜穿，就见一边的南波兔已经把自己的衣服扔给了白夜，说：“你快穿上，别伤害我们的眼睛。”

“哦，谢谢。”白夜快速穿上了衣服。

傅丽香看向朗悦涵，问：“侗尔说你的能力是驱散黑夜？现在黑夜快到了，我们却还没想出离开牢房的办法，不如你先发动技能跳过这次的黑夜吧，办法我们慢慢想。”

白夜看向朗悦涵，问道：“你也是‘狼’？”

“不，我其实是‘神’，之前我是装成‘狼’骗侗尔的。虽然我有驱散黑夜的能力，但现在不能用了。”朗悦涵解释，“我的能力在第一天就用过了，没有次数了。你们难道没发现吗？一般情况下刚进入游戏都会是黑夜，但你们过来的时候，天只黑了一会儿，就到了白天。”

众人恍然，原来第一晚的变天是因为朗悦涵。

傅丽香问：“你为什么第一晚就发动技能？”

“因为我被关在有活死人的牢房里啊。”朗悦涵无奈地说，“那时候我不知道洪秋泽在我隔壁，也不知道他是‘守卫’。那些活死人过来咬我，我没办法，只能发动技能自救。”

洪秋泽回忆起什么，原来第一天牢房里那些活死人醒来又倒下是因为朗悦涵，他还以为他们抽风了呢！

看来现在不能指望任何人的技能了，白夜继续试着掰牢房的栏杆，其他人也都过去和她一起掰，结果他们用尽了蛮力，铁柱只弯了一点点。

窗外的墨色越来越浓，夜幕已然降临。

“现在我能狼化了！我们先出去，然后去阻止拔隶锁住典狱长！”傅丽香具象化出了狼爪，然后两三下将牢笼的铁栏杆割断。

牢房两边又响起了活死人苏醒的声音，但众人顾不上那么多，全部快速赶往典狱长所在的房间。可他们还是慢了一步，当白夜等人赶到的时候，正好看到拔隶将典狱长的房间锁住了。

为了不惊扰拔隶，他们只能躲在一边。

楚冬忍很是心焦，说：“完了！万哥被锁在里面了！我们现在扑过去跟拔隶抢钥匙给万哥开门还来得及吗？”

洪秋泽说：“你抢不过它的！它是这里黑夜的主宰，肯定和典狱长一样厉害！典狱长动动手指就能给我们上刑，而它比典狱长更没人性，我们过去肯定是送死！”

“现在就算过去也没用了，你们看门缝。”白夜伸手指着门缝，其他人随之看去，只见浓浓的血水从房间的各条缝隙中溢了出来。

拔隶静静地站在门外，然后再次用钥匙打开门。

这次房里哪里还有什么尸体，只剩一地凝结的血肉。

南波兔看得心里一抽一抽的——他哥连尸体都没了，仿佛彻底化成了血水。这是不是……是不是意味着他哥死了？

“明天早上，我还能见到典狱长吗？”南波兔的声音有些颤抖，眼睛都红了。

为了让南波兔冷静下来，洪秋泽赶紧说道：“肯定会的！虽然尸体被化成了血水，但尸体并不等同于典狱长这个活人！只要这个房间还在，就还有希望！万哥明天一定还会以典狱长的身份在这里苏醒的！”

然而下一刻，眼前的景象就让洪秋泽闭上了嘴。

那扇门突然被血水覆盖，随后消失不见——原本是门的位置，此刻只剩一堵冰冷的墙壁。

究竟是门没了，还是房间没了？

等拔隶离开后，众人赶紧来到曾经是房门的位置。傅丽香用狼爪捅破墙壁，发现破开墙壁后竟能直接看到外面。

这个房间是真的没了！

“没了……我哥回不来了。”南波兔怔怔地望着那个黑洞。

房间没了，他哥也没了。

“兔……兔爷，你别哭啊！”洪秋泽看着南波兔的样子，心里很不是滋味。

南波兔红着眼睛，嘴硬道：“我没哭，谢谢你们过来帮我救我哥。”他说完转身就走。

洪秋泽喊他：“兔爷，你干什么去？”

“我去试试拔隶究竟有多厉害，也许把它杀死，我哥就能回来了！”南波兔神情激动，“你们不要跟着我，我只是去试试……万一我没回来，也算帮你们验证了不能和拔隶对着干，到时候你们就找别的方法从这个世界离开。”

白夜说：“南波兔，你别去！”

南波兔说：“你不用劝我。”

白夜在后面喊道：“你哥还没死透！”

南波兔的脚步顿住，忽然回过头。白夜也望着他，说："你忘了吗？每天晚上典狱长睡下，就会有一个囚犯版的典狱长醒来，那个囚犯版的典狱长每天晚上都会寻死，只要今晚他还没死，那么典狱长就不算完全死掉！"

听了白夜的话，南波兔的眼中忽然燃起希冀："那还等什么，我们快去找他啊！"

洪秋泽赶紧指路："上次我看到囚犯版的典狱长死在这栋楼前面的院子里，今天他会不会也在这里？"

"我下去看看！"南波兔话音未落，已从墙洞纵身跃下，其他人见状也紧随其后，如同下饺子般接连跳了下去。

最后，白夜真的在这个院子里找到了南波万。她指着南波万的侧脸说："我看到南波万了，他在前面泡澡。"

傅丽香被吓了一跳，说："什么泡澡？浴桶里面哪是水啊！"

"哥，你给我出来！"南波兔急速向南波万奔去。

此时的南波万没有作为典狱长的意识，他望着南波兔越来越近的身影，感觉有点儿面熟。

南波兔又喊了一句："南波万，你先给我出来！"

听到"南波万"三个字，男人怔了怔，还是说："不行，我不能出去。"

傅丽香看不下去了，说："废什么话！"

"我没穿……""衣服"两个字南波万还未说出口，浴桶就被傅丽香砍坏了。

不着寸缕的南波万暴露在众人的面前，傅丽香浅浅挡了一下眼睛，说："哎呀！我不是故意的！"

南波万："……"

南波兔称赞傅丽香："没事，跟命比起来，我哥的节操算什么，你干得好！"

南波万见自己被围观，有些生气："你们是谁？为什么要打扰我赎罪？还有一次，我就可以出狱了！"

"还出狱？"南波兔比南波万更生气，"你都快见不到明天的太阳了！”

原来这些惩罚都是南波万自己执行的，洪秋泽看得心惊肉跳，他不明白南波万怎么对自己这么狠。

这时白夜突然说：“隔壁的拔隶馋哭了，它过来了。”

众人一转头，就看到从拐角走出来的拔隶，它一身的舌头，上面不停分泌着如口水般的液体，它似乎在找南波万。

众人有了猜想，拔隶一定是想解决掉最后一个南波万！

“哥，快走！我们藏起来！”南波兔拽起南波万就跑。

南波万边跑边问：“你们说我叫南波万？我好像是叫这个名字，但你为什么要叫我哥？”

南波兔说：“当然是因为我是你弟弟啊！”

南波万问：“谁？”

南波兔一边跑一边说话，被灌了一嘴风：“你弟弟！南波兔！”

“你……”奔跑着的南波万忽然停住，像是在想事情，“这句话，白天也有人跟我说过。”

白夜催促着停下来的南波万：“拔隶快过来了，你快跑啊！”

南波万却一点儿也不急：“我想起来了，我们白天见过。我一直没有白天的记忆，只有晚上才能活动，但我好像在白天见过你们，还和你们说过话。”

南波万看了白夜一眼，说：“你骂过我，二号。”

“你有典狱长的记忆了？不对，现在不是说这个的时候！”白夜和南波兔一起拽着南波万跑，但死活拽不动他。

南波万还在和她计较：“你白天骂我‘死鬼’。”

白夜说：“我错了！你快点儿逃命，行不行？”

南波万不紧不慢地说：“我又想起来了，你们好像很要好，还愿意为了对方牺牲自己。”

“我们没有！”白夜和南波兔异口同声道。

南波万沉吟道：“那让我再想一想……”

面对越来越近的拔隶，除了南波万，其他人都像热锅上的蚂蚁。

这时，南波万略带戾气的双眼恢复了清明：“你们不要好吗？”

南波兔已经懒得和南波万解释这件事了，他正想给自己亲哥一拳，将其打晕带走，就听到南波万对白夜说："那你咋还穿着我弟的上衣呢？这件衣服还是我给他买的呢。"

咦！南波万是不是想起来了？

南波兔第一次觉得自己哥哥的声音犹如天籁，连忙道："哥，你记得我了？"

南波万环顾四周，北方口音又冒了出来："这是咋回事啊，老弟，我这是在做梦吗？我怎么还梦见我想弄死你呢？"

虽然南波万的音色很好听，但此时的他没了典狱长说话时慢条斯理的语气，直接变身糙汉，和以前判若两人。

南波兔觉得他哥此时的北方口音无比亲切，说："哥，我以后再也不讨厌你说话带口音了！你爱说就说吧！挺好的！"

白夜打断他们的叙旧："快躲开！拔隶扑过来了！"

"哥，你快来这边……咦？哥——"南波兔眼睁睁地看着南波万在自己身边化为烟土。

他哥怎么不见了？而且原本扑过来的拔隶也和他哥同时消失了，随即监狱开始慢慢崩塌。

白夜说："是不是因为你哥找回了记忆，所以意识体回到现实世界了？没有你哥的意识体支撑，那这个受你哥影响所构建的世界就开始崩塌了。"

很快，众人就看到象征出口的白光出现，他们好像真的可以回去了！

"居然真的不用斗得你死我活就可以离开？"傅丽香像发现了新大陆，也庆幸自己信对了人。

鹏程说："你看，我没骗你吧，真的蹲一蹲就好了。"

楚冬忍拽了拽南波兔，说："兔子，我们快走啊，你别发呆了！"

南波兔的心中却依旧担忧，他回去后真的可以见到他哥吗？不是植物人的哥哥？

带着忐忑的情绪，南波兔跳进了出口。

白夜和其他人要了联系方式，也紧随其后跳进了出口。

第七章

晨曦中，众人从睡梦中醒来。

南波兔感觉自己做了一个很累的梦，但忘了具体是什么梦。他揉了揉眼睛起身，忽然发现此时南波万脑电图的波形起起伏伏。

南波兔惊得又揉了揉眼睛，连忙喊道："快叫医生过来！我哥的脑电波有反应了！"

南波兔的余光看向白夜，有些不确定地想，这难道就是感人的力量?

医生刚过来，南波万就悠悠转醒了，医生也没想到前不久被判定为植物人的病人居然这么快就苏醒了，这简直是医学奇迹！医生又给南波万做了一些身体检查，确认他真的没问题了才离开。

南波万看向病房里的众人，问道："你们几个干啥呀？怎么都在我的屋里呢？"

"大哥好，我们是昨晚来看你的，然后睡在你的病房来着。"楚冬忍和洪秋泽打招呼。

"哦，这样啊。"南波万喝着水，目光落在白夜身上，就那样边喝边盯着。

白夜被盯得有点儿莫名其妙，便也打了声招呼："你好，我是南波兔的同学。"

南波兔压低声音道："大哥，她就是……就是那个白夜，你还认得她吗？"

南波兔没有留下关于里世界的记忆，所以依旧认为白夜和他哥有关系。

南波万居然真的点头了："嗯，认得。"

南波兔心想：大哥果然记得白夜，是不是因为大哥能感觉到身边有她的存在，所以才能被她从植物人的状态唤醒？

白夜却很不解："南波兔的哥哥，你为什么会认得我？我们从前在哪里见过？"

"你怎么连在哪里见过我哥也忘了？"南波兔用一种谴责的眼神看着白夜，"你们不是亲密无间的关系吗，为什么表现得和我哥这么生疏？你故意的吗？"

南波万听着南波兔的话，喷出一口水。

南波兔关心地问："哥，你怎么了？"

南波万只感觉有个这么爱脑补的弟弟很头疼。

这时白夜又问了一遍："南波兔的哥哥，你还没告诉我，你为什么认识我呢？"

南波万抬眼望向白夜，语气中带着郑重："我当然认识你了，二号。"

白夜一脸茫然，心想：难道南波万记得里世界中发生的事？

南波兔不明所以地问："哥，二号是什么意思？"

"没啥。"南波万对白夜眨了眨眼，"白夜，你以后跟着南波兔叫我大哥好了。"

白夜说："好的，大哥。"

屋里的人，只有南波兔的眼神最清澈无知，他追问："哥，为什么你让她叫你大哥啊？她和你到底是怎么认识的啊？"

这时护士端着水杯与药丸从外面走进来，南波兔忙将水杯塞进白夜手里，说："白夜，你喂我哥吃药。"

白夜说："哦，好的。大郎，起来喝药了。"

"算了，还是我喂我大哥吃药吧！"南波兔忽然有种南波万会被白夜毒死的既视感。

南波万挥了挥手，说："兔子，冬忍，还有洪秋泽，你们先出去一下，我有话跟白夜说。"

楚冬忍好奇南波万找白夜说什么，想留下凑热闹，南波兔却一把将他拉走："我哥和白夜是老熟人，很久没见了，想促膝长谈，你们两个凑什么热闹？都给我滚出来！”

等南波兔拉着楚冬忍和洪秋泽离开房间后，南波万放下喝完的药碗，说：“二号，昨晚我好像让你遭受了巨大的痛苦，抱歉。”

白夜忽然有些毛骨悚然：“典狱长？不，你是谁？你还是南波万吗？”

南波万笑了笑，说：“你别怕，我当然是南波万，但我记得昨天晚上所有的事，谢谢你们救我出来。”

白夜说：“你怎么会记得里世界的事情？”

南波万又恢复了北方口音和不着调的表情：“我也不知道啊，刚醒来的时候我以为自己做了一个怪异的梦，但看到梦中的你们就在我的床边，而且被困在那个世界的感觉很真实，所以我才觉得，那一切都是真的。”

白夜让南波万检查手心有没有六芒星，但是没有。按理说，没有六芒星的话，就不是“神”也不是“狼”，是不会保留关于里世界的记忆的，但南波万的记忆却保留了下来。

这让白夜想起了门觉。他们都是从鬼门关走过一遭的人，所以门觉即使变成了木偶，也仍旧记得里世界的事情，南波万估计和门觉的情况差不多。

南波万继续对白夜道谢：“要不是你阻止，我连自己的弟弟都会伤害。现在看来，那个世界中的我就像疯了一般，内心所有的阴暗面都被激发出来，变成了一个残暴的人。”

南波万叹了一口气，和白夜谈心：“为了生存，我曾经做过一些我很不喜欢的事，我一直觉得自己做错了事，是一个坏人。可能因为这种赎罪心理，我才会在那个世界中一遍一遍折磨自己……以后我会多多做慈善，或许能让我不那么嫌弃自己。”

南波万和白夜聊了一会儿，就将其他人重新叫到病房，然后对南波兔解释了自己与白夜的关系，让南波兔以后不要乱想了。

南波兔却觉得事情有诈，说：“你们两个刚才躲在房间里是在商量怎么骗我？明明你醒来的时候还说和白夜认识，现在你又说你们不熟。”

南波万对蠢弟弟万般无奈，说："我们只是认识，又代表不了什么，如果我和她之前就关系熟稔，你怎么会不知道？"

南波兔恍然大悟："我知道了，哥！你的确没骗我……一直是白夜在骗我！她就是为了骗我的钱！"

白夜说："我没故意骗你啊，是你主动给我送钱的。"

南波兔说："你是在说我人傻钱多咯？"

白夜说："我没说，你自己说的。"

南波兔说："你……你给我还钱！"

两人你一句我一句吵了起来，最终是南波万做了裁决："哎呀，好了，好了，你们不要再为我吵架了，都是同学，谈钱多伤感情。"

南波兔感觉被侮辱了一般，说："她才不是我同学，等找到机会，我就会让她滚！"

白夜也不想和他沾边，说："你放心吧，要是下次考试我的成绩理想，我会主动走的。"

南波兔"哼"了一声，说："有种你现在就走，别留在E班污染空气。"

南波兔立即受到亲哥的制裁，南波万凶巴巴道："南波兔，你别对她吼！"

南波兔难以置信道："为什么？哥，你怎么还帮着她说话？"

南波万语重心长道："你要对她好点儿，那钱也别要了，反正给都给了。"

南波兔的眼睛瞪得更大："哥，你是不是生一场病，脑子有问题了？她和我们非亲非故，我们凭什么不把钱要回来？"

"你听哥的，以后都不要为难她，和人家好好相处。"

南波兔想反驳，但见南波万的神情有些疲惫，只好忍住了。

南波兔说："好吧，哥，你刚醒来，身体还没完全恢复，我也不想因为这些事在你的房间吵闹，我和白夜先离开了，你好好休息。"

南波兔将白夜拽出病房，走出很远之后，才冷着脸说："钱是我给你的，所以不能我哥说了算，该还还是要还的。"他又补充了一句，"你不要仗着我哥现在脑子有问题维护你，就趁机抵赖！"

“我没有想抵赖，我的手上还剩一些钱，先转给你好了。”白夜说着，拿出手机操作了几下。

叮的一声后，南波兔听到了金额到账的提示音，他没想到白夜还钱还得这么爽快，愣了一下。但一想到白夜之前骗了自己，他又恶狠狠地说：“剩下的钱你什么时候还？”

白夜边走边随口说：“等我搬砖搬够了就能还给你了。”

“搬砖？呵呵，就你还搬砖？”南波兔觉得白夜在故意装可怜。

下一刻，南波兔更加觉得白夜是在装可怜了，因为白夜忽然捂住眼睛，难受地蹲在地上。

白夜只觉得眼睛一阵抽痛，连带着右手的掌心也灼热起来。

她的眼睛疼，手也好疼。

南波兔在一边讥讽地说：“我说你刚才怎么那么爽快就还我钱了，原来是在这儿等着跟我碰瓷呢！”

“我是真的疼。”白夜慢慢地抬起像被火灼烧一样的手掌，就看到手心渐渐出现六芒星的纹路。

这是什么？

一个名为“游戏组队群”的聊天群内，众人正在茫然地询问。

顾奈：“这是谁创建的聊天群？你们都是谁？”

楚冬忍：“白夜创建的，她把这几次在里世界中遇到的玩家都邀请了进来。”

顾奈：“怎么起了一个这样的群名？还“游戏组队”，我还以为是我表弟邀请我进了电竞游戏的聊天群呢。”

赵瑾辞：“冒泡。”

巫岂安：“哎呀，我也被拉进来了。”

鹏程：“这么多人啊？你们也都是蹲着赢了的吗？”

鸠影：“不，我是躺着赢的。”

朗悦涵：“各位哥哥、姐姐，你们好。”

洪秋泽：“小学生，你来啦！”

朗悦涵：“我要上课了，晚点儿再聊。”

白夜："我之前虽然有关于里世界的记忆，但没有任何身份……可今天我的眼睛和手心都很疼，还看到了石壁，我变成'狼'了。这是怎么回事？"

聊天群里大家都在发问号，并分析白夜是因为"基因突变"。

到了小学生下课的时间，朗悦涵给出了一条颇有价值的线索："侗尔和我说过他是'毒狼'，能力是感染。他临死前感染了谁，就可以把自己'狼'的身份传染给谁，这样被感染者和队友们的立场就会发生转变，成为敌对关系。"

白夜有了猜测后，收起手机，扶墙站了起来。她感觉眼睛还是很疼，缓了片刻后，她终于恢复常态，却没想到旁边的南波兔还没走。

南波兔问她："喂，你不会真的觉得难受吧？"

"我现在没事了，谢谢关心。"白夜道谢。

南波兔却别过头说："谁关心你了？"

"哦，那我们就各回各家吧。"白夜与他道别，"再见，你不用送了。"

南波兔一副她欠他钱的样子，说："谁送你了！"

白夜看着他的表情，忽然反应过来：啊，对，她是真的欠他钱。

白夜有些心虚道："那你跟着我出来干吗？"

南波兔不禁想：对啊！他跟出来干吗？

又想到白夜欠钱的事，他理直气壮地说："我催债！"

"你就这么着急要钱吗？"

南波兔答道："是啊！我一点儿也不想和你扯上关系，你赶紧把事情了结！"

白夜思考了一瞬，说："那……我看小说里面没钱还债的话，可以用别的抵账，要不我也……"

南波兔被吓了一跳，说："滚！你以为我是什么人？"

"啊？用劳动抵债也不可以吗？"白夜有些遗憾地说。

看着白夜澄澈的眼睛，南波兔反应过来："劳动？"

白夜点头道："是啊。"

"别说了……我不需要。"南波兔道。

“你放心，冤有头债有主，我绝对不会赖账……对了，我的木偶头呢？”白夜在南波兔看神经病一般的目光中，将自己浑身上下的衣兜裤兜摸了个遍。白夜发现，她的木偶头，也就是门觉不见了。

匆匆与南波兔分别后，“心急如焚”的白夜先去吃了一碗云吞，然后打电话给工地老板，去搬了半天的砖。搬完砖之后，她数着手里的钱，买了一根雪糕奖励自己。

之后白夜慢悠悠回到寝室，看到床上的那颗“球”，对门觉打了声招呼：“我回来啦。”

门觉见到白夜慢悠悠的样子，说：“你还知道回来？我看你是一点儿也不着急找我。”

白夜将自己吃了一半的雪糕递到门觉的嘴边，问道：“你吃雪糕吗？”

“我吃了也尝不出味道，你别想贿赂我！”门觉被白夜蹭了一脸雪糕，他感觉自己已经被白夜这熊孩子磨平了脾气，“在医院的时候我在你兜里消失了，你怎么不回去找我？”

白夜继续吃雪糕：“你现在是大孩子了，我不能管着你了，你愿意出去溜达就溜达吧。”

“这……才不是这么回事呢，你就不怕我出意外吗？”门觉心理不平衡，“或者有坏人把我抓走了怎么办？你就这么不在意我的安危吗？”

白夜摸着他光滑的木头脑袋说：“你现在是大孩子了，肯定知道保护自己的，就算暂时出去了，我知道你也能自己回来。”

“对对对，怎么说我也是成年人的心智，所以你根本用不着担心我。”话是这么说，道理也是这个道理，但门觉看着白夜丝毫不担心他，专心啃着雪糕的样子就是很生气，说不出来的生气。

白夜看了一眼将脑袋对着墙壁的门觉，问道：“所以你从我兜里跳出去干吗了？”

门觉说：“我出去玩了。”

白夜问：“你去哪儿玩了？”

门觉说：“我不说，我是大孩子了，我有秘密了。”

白夜叼着雪糕棍，盯了门觉半晌，见他一副青春期的叛逆嘴脸，满脸写着“我和我最后的倔强”，便学着白洛风的语气对门觉说出了白洛风总是对她说的话：“哎呀，就算你年龄再大，在我眼里也是孩子啊，我怎么会不担心你呢，虽然我在外面工作，但满脑子想的都是你。乖，你和‘爸’……和我说说，今天都干什么去了？”说着，她还揉了揉门觉的头。

门觉听着白夜的话，总算顺过了气：“昨天你们在病房睡着进入里世界的时候，门外有个东西在偷窥你们。那个非人的东西应该想进来，但幸好洪秋泽是‘守卫’，那东西不能进入他所在的房间。”

门觉继续说：“之后我追了出去。那东西是一种有意识的能量体，它好像受到了重创，我就将它吃掉了。”

白夜一惊。

门觉解释道：“我也是需要吃东西的。待在你身边这么久，我一直没吃过东西，所以需要吞噬其他的能量体获得成长。”

……

过完充实的一天后，白夜很快就进入了梦乡。

夜深人静，门觉独自消化着那个能量体残留的记忆，还有澎湃的恶意。这个能量体果然是来自别人恶意的驱使，对方应该是想操纵它对房里的白夜等人不利。

恶意的能量简直让门觉吃不消，他被折磨到露出人形，眼睛也变得猩红，吞噬的过程虽然会修补意识，但他也会受到恶意的影响。

现在门觉满眼都是戾气，甚至有种想毁灭一切的冲动，但他不能被恶意影响，让自己的意识沦陷，否则他也会沦为受别人操纵之物。

门觉死死地咬住牙齿，为了不吵到白夜睡觉，他飞扑到了外面的垃圾桶里。

第二天早上，乔芳来找白夜一起去上课，白夜和乔芳说着自己周末在工地上的丰功伟绩。

然而走了一段路后，乔芳被路上翻倒的垃圾桶吓了一跳：“这边的垃圾桶里有老鼠！啊啊啊！好多老鼠啊！”

白夜仔细一看，那些老鼠都是死的，到处都是，就像昨晚老鼠一族被一锅端了。

“也许是一只想为民除害的野猫干的。”白夜拉走了不断干呕的乔芳。

乔芳心有余悸，感觉实在太诡异了：“那野猫和老鼠有什么仇什么怨啊，居然杀老鼠全家！不，这个死亡量，应该是诛老鼠九族才对！”

来到教学楼，两人分别去自己班上。白夜来到E班后，楚冬忍问她：“你昨天晚上是不是没睡好啊？你看你，现在还是一副困得要死的样子。”

“是没睡好，昨天我做噩梦了。”白夜和楚冬忍描述自己的噩梦，“我梦见南波兔在操场上一边跑一边哭喊着‘还我血汗钱’，然后大家都跑过去围观南波兔发疯，只有我没去。”

楚冬忍：“……”

白夜见楚冬忍表情不对，说：“怎么了，楚冬忍，你不觉得这个梦很可怕吗？”

楚冬忍说：“可怕，因为兔爷他在你身后。”

白夜回过头，便看到南波兔黑着一张脸。

南波兔正要对白夜说什么，白夜却飞速将一沓钱塞入他手中：“这是我昨天赚的钱，先还你。我昨晚不是故意梦见你的，你别生气！”说罢，她便飞速回到座位上乖乖坐好，开始温习功课。

南波兔：“……”

楚冬忍劝道：“兔爷，你别生气，白夜会梦见你说明她白天想过你，她实在太想还你钱了！能被女孩子想念，这件事是多么让人开心快乐啊！”

洪秋泽也过来凑热闹：“对，我听说日有所思夜有所梦，所以四舍五入就是白夜想看兔爷一边跑一边哭。”

南波兔被两个损友气到奓毛，说：“滚！”

……

课间休息，白夜看了看手机，发现“游戏组队群”里竟然有上百条未读消息。她点进去瞄了瞄——

鸠影："我到节目组给我安排的酒店啦，不过我这里和你们那边有点儿时差，你们说我晚餐吃什么，给点儿意见？"

赵瑾辞："吃垃圾吧。"

朗悦涵："+1。"

顾奈："+1。"

楚冬忍："+10086。"

巫岂安："+N。"

鸠影："你们怎么都这样？"

赵瑾辞："你看群里都没人说话，就你一个人在这叭叭，你粉丝知道你这么喜欢嘚瑟吗？"

鸠影："我可是明星，你们能不能给我一点儿面子？难道你们就不好奇帅出天际的我的私生活吗？"

楚冬忍："我还帅出太阳系呢。"

洪秋泽："我帅出了宇宙。"

鸠影："请你们善良一点儿。"

赵瑾辞："想让我们说你帅，必须发红包。"

鸠影："三元红包已发送。"

赵瑾辞："你抠不抠！"

楚冬忍："现在明星的收入这么低吗？"

鸠影："那行吧，就当给你们这群小屁孩买糖了，你们都应该多吃点儿糖，让嘴变甜点儿，省得这么毒辣。"

白夜："谢谢老板的红包。"

这么多人，只有白夜发"谢谢"，鸠影突然倍觉感动，又给白夜发了一个大红包。

白夜随后在群里和大家说了自己之所以变成"狼"，很有可能是倜尔在死前用技能感染了她。

原本倜尔这个技能是为了离间他们，让变成"狼"的人受到原来团队的排斥，但此时大家都不介意白夜的新身份。

鸠影对白夜表达了热烈的欢迎："从此你不再是一只孤独的哈

士奇，我们一起拉雪橇！”

顾奈：“现在群里有多少头‘狼’了？”

此话一出，炸出了一堆“狼”。

鸠影：“我是‘狼’。”

赵瑾辞：“我也是‘狼’。”

鹏程：“我也是。”

傅丽香：“还有我。”

巫岂安：“哦，我也是，只不过我现在还不能进入里世界。”

洪秋泽：“我们好像被‘狼’包围了……宝宝怕。”

朗悦涵：“别怕，小红哥哥，你也是‘狼人’呢，因为你比狼人还要多一点。”

洪秋泽：“我都说了别叫我小红！”

楚冬忍：“对了，除了鹏程大爷是普通‘狼’，没有什么技能，其他人好像都是有技能的‘狼’。白夜，你是什么‘狼’？”

白夜：“我应该也是普通‘狼’，这面狼图腾上除了三十六个有技能的狼位，其余都是环绕在那些狼位周围的小点点。我想那些小点点就代表着普通‘狼’，其中一个小点点就是我。”

楚冬忍：“这是你自己选的吗？你怎么会选到小点点上呢？”

白夜：“不是我选的，我进去后那个小点点就是亮起来的，我再碰其他位置也没反应。”

由于白夜之前不是“神”，却能记得里世界中发生的事，所以大家纷纷在群里分析白夜的真实身份。

朗悦涵虽然是小学生，但是懂得多：“难道你是‘愚者’？你之前看不到手上的六芒星是因为你是‘愚者’？但也不对……‘愚者’离开里世界后也会忘掉所有的事啊，但你是记得的啊！”

白夜反而不太在意，回复：“反正我是什么又不重要，想不通就不要想了。可能我既不是‘神’，也不是‘狼’，而是一个幽灵呢。”

楚冬忍没想到白夜也会开玩笑了，他提醒白夜：“后天全校组织体检，你别忘记啊。你没加E班的班级群，可能不知道，所以我在这里告诉你一声。”

白夜没想到还有这种好事，不禁感慨。

体检之日将近，纪思薇也忍不住弯起嘴角，她向韩美美确认道："你那边得到的消息是真的吧？"

韩美美无比肯定地点头："真的，南波兔真的在看关于女性健康的书，昨天白夜和南波兔还一起从医院出来，上星期南波兔拿到学校里的保养品我也查了查，是给女性吃的。"

因为之前南波兔弄出来的乌龙，所以她们都以为白夜得了什么见不得人的病，发誓要趁这次体检曝光白夜，让大家知道白夜到底是什么样的人。

纪思薇说："体检很多项目都是当天出结果的，等到体检那天，我要让白夜在全校面前丢人。"

两日之后，二十三台体检车驶入了学校。

正在看书的白夜被楚冬忍从座位上叫了起来："走呀，我们一起去体检啦。"

白夜和楚冬忍边聊天边领取了第一站的体检单，然后拿着体检单去各辆体检车上体检。上过几辆车后，白夜的体检单上便盖了许多"已检查"的红章。她又进了下一辆车，发现车里的气氛很微妙，只听到 E 班男生一个比一个狂的说话声。

苑山光说："唉，我今年又长壮了。"

洪秋泽说："你这也叫壮？看看哥这身材。"

凌宿飞说："不是我说，在座各位都是菜鸡，我说什么了吗？"

原来是 E 班的男生在攀比身材。

这时洪秋泽去抢南忪凛的体检单，说："小凛子，说说你的测量结果啊！"

南忪凛赶紧护住自己的体检单，但还是被洪秋泽抢走了。

洪秋泽拿着他的体检单大笑："哈哈哈！这家伙太瘦弱了！"

南忪凛："……"

凌宿飞语重心长地说："小松林，我都跟你说了，没事别总宅着打游戏看小说，要多锻炼才能有好身材。"

话说到这里，大家不约而同地看到走进来的白夜和楚冬忍，纷纷闭上了嘴，安静得仿佛空气凝结了一样。

洪秋泽问："白夜，你刚才听到我们说什么了吗？"

白夜说："没听到，我什么都没听到。"

楚冬忍将前面五大三粗的凌宿飞拉开，开口赶人："你们几个检查完了就快撤，别在这儿堵着，白夜她还要测数据呢……你们还不走？"

白夜目送洪秋泽等人离开，楚冬忍先测量，随后就在外面等白夜。

白夜测完数据走出体检车和楚冬忍会合，两人来到十八号体检车前。

楚冬忍见到体检单上的提示，突然反应过来："哎呀，白夜，我们现在要分开啦，因为这辆车你不能上……反正这是给男生体检的车，你不能进去。"他又嘱咐白夜，"你看你体检单上没盖章的序号还有三个，现在你去找对应这三个序号的体检车就好了。"他有些不好意思地将白夜推开了。

白夜和楚冬忍分别后遇到了乔芳，白夜好奇地问乔芳十八号车到底是检查什么的。乔芳憋笑道："那是检查男生外科的车，他们必须把衣服都脱光，那群医生又严谨，检查得很仔细，听说每年他们男生被检查外科，都是大型受辱现场，很搞笑。"

白夜想起楚冬忍刚刚上车的表情，说："我说刚才楚冬忍上车时的表情怎么那么视死如归，男生真可怜。"

乔芳说："你别这么说，咱们也要检查外科的。"

……

给白夜她们检查外科的是一个十分温柔的女医生，所以并没有发生什么难为情的事，不过过程还是很搞笑。因为医生为了验证她们四肢无障碍，要求她们做了一些指定的动作，例如抬手蹲下站起来等。

离开外科车厢，白夜来到了抽血的车厢。

乔芳拉住白夜的手，说："白夜，你很害怕吗？我看你的眉毛都拧起来了。"

“我不害怕，只是我爸说……”白夜止住话语。白洛风说过要是她遇到体检的抽血项目，抽完血一定要立刻跑到很远的地方待着，最好打车跑到距离原本位置十几千米的地方。

只要她跑得足够快，那些血就追不上她。他还说如果她被血追上，就会有血光之灾。

以前她只觉得白洛风让她抽血后跑远点儿是在说胡话，但现在她明白了——爸爸编造这样的谎言，可能是因为他早就知道，她可以“不死”。

她的“不死”不是再生，而是让失去的血肉重新回到身上。

按照爸爸的话，她抽完血立即去很远的地方，那些血就不会回到她的身体中，这样她身体的异常也不会引起别人的怀疑。

这样说的话，她也并不是真的不会死。如果失去的身体组织离她太远，无法回归身体，那她还是会死，可爸爸是怎么知道的？

算起来，白洛风已经很久没联系她了。

白夜决定最后再去抽血，所以她来到另一个体检项目的体检车前，这里是胸部 X 光扫描区。

白夜站在 X 光扫描舱外排队，却听到周围有人在谈论她的名字，她依稀听到，好像是在说她得病了。

有人怀疑是真的，有人觉得是假的，最后达成一致结论：“是真是假一会儿就知道了。”

白夜没想到南波兔之前对她的误会竟然造成了这么大的影响。这时，她的身侧走过来一群人，是纪思薇带着很多人走了过来。

有人和纪思薇打招呼：“薇姐，你怎么带这么多人过来啊？待会儿再过来吧，现在排队的人太多了，等走得差不多了我叫你。”

“不用，这个项目我们都已经检查完了，就是想看个热闹。”纪思薇为了看白夜的笑话，今天特意叫来了很多人。

想到马上可以报上次争执的仇，纪思薇不禁开心了起来。

很快轮到白夜进去检查了，随后她出来等待报告单。

过了一会儿，医生将白夜的片子和纸质报告单交到了她手里。

纪思薇没想到医生什么都没说，便主动凑过去问：“等等，医生，白夜同学的身体没什么问题吗？”

医生不解其意，说：“没问题啊。”

纪思薇还是不死心，问：“真的吗？你有没有发现什么异常？医生，你是不是看错了？”

“你是医生还是我是医生？”医生被问得有些不耐烦，“你不要耽误后面排队的同学进来！下一个！”

无奈之下，纪思薇只好退了出来。

她姐妹团里的任星问：“怎么了，薇姐，你看到检查结果了吗？”

“没看到，医生还说她的结果没问题！”

任星分析道：“毕竟是医生，可能怕给学生造成不良影响，所以打算偷偷和校方说白夜的事。”

纪思薇急了，怎么能让医生偷偷说呢，把这件事瞒下来还怎么让白夜丢人？而且她都把这么多人叫来看热闹了，怎么能不了了之？

此时任星见白夜准备离开，便说：“你看她走得那么快，分明是做贼心虚！”

“走，我们追上去看她的体检单，事情不能这样就算了！就算这项检查没问题，也不代表她的其他检查没问题！”

纪思薇风风火火地带人追上去，将白夜叫住：“白夜，把你的体检单借我看一下。”

白夜察觉到纪思薇来者不善，说：“我为什么要借你看？”

“因为我关心你的健康问题啊。”纪思薇的语气和善，表情却高高在上，“你别害了自己也害了同学，万一你的病会传染，把他们传染了怎么办？”

白夜说：“可是现在在体检啊，真有疾病也检查出来了，根本不用你操心的。如果你没什么别的事，我就走了。”

纪思薇急道：“万一是什么不可告人的病呢？把你的体检单给我看看！”

白夜用一种看精神病患者的眼神看着纪思薇，说：“我只听说过抢钱的，没听说过抢体检单的，你的爱好真特殊，难道你是想了解一下我的身体素质有多好吗？”

纪思薇告诉自己要淑女，她忍住心里涌起的气愤，心想如果她顺着白夜的话说，能让白夜把体检单给自己看也好，所以她违心地说：“是啊，就是这样，所以你把体检单拿过来给我看看啊。”

白夜无奈地感叹：“果然，你很羡慕我的身体素质。”

纪思薇抽了抽嘴角，告诉自己小不忍则乱大谋。她问：“那你可以把体检单给我看了吗？”

白夜说：“不行，我爸说这些属于个人隐私，不能泄露给外人看，所以我不能给你看。”

此时，路过的人纷纷停驻，在旁边围观起来，关于白夜的那桩“八卦”，一些人也道听途说过，所以他们也很好奇她的检查结果。

E 班的一些人也站在人群里静静地看着。

南波兔不解道：“她们在搞什么？”

巫岂安说：“我怀疑是在搞事情。”

南波兔不自觉地翻了一个白眼。

纪思薇实在忍不住了，打算直接抢白夜的体检单，却被白夜轻易躲了过去：“你到底想干什么？”

纪思薇索性挑明了：“一张体检单你紧张兮兮地藏着，分明是做贼心虚！”

白夜依旧处在状况外，说：“贼？我没偷东西啊，难道我偷了你的心？”

纪思薇再次被气得不行，白夜怎么总是听不懂自己在呛她呢？搞得她像一拳打在棉花上似的。

很多人在旁边看着她们，这让纪思薇觉得很丢人，她再不把火引到白夜身上，大家可能会以为她是没事找事的泼妇！

情急之下，她只好直白地说出来：“白夜，你是得了什么难以启齿的病吧？”

白夜说：“啊？”

“你别怕，我是真心想帮助你，所以才来找你说这件事的。”纪思薇装出一副善良大度的样子。

当她把话抛出去，果然听到周围响起了学生们的窃窃私语，她心想：白夜就快完了！

白夜恍然大悟："看来你是真的很关心我的身体健康，行行行，给你看我的体检单。"

纪思薇接过检查单一看，愣怔了一下——白夜的检查结果显示她很健康，身体没有什么问题。

意料之外的事实扰乱了她的思绪，她瞬间有点儿发慌。没有证据的话，就好像是她在无理取闹一样。

事情怎么会变成这样？

这时白夜反问纪思薇："你听谁说我病了呀？我要去说说那个人，造谣可不好。"

纪思薇说不出话来，她感觉自己的面子被人扔到地上踩。周围的人见没什么热闹可以看，也渐渐散去了，大家都觉得纪思薇又发疯了，毕竟这种事她没少做。

气愤的纪思薇将怒火全撒在告诉她假消息的韩美美身上，她离开时狠狠地瞪了韩美美一眼，说："都是你，不把事情弄清楚就告诉我，害我出了这么大的糗！"

韩美美也感觉很委屈，明明是纪思薇让她去打探消息的，最后反倒成了她的错。不过为了不在姐妹团里受到排挤，她还是赶紧追上去向纪思薇道歉，低声下气了很久才得到纪思薇的原谅。

……

穿过走廊，南波兔走到自动贩卖机前买了一瓶饮料。巫岂安问他："你刚才为什么不去帮她？"

南波兔反问："我为什么要帮她？"

巫岂安眯着狐狸眼笑道："怎么说她这个乌龙也是因你而起。"

"那是她自讨苦吃，谁让她骗我。"南波兔喝了一口饮料，说，"而且你觉得她刚才需要我帮忙吗？"

"好像不需要。"巫岂安又问，"不过，如果她需要你帮忙，你会帮吗？"

"当然不会，我凭什么帮她？不揍她就不错了。"南波兔将喝完的易拉罐丢在垃圾桶里，“走吧，终于抽完血了，我们可以去吃饭了。”

工地上，白夜搬砖的速度飞快，让周围的其他工人为她捏了一把汗。

工头一边打量她一边问道：“小姑娘，你这回搬砖怎么比上回还快？不嫌累得慌？”

白夜叹了一口气，说：“都是为了赚钱还债。”

工头没想到白夜小小年纪就要为生活而奔走，他激励白夜：“原来你也是为了生活……加油，小姑娘，好好搬砖，钱会有的！”

听说白夜还欠着债，工人们眼里顿时都充满同情，没想到小姑娘看起来很彪悍，实际上这么不容易。

工头时不时关心白夜：“你要是累了，就休息啊！工地的大门永远向你敞开！”

白夜说：“嗯，谢谢大叔，你人真好。”

工头觉得白夜搬砖的速度实在是太快了，导致工程的进度都快了许多，简直一个人搬了好几个人的量。

白夜继续忙碌着，而不远处，两个人正望着她所在的方向。

南波兔诧异地盯着一直忙来忙去的白夜，说：“不是吧，她真的在搬砖？原来她没有骗我。”

旁边站着的纪烧问：“老大，你忽然让我陪你来工地，就是为了看她吗？”

南波兔说：“昨天我和洪秋泽聊天，他透露白夜正在他家的工地搬砖，我当时不信，所以想来验证一下，没想到她真的在搬砖。”

纪烧和白夜不是很熟，他评价道：“这女的也是蠢，搬砖能有多少钱？就她那副小身板，一天能搬几块砖？”

南波兔轻哼着：“她应该是为了在我面前装可怜吧，她也够拼的，真来搬砖了。”

南波兔和纪烧刚来，所以并不知道白夜的搬砖速度，也不知道白夜是工地上的“搬砖一霸”，他们只看到，此时白夜的手推车撞到了前面工友的手推车。

纪烧不忍直视，说：“唉，她这么笨还来搬砖，不是给工地添麻烦吗？我看不下去了，她没有一点儿自知之明。”

他对南波兔说：“老大，我们走吧，我一会儿还有别的事情。”

“好，走吧。”南波兔和纪烧两人转头离开。

实际上，两辆手推车相撞的现场是这样的——

白夜对和自己相撞的大叔关切道：“大叔，你没事吧？”

工友对白夜摆摆手，说：“没事！没事！真的多谢你刚才用手推车撞了我一下啊！要不是你从侧面撞一下，趁机扶住我的车，我这一车的砖都要翻过去了。”

如果砖摔坏了，肯定要赔不少钱，所以工友真的特别感谢白夜的帮忙。

白夜和工友一道将手推车往卸砖的地方推，说：“没事，刚才我正好离你比较近，不然也赶不过来帮忙，因为两只手都推着车子，不能用手帮你扶车，就只能用车子帮你扶了。”

工友笑道：“这我知道，工地上的三轮车都很难把握平衡，放下车子还需要一些时间，如果你先把车子摆好再来帮我就晚了。”

此时，南波兔走出大门前又往白夜的方向看了一眼，她站在一群五大三粗的工人中，显得十分娇弱。现在她好像正被她撞了车的工人训斥，不知为何，南波兔觉得她有些可怜。

但是他想了想，可怜之人必有可恨之处，他马上将刚才的同情抛之脑后，心想：我可怜她干吗？

第二天上学，南波兔眼中“可怜”的白夜将一千多块钱递给他，说：“先还你这些，我下周再赚。”

南波兔数了数钱，有些诧异道：“这些都是你周末赚的？”

白夜点头。南波兔却不相信：“你骗人的吧，搬砖什么时候这么赚钱了？”

白夜表示因为她搬得多，但南波兔想起她在工地上撞车的笨蛋模样，觉得她是在睁眼说瞎话。

南波兔怀疑白夜借钱了，意识到自己在担忧白夜后，他马上晃了晃脑袋，想让自己清醒一点儿。他恢复凶巴巴的语气，对白夜说："我不管这钱你是怎么赚的，反正你还给我就好。"他拿走白夜手上的钱，开始去收拾行李，今天是他们去秋游的日子。

楚冬忍从教室外面探头问大家："学校包的大巴车好像来了，你们都收拾好了吗？"

此时的E班兵荒马乱，巫岂安正在到处寻找他的防晒霜，而凌宿飞这个锻炼狂人正纠结到底要不要带哑铃，每个人都满满一行李箱的东西。

这时楚冬忍发现，白夜居然就带了一个书包，里面只有洗漱用品和衣服。

楚冬忍又看看巫岂安，他带的护肤品都能装满白夜半个书包了，一时间不知道谁才是女人。

楚冬忍又想到自己的包，今早他妈给他带的衣服也一大袋子，又怕他冷又怕他热。

白夜也注意到楚冬忍的大袋子，问："你的东西多吗？我帮你拿吧。"

楚冬忍赶紧拒绝："算了吧，我身为男人，怎么能让你帮忙提行李。"

白夜提醒："我连你也背过。"

楚冬忍的脸一红，说："反正就是不用，里世界人少，这里人多，我要面子的！"

众人边聊边上了远途客车。

白夜问："我们这次要去的是什么地方？"

因为南波兔不让白夜加入班级群，所以老师在班级群里发的通知白夜都看不到，对这趟秋游并不了解。

"哎呀，我忘记跟你说了。"楚冬忍拿出手机给白夜看班级群里的消息，"这次要去的好像是边疆少数民族的一个风景区，只是我们住的地方比较偏。那里虽然是市中心，但周围不远处就是风景区和未开发的山林，繁华的区域只有一小块。"

白夜问道："我们去那里主要是干什么？自由时间多吗？"

"有一些自由时间，但每天学校都会分配任务让我们做，具体是什么还没通知下来。"楚冬忍对白夜讲了讲学校以往的秋游活动，一般会组织一些体育锻炼和社会劳动以及人文记录来作为学生的加分项。

白夜没见到乔芳，便问："别的班也和我们一样去这个地方吗？"

楚冬忍说："不，每个班去的地方不一样，这次去这个地方的只有我们班。"

大巴晃晃悠悠的，白夜和楚冬忍聊着聊着有些困了，就在他们困到撞脑袋的时候，车开到了机场，接下来他们需要坐五个小时的飞机到达秋游地点。

白夜还没坐过飞机，看着机场满是向往。

白洛风从没有带她出去旅游过，所以这是她出去玩的初体验。虽然此时她脸上依旧没什么表情，但心中是很开心的。

……

班级队伍的末尾，南忪凛一脸凝重。

凌宿飞问南忪凛："喂，你怎么了？"

"我忘带安眠药了。"南忪凛说。

"原来你黑眼圈这么严重是因为失眠。"凌宿飞揽过南忪凛的肩膀，说，"没事，就算没有安眠药，睡前多运动，也能睡得可香了。"

"不，这不是失眠的问题，我会梦游。"在凌宿飞意外的目光下，南忪凛讲述了自己的担忧，"如果不吃安眠药，我睡得不够沉，就会在入睡后到处走，并且梦游时做过什么事我都记不得。"

"这么可怕啊。"凌宿飞帮他想办法，"药店能买到安眠药吗？"

南忪凛摇摇头，说："不能，那是处方药，想随便买到很难。"

"那完了，到时候你自己住一间房吧！"凌宿飞虽然块头大，但是胆子小，"我怕你梦游时对我图谋不轨。"

"不会的，我没有伤害过他人，只是……"南忪凛想起了最让他害怕的那次经历，"只是有一次，我梦游后竟然从自己房间出去了，第二天我出现在一个陌生的地方，身无分文，也找不到回家的路。"

“那你最后被家人找到了吗？”凌宿飞问完之后，瞬间觉得自己的话很弱智，如果没找到，那南忪凛现在还会坐在他身边吗？

南忪凛却说：“我也不知道他们有没有找到我。”

凌宿飞被南忪凛说得直起鸡皮疙瘩，上一刻还在因梦游而担忧的南忪凛对他狡黠一笑，说：“我开玩笑的啦。”

晚上，E 班终于到达了目的地。

因为全班只有白夜一个女孩子，所以分配房间的时候她一个人一间房。

酒店坐落在一个古镇上，放下行李后，大家开始三三两两去古镇溜达。

白夜问楚冬忍：“你们不出门吗？”

楚冬忍赖在酒店的床上不想起：“你坐了这么久的飞机就不感觉累吗？待在房间里打游戏多好。”

白夜说：“我不累，我想去逛逛，看看有什么特产可以买给我爸爸。”

楚冬忍想到白夜在 E 班没什么朋友，就强撑着爬起来，说：“好吧，那我跟你一起去好了。”

“你不打游戏了？”白夜问。

楚冬忍吓唬白夜：“我怕你一个人迷路回不来，这里天黑得很早的。”

走廊上，凌宿飞也在和南忪凛说话：“都快晚上了，你出去逛什么古镇？”

“我去考察一下地形。”南忪凛说，“我怕自己万一梦游了，会因为环境太陌生，不知道怎么回来。”

凌宿飞说：“好吧，那我去旁边的公园跑步了，一天不锻炼我就浑身难受。”

……

古镇里，白夜和楚冬忍走走停停。这里有很多小吃摊位，让白夜看花了眼。白夜左看看右看看，拍了拍楚冬忍，说：“那边卖的烤串好像也很好吃。”

此时楚冬忍看到吃的也不觉得累了，说：“我也这么觉得，我们去吃吧！一人五串够吗？我们多买几串！”

白夜提议：“少买点儿，我们要留着胃吃别的小吃。”

楚冬忍说：“你说得对！喝完那边不知道叫什么的汤，我们还可以再来一盒竹筒鸡！”

白夜看得眼花缭乱，说：“那个叫五色花米饭的东西看起来也很好吃！这边的东西看起来都很好吃，好多我都没见过。”

两人都是大胃王，连续吃了很多小吃。直到来到卖蜂蛹的摊位前，楚冬忍死活不肯陪白夜一起吃了。他想直接将白夜拉走，说：“算了吧！这个我说什么都不吃，大白虫子看起来就恶心！”

白夜却很好奇蜂蛹的味道：“那边的人好像吃得很香啊，我们还是尝尝吧，不然就白来了。”

楚冬忍还是强烈拒绝，所以白夜决定自己吃。

楚冬忍不能接受，说：“不是吧，白夜！你别这样，虫子那么可爱，你为什么要吃虫子？”

白夜突然想到了此行的目的，说：“话说我出来好像是来给我爸买纪念品的。”

楚冬忍找到了让白夜放弃吃虫子的理由：“我们快去给你爸买纪念品吧！吃东西耽误买礼物的话，咱爸会生气的！”

白夜问：“为什么你要说‘咱爸’？”

楚冬忍说：“我听见乔芳也这样叫啊，你都让乔芳叫了，为什么不让我叫？”

白夜说：“你是男生啊，我爸不喜欢男生。”

楚冬忍说：“但大家都是你的朋友，为什么你要搞特殊？难道我就不是你的小可爱了吗？”

“你说得也对，你也是。”白夜将自己买的吃的分给楚冬忍，“烤串吃完了吗？你尝尝我这个。”

这时楚冬忍看到了不远处在卖柳蒸猪头的摊位，便和正在等待其他小吃的白夜分头行动了。

看到楚冬忍还在那边等店主割柳蒸猪头，白夜就悄悄去了卖蜂蛹的摊子，打算尝尝这种小白虫子。

就在白夜等摊主给她盛蜂蛹的时候，忽然听到了不远处的摊子传来略微熟悉的声音，是和她没说过几句话的同学南忪凛。

南忪凛好像在和当地人吵架："我都说了，我刚刚不是故意踩到你的鞋子的，而且你的这双鞋子也没有牌子，看起来就像地摊货，为什么要让我赔两千块钱？"

一个贼眉鼠眼的人理直气壮、不依不饶地拦住南忪凛的去路："我说它两千块钱，它就是两千块钱！原价还四千块钱呢！让你赔两千块钱算是便宜你了！"

南忪凛被气笑了，说："呵呵，你当我不识货吗？你这双鞋子这么廉价，一百块钱都不要。就算这鞋子是这个价格，我踩你一下你就让我赔两千块钱？"

"你都把我的鞋子踩坏了！"对方大声嚷嚷。

南忪凛看穿了对方的把戏，说："因为原本它就是坏的吧，我的鞋底又没有刀子，怎么会把你的鞋划破？"

那人一把揪住南忪凛的领子，凶狠地说："你弄坏了我的鞋子还想赖账！"

卖蜂蛹的阿姨看到这一幕，叹了一口气，说："唉，那群小混混又开始讹人了。"

"他们总这样吗？"白夜问。

摊主答道："对啊，这些人天天欺负游客，就是因为游客玩两天就走了，一般不愿意摊上事，都想息事宁人，于是助长了他们的威风。在这个地段，他们都讹了好几次钱了。"

白夜吃了一口蜂蛹，感叹真好吃，随后站在一边看热闹。她并不担心南忪凛，既然他是 E 班的人，那肯定很厉害。

此时，她兜里的门觉说话了："白夜，如果以后有喜欢你的男生，那他肯定是一个壮士。"

白夜感到不解。

门觉看着大口吃蜂蛹的白夜说："若是有人看你吃虫子也觉得

美滋滋的，我真的敬他是一条汉子。”

“哦。”白夜盯着门觉说，“你想当好汉吗？”

说时迟那时快，白夜抓起门觉，用他的嘴巴部位碰了一下蜂蛹：“美滋滋不？现在你是好汉了！”

门觉：“……”

白夜问：“你怎么了，门觉？你怎么不说话了？”

“你别理我，我想静静。”门觉只觉得人心险恶，白夜可能就是他的报应！

之后门觉真的不理白夜了，也不说话了。白夜怀疑刚才自己把门觉弄成了哑巴，她安慰了门觉几句，才想起来自己忘记回去找楚冬忍了。她抬脚正要走，便听到了动手的声音。她回头一看，发现南忪凛被打倒在地，捂着肚子在呻吟。

卖蜂蛹的摊主被吓了一跳，说：“哎呀！那个小哥被打了！”

白夜感到诧异，心想：咦？他怎么这么脆弱？

白夜以为南忪凛最起码是能躲开的，毕竟 E 班的人天天在她跟前展示自己有多厉害，她还以为 E 班人个个都卓尔不群呢。

此时，那个挑事的混混将南忪凛从地上拽起来，说：“你赔不赔钱？今天你要不出钱消灾，就等着在外地住院吧！”

“喀喀……滚开，你以为你是谁，还敢威胁我！”南忪凛倔强道，“我朋友就在附近，如果你不放开我，别怪我回头找你麻烦！”

对面的小混混毫不畏惧，道：“不管你来几个朋友，我都不怕！我就问这钱你给不给？”

南忪凛不光没服软，还吐了对方一口唾沫。对方气得骂了一声，将南忪凛的牙膛揍出了血。当小混混想打第二拳的时候，他的拳头忽然被人握住了。他回过头，看到一个长得很好看的女孩子，便问：“你是谁啊？他朋友？”

白夜说：“我是他的同班同学。”

小混混不怀好意地一笑，说：“呵呵，那你求我，我就不打他了。”

南忪凛急道：“你傻吗，白夜？你过来有什么用，快点儿走啊！你给凌宿飞打电话，让他过来！”

“哎哟，想走？那可不行！”小混混上下打量着白夜，“要不你帮他赔钱，要不你就帮他求饶。”

小混混的同伙围了上来，虎视眈眈地看着他们，这让原本想过来帮白夜的路人都被吓退了。

南忪凛感觉头痛，心想：白夜真是一个大傻子，她到底过来干什么？自己本来就不会打架，现在还要照顾她！

混混们不依不饶，将白夜和南忪凛围了起来，他们问白夜：“你说吧，你能帮这小子还多少钱？”

“我没钱。”白夜实话实说。

对方不怀好意地笑道：“我不信，必须搜搜身，才知道你有没有钱。”那个男人抓住白夜的手臂，他的同伙都露出了看好戏的猥琐笑容。

谁知白夜反手握住男人的小臂，看似轻轻一拉，男人却“砰”地一声，摔倒在地上，地上扬起的尘土让男人一脸茫然。

男人的兄弟们都围上去关切道：“迪哥，你怎么了？”

男人也一脸不解：对啊！他怎么了？难道刚才是因为自己绊到了石头才失去平衡的？

白夜走到南忪凛身边，问：“你怎么样了？我们一起回去？”

南忪凛没好气地说道：“你过来干什么？没看到我正想偷偷逃跑吗？”

白夜惊讶地问：“啊？E 班的人也会逃跑？”

“不逃跑，留在这里等着被威胁吗？三十六计走为上计，这是聪明人的战术！”南忪凛再次觉得白夜智商低，“你这个笨蛋别跟着我了，现在他绊到石头摔倒，我们应该分头逃跑才对！”

然而因为白夜过来，那几个混混也都朝这边围过来，南忪凛想逃的心瞬间死了：“拜你所赐，我们现在走不掉了！”

白夜眨眨眼睛，说：“不用逃啊，我很厉害的，你看我刚才都把那个欺负你的人弄倒了。”

南忪凛说：“那不是因为他碰巧绊到一块石头才摔倒的吗？”

白夜说：“不是啊，你别怕，我能保护你。”

南忪凛没想到白夜在这种时候还有心情开玩笑，他看着白夜那副“我罩你，我很强”的表情，翻了一个白眼，心想：真是天要亡我啊！

那些小混混离他们越来越近，为首的男人骂骂咧咧：“你们想逃？算盘打得倒响，当我的兄弟们都是吃素的？”

男人再次揪住南忪凛的衣领，一拳揍了过来。南忪凛条件反射地闭眼。谁知拳头没落在他身上，他反而听到耳边传来一声痛叫。他睁开眼睛，怔怔地望着被踢出几米远的小混混，心想：难道是凌宿飞来找他了？

南忪凛一脸惊喜地回过头，却看到刚刚把脚放下的白夜。

南忪凛一脸不可思议地问：“白夜，你刚才这个姿势好像是在踢人？”

白夜说：“对啊。”

南忪凛难以置信地说：“所以，刚才那个混混是被你踢出去的？”

白夜说：“对啊。”

南忪凛顿时用一种看外星人的眼神看着白夜，起初他还不相信，但眼前的一切让他不得不信——因为白夜又是一脚将过来找事的小混混踢飞，那力道像是母老虎大战小鸡崽。

这时，旁边的角落里钻出来一个人，是找过来的楚冬忍：“白夜，你在这里啊，我找了你半天……南忪凛怎么也在？发生什么事了？”

“你来得正好，这个男的欺负咱班同学。”白夜指着躺在地上还没爬起来的小混混。

“谁这么不长眼睛，连E班的人都敢欺负！”楚冬忍咽下嘴里嚼着的牛肉干，将买来的美食递给南忪凛，“你帮我们拎着！白夜，咱俩一起打他！”

之后，南忪凛目瞪口呆地看着白夜和楚冬忍帮他报仇，把小混混们都赶跑了。

混战结束之后，白夜问惊魂未定的南忪凛：“南……我们回酒店吧！”

南忪凛忽然有一种直觉：“白夜，你是不是忘了我的名字？”

白夜不好意思地问："你叫南什么来着？"

"你不用说抱歉……我叫南忪凛。"

白夜点头道："南边的松林，我记住了。"

楚冬忍鼓着腮帮子，嚼着零食凑过来："哎呀，白夜，你怎么知道忪凛在咱班的外号叫松林？"

南忪凛听着白夜和楚冬忍你一句我一句地聊天，半晌后才插嘴："那个，白夜……谢谢你啊，之前是我误会你了，还骂你没脑子，抱歉……"

白夜说："没事，同学之间难免有误会。"

南忪凛没想到白夜还把他们当同学，明明他和南波兔等人从来没把白夜当同学看待过，甚至一直不承认她是 E 班的一员，还盼着她离开。

但她在楚冬忍出现后，对楚冬忍说那群小混混欺负咱班同学的那个瞬间，南忪凛有一种被维护的微妙的温馨感。

这时楚冬忍问："忪凛，你怎么一个人出来，没叫别人陪你啊？毕竟人生地不熟的，出事了怎么办？"

白夜说："是啊，幸好我和楚冬忍就在不远处买吃的。对了，你要吃好吃的吗？我们买了好多。"

南忪凛说："我……"

他不好意思开口，更不好意思吃白夜的东西，但白夜和楚冬忍已经把吃的分给他了，说要给他压压惊。这一瞬，他百感交集，而那种无地自容的愧疚感也在三人的笑闹中逐渐散去，他道："我……我想尝尝那个五颜六色的饭团。"

楚冬忍继续给他投喂："那你先吃，吃完给我。"

白夜也向南忪凛推荐她的心头好："松林，我刚才吃的虫子还剩下许多，你要不要也……"

此时南忪凛已经把白夜当成朋友，便不好意思拒绝："我……那我尝尝吧。"

楚冬忍大为震惊："南忪凛，你说什么？你不要被白夜带坏啊！"

"我就尝一口。"南忪凛不愿拒绝白夜的好意，他想让白夜知道，他接受了她，甚至将她当成朋友了。

三人边吃边逛，随后回到了酒店，此时天色已晚。

弥崖见南忪凛是和白夜一起回来的，不禁大吃一惊："你和他俩一起去溜达了？我见你回来的时候还是跟白夜笑着告别的，你什么时候和她这么要好了？"

南忪凛说："其实她人挺不错的。"

弥崖难以置信道："啊？你出去一趟是吃什么迷魂药了吧？之前你不是这样评价白夜的。"

"之前是我错了，其实白夜她真的深藏不露，完全配得上咱们E班！"

弥崖看着南忪凛一副崇拜和向往的表情，感觉有点儿恶心："你不会拜倒在白夜的牛仔裤之下了吧？"

南忪凛瞪着弥崖，说："怎么会呢！我怎么能对白夜有这种心思，她是那么好的一个'兄弟'！从前我居然排挤她，真是太对不起她了！"

弥崖："……"

他觉得南忪凛是真的魔怔了，今天的南忪凛让他看不懂。

南忪凛见弥崖不说话，便主动和弥崖聊起白夜，希望E班的人都对白夜改观："你听我说，白夜她特别厉害，刚才有个一米八的大汉被她一脚踢飞了……你说我什么时候才能锻炼成她那样？如果我有她十分之一厉害就好了！"

弥崖苦口婆心地劝他："松林，你听我的，咱们回房间好好睡一觉，你看你因为睡眠不好，都产生幻觉了。"

提到睡觉，南忪凛的面色一白，说："好的，我会努力好好睡觉的。"

第八章

第二天，E 班的人在酒店一楼集合，凌宿飞打着哈欠问南忪凛：“看来你昨晚睡得很好？”

南忪凛说：“嗯，早上醒来的时候我还好好地躺在床上，说明梦游症没有发作。”

凌宿飞也为他松了一口气：“那就好，我就说梦游这种病怎么可能天天发作嘛，安心一点儿……咦？你的头发上有什么东西。”

“什么？”南忪凛有些困惑。

凌宿飞的大嗓门穿透他的耳膜：“你的头上怎么会有泥巴啊？你昨晚没洗澡？”

“我洗了啊。哪儿有泥巴？”南忪凛抬手摸了一把自己的头发，却摸到了一层硬物，是已经凝固的泥巴，不知粘在他头发上多久了。他望着掌心被薅下来的泥巴发愣。

凌宿飞说：“你看，我没骗你吧？你昨晚真的洗澡了吗？要是洗了，怎么会洗不掉？”

可南忪凛记得他真的洗澡了，并且他洗完就去睡觉了，睡前他还吹过自己的头发，那时头发干干净净的，什么都没有。

所以这泥巴是怎么来的？

南忪凛的眉毛皱了起来，心里有了判断：“昨晚我可能还是梦游了……这泥巴就是梦游的时候沾上的。并且我出去了一趟，之后又回到了床上。”

凌宿飞大感惊奇：“那你昨晚到底去哪儿了呢？”

是啊，他到底去哪儿了？

南忪凛看了看自己的鞋底，也粘着一层泥土。

此时，带队老师过来和大家说："同学们，今天我们要去的地方是这边的景区，这位是给咱们班做向导的导游。"

导游和 E 班的同学打了声招呼，简略说了一下今天的行程。

秦老师也发布了秋游任务："我们出来活动是为了提升大家除学习以外的能力，所以每位同学都要在沿途拍三张觉得景色优美的照片，这是考查德智体美劳的'美'。学校还在景区里随机放置了很多印着咱们学校 logo（标志）的铜质书签，直到参观结束，每个人要找到五个书签才算合格，这是考查德智体美劳的'智'。"

白夜觉得这次秋游的策划很有趣，她随着队伍向景区走，很快到达了第一个景点"阒山美女"。

楚冬忍听到景点的名字，以为这里有美女看。白夜则认为来到这里的女生都会变美。楚冬忍听到白夜说的话，十分熟练地捧哏："不，你本来就很美。"

白夜和他"商业互捧"："你也本来就很帅。"

洪秋泽受够了他们，说："你们去一边吹捧，别打扰我一会儿看美女。"

洪秋泽跑去问导游："美女在哪里？可不可以与美女合影？"

导游回答他："合影……恐怕不行，因为她死了。"

众人从导游口中得知，这里之所以叫"阒山美女"，是在这个地方发现过一个无名女尸的墓室。墓室很大，陪葬物品也很丰富，但专家调查不出女墓主人的生前身份，因为没有名字，所以直接称她为"阒山美女"，也称"阒山公主"。

洪秋泽感觉这个景点真是浪费他的感情，他对看女尸没有任何兴趣，就跟着导游随意地参观墓室，看一些陪葬物品。

白夜问导游："墓室只能看一部分吗？"

导游点头道："是的，这个墓室格局复杂，还没有被完全发掘，未开放的地方没人进去过，可能有危险。"

导游提醒他们："对了，你们待会儿可别对着尸体拍照，更别合影，既然来到了人家的墓地，我们还是守点儿规矩好，存着敬畏之心。"

楚冬忍说：“谁会对着尸体拍照？合影就更恐怖了，只有傻子才会想和尸体合影。”

导游和楚冬忍说着他的从业经历：“你别说，我经常看到有游客和尸体合影，举着相机就在那儿瞎拍。”

白夜问道：“既然这里不让拍照，那最后那些拍照的人被抓住了吗？”

“没有，他们都是趁管理员不在偷拍的，我是导游，也不能说他们什么。”

聊着聊着，导游带众人来到了墓室的入口，从这里进去就能看到“阗山美女”了。

进去之后，导游开始给大家讲解这里的历史以及和文物相关的故事。楚冬忍听了一会儿，不禁对白夜小声叹道：“唉，听这东西实在太没意思了，我们找找书签在哪里吧。”

“好啊，我刚才也在找书签呢。”白夜和楚冬忍兵分两路找了起来。

白夜仔细找了好几圈，发现有些人也和她一样在找书签。

这时秦老师过来说：“书签可不在墓地里，一会儿你们出去再找吧。墓地这种地方，生者必须保持对死者的尊重，我们怎么会把书签藏在这里呢。”

“哦，那我过去告诉楚冬忍一声。”白夜向前跑去，很快找到了楚冬忍，却发现楚冬忍正站在一片满是坑洞的空地上，那些坑每一个都有脸盆大小。

楚冬忍站在其中一个坑洞里，正低头往坑里看。

白夜喊他：“别找了，秦老师说书签没藏在墓室中。”

楚冬忍却回答白夜：“我不是在找书签，我刚才看见这坑里的土动了一下，难道墓地里有老鼠？”

楚冬忍正困惑着，导游刚好走了过来，他看到站在坑里的楚冬忍，面色忽然变得很难看，立即喊楚冬忍：“同学！你快从那个坑里出来！”

楚冬忍立马跨出坑，问：“这坑怎么了啊，导游？”

“你……到处乱走什么啊！”导游的语气有些严肃，“你知道这是什么坑吗？这是人坑！”

“人坑是什么？”楚冬忍问。

“就是埋着死人的坑！给‘阒山美女’陪葬的！”

楚冬忍瞬间感觉身上凉飕飕的：“难道我刚才踩在了死人的头顶上？”

导游告诉他：“没有，那些尸体不久之前被挖出来了，所以地上才留着这么多坑洞。”

楚冬忍感到奇怪，这些坑只有脸盆大小，怎么从这么小的坑里挖出一个人？

导游看出了他的困惑，告诉他：“当然不是成年人啊！而是刚出生不久的婴儿！”

楚冬忍说：“让婴儿陪葬？怎么这么丧心病狂啊？”

导游摇头道：“谁知道呢，但古代确实存在一些特殊的葬俗。据说他们认为通过特定仪式，可以让逝者获得某种超越常人的能力。”

大家听完后都被这恐怖的陪葬习俗吓了一跳，深感古人太过迷信，心里直发毛。尤其是楚冬忍，他刚刚还踩了那个坑。不知是不是心理原因，听导游讲完，他总觉得心里麻麻的、痒痒的，他刚才踩进坑里的时候，脚下的东西还在动。

导游带领大家重新进了墓室，往更深的地方走。楚冬忍独自留在原地拜坑，想求个心理安慰。但下跪什么的有点儿不好意思，毕竟这里是公共场合，万一进来人呢？所以楚冬忍站着，双手合十道：“各位，我来给你们赔礼道歉了，刚才我不是故意踩你们的坑的，真的不是故意的，你们大人有大量，别生我的气……”

楚冬忍正说着，后背顿时一凉，他扑通一声就跪下了：“我跪，我这就跪，我给您跪下还不行吗？没第一时间给您下跪是我错了！”

感到异样消失了，楚冬忍才小心翼翼地回头看了一眼。谁知他看到一个家长领着一个孩子，两人正用看傻子的眼神看着他。

楚冬忍立马站了起来，怀疑刚才是小孩儿在捉弄他，便难为情地问那个小孩儿：“你刚才摸我的后背做什么？”

“啊？摸后背？”那个小孩儿也不知是不是在撒谎，竟然不承认。

楚冬忍再次感觉头皮发麻，面色惨白地离开了这个地方。

此时白夜已经跟随导游一行人走在一条细细的长道中，白夜问：“这里是什么地方？”

导游说：“这条甬道通往这个墓里的水池。”

大家都很诧异：“墓里还有水池？”

导游讲解道：“因为墓里也要排地下水。这个墓将地下水排走后，好像单独修建了一个水池留住一些地下水，现在这些水已经所剩不多了。因为是几百年前的水池，所以这些水被称为百年死水。”

前方的甬道很矮且窄，仅容一人通过。大家不能并排进入，便排队往前走。

白夜想起了国外探险者卡在隧道里遇难的新闻，便说：“现在我们排队走在这里，万一这里塌了，我们根本没办法转身跑。”

导游笑着让大家不必担忧：“这里已经做过工程检测了，不会崩塌的。”

“真的不会崩塌吗？”白夜感觉好像有什么东西掉在了她头上，但既然导游说这里没事，那也许是尘土吧。毕竟这是老墓了，挂灰也是常事。

每走一段路，导游都会问问大家是否都跟上来了。众人弯腰驼背的，走得十分困难，报数的声音回响在狭窄的墓道中。

突然，南波兔听到了一道不熟悉的声音：“刚才报数的是谁？”

凌宿飞也听到了刚才的声音，说：“是啊，听这声音，怎么这么陌生？”

“是不是别的旅游团的人走错了？”白夜问。

导游怕真的有游客跟错了队伍，就叫大家看看周围有没有不认识的人。仅容一人通过的狭窄甬道内，弯腰行走的众人都回头看向自己身后。

本来南忪凛没想往后看，因为他是最后一个，但他莫名觉得自己身后可能有人。他的脖子僵硬，一点儿一点儿地向后转去，冷汗都冒了出来。结果身后的那张脸，和他面面相觑。

看到那张脸的瞬间，南忪凛一句粗口脱口而出。

楚冬忍一脸委屈地问："怎么我一过来你就骂我！"

南忪凛反倒松了一口气，说："你怎么突然出现在我身后？吓我一跳！"

"刚才我有事，才跟上来嘛！"楚冬忍在队伍末尾和南忪凛理论了起来。

这时导游问他们找没找到陌生人，大家纷纷表示没有。

虽然刚才那道声音真的让E班的人觉得很陌生，但大家都觉得一定是有人在恶作剧，故意捏着嗓子说话。

当众人向前走时，南忪凛前面的弥崖忽然回头看了他一眼。

南忪凛觉得莫名其妙，问："你突然回头看我干什么？"

"确认一下。"弥崖说，"刚才你回头去看楚冬忍，我没看到你的脸，所以现在回头确认一下是不是你。"

南忪凛白了他一眼，说："这有什么好确认的？"

弥崖却说："因为我刚刚听到，那道奇怪的声音就是从我身后传来的……但我身后明明是你啊，真是奇怪。"

众人顺着甬道走入小小的墓口，里面果然别有洞天。

这里很大，中央是一方水潭，略有浑浊，但还算清澈。

白夜倍感神奇，道："为什么这里的水几百年了还没有干？"

导游解释道："因为这里的环境是封闭的，温度也低，再加上阆山常年潮湿，蒸发与凝结相对平衡，所以这里的水还保留着。"

洪秋泽发现水池四周立着许多石人，走到它们中间的时候，他总觉得怪怪的，像是被那些石人盯着看。

白夜忽然说了一句："说不定现在不是我们在参观石人，而是石人在参观我们呢。"

洪秋泽的鸡皮疙瘩一下子就起来了，喊道："白夜，你不会说话就憋着！你不要再炫耀你那一点儿也不幽默的幽默细胞好吗！"

"不好笑吗？我觉得很好笑啊。"白夜开始反思自己的笑话输在了哪里。

洪秋泽发现白夜每次开玩笑都是冷笑话，有时不光不搞笑，反而很恐怖！白夜这家伙怕是对搞笑有什么误解吧？

导游带着众人围着水池看了看，除了那些石人，这里也没有其他特别的，只有墙上的天女画还算好看。

转着转着，白夜看到了一道门，那道门被加了重重的锁，门口还安装了摄像头。

白夜问："这道门后面是什么地方？为什么被锁起来了？"

导游答道："这里啊，是墓中还未发掘的地方，因为怕有游客误入，也怕盗墓贼偷偷进去，所以就锁起来了。听说门里面的地形很复杂，之前进去了一批人，差点儿没出来，专家们就想等勘测技术再成熟一些再去发掘。"

白夜仔细看那扇门，却发现门上的锁有被砸过的痕迹。

导游过来一看，也觉得很奇怪："谁来这里砸锁干什么？而且怎么没人发现？"

导游推测是夜里来了盗墓贼，因为墓里潮湿，监控有时会失灵，或者结霜导致拍摄不清晰，就给了盗墓贼可乘之机。不过也幸好这门锁够结实。

参观完墓室，众人又去看了收藏出土文物的博物馆，之后又去了两个景点，一天下来着实很累。

白夜拿着找到的六个书签，说："你们谁缺书签？我多一个。"

石白川立即举手，说："我缺，我缺！能给我吗？"

楚冬忍见状笑道："哈哈哈，你还知道自己缺啊？只不过缺的是心眼。"

石白川和楚冬忍互相呛了起来，凌宿飞用看幼儿园小孩子吵架的眼神看着他们，说："你们别闹了，快回酒店吧，天看起来快下雨了，而且现在这个时间也该回酒店吃晚饭了，我都快饿死了。"

楚冬忍让其他人先去餐厅，他要回房间换双鞋子，因为脚上这双鞋子在墓地踩了土坑，他觉得晦气。

楚冬忍暂时告别众人，进入电梯按了九楼，准备回房。他站在电梯里，发了一会儿呆，电梯突然停了。他以为到了，却发现不对，这是八楼，难道有人在外面按了电梯？

楚冬忍正嘀咕着，电梯门打开了，门外却空无一人。而且八楼的入口并不是宽敞的走廊，而是一个铁栅栏，挡在电梯口，像在阻止来人前行。

入口都封上了，不可能有人在外面按电梯。

因为刚从墓穴回来，那种心理暗示让楚冬忍一阵后怕。他狂按电梯的九楼按钮，但电梯一点儿反应都没有。

难道电梯真坏了？

“对了，电梯里有紧急求救电话！”楚冬忍开始拨打电梯里贴着的号码，然而拨了好几遍，却无人接听。

“接电话啊！什么破酒店，怎么连一个接电话的人都没有？”楚冬忍的话音刚落，电话里忽然传来了声响，好像接通了。

“喂？”楚冬忍呼唤着对面，电话那边传来一个孩子的声音，由于电梯内信号不好，他听不太清楚。

他打错电话了？

楚冬忍觉得瘆得慌，他立马挂断了电话，给白夜打过去，却发现当前无信号。当他再次挂断电话时，他的手机居然响起了铃声，有人主动给他打电话了！

来电人是未知号码，楚冬忍接通了电话：“谁？”

谁知电话那边的人也问他：“谁？”

电话那边老年人的声音让楚冬忍一愣。

这时电话那头的人又问：“你也被困在电梯里了吗？”

楚冬忍一听，觉得这次应该是工作人员，就和对方讲了自己被困在八楼的情况。紧接着对面传来一阵电流声，说话声也变得断断续续，最后竟然挂断了。

下一秒，电梯开始正常运行。

“果然是工作人员，幸好接通电话了。”楚冬忍等电梯停在九楼，就立即狂奔了出来，“我以后再也不坐电梯了！还是爬楼梯吧！”

奔跑中，楚冬忍撞到了一个服务员。那个服务员差点儿被撞倒，说：“哎呀，您走得也太急了吧！”

“对不起啊。”楚冬忍问她，“我跟你打听一件事，这台电梯的八楼为什么被封住了？”

服务员很惊讶，说：“咦？你怎么知道八楼被封住了啊？”

楚冬忍说了自己刚才乘电梯被困在八楼的事，服务员却大感诧异：“不可能啊，八楼是非停靠楼层，我们这里所有的电梯都不会在八楼停靠，而且通往八楼的消防通道口也是上锁的，整个八楼都没有人。”

楚冬忍又问：“那为什么要把八楼封锁啊？”

服务员表示不知道，她刚来这儿工作不久，所以不太了解。

楚冬忍总觉得八楼不太正常，所以他打算去问问老员工。恰好去餐厅的路上楚冬忍遇见了一个保安，看年龄应该在这里工作有些年头了，楚冬忍便向他询问这里楼层被封的事情。

结果对方打哈哈道：“这个嘛……也没什么特别的原因，就是我们酒店老板迷信，觉得八这个数字不吉利……”

楚冬忍察觉保安隐藏了什么事不愿意告诉他，之后他又问了一些酒店的人，但是那些人都对八楼的事闭口不谈，仿佛遇到了什么讳莫如深的话题。

等楚冬忍回到一楼，大家都吃完饭了。白夜问：“你怎么才下来啊？”

楚冬忍的心情很差，一脸丧气道：“别提了，刚才我差点儿被困在八楼出不来，现在我真的不想待在这个酒店了，你陪我出去走走吧。”

两人去了昨天的小吃街，白夜还惦记着吃蜂蛹，这让楚冬忍很难接受。

走在路上，楚冬忍和白夜说出自己的疑惑：“酒店的人为什么都不愿意告诉我关于八楼的事呢？是不是酒店怕八楼的秘密影响他们做生意，所以特意叮嘱员工不能说出去？”

聊着聊着，白夜又看到昨天卖蜂蛹的摊位，便走过去要了一碗：“楚冬忍，你要不要也来一碗虫子压压惊？”

“不用了，看到虫子我更惊慌了。”楚冬忍和白夜一同停在卖蜂蛹的摊位旁，摊主热情地招呼了他们。

在等蜂蛹出锅时，两人又讨论了一番关于酒店八楼的事。这时摊主忽然问他们：“你们说的是诺玉大酒店的八楼吗？”

“对啊，那里的八楼怎么了？您知道吗？”白夜问。

摊主开始滔滔不绝起来：“哎呀，你们可问对人了，诺玉出事的那一年，我在诺玉做清洁工，你要是去问别人，别人还真不一定知道呢。”

白夜和楚冬忍问摊主当年酒店里出了什么事，摊主绘声绘色地描述：“唉，那个八楼啊，没封之前就很诡异，还发生过很多可怕的事。”

摊主接着说：“我做保洁的时候就赶上了那件可怕的事情，那时候八楼已经被封住，电梯到八楼也不会停。但是，当时有个老太太单独坐电梯，不知道为什么，那台电梯到八楼就自己停了。

“虽然电梯停了，但是离电梯口半米的地方围了一个栅栏，人也出不去，可那老太太不知道为什么，竟然跨到了栅栏旁，之后电梯门就关上了。然后那老太太就被困在了电梯与栅栏之间那半米的区域，叫天天不灵，叫地地不应。之后她饿死在那里，几个月后尸体臭得不行，才被人发现。”

摊主说完之后，楚冬忍想到之前他在电梯里接的电话，浑身一抖。

摊主给白夜盛完蜂蛹后劝他们：“你们还是别在那个酒店住了，我最后辞职，也是因为在那里工作害怕，坐电梯时经常听到电梯顶部传来咚咚声。”

白夜问：“是不是电梯轮轴运作的声音？”

“才不是呢！是有东西掉在电梯顶上的声音！”摊主一副煞有其事的样子，“据说在那老太太之前还有人出过事！”

白夜问：“酒店里怎么有这么多可怕的传闻？”

“这谁能说得准，但有传言那跟盗墓有关。”摊主说完，摊子上又来了客人，她赶忙热情地招呼新客人，话头就断在了这里。

白夜和楚冬忍只能站在一边，等待老板娘忙完。

与此同时，酒店里的南松凛将自己的鞋子藏在了柜子里。他想：这样，梦游中的自己找不到鞋子……也就不会出门了吧？

外面好像下起小雨了。

……

等摊主忙完，白夜和楚冬忍才凑了上去。白夜问：“阿姨，关于那个传说的事您刚才还没说完呢。”

摊主忘记自己讲到了哪里，白夜提醒她：“盗墓。”

“对对对，盗墓。”摊主继续口若悬河地讲着，“诺玉的第一任老板就是发现阒山上那个墓室的第一人，因为他上报发现墓穴，市里还嘉奖过他。他那时候还是穷小子，谁知过了一段时间，他忽然发家了，甚至创办了诺玉，因此大家猜测他在上报发现墓穴之前盗了墓！有钱了之后，那小子就创办了诺玉，还把酒店八楼改造成自己居住的地方。但好景不长，酒店开始出现各种意外，大家都说他因为盗墓遭受报应了。”

听完摊主讲的故事，白夜和楚冬忍和她道谢：“谢谢你啊，阿姨，给我们讲了这么多。”

为了答谢摊主，白夜再次照顾了她的生意，打包带走了两盒蜂蛹。

月明星稀，白夜和楚冬忍顶着细雨回到了酒店，楚冬忍却犯怵了：“我不想坐电梯。”

白夜提醒他：“但你住九楼呢。”

“没事，我要爬上去！”楚冬忍看起来真的很害怕坐电梯，白夜便陪他一起爬楼梯，此时白夜感觉自己就像一个护花使者。

白夜将楚冬忍送到了九楼，洪秋泽边打游戏边给楚冬忍开了门：“才回来啊，你们去哪儿疯了？”

“去买好吃的了。”白夜说。

洪秋泽被勾起了馋虫，他大晚上正想吃点儿什么，便问：“什么好吃的啊，给我尝尝。”

白夜说：“你闭上眼睛，我喂你。”

“这么棒？好啊，好啊！”洪秋泽满脸期待地闭上眼睛。

白夜挑了几只胖胖的蜂蛹，全部塞进洪秋泽的口中。洪秋泽嚼了几下，问：“这是什么呀？我怎么吃不出来呢？”

白夜问：“好不好吃？”

洪秋泽说："还挺好吃的。"

"那我给你一盒。"白夜将一盒蜂蛹塞进洪秋泽的手中。

洪秋泽睁眼低头一看，顿时要把嘴里的东西都吐出来："你刚才给我喂的就是这个？"

"怎么了？你不是说好吃吗？"白夜眨着无辜的眼睛问。

"最毒妇人心！糟糕！我中毒了！"洪秋泽捂住胸口，直愣愣地倒在了床上。

"哈哈哈，你可别演戏了。"楚冬忍拍了一下洪秋泽的大腿，"这么晚了，白夜也该回去睡觉了。"

洪秋泽立马从床上坐起来，说："白夜，你等着！下次我喂你吃朝天椒！"

从洪秋泽和楚冬忍的房间出来，白夜原路返回，但她下到八楼的时候，忽然发现八楼的声控灯不灵了。

楼道里没有一点儿灯光，漆黑一片，白夜记得刚才她和楚冬忍上楼的时候声控灯还好好的，怎么突然坏了呢？

这时，白夜口袋里的门觉忽然说话了："白夜，下面太黑了，我变成人形护着你走吧。"

"我摸索着楼梯的扶手下去就好了，你变人形也需要耗费能量的。"白夜说。

"不行，我必须陪你下去。"门觉的态度很坚决，像在黑暗中感应到了什么东西。

门觉从白夜的衣兜里滚了出来，木偶头还没落地，便幻化成一抹黑雾。紧接着，穿着黑色长衫的门觉出现在了白夜的身后。

白夜在黑暗中摸索着门觉的脸。门觉问："你做什么？"

白夜说："你的刘海儿该剪了，不遮挡眼睛吗？"

门觉说："不遮挡！"

"其实我就想看看你变没变样，这几次你都没能陪我去里世界，我很久没见到你的脸了。"白夜问，"你变丑了吗？"

"还是那么帅……过来，我抱着你下楼。"门觉拉过白夜。

白夜问："公主抱吗？"

“我看你像个公主！”

白夜说：“原来你对我的评价这么高！”

门觉：“……”

完了，大意了！以后他和白夜说话必须注意一点儿，不然就会让自恋的她得逞！

白夜正想问门觉到底要怎么抱，门觉直接从后面抱住了白夜。

白夜觉得这个姿势怪异得很：“你这么抱着我的话，我怎么走路？背着你走？”

“不用，你现在就可以走了。”门觉从后面圈住白夜的身体，他变成一抹黑雾，那黑雾像一件衣服一样环绕在她身体的四周。

奇妙的是，虽然门觉的一部分身体变成了黑雾，但他的脑袋还靠在白夜肩膀上。

白夜评价道：“你的头越来越沉了，我俩像大头儿子和……”

门觉立即打断了白夜的“施法”：“你走不走？不走的话就留在九楼睡地板吧！”

“走的。”白夜在门觉的保护下穿过漆黑的走廊。

她的耳边响起了几声婴儿的啼哭，但转瞬即逝，当她即将走下八楼时，八楼被锁住的消防通道口忽然传来了砸门的声音。

有人叫道：“谁在外面啊？放我出去！我被锁在里面了！”

门觉的声音从白夜的背后传来：“你不要管那道声音，继续往前走。”

“嗯。”白夜大步走出八楼，她刚走到七楼，八楼的砸门声便戛然而止。

门觉解除形态，变回小小的球，和白夜一起回到了房间。

南忪凛在黑暗中渐渐恢复意识，恐惧感瞬间将他包围：他这是在哪里？难道他又梦游了？并且在梦游途中醒了？

南忪凛感觉自己的脸正贴在泥土上，这里是一个像脸盆一样小小的坑，他立即想到了白天导游讲过的陪葬者的坑。

难道这里是墓室？但他把脸贴到坑里干什么？

这时，南松凛忽然听到耳边有人说话，是稚嫩的童音：“你怎么出来了？”

南松凛被吓得身体一抖。

谁在说话？

那个人又说：“你继续到我家做客呀，我们来玩过家家。”

南松凛大惊，如果这个坑是这个“人”的家，那么，和他说话的“人”是谁？

这个墓室看起来和白天不一样，他究竟是来到了墓室里，还是其他地方？

此时那个“童音”催促他：“你快点儿进来啊，我要和你说悄悄话。”

南松凛不知道怎么办才好，难道他梦游的时候一直在陪这个不知藏在何处的小孩儿玩？

为了不暴露自己已经清醒，南松凛将头再次埋入了坑中。

“童音”问：“我家好玩吗？”

南松凛：“……”

“你怎么不说话了？”“童音”表达了自己困惑。

南松凛只好说：“好玩。”

“童音”又咯咯地笑着说：“你张嘴，我请你吃东西。”

南松凛忙说：“先不吃了……我要回家了。”

“你说要代替我们去那个地方，是在骗我们吗？”“童音”的语气忽然冷了下来。

南松凛赶紧给自己找补：“我没有骗你们！今天下雨了，我要早点儿回去才不会被其他人发现我不见了！”

虽然他不知道说话的孩子藏在哪里，但他下意识觉得不能得罪对方。

“童音”却问：“你今天说话的声音怎么和昨天不一样？”

南松凛说：“因为下雨我感冒了。”

“那我们最后一起来玩个游戏吧。”对方的话音刚落，南松凛的四周就响起了此起彼伏的笑声——他这才发现，周围不知何时已站满了“人”！

紧接着，他的双手各被一股力量牵起，被迫走向未知的方向。

走着走着，那道声音忽然冷冰冰地问：“你的味道怎么也和昨天不一样了？”

“因为换衣服了。”南忪凛小心翼翼地回答，“而且感冒会影响一些东西。”

对方又问：“这样啊，那你现在心跳为什么这么快？”

南忪凛的神经紧绷，回道：“因为……因为我很期待和你们玩游戏。”

南忪凛的耳边又传来一阵笑声，他不知道周围这些东西有没有对他的话产生怀疑。走了一会儿后，他被拉到一个位置站定，在这里他终于看到了远处的光。

有光就有希望！那里一定是出口！他能出去了！

“我们就在这里玩游戏吧。”“童音”提议，“你要蒙住眼睛，不许看哟。”

“好，不看。”答应之后，南忪凛听到耳边不断有笑声飘过，就好像有很多人正围着他转圈圈。

突然，那笑声停下，有“人”说：“我们停下来啦，现在你猜猜你身后的人是谁？”

南忪凛的喉咙开始发紧，冷汗不断从后背冒出来，说：“是……是你。”

“我是谁？”对方逼问。

南忪凛想岔开话题：“现在雨越下越大了，我不玩了，我要回家了……”

“童音”还是不依不饶：“你快说我是谁，我告诉过你，我的名字的。”

南忪凛只能说：“我……我忘了，对不起。”

“童音”又笑了起来，问：“你知道我现在在哪里吗？”

南忪凛答道：“我身后。”

“不，我在你前面哟。”声音的位置忽然变换，在南忪凛前方的黑暗中响起。

南松凛的心中咯噔一响，心想该来的还是来了。

果然，“童音”问：“你为什么看不到我们？”

南松凛汗流浃背，说：“因为……因为我今天感冒……”

“你说谎！你在骗我们！你不是小福！”“童音”变得凄厉起来。

南松凛听到“小福”这个名字，面色变得更白了，他什么都来不及想，猛地朝有光的地方冲去。然而，那里并不是出口，而是站着一个提着灯打更的老头。

南松凛马上喊那个老头：“老伯救我！”

打更的老头却不理他，而是神神道道地说：“一更人，二更槐，三更火……三更头点地，夜半开府门……”他自言自语，双目无神，像是根本没看到南松凛一般。

南松凛飞快上前，发现自己的身体穿过了打更人的身体，仿佛他们不在一个维度空间。

南松凛越来越怀疑他到底是不是身处现实中。

“难道我在做梦？这是我的噩梦？”南松凛猜测道，可他已经很久没做过梦了。

身后那些孩子的笑声越来越近，南松凛暗叫糟糕，心想出口到底在哪里。

他的直觉告诉他，就算在梦里被抓住，也会有不好的后果。

对了！这条路他记得！这条甬道他们白天走过，通往一个水池！

既然出路被堵死，那他只能先进甬道藏起来了。

南松凛记得那装水池的墓室里有很多石人，遮挡物很多，比较方便藏身。

南松凛快速跑到满是石人的墓室，只是他还未来得及躲起来，身后的东西就追了上来。寒冷的气息让他汗毛直竖，无数只冰冷的手触摸到他的后背，这种感觉让他感觉自己永远不会从梦中醒来了。

过度紧张的南松凛摔了一跤，头恰好撞到水池下的石砖上，下一刻，不知怎么回事，石砖突然下陷翻了过去，紧接着他就掉入了一个洞中。

孩子们伸头向洞内看，无数道声音在洞上方讨论着，随即南忪凛头上的石头又翻了过去，他所处的地方陷入一片黑暗。

这是什么鬼地方？入口呢？入口怎么不见了？

南忪凛想起那个打更的老头说：“三更头点地，夜半开府门。”

难道他摔倒后，头点了地，打开了下面的机关，就掉进了这种地方？

梦里的一切实在太真实，让他忍不住发颤，就在这时，他的身体突然变轻，他感觉自己正在被一股力量吸扯。这种感觉他很熟悉，是即将从梦中醒来的感觉。

南忪凛很高兴，他终于可以结束这个噩梦了。

他睁开眼睛，发现自己正躺在床上，四周漆黑一片。他想：是因为窗帘遮挡得太严实了吗，怎么看不到一点儿光？而且这张床也非常硬……

南忪凛去摸自己的手机，才发觉身下是木质床，且没有铺床褥。

惊疑之间他在睡衣兜里摸到了手机，赶忙用手机照亮黑暗，看向周围，当下他十分惊恐，因为他躺着的是一块棺材板。他真的梦游了，并且醒来之后还停留在梦游时来的地方，并没有回去！

眼前的状况让他想起上次梦游迷路的情形，顿时惊慌起来。他手忙脚乱地用手机四处照射，突然照到了一张惨白的面孔。

南忪凛惊叫了一声后才发现，原来他是照到了壁画。

惊魂未定的他努力镇定下来，结合周围的环境，分析出自己应该在墓室中。但这片墓室他根本没来参观过，应该是没发掘的未知区域，那他梦游时是怎么进来的？

只要能进来，就能出去，他开始到处找出口。

然而当南忪凛用手机再次照刚才那幅壁画时，他忽然愣住了，因为壁画上画着的那张惨白的脸不见了。

难道，他刚才照到的并不是壁画？

清晨，南波兔挨个屋子敲门，叫大家去楼下集合。收拾好的石百森揉着眼睛，来到走廊上：“今天学校又组织我们玩什么？”

同在走廊的纪烧说："听说今天是我们在这个酒店住的最后一天了，因为要培养我们德智体美劳的'劳'，要把我们扔进当地的民寨，然后让我们自己动手，一日三餐自己解决。"

石百森对此不敢想象，说："天哪！怎么能这样！"

纪烧也哭丧着脸说："唉，要不是这次秋游的表现会被放在校园网后台供所有家长查看，还要让家长写评语和互评，我肯定不会参加！谁会为了那两分苦着自己，都是为了那点儿脸面啊！"

凌宿飞一脸赞同地说："是啊，不能给家里丢脸啊，不然老爸那里没法儿交代……"

重点是他们E班的家长都互相认识，还都是有头有脸的人物，万一聚会时谈论起儿女，互相攀比时，那表现得不好的孩子肯定会让家长丢人。

这时带队的秦老师问所有人是否到齐了，凌宿飞往左右一看，说："没有看到南忪凛。"

"他是睡过头了吗？怎么下来得这么晚？"洪秋泽问。

"我记得我起床时他就不在，还以为他下楼吃早饭了。"凌宿飞拿起电话，说，"我打电话问问他。"

但是南忪凛的手机根本无法打通，说明他正待在一个没信号的地方。

凌宿飞忽然想到："南忪凛跟我说他有梦游症，他该不会梦游去了什么奇怪的地方吧？"

众人纷纷上楼，打算再找找南忪凛，实在找不到就去查酒店的监控。

酒店监控很快被调取出来，监控画面里，南忪凛一个人走出了房间，甚至还知道随手关门。

秦老师看到监控后放下了心，说："这孩子，大晚上的出去干什么了？电话也打不通。不过他既然是自己出去的，不是被人绑架什么的，那就是万幸。"

"可他有梦游症啊！"凌宿飞还是很着急，"我们还是报警让警察帮忙找吧，这附近山林多，他别走到哪个山沟沟里回不来了！"

秦老师决定找当地警方沟通一下，但对于南忪凛的梦游症，秦老师还是半信半疑，他觉得监控里的南忪凛看起来很清醒，并不像梦游，他更相信南忪凛是自己偷溜出去玩了。

白夜盯着监控画面看了半晌后说："南忪凛没有穿鞋子，是光脚出去的，正常人不可能光脚出门吧？"

"对！我想起来了！"凌宿飞想起了昨天的细节，"南忪凛将他的鞋子锁在酒店的衣柜里了，说怕自己晚上梦游出去！他肯定是梦游时找不到鞋子，就光脚出门了！"

众人急匆匆地报了案。虽然有警察介入，但他们还是心中不踏实，毕竟警力有限，他们还要同时处理其他案子。

秦老师说："刚才警察查完道路监控，说看到南忪凛往西边走了，我们也结伴去找找吧。"

西边是深山老林，昨晚还下了雨，大家都很担忧南忪凛会出意外。

白夜突然想到了什么，说："西边还有我们昨天去过的旅游景点，也许他白天去上瘾了，所以晚上还想去？"

洪秋泽说："别闹，旅游景点里有什么啊？又没有美女……哦，对，有个美女，'阒山美女'。那南忪凛也不可能和'阒山美女'去约会吧？"

"西边可不光古墓一个景点。"白夜问，"监控就没拍到南忪凛具体往哪个方向去了吗？"

洪秋泽拿着手机研究南忪凛消失之前的录像："我怎么觉得南忪凛那小子梦游的时候知道躲监控呢？你看他都没怎么往主路上走，净钻小树林了。"

大家仔细一研究，发现梦游时的南忪凛真的就像有意躲开监控一样，大多数监控都没拍到他的身影。难道他当时是有意识的？

大家一起去西边找南忪凛时，秦老师嘱咐他们一定不能离开队伍乱走，已经走丢了南忪凛，他可不希望其他学生再出事。

找了半天都没什么收获，秦老师不希望学生涉险，就让大家回去等警方的搜寻结果。然而南波兔他们还是偷偷跑出来寻找他了。

因为昨夜下了雨，所以树林中走过的地方还留着泥坑，找了半天，楚冬忍有了新发现："你们看这里！这个痕迹不是鞋印，而是光脚踩上去的脚印！南忪凛昨晚出门没穿鞋子，这一定是他踩出来的！"

他们顺着脚印的痕迹走，因为途中很多地方草树茂盛，所以隐藏的脚印很难辨别，众人花了很长时间才找到脚印的尽头。

洪秋泽讶然道："不会吧，为什么脚印消失的位置离古墓这么近？他不会真的和'阒山美女'去约会了吧？"

楚冬忍一脸不赞同地说："南忪凛可不是那样的人！说不定他只是想来这里蹦迪！"

南波兔说："这条路往前走还通往阒山奇潭和珩桓峰，说不定他不是去了墓中。"

"他最好是去了墓中。"白夜蹭掉鞋子上的泥巴，"下雨天路滑，去了阒山奇潭可能会掉到潭里淹死，去了珩桓峰可能会从山上掉下去摔死。"

南波兔瞪着她说："你能说点儿好话吗？"

"好的，没问题。"白夜改口道，"他跳下水可能会发现绝世珍宝，掉下山可能会遇到绝世高人。"

南波兔："……"

南波兔不想和白夜说话，将脸别向楚冬忍他们那边："咱们先去查查各个景点的监控，看看能不能找到什么线索。"

没多久，大家就找到监控室，看到了监控画面，并且发现了疑似南忪凛的身影。

凌宿飞说："这个一闪而过进入墓室里的身影应该是他！那件衣服我认得！"

南波兔继续翻找监控，想看看南忪凛去墓室里做什么，但是监控的画面自南忪凛进了墓门就一直处于异常状态。

南波兔说："这些监控坏了吗？有些画面为什么一片漆黑，什么都拍不到？"

"等等，别动，这个画面有问题。"白夜指着监控的一角说，"你们看那边被锁住的门，在动。"

众人一看，白夜所指的门正是通往墓室内未发掘区域的门，此时监控里的门一震一震的，像是有人在里面推门。

白夜说："之前我看到这扇门，发现门锁上有白痕，以为是有人砸锁留下的痕迹，难道其实是有人从里面推门，导致门锁与锁扣互相敲打留下了痕迹？"

楚冬忍说："难道这门内关了一个人？我们赶紧跟景区的人说一声，让他们把人救出来啊！"

白夜说："别急，也许不是人呢，我听说这扇门上一次打开是在半年前，没有人能被关在里面半年不吃不喝还没死。"

楚冬忍压低声音问："你是说……"

白夜摇头道："我是说，也许是风啦。"

楚冬忍："……"

他们离开监控室，再次来到墓室外时，遇到了一个疯疯癫癫的老头，工作人员说这个老头总在景点附近转悠，而且总是神神道道地反复念着几句话。

白夜仔细听，发现老头念的是："一更人，二更槐，三更火，三更头点地，夜半开府门。"

众人都不解其意，将他的话当成了疯言疯语，白夜却眼尖地发现那个老头的衣服上印着他们所住酒店的标志。

白夜上去试着与那个老头攀谈："爷爷，你念的这些话是什么意思？"

老头对白夜嘿嘿一笑，说："我要发财啦！我要发财啦！"

白夜又问："你怎么穿着诺玉酒店的衣服？"

"诺玉？"老头的反应迟缓，又思索了片刻，忽然露出害怕的表情，"我不发财了！不发财了！别带我进去！我不想死！"

老头又开始疯言疯语，根本无法正常交流。

白夜突然联想到之前卖蜂蛹的摊主所说的话，一个词跃入她的脑海：盗墓。

这老头和诺玉的老板，难道认识？

想到传闻中诺玉的老板以盗墓发家，不知为何白夜联想到一个故事，关于一行人一起盗墓，最后有人死了、有人发财、有人疯了的故事。

这时白夜听到楚冬忍叫她。

南波兔决定去墓室里找找南忪凛，他对众人说：“从监控上看，直到今天早上南忪凛都没从那个墓室出来，说明他还在墓室里。”

每个墓室他们都去了一趟，但还是没有找到南忪凛。

白夜说：“有没有可能他进入了没发掘的墓室呢？”

旁边跟着寻找的工作人员否定了白夜的猜想：“通往里面墓穴的门被锁死了，他怎么进得去？”

白夜问：“真的没有其他门可以通往这里面未发掘的墓室吗？”

“没有，如果有也早就封了啊！”工作人员答道。

但南波兔总觉得，梦游时的南忪凛说不定另辟蹊径，发现了一条大家都不知道的路。

当南波兔打算继续探寻墓室的各个角落时，白夜拉住他的衣摆，说：“别走，先看看监控。除了看到南忪凛进墓室的监控画面，其他监控摄像头一直没有发现南忪凛的身影，只有突然的黑屏。我们大胆猜测一下，如果监控黑屏的地方就是南忪凛当时所在的地方，那么根据各个摄像头的黑屏时间，就可以知道南忪凛最终去了哪里。”

听完白夜的话，南波兔也豁然开朗：“能想到这些，你也不算是个傻子。”

白夜说：“我不傻，我的学习成绩比你好。”

南波兔说：“学习成绩好你不也来了 E 班？”

白夜说：“对，这也许就是鹤立鸡群吧。”

南波兔说：“我懒得和你说话。”

南波兔按白夜说的方法观察了各个摄像头的黑屏时间，果然，这些摄像头黑屏的时间可以连成一条合理的时间线。

从时间上看，最后黑屏的地方是甬道尽头的水池。可水池旁除了被锁上的门，就没有其他门了，南忪凛能去哪儿？莫非他掉到水里了？

他们赶紧来到那个带水池的墓室寻找，可是转了好几圈，也没有发现什么藏身之处。这下子大家更加悲观了，猜测南忪凛真的掉到水池子里了。若是这样，他肯定早就淹死了！

白夜安慰其他人："没见到尸体浮上来，所以他应该没掉进去。而且你们看，这里有一个脚板印。"

来这里的游客都是穿鞋子的，光脚过来的人只能是梦游状态的南忪凛。

洪秋泽抬起脚和地上的脚印比了比，说："这还真是南忪凛的脚印，他和我鞋码相同！"

众人怀疑这墓室里有什么机关，洪秋泽甚至奇思妙想地说："比如这面墙可以翻转过去，南忪凛误触机关，就被转到墙对面去了？"

可如果南忪凛在墙的另一边，他们这么大声叫，南忪凛一定能听见的，怎么会没有任何回应？

与此同时，黑暗的墓室底层。

南忪凛紧紧地捂住口鼻，屏住呼吸——他周围有个东西在呲呲低叫。忽然，他的头顶传来洪秋泽的声音："呆子南忪凛，你给我出来！"

南忪凛："……"

南忪凛很想反骂回去，并出去踢洪秋泽两脚，但他不能出声——因为那东西就在他身边。

此时因为洪秋泽的喊声，那东西被吸引了出去，这让他可以暂时喘一口气。

南忪凛用手机照亮当前的墓室，看到了一口半开着的棺材，里面空无一物。

洪秋泽泄气了，说："唉，叫了这么久，南忪凛也没应我一声，根据我这么多年看悬疑推理动漫的经验，真相只有一个——他一定是死了。"

弥崖哀叹："你分析得有道理。"

楚冬忍如丧考妣："可怜的南忪凛，你英年早逝啊！"

南波兔也难掩悲伤："我还来不及替他收尸。"

凌宿飞感叹世事无常："唉，凛兄，你走好，我会帮忙照顾你妈的！"

苑山光说："那我帮他照顾他妹妹！"

工作人员听着众人你一言我一语，不禁发出灵魂提问："那个失踪的人真的是你们的同学和朋友吗？"

工作人员都惊呆了，世界上怎么会有这么损人的朋友？

白夜对于这番景象习以为常，E 班人只是嘴上不留情，此时的打趣不过是为了缓解内心的紧张，他们谁都不希望南忪凛出事。

白夜对大家说："根据我看百集推理断案电视剧的经验，我也有一个推理，说不定可以找到南忪凛。"

当白夜说完这句话，原本开完玩笑一直沉默的 E 班其他同学纷纷抬起头，齐刷刷地看向她，并问道："什么推理？"

白夜问："你们还记得那个疯了的老头说的话吗？"

南波兔回想了一下，说："'一更人，二更槐，三更火'那段？"

白夜点头道："嗯，三更天是指晚上十一点到凌晨一点，而监控捕捉到南忪凛进入墓穴的时间接近凌晨一点，他正好失踪在三更。"

众人听白夜说完都沉默了，纪烧一脸失望地说："我还以为你会说出什么有用的东西，没想到这么封建迷信。"

大家觉得白夜是无稽之谈，对她接下来的话也失去了兴趣。

楚冬忍站了出来，说："白夜，你接着说。"

洪秋泽也帮腔："因为她是女的，所以我们更要选择相信她！"

南波兔对洪秋泽投去鄙视的眼神："女的就可以相信？我看你是被她迷得失了心智！"

洪秋泽马上解释："不不不，我是说女人的第六感都特别强！所以白夜一定注意到什么我们这帮大老爷们注意不到的细节！"

"好啊，让她说吧，我看她能说出什么有用的信息来。"南波兔有些不耐烦，止住了脚步，他觉得白夜的话根本不可信。

白夜在众人或疑惑或不耐烦的眼神下说了下去："其实这个也可以用科学解释，假设南忪凛消失的地方为 X，起点为 Y，他脚印之间的距离为一米，监控上两个黑屏监控的间隔时间为十三秒，再加上其他因素，得出结论 X 等于……"

南波兔被白夜说得脑袋发晕，就像回到了数学课现场："我听不懂，你说点儿我能听懂的。”

白夜说：“总之，X……也就是南忪凛消失的地方，在水池附近的这个范围。”

南波兔听完更生气了，说：“你是在证明南忪凛真的掉下水池了吗？”

“我还没说完，接下来我们要用到物理辩证法了。”白夜说。

南波兔忍住翻白眼的冲动，说：“这次你不引用名言，开始引用物理辩证法了？”

白夜诚实地点点头：“嗯，我也不能总拿先辈的话说事。”

南波兔：“……”

白夜继续她的分析：“那个老头还说过，三更头点地，半夜开府门，我想，这会不会是盗墓者进入墓室的特殊方法，就像什么看山势寻路……”

南波兔打断她的话：“说重点，我看你是盗墓小说看多了。”

“哦。”白夜慢条斯理地继续道，“根据我多年看盗墓小说的经验推测，南忪凛多半是在梦游时触发了隐藏墓道，失足跌了进去。”

听白夜这么说，大家觉得更加离谱。

洪秋泽却提议：“要不我们晚上来一趟吧？反正也没有其他办法找到南忪凛，不如试试能不能真的在三更天找到隐藏的墓道？”

南波兔揉了揉太阳穴，觉得洪秋泽在跟白夜一起发疯，可在洪秋泽和楚冬忍的坚持下，他只好答应：“好吧，既然你们觉得有必要，那就来试试。”

入夜，天色如墨。

众人按照说好的那样，偷偷踩着夜色来到了景区。

因为从墓室里挖出来的东西都摆进了展览馆，墓室内未发掘的地方又锁着，所以外面一部分墓室处于开放状态，夜晚没有专人看守。

楚冬忍小声说：“晚上看这个地方，感觉更阴森了……”

弥崖看着深黑的洞口，觉得瘆得慌：“刚才经过墓口的时候，我怎么听到里面有哭声啊？我听错了？”

南波兔说："你别说了，我们快点儿进去吧，如果白夜的猜测是错的，我们就早点儿离开。"

前往墓室的有六人，分别是白夜、南波兔、洪秋泽、楚冬忍、弥崖、凌宿飞。当几人进入墓中，之前在外面听到的隐隐的哭声就止住了，让人怀疑刚刚是不是幻听了。他们将哭声归咎于风吹入洞口。

南波兔对众人说："你们不要疑神疑鬼的，自己吓自己。"

洞里传来南波兔这句话的回音，声音失了真，句子模糊不清，就像洞的最里面有人对他们说着什么。南波兔马上用手电筒照亮了墓壁，有光亮后大家安心多了。他们猫着腰穿过窄道，来到有水池的墓室，空旷的墓室和白天并没有什么不同。

"看来三更开府门什么的是假的，白夜，你太天真了。"南波兔开始招呼几人离开。

白夜说："三更头点地才能开府门，我们试着在南忪凛失踪的位置附近头点地一下？"

"那不就是磕头？"南波兔十分不情愿，站在原地不动。男儿膝下有黄金，他才不要随便磕头。

此时正是三更，白夜选了一个她认为最接近南忪凛失踪的位置，直接跪下去磕了一个头。她刚磕完头，身边就传来咔嚓一声响——她身边的南波兔消失了。

白夜说："哎呀，我把南波兔给磕没了。"

几人顿时反应过来，这里真的有个带机关的暗门！刚才白夜磕头的瞬间打开了暗门，使得南波兔掉了进去，证明这门就在南波兔刚刚站立的位置。既然找到了门，那就说明他们能找到南忪凛。

楚冬忍拦住急巴巴想下去救人的几人，说："等等，先别下去！我们都进去了，万一出不来怎么办？必须有人守在上面，如果我们出不来，就让那个人去报警！"

白夜说："那就让洪秋泽留守吧，让别人来守不安全。"

洪秋泽听明白了白夜的意思，他在里世界的身份是"守卫"，在现实中更是最佳守门员，他拥有能让非人的东西无法进入他所在房间的能力。

如果南忪凛的失踪是有一种诡异的力量在操纵这一切，那还是由他来守墓最安全。

“好吧，我在上面守着。”洪秋泽答应下来，“时间就定早上八点吧，这是这里员工上班的时间，如果八点之后你们还没回来，我就报警。”

之后，众人纷纷以头点地的方式触发机关，原来这个机关需要四肢和头的五个点同时施压才会触发，紧接着他们纷纷跳入暗门内。

洪秋泽下载了一个单机游戏，打算边玩边等白夜他们。

……

双脚落在地面上，白夜抬头向上看去，暗门已经合上了。

南波兔用手电筒四处照了照，只看到一幅画着美人图的壁画，并没有照见什么奇怪的东西。

“先看看我们掉下来的地方能不能回去吧。”楚冬忍说。

凌宿飞让楚冬忍踩着他的肩膀爬上去看看，因为跳下来的几个人里楚冬忍的个子最矮。但楚冬忍很气愤地反驳自己个子最矮的事实：“谁个子矮了？我一米七八！”

凌宿飞问：“我一米九，要不让我踩着你上去？”

楚冬忍：“……”

最后楚冬忍骂骂咧咧地说：“好好好，我上去，我还在发育呢，以后个子肯定比你们高！”

白夜问：“楚冬忍，你之前不是跟我说你一米八几吗？”

楚冬忍有些不好意思道：“我……我也没骗你，我那时候说的是我穿了鞋子之后的身高……”

白夜安慰他：“你别难过，还是有人比你矮的。比如我，我才一米六五呢。”

楚冬忍再次沉默，他想：难道白夜觉得她跟他比身高，他会很开心吗？拜托，他一点儿也没被安慰到。

凌宿飞因为白夜的话恍然想起什么，说：“对了，我才想起来，白夜是我们中最矮的，那我们还是让白夜上去吧！”

凌宿飞弯下腰，让其他人扶着白夜踩在他的背上。白夜踩上去站稳后观察了石板一番，然后敲了敲，问石板那一头的人：“洪秋泽，你在外面能听见我说话吗？”

明明他们只隔着一块石板，可白夜叫了好几遍，洪秋泽都迟迟没应答。

难道洪秋泽在外面听不到她的声音？

弥崖为了抵消恐惧，对几人开玩笑：“难道这里自带隔音功能，是传说中的‘破喉咙’之地，叫天天不应，叫地地不灵？”

“等等，我试着推一下这块石板。”白夜用了很大的力气，石板却纹丝未动。

这块石板好像很厚，而且石板上像是有个简易门锁的插销，横在上层的水池之下，它的另一边被东西挡着，所以推不开，每次用力推都会发出碰撞在什么东西上的闷响。

白夜推测当他们触发机关时，那个在外面挡住门的巨大“插销”应是被机关拔出一段，所以才露出一个洞让他们掉下来。

事已至此，楚冬忍提议：“我们先去找南忪凛吧，找到他后，我们再一起琢磨离开这儿的办法。”

几人打着手电筒，顺着墓道向前走，经过几个墓室，他们都一个一个进去找了一遍。

不知不觉他们走得很深，前面的空气越来越浑浊，让他们的脑袋发晕。走到一个分岔口，南波兔用手电筒往旁边的墓室一照，恍惚间，他好像看到棺材旁有一个正在走动的人影。

南波兔问：“南忪凛？你在里面吗？”

墓穴里全是南波兔的回音，那人影听见南波兔的话后，停下动作，远远地冲他招了招手，然后坐在地上一动不动，就像在等他过去。

南波兔叫上其他人：“你们看到那个人影了吗？是不是南忪凛还在梦游？我们进去看看。”

白夜拉住他，说：“你刚才用手电筒照过去的时候，我看他好像没穿衣服，很奇怪。”

南波兔说：“说不定南忪凛梦游的时候自己把衣服脱了呢。”

楚冬忍和白夜一样觉得不对劲：“兔爷，我觉得不对劲，我们还是不要过去了……这里可是墓穴，会不会……”

南波兔不相信盗墓小说里那些怪物的存在，他直接跨步走入墓室，其他人不放心，只好跟了上去。

走近之后，南波兔发现那个“人”的身形很奇怪，瘦骨嶙峋，身上还坑坑洼洼的，肢体也很不协调。

意识到对方不是南忪凛后，南波兔便不再走近，停在距离对方十步之遥的地方。他试探地问：“你是谁？为什么会在墓室里？你也是无意中掉进来的人吗？”

那人不说话，忽然抬起头，将众人吓了一跳。

凌宿飞认出了那人的脸，是景区里贴的通缉令上的人，一个当地很有名的盗墓贼！不过他为什么在这里？而且看起来瘦得跟牛肉干似的。难道这人因为盗墓进到这里后出不去，饿成了这副样子？

确认对方是人类后，南波兔放下了心，他甚至好心地从包里拿出一袋面包想递过去，顺便问问这人关于墓室里的事。但白夜拉住他的手，说：“这不是人，你别过去。”

南波兔一脸困惑道：“不是人还能是什么？他现在会动啊，刚才还知道和我招手呢，一定是他的身体没力气，想叫我过来帮他。”

“不一定只有活人会动，你看看他的身体，四肢干瘪，肚子却很大，皮肤下时而一鼓一鼓的，就像里面藏着什么活物……”白夜继续说，“我刚才进入这个墓室时，就发现这里有一股不同寻常的味道，我们还是不要在这里多待了。”

南波兔吸了吸鼻子，发现这里的味道果然奇怪。

楚冬忍也说：“其他地方是霉味和很重的尘土味，但这里的空气中有一股淡淡的甜腻的味道，像一种花香，又像一种甘草香。”

“可能来自我们脚下，你们看地上堆着好多草屑。”白夜小心地移开脚。

凌宿飞赶紧捂住鼻子，怕香气有毒。

南波兔察觉到诡异之处，便带着众人想从墓室里退出去。但那半死不活的盗墓贼的嘴巴突然动了动。

南波兔警觉地拿出携带的棍子。

下一刻，那盗墓人猛地弯腰，吐出一摊黑黑的东西，肚子也迅速瘪了下去，成了一具一动不动的干尸。

他吐出的那团东西在空中盘旋着，然后向白夜等人冲来——是虫子！

众人没想到盗墓贼的肚子里养了这么多虫子，都惊恐地往外逃。但虫子的速度飞快，他们避之不及，南波兔手中的棍子也成了鸡肋。

眼看那些虫子要落在众人身上，白夜上前撑开随身携带的雨伞，将那些冲上来的虫子暂时挡了下来。

白夜快速说："凌宿飞，把手电筒扔到草屑上，虫子追光，说不定能分散它们一部分注意力！"

凌宿飞立马照做。那些虫子仿佛因此受到了干扰，开始在空中乱飞，但还是有一部分虫子追着他们，只是速度没有那么快了。

几人为了不让虫子找到自己，纷纷关上手电筒奋力往前跑。楚冬忍对身边的人说："我们进入棺材里躲虫子能行吗？"

南波兔说："要躲那儿你自己去！"

听到身边只有南波兔的声音，楚冬忍恍然发觉："不对，白夜他们去哪儿了？咱们是不是跑散了？"

这里好像只剩他和南波兔两个人了！

南波兔却说："没有，咱们身后还有人在跑，我听到脚步声了。"

楚冬忍问身后跑来的人："白夜，是你们吗？"

可是，跑来的人不说话。

南波兔边跑边狐疑地用手电筒往后面一照，却照到了一个瘆人的轮廓。他没忍住，惊叫了一声，然后奋力向前方猛跑："楚冬忍，快跟上！后面那东西不是人！"

然而南波兔发现，他只不过是回个头的工夫，楚冬忍就消失了。

他身后的黑暗中，嗒嗒的脚步声离他越来越近，让他来不及想消失的楚冬忍去了哪里。

南波兔不敢停下回头看，只能奋力跑着，心想：难道棺材里有怪物？还有，楚冬忍他们怎么都一个一个的消失了？是出了什么意外吗？

慌不择路间，南波兔跑入了一个墓室，这里有口半开着的棺材。

南波兔："……"

刚才他还和楚冬忍说坚决不会躲进棺材里，但此时的他已经顾不得那么多了。他在心里默念："里面的兄弟，对不起，我借你的棺材躲一躲！"他说完就掀起棺材盖躺了进去，压到了一具硬硬的尸体。

当他刚把棺材盖合好，外面那东西就走了进来。听着外面的脚步声，他的心跳如鼓，直到脚步声消失，他才松了一口气。

幸好那东西没来掀棺材……

不过南波兔突然想到，在他进来之前，这口棺材好像是半开着的。是之前有人掀开了棺材吗？还是……还是里面有东西推开了棺材？

想到这里，南波兔整个人都不好了，在心中默默祈祷肯定不是他想的那样，他这嘴又没开过光……

南波兔正碎碎念自我安慰，忽然感觉到有呼吸喷洒在他的后脖颈。紧接着，一道诡异的声音在他身后响起，问他："你怎么躺在我身上呀？"

南波兔吓得想立即起身出去，却被身后那东西牢牢扣住身体，说："你别出去，它还没走，就在棺材旁边站着呢。"

南波兔小声问："你……你是什么东西？"

身后传来一阵诡异的笑声，南波兔紧贴着对方的脑袋，觉得毛骨悚然。

下一刻那个人说："我饿啦。"

南波兔连忙说："面包吃不？我还带了牛肉干！就是肉，你吃肉吗？"

身后的人回答："吃肉。"

"我这就给你找。"南波兔从包里摸出了牛肉干，撕开外包装，递到身后。

他手上的牛肉干被咬走了，咀嚼的声音在小小的棺材里响起。就这样，他连喂了对方好几包牛肉干。

忽然，那人说："它走啦，你也走吧。"

“谢谢你提醒我……”南波兔还是多有提防，一掀开棺材盖就迅速跳了出去。正当他想重新把棺材盖盖起来时，却怔住了，因为他看清了棺材里那个“东西”。

南波兔感觉自己被耍了：“南忪凛？怎么是你？”

棺材里的南忪凛对他嘿嘿一笑，说：“嗯，我是南忪凛。”

南波兔悬着的心放了下去：“我还以为我见鬼了呢！没想到是你啊！你的声音怎么阴阳怪气的？”

说完，南波兔更加生气了：“你是为了吓我故意捏着嗓子说话吗？现在在墓室里，我们就不要人吓人了，好不好？”

“好啊。”南忪凛一脸微笑地看着南波兔，声音还是那么诡异。

南波兔觉得此时的南忪凛有些奇怪，问道：“你为什么会躺在棺材里？”

南忪凛答道：“安全。”

南波兔正疑惑，忽然看到墓室外有光亮，是楚冬忍他们打着手电筒找了过来。

“兔爷，你在这儿啊，我们找了你好久。”楚冬忍一脸惊喜地说，“咦，你找到南忪凛啦？小松林，你没事真是太好了！”

南波兔问道：“你们刚才去哪儿了？怎么一个个跑着跑着就不见了？”

其他人对南波兔的话感到很惊讶。

白夜说：“我们一直跟在你和楚冬忍身后。”

楚冬忍也说：“是啊，白夜就跟在我们身后，你当时好像回头看了一眼，然后忽然说什么身后不是人就自己跑了。当时大家还在躲虫子，你又跑得那么快，我们不好追上你。”

“怎么会！我当时真的在身后看到了僵尸一样的怪物！”南波兔有些怀疑人生，难道他出现幻觉了？

想着想着，他咳嗽了两下，越发觉得墓室里的空气不是很新鲜。

白夜问：“你除了看到怪物，有没有看到身后的我们呢？”

南波兔摇摇头，更加觉得自己的脑子出问题了：“我当时连你们半个人都没看见……”

白夜说："你的眼里居然只有它，甚至容不下别人半分，这种感觉是什么？"

楚冬忍问："是爱情吗？"

南波兔说："滚！"

白夜总结道："说不定这就是传说中的鬼迷心窍。"

不过幸好没出什么意外，接下来他们需要更加小心了。看来这墓室里不光有奇怪的虫子，还容易让人产生幻觉。

众人开始询问南忪凛是怎么掉下来的，都经历了什么。

白夜站在一边，耳旁响起了门觉的声音："接下来你们不要再轻易分开了，我感觉墓室里真的有某种东西，还与里世界有牵扯。是和我力量相似的存在，它想逼你们落单。"

白夜问："为什么？它只会单挑吗？"

门觉说："我不知道，但直觉告诉我，如果南波兔没有遇到南忪凛，仍是落单状态，此刻他应该已经没命了。"

……

南忪凛正在一一回答大家的问题。虽然他都有问必答，但不管是说话的声调还是语气都和平时不一样，就像换了一个人。

白夜悄悄问门觉："这个南忪凛没问题吧？他是人吗？"

门觉确定地说："他没有问题，是人类，并且是他本人没错。"

得知这个奇怪的南忪凛没有异常，白夜这才放下了心。她走过去问南忪凛："南忪凛，你的嗓子怎么了？和你平时说话有些不太一样。"

南忪凛咳了咳，说："我感冒了。"

"哦。"白夜注意到南忪凛的视线，"我身后有什么东西吗？你为什么一直往我身后看？"

"我被吓出了后遗症，总想到处看看。"他答道。

"哦。"白夜也回头看了看，没有手电筒的辅助，她只能看到一片黑暗。

这时南忪凛对大家说："我梦游的时候好像找到了出口，但我醒来后记得不太清晰，只稍微记得一点儿路，我带你们去找找吧。"

此时众人都归心似箭，连忙让南忪凛指路，这破地方他们是一秒也不想多待了。

南波兔不想走在最后面，楚冬忍打趣道："怎么了，兔爷，害怕了？"

南波兔赶紧为自己正名："我没害怕！我只是不想回头忽然发现身后有东西！"

楚冬忍说："那你这不还是害怕了吗？"

南波兔爹毛了："我没有！才不是！你别瞎说！"

弥崖笑道："哈哈哈，看来兔爷刚才被吓傻了。"

南波兔说："你们闭嘴！"

几人跟着南忪凛打着手电筒往前走，南波兔因为产生过幻觉，所以习惯性地用手中的棍子挥向自己的两边。

楚冬忍和白夜走在队伍的后面，他在白夜耳边悄悄说："你有没有觉得现在的南忪凛和你挺像的？"

"我们哪里像了？"白夜问。

楚冬忍告诉她："面部表情不自然，就像刚开始学习喜怒哀乐的面瘫。不过他比你笑得好一点儿，起码笑起来好看，而你一笑就特别恐怖。"

"是吗？"白夜转过头，咧嘴对楚冬忍笑了笑，还把手电筒放在下巴处打着光。

楚冬忍没忍住，上手掐住白夜的腮帮子，成功制止了白夜这糟糕的表情："别闹，我跟你说正事呢，你说南忪凛是怎么了，咋忽然这样了呢？"

"不知道，他可能是被吓到了，也可能是梦游没醒吧。"白夜开玩笑地说。

但她刚说完，忽然顿住了，抬眼和楚冬忍对视了一眼，从对方眼中看到了同样的忧虑。

第九章

墓室的水池旁，洪秋泽正盘腿坐在地上打游戏，忽然他感觉有“东西”在盯着自己。

洪秋泽看了看左边的石像，说：“是你在看我吗？朋友，别这么直白地盯着我啊，我好羞涩啊。”他又看了看右边的石雕，“或者是你在看我？再看我，我也不能把你吃掉。”

洪秋泽开始自言自语：“唉，白夜他们怎么还不回来啊，我都寂寞到和石雕说话了。”他伸了一个懒腰，觉得有些困，无意中抬眼，发现周围那些石雕的眼睛似乎在转动。

洪秋泽被吓了一跳，定睛一看，那些雕像的眼睛又不动了。他走过去近距离观察，确定自己刚才是眼花了，正要转身时，听到轻微的风声。

哪里来的风声？还离得如此近，仿佛就在他耳边吹过。纳闷的他又找了一番，然后惊恐地发现——那些石像好像在呼吸。

……

墓底，南忪凛带着几人穿过一个大大的墓室，来到一扇朱红色的门前。

众人没想到这墓室里居然还有一扇这样的门，并且是铁门。其他墓室的门都只有一个门框子而已，没有什么实际作用。

这墓室的门后有什么？为什么特意用铁门锁起来？

弥崖说：“这可能是一扇‘死门’。听说墓主人为了防止被盗墓，在这里设了机关，只要有人进入就会自动落锁。”

听弥崖这么说，大家都不敢进去了。南忪凛却说：“但是我进去过，里面很安全，可能是年久失修，机关出现了问题。你们相信我，只要穿过这道门，我们就可以找到出口了。”

南松凛的话让大家打算冒险一试，虽然这门有点儿奇怪，但他们也没其他办法能出去。

保险起见，他们把门拉开一条缝，打算先看看里面的情况。

凌宿飞说：“弥崖的眼睛最小，让他来看。”

弥崖一脸不悦道：“这关我眼睛小什么事？你怎么不想想，如果里面没有光亮，那能看到啥？”

凌宿飞挠挠头，说：“也对。”

弥崖一脸鄙视地说：“以后少健身，多动脑啊，大兄弟。”

弥崖将门推开一条能容纳手电筒大小的缝，将手电筒塞进去，借着光看到了里面的景象，说：“这里面好像没什么问题，就是地上有很多骨头，横七竖八的，跟乱葬岗一样。”

弥崖把门完全推开，大家进去后，白夜见附近没有石头，就先把自己的手电筒夹在了门缝中，防止门自动落锁。

楚冬忍忽然“啊”了一声，说：“地上有东西抓我的脚！你们快来帮帮我！快点儿啊，你们都站在那里干看着干什么？”

其他人站在原地，一动不动地看着他，表情冷漠。

还是白夜上前一步，将楚冬忍被钉子钩住的裤腿放了下来。

楚冬忍谴责道：“你们一个个站在一边看着我被一颗钉子欺负，良心不会痛吗？”

“被一颗钉子吓成这样，你真有出息。”南波兔咧了一下嘴角，给了楚冬忍一个略带鄙视的眼神，就往前走了两步，却被一个东西绊倒在地。在手电筒的照耀下，他正好和地上的一个骷髅撞了个嘴对嘴，他瞬间大声尖叫，仿佛被玷污了一般从地上跳起来，不停擦着自己的嘴巴。

楚冬忍幸灾乐祸地说：“哎呀，兔爷你的初体验竟然给了一个骷髅，还是一个不知道是男是女的骷髅，我很佩服。”

“滚！”南波兔忍着恶心，不停用湿纸巾擦着嘴巴。

白夜也在一边起哄：“这一幕我知道，小说里常写，女主角摔一跤就能和男主角有亲密接触，特别有缘分。恭喜你，南波兔，你也遇到了自己命定的缘分。”

此时愤怒冲淡了南波兔的恐惧，他望着白夜阴狠狠地说：“你干脆就待在这个墓室里别出去了！”

白夜劝他：“南波兔，你别冲动，我若是出不去，就不能还你钱了。”

南波兔哼了一声，借着光来回看了几眼墓室，说：“南忪凛，你不是说这里有出口吗？出口呢？”

“在那里。”南忪凛指了指一个地方。众人随之看去，只见墙脚有个很小的洞口，比狗洞要小得多。

白夜不解道：“这个洞的大小只能装进去一个西瓜，人怎么能过得去？”

“晚点儿你就知道啦。”南忪凛回答。

白夜觉得此时南忪凛的语调说不出的怪异，她回头看向南忪凛，却见南忪凛一个人离开墓室，还拿走了卡着门缝的手电筒，咔嚓一声响，门被关上，并落了锁。

众人难以置信地过去拍门，凌宿飞对门外吼道：“南忪凛，你干什么？你为什么要把我们锁在里面？快开门啊！别开玩笑了！”

白夜语气平静地说：“他没在开玩笑，他是真心想把我们锁在这里的。”

弥崖却觉得是南忪凛的恶作剧：“不可能，南忪凛是什么人我们还不知道吗？大家这么久的兄弟了，他肯定不会对我们使坏的！”

白夜说：“但他现在可能是在梦游。”

“就算是梦游，他也没有理由害我们啊！”弥崖等人不停地拍着门。

南忪凛听着里面的动静，终于对关在里面的几人说了一句话：“太吵了，你们不要这么吵，会吵醒它的。”紧接着他捂住耳朵，蹲在地上，目光紧紧地盯着朱红色的门，像在等待着什么。

“喂，你们不要再敲了。”白夜制止其他人，“南忪凛说得对，刚才那个西瓜大小的洞真的能过人。”

南波兔说：“那你给我钻进去试试。”

白夜拿过楚冬忍的手电筒，照着洞口处说：“我只是想说，它从里面钻出来了。”

南波兔立即看向那西瓜大的洞口，只见一只细长的手臂从洞里伸了出来，紧接着，奇形怪状的身子也挤了出来，看起来跟没有骨头似的。

几人被吓了一跳，南波兔敲门敲得更猛了，喊道：“南忪凛，你开门啊！有怪物进来了！”

嗞嗞嗞——那个怪物没有张嘴，体内却发出蛇一样的声响，好似在对众人说话。

“不要急！看我把这家伙踹回去！”楚冬忍一脚踹在怪物身上，想将怪物踹回洞里，但怪物忽然卷住楚冬忍的一条腿拽入洞中。

楚冬忍赶紧挣扎，大喊：“快来救我！我快骨折了！啊啊啊，我卡裆了！白夜！白夜，快来拉我！”

“挺住，我来了！”凌宿飞一把拉住楚冬忍，心中疑惑楚冬忍为什么第一反应是叫白夜，白夜能有他的力气大吗？

凌宿飞奋力拉着楚冬忍，但楚冬忍又被怪物拉进洞里一截，洞口紧紧卡在他的大腿根处，让他痛苦万分。幸好此时白夜搭了一把手，才将他拉了出来。

一起帮忙的还有南波兔和弥崖。南波兔吐了一口浊气，说：“凌宿飞，你不行，看，我一来就把楚冬忍拉出来了，还是我力气大！”

弥崖说：“这也有我的功劳，这叫兄弟齐心，其利断金！”

在一旁默默拉着的白夜没有出声。

此时，洞里的怪物又探出头，像在捕捉猎物一样，视线在几人之间来回扫动，它如虫子般从洞中蠕动出来，口中依旧发出“嗞嗞嗞”的声音。

弥崖提醒傻站着的白夜：“白夜，它冲你过去了！你快到我们这边来！”

然而，怪物穿过白夜，撞向了朱红色的墓门。可当怪物触碰到门上的红漆时，就像触碰到什么可怕的东西，立马弹开了。

怪物重新盯向了楚冬忍。楚冬忍大惊，道：“怎么又是我？你去找南波兔不行吗？”

南波兔说：“你是不是兄弟？”

楚冬忍正要躲开，但怪物的速度快得惊人，它又缠住楚冬忍的腿拽向那狭窄的暗洞，如响尾蛇般嗞嗞嗞的声音更加频繁。

楚冬忍嘶吼道：“我不要再被卡裆了！求放过！”

“楚冬忍，你这样说话它听不懂，你也应该说……”白夜模仿怪物的声音，“嗞嗞嗞。”

白夜刚说完，怪物就停住了，它站在原地一动不动，像在等待着什么。

其他人都愣住了，楚冬忍慢慢抽出腿，说：“不会吧？还真行？”

南波兔说：“这怪物是假的吧？”

弥崖说：“这怪物的语言也太简单了吧？嗞嗞嗞是什么意思？”

“只有我说的，它才能听懂，因为我比较有语言天赋。”白夜不会告诉他们，怪物忽然停下是因为门觉。

可能因为门觉是里世界的产物，让怪物产生了危机感，所以在门觉释放出自身的气场后，怪物就僵在了原地。

蹲在门外的南忪凛听到朱门后没了动静，开心地弯起唇角：“它应该都把他们解决了吧，现在我可以如愿啦。”

南忪凛拿出衣兜里藏着的小布包，将里面的东西倒在手上，这些是从朱门上刮下来的红色漆粉。只要害死“他”的朋友们，“他”就会陷入自责，然后封闭自己，永远不会醒来了。

接下来，他要去帮“他”亲眼见证这惨烈的一幕。

南忪凛还没来得及动作，这扇只能从外面打开的门突然咔嚓一声开了。他心中一惊：所有人都被关在里面，这条甬道里应该只有他一个人——是谁开的门？

南忪凛惊慌失措，赶紧用力阻止门被推开，想将门再次合上。这时，门内伸出一只雪白的手，抓住他的肩膀。那只手明明很纤细，却硬是推得他不断后退。

直到门被完全推开，拿着手电筒的白夜从里面走了出来，她的手还抓着南忪凛的肩膀。

南忪凛换上笑嘻嘻的表情："你们怎么都出来了啊？我正要给你们开门呢。"

南波兔质问："你为什么要把我们关在里面？"

"我只是想和你们开个玩笑呀，我肩膀上的手能先松开吗？"南忪凛露出人畜无害的表情。

"不行，你会跑的。"白夜说，"不能让你带着南忪凛的身体离开我们的视线。"

南忪凛一愣，说："你在说什么呀？我就是南忪凛呀。"

白夜说："身体的确是南忪凛的，但谁知道在他身体里的你是什么？"

凌宿飞问："白夜，难道你的意思是南忪凛被什么东西控制了？"

白夜摇了摇头，说："我也不知道他到底怎么了，但他绝对不是平时的南忪凛，可能是双重人格之类的，我们现在看见的是另一个他。"

凌宿飞想到南忪凛的梦游症，觉得白夜的猜测极有可能。他们找到南忪凛时，他就和平时不一样，说话的语气很像小孩子，他还以为是他被吓到了的缘故。

凌宿飞又问："不过，白夜，为什么你刚才在里面说了句'芝麻开门'，这扇紧闭的门就自己打开了？"

白夜说："可能因为这是声控门吧。"

"这么厉害吗？"凌宿飞觉得白夜在骗他，但他拿不出证据。

"嗯。"白夜斩钉截铁地说。

门觉等于声控，这样的解释很合理。

楚冬忍问："那我们现在拿这个南忪凛怎么办？总不能让他一直跟在我们身边啊，咱们得用什么办法把真正的南忪凛弄回来。"

白夜思索道："如果他变成这样的原因是梦游，那么让一个人从梦中醒来的方法有很多。"

楚冬忍茅塞顿开："我知道了！咱们可以给南忪凛听闹铃！"

南波兔忍不住了，说："你傻吗？放什么闹铃，直接揍他啊！把他揍醒！"

弥崖表情郑重道：“兔爷，南忪凛可是我们的好兄弟啊！但我不得不说你这个揍他的决定真是太妙了，毕竟打是亲骂是爱，我们的友情这么深刻，不揍他简直不能宣泄我那无处安放的兄弟情！”

楚冬忍说：“好！那就这么愉快地决定了！”

白夜：“……”

她真是不懂E班人。

南波兔一记“友情拳”打在南忪凛的脸上，“南忪凛”有些崩溃：“我真的是南忪凛！你们别听白夜胡说！”

“你还装蒜！”楚冬忍又踢了一脚。

很快，“南忪凛”装不下去了，他看向众人的眼神充满敌意，恶狠狠地说：“就算你们现在赶走我，我也还会出现的！我和他是并存的！而且就算我不见了，你们也出不去！‘守墓人’会来找你们的！”

“守墓人？你说的是那边那个怪物吗？”白夜指向一个方向。

“南忪凛”看到那“柔弱无骨”不再动弹的怪物，愣住了，道：“皮囊下的狡虫为何会停止动弹？明明它们和水蛭一样，是无比渴望吸食血液的。”

南波兔不想再听他说话，带着其他人又给了“南忪凛”一顿毒打。真正的南忪凛一清醒，只觉得身上剧痛无比，他叫着：“你们在干什么？别打我了！喀喀喀……”

“哎哟，你还跟我们装无辜？”楚冬忍指挥道，“继续打！”

凌宿飞难掩愤怒：“你这个鬼东西，赶快从南忪凛的身体里滚出来！”

南忪凛赶紧讨饶：“我是真的南忪凛，别打了！把我打晕了，他又会出现了……谁踢我的屁股？”

楚冬忍赶紧收手，说：“哎呀，对不起，这里太黑了，我没掌握好位置，你还好吧？”

南忪凛气道：“楚冬忍！”

楚冬忍没有一点儿悔过之情，说：“我又不是故意的，要不我帮你揉揉？”

南忪凛说："滚！"

众人听他的声音正常了，应该是真正的南忪凛回来了。不过以防万一，几人决定考考他。

楚冬忍问："那你说，咱俩谁更帅？"

南忪凛毫不犹豫地答道："我！"

楚冬忍说："你答错了！分明是我！这人是假的！大家快继续揍他！"

南忪凛说："楚冬忍，你放屁！"

"行了，别闹了，他能有这种反应，应该是真的了。"南波兔拍了一下楚冬忍的后脑勺，示意他消停一点儿，"不过，南忪凛，刚才那个假冒你的东西是谁？"

南忪凛叹了一口气，终于和大家讲起自己一直不愿提及、在他看来极其古怪的病："小时候我就有梦游的毛病，但我一直以为是单纯的梦游症，直到昨天，我才明白我为什么会一直梦游。"

说到这里，南忪凛咬了咬牙："是小福，原来这么多年一直是小福待在我的身体里，是他导致我梦游。"

白夜问："小福是谁？你认识他吗？"

"算认识，但又不算认识。"南忪凛说，"因为我们只在妈妈的肚子里共生过。没出生之前，妈妈说给我起名小幸，给他起名小福，但后来他胎死腹中，被成功生下来的只有我。"

都说双胞胎有心灵感应，南忪凛的讲述让白夜突然想到了国外连体双胞胎的故事。

如果双胞胎本是一体的，那死去的小福的意识体会不会也能寄居在南忪凛的身体里，和他争夺身体的使用权？或者，这是南忪凛的童年阴影，由于家里人总是提起那个死去的孩子，所以他有了自我暗示，生出了第二人格？

为了弄清楚究竟是哪种情况，白夜问南忪凛梦游症是在什么时候出现的。

南忪凛回忆道："我第一次梦游是在十二岁那年，在此之前，他从来没有出现过。"

白夜说："那小福很可能是你的第二人格，如果他真的是寄居在你身体里的双胞胎兄弟，那他应该在你出生后就出现才对。"

南忪凛不认可白夜的话，他始终觉得小福是在和他争夺身体。

南忪凛又问："我不在时，他对你们做了什么吗？我没有一点儿梦游时的记忆。"

几人都没把小福差点儿害死大家的事情告诉南忪凛，南波兔说："也没什么，都是小事。"

"那就好。"南忪凛轻松了许多。

但见到旁边面容可怖的怪物，南忪凛简直有种拔腿就跑的冲动，他有种感觉，小福把他带到这里是想做什么坏事。

南波兔看着地上的怪物，说："对了，刚才我听小福提过狡虫，这尸体里的虫子是不是有什么来头？"

"狡虫的意思是凶害之虫。"白夜想到之前参观过的出土女尸，猜测有人故意将这种虫子放在墓室里，以作守墓之用。

白夜将手电筒对准红漆门，只见门上有很多刮痕。

南忪凛总觉得手上有什么东西，他摊开手掌一看，手掌上血红一片，好像是门上那种红色粉末。

白夜分析："之前我们被关在门内时，那怪物想撞门出去，但它刚碰到门，便非常痛苦地弹了回来，可见门上的这种红漆克它。"

"这漆闻上去有很重的腥味……好奇怪……"南忪凛感到恶心，手快速在自己裤子上擦起来。

楚冬忍趴在那西瓜大小的洞口边上，研究这里是否真的通往外面："万一这里真的是出口呢！我将洞挖大一点儿，看看能不能找到出口。"

楚冬忍摸着摸着，忽然抓到了一把湿湿的东西，是苔藓？

他继续往前摸，连肩膀都进去了，说道："我摸到了！我摸到这个洞的里面了！这面墙的厚度大概是我胳膊的长度，所以我们要不要……"

"挖挖看"三个字他还没说出口，就感觉自己碰上了一团乱麻一样的东西。或者说，是那团东西先碰上了他的手。

楚冬忍赶忙将手臂抽出来，说：“墙那边好像有个会动的东西，我刚刚摸到了！”

白夜问：“楚冬忍，你的手上是什么？”

楚冬忍抬手对着灯光一看，他的手上正黏着一层厚厚的黑色物体，又臭又湿，并且正在蠕动。他赶紧飞速甩手：“啊啊啊——怎么有这么多虫子？我刚才还以为是苔藓呢！”

凌宿飞拿出矿泉水，说：“过来！我帮你冲下去！”

凌宿飞正要往虫子上浇水，那些虫子忽然飞了起来。等凌宿飞反应过来的时候，那些虫子已经扑到了他脸上，并向他的鼻孔与耳朵钻去。

凌宿飞瞬间想到了那个被当成虫巢的盗墓贼，直觉告诉他不能让这些尸虫钻进身体，否则他最后的下场就会和那个盗墓贼一样！

凌宿飞疯狂拍打那些虫子，但虫子太小了，数量又多，他根本无法阻止。

“让开！让我来！”楚冬忍大吼一声。

凌宿飞还没反应过来，便被一股味道奇怪的气体喷了一脸。

“喀喀喀……什么东西？”凌宿飞问。

“杀虫剂！大家屏住呼吸！我要继续喷了！”楚冬忍左右开弓，双手齐喷，怕一种杀虫剂不管用，就换了五种一起喷。

片刻之后，凌宿飞被喷得满脸是杀虫剂，墓室里弥漫着浓重的杀虫剂味，虫子被熏死了，人也要被熏死了。

几人边咳嗽边跑出墓室。南波兔问：“你哪里弄来的杀虫剂？”

楚冬忍说：“这个嘛……我是魔术师，这是我变出来的。”

南波兔说：“说正经的！”

楚冬忍说：“你看，我说真话你又不信，我现在真的会变魔术了，自学成才的。”

南波兔翻了一个白眼，只当他是在开玩笑。

楚冬忍松了一口气，幸好“魔术师”的技能在现实中可以用钱换物，所以他才能变出这些杀虫剂。也幸好这些杀虫剂有用，不然凌宿飞肯定就玩完了。

凌宿飞夸奖他："楚冬忍，还是你有先见之明！我们的包里带的都是吃的和水，还有防身工具，只有你带了一书包的杀虫剂！"

楚冬忍讪笑道："呵呵……对，我早算到我们会在墓室里遇到虫子了，我就是这样神机妙算的男人。"

不过，他刚才摸到的到底是什么东西？

这时，墓室里忽然响起了"咚咚咚"的声音，不轻不重，像是砸门声。这声音好像是从楚冬忍刚才掏的那个洞里传来的，又好像来自他们头上。

白夜提醒众人："虫怪又动了。"

众人齐齐向身后看去，只见那被虫子寄生为虫巢的怪物穿过众人，向墓室的深处走去，它似乎想去墙的另一边。

众人突然想到，当他们被困在这里时，最开始这个怪物的反应并不是攻击他们，而是去撞门。现在门已经被打开了，那么它到底想去哪里？

大家犹豫着要不要跟过去看看，又担心跟上去的话会好奇心害死猫。

弥崖说："我们还是去看看吧，万一那边真的是出口呢？"

就在几人讨论时，白夜从那红漆门上刮了很多漆下来。既然那些虫子怕这个漆，那她就多收集一些，以防万一。

其他人看到白夜在收集红漆，也想起了怪物怕红漆的事，顿时觉得有了安全保障，便一致决定先跟过去看看。

路上，楚冬忍悄悄塞给白夜一个冰冰的东西。白夜低头一看，是冰激凌。

楚冬忍悄悄地说："墓室里闷，你先吃个冰激凌清爽一下。"

白夜也轻声回复："你别用技能变这些东西出来了，不然被南波兔他们看到没办法解释。"

楚冬忍偷偷地说："嗯，我知道，所以咱俩偷偷吃，别被他们看见。"

要不是楚冬忍害怕气味被南波兔他们闻见，他都想变麻辣烫出来吃了，大晚上的可真饿。

白夜提醒他："虽然不能吃麻辣烫，但我们可以吃辣条啊。"

"你说得有道理！"楚冬忍立马变出两包辣条，和白夜一人一包，边走边吃，两人被辣得直吸气。

突然，一道光照在他们脸上，两人连忙把辣条藏在身后。

南波兔举着手电筒，严肃地问："你们是不是在后面偷吃什么东西？"

白夜和楚冬忍异口同声地否认："我们没有啊。"

南波兔一脸狐疑道："那你们的嘴巴怎么都红红的？吃辣椒了？"

旁边的凌宿飞说："所有的吃的都是我买回来分给大家的，我也没买带辣椒的东西啊。"

南波兔百思不得其解："那他俩的嘴怎么红了？"

楚冬忍正打算编一个理由搪塞过去，但前面的虫怪忽然停了下来。众人随之停下脚步，只见虫怪停在一口红色的棺材前，便用手电筒在整个墓室扫了扫，忽然觉得这个墓室的样子看起来有些眼熟，就像他们曾经来过一样。

南松凛想起来，说："这里是'阒山美女'放棺材的主墓室！我们前几天跟着导游参观过！"

众人恍然大悟，这里的结构竟和他们那时候参观的墓室一模一样，但这两个墓室根本不在一个地方，一个在地上，一个在地下，仿佛其中一个墓室是另外一个的复刻版。

南松凛分析道："这个应该才是真正的'阒山美女'之墓！而地上那个墓室是仿造的！很多墓为了防止被盗，都会设置一个假的主墓室。"

看来他们现在见到真的了。那说明他们之前参观过的阒山美女也是假的，真正的阒山美女应该就在他们面前的棺材里。

白夜蹲在棺材旁嗅了嗅，闻到一股异常浓烈的腥味，这口棺材上的味道和红漆门上的味道很像，都散发着陈腐与恶臭的腥味。

"你们看！"楚冬忍指着棺材紧靠着的那面墙，在棺材正上方的墙面上，有个西瓜大小的洞。

楚冬忍凑近看了一会儿后，语气确定地说："这应该就是通往红漆门那个墓室的洞！我那时把手伸入洞里，摸到了一个东西……难道我摸到的是棺材里的尸体？”

“但洞在棺材上方的墙上，如果你想在这个位置摸到尸体，除非那时候尸体从棺材里坐起来了。”白夜走到楚冬忍身边一起研究，“但现在棺材盖还好好地盖着呢，里面的尸体就算会动，也坐不起来……”白夜说着说着停了下来，因为她看到棺材最上方开着一条小缝。

白夜说：“咦，这口棺材没盖严实。”

楚冬忍赶紧拉着白夜远离棺材，白夜却突然伸手扒拉棺材的盖子。楚冬忍被吓了一跳，赶紧阻止她。

白夜说：“你放心吧，我掀不开。”

楚冬忍刚放下心，白夜就推了一下棺材盖：“因为它是滑盖的。”

棺材盖顺着那条小缝缓缓滑开了，楚冬忍被吓了一跳，想抱住旁边的人。但他发现旁边站着的是虫怪后，心脏更受不了了，立即跑到凌宿飞身后。

凌宿飞的腰被楚冬忍抓得发痒，他说：“你干什么？”

楚冬忍说：“咱们几个人里面就你长得最凶了，我指望你这面相能辟辟邪。”

凌宿飞：“……”

楚冬忍踮起脚，目光越过凌宿飞的肩膀去看棺材，却没有看到想象中可怖的画面——这棺材居然是空的。

“幸好没有尸体……”楚冬忍自言自语。

白夜在这时说了一句让楚冬忍差点儿跳进凌宿飞怀里的话：“没有尸体不是更可怕吗？那时候你隔着墙摸到了尸体的头发，说不定当时尸体坐了起来，所以你才摸到了，而现在尸体离开了。”

楚冬忍简直要奓毛了：“白夜，你别吓唬我了！”

弥崖却因为白夜的话产生了新的联想：“这尸体还有随手关门的好习惯呢，离开了棺材还不忘将自己的棺材重新盖起来。”

“重要的是尸体去哪儿了！”楚冬忍用手电筒四处照，他的头皮发麻，总有种被人在暗处盯着的感觉。

就在此时，熟悉的咚咚咚声再次响起，就在他们头上。

众人不约而同地抬头。白夜说："声音好像是从我们头顶的那个墓室传来的，有人在那里敲东西。不会是小红吧？"

他们是从上一层的墓室掉下来的，而洪秋泽就留在上面等他们，所以会不会是洪秋泽在用这种方式呼唤他们回去？

上层墓室中，洪秋泽的身后传来敲门声。

被石像吓过一跳的洪秋泽回头看向身后的门，心想：这门不是被锁半年了吗？里面咋还会有人敲门？对了，一定是白夜他们！

洪秋泽跑到门边问："白夜，是你们在里面吗？我叫工作人员过来帮你们开锁！"

然而门后却传来幽幽的、含混不清的声音，像是风声，也像是蛇虫的咝咝声，又像学舌的乌鸦在压着嗓子与人讲话。

"外面有人吗？"门内的人问。

"啊？你是谁？"洪秋泽说完就后悔了，因为门内的那个声音很陌生。

他有些心慌：除了白夜他们，墓室里还能有什么好东西？万一他因为应声，有什么三长两短怎么办？

洪秋泽正要转身离开，身后忽然有人拍了拍他的肩膀，那个和门内一样的声音在他身后响起："是我。"

洪秋泽怔在原地，他身后什么时候多了一个人？

他僵硬地回过头，对上了一双没有眼皮，甚至要冒出眼眶的眼睛。对方说："我记得你，你白天来参观过我的尸体，现在你还想再看看我吗？"

"美……美女，是你吗？"洪秋泽踉跄着后退，难道眼前这个东西是"阗山美女"？但怎么和他白天参观过的那具尸体不一样？他吓得拔腿就跑，藏到石像面后又探出头，却发现"美女"不见了。

洪秋泽警惕地看着四周，他所藏身的石像忽然转过头，注视着他说："你是在找我吗？"

啊啊啊！石像怎么变成美女了？

洪秋泽离开石像便向前跑，但他路过的两边的石像纷纷回头看着他，那些石像都变成了“阒山美女”的脸，并且都开始朝他的方向移动。

这时洪秋泽听到一个孩童的声音，那个孩童站在墓室出口的方向看着他，说：“哥哥，当你被那些石像围住，就会被它们变成石像，样子也会变得和它们一模一样，谁都不会认出你！来，你抓住我的手，有我在，它们就不会抓你了！”

面色惨白的孩童向洪秋泽伸出援手，洪秋泽被这孩子的话吓得心惊胆战，不自觉将手伸了过去。但当他的手即将穿过墓门时，忽然又缩了回去。

孩童一脸焦急地望着他，说：“哥哥，你快跟我过来呀。”

“谁知道你是什么东西！”不知为何，洪秋泽突然想起了里世界，他总感觉此时的他没有置身真实的世界，所以他不能轻易离开这里，如果离开这里，“守卫”的能力就会失效。

就在洪秋泽拒绝那个孩童后，他的身后突然贴上一个冰凉的东西，那个东西随即抓住他的手臂，有尖尖的指甲陷入他的肉里，那个东西问他：“你不是喜欢参观我的尸体吗，为什么要跑？既然你这么喜欢，就留下来吧……”

“不……不了，其实也不用天天黏在一起，爱得来不易，要留一点儿空隙，彼此才能呼吸！”洪秋泽赶紧挣脱桎梏，然而后面的东西又缠了上来，洪秋泽感到肩膀传来一阵剧痛。

他挣扎着想逃，却怎么也逃不开，他觉得自己命不久矣。

恰在这时，孩童焦急的声音再次响起：“让我进去！让我来帮你！快答应让我进来！”

恐惧之下的洪秋泽正想让对方进来，脑子却忽然恢复了一丝清明：“不许进来！我这才想起来，我是‘守卫’，我存在的房间应该进不来非人的生物才对！”

意识到这点后，洪秋泽肩膀上的痛感忽然消失了，他回过头，所谓的“阒山美女”不见了，石像也都立在原地，没有移动的痕迹。

他的肩膀好好的，没受一点儿伤，但后颈处有一种酥麻感。他伸手一摸，从脖子上捏下一只叮在他脖子上的奇怪虫子。

他就知道是幻觉！只是这虫子是从哪里爬出来的？石像的鼻孔里吗？

望着正前方的大水池，洪秋泽一阵后怕。要是他刚才向幻觉中的孩童求救，就会掉进这个大水池里，很可能会溺死。

……

此时此刻，墓室下面，众人发现一段向上走的狭窄楼梯，如果棺材里的尸体是被寄生的虫子操纵着离开的，那应该就是从这里走到上一层的。

走着走着，他们经过一段很窄的楼梯，只能容一个人通过。

白夜用手电筒照了照，发现这条通道很长，尽头的光被黑暗吞没。她说："如果我们往上走的时候，被虫子寄生的尸体回来了，我们刚好和它撞在一起了怎么办？"

南波兔说："那我们先在这里等它下来？"

最终几人一致决定小心行事，打算先在楼梯口埋伏一下，纷纷开始找能藏身的地方。

南波兔蹲在一处陪葬物品的后面，自认为十分保险，之后他看了一眼楚冬忍，顿时惊讶地问道："楚冬忍，你怎么藏在一个大纸箱里？"

楚冬忍说："啊？你没事向我这边看干什么？我藏在纸箱子里不行吗？"

南波兔说："问题是，纸箱子从哪里来的？"

楚冬忍难以解释纸箱是用自己的能力变出来的，就说："应该是这墓室里的古董吧。"

"纸箱子是古董？"南波兔看出楚冬忍在敷衍，"好好好，就算古时候就有纸箱子了，但这上面写着'顺风快递'是怎么回事？"

楚冬忍憨笑着："嘿嘿，嘿嘿……"

看着笑而不语、装傻充愣的楚冬忍，南波兔莫名想上去把楚冬忍的大箱子踢烂。但他遇到了更生气的事，因为他看到白夜正举着一扇防盗门，将自己的身体藏在防盗门后面。

“哪里来的防盗门？”南波兔问。

这么大的防盗门是怎么出现在墓室里的？难道真是古董？

南波兔凌乱了。

白夜解释道：“这应该是之前的考古人员落下的。”

可考古人员下墓室为什么要带防盗门？南波兔更凌乱了。

“嘘，你们小点儿声，上面有动静。”听到南忪凛的提醒后，黑暗里的其他人不由得止住了声响。

之前他们把手电筒放在了墓室的各个角落，这样既能照亮墓室，也可以防止尸体里的虫子回来后会顺着光找到他们。

防盗门后，门觉化成一抹黑雾，渐渐攀爬上白夜的皮肤，像一副铠甲。

白夜感到自己装门觉的衣兜空了，于是问道：“门觉，你去哪儿了？”

“我在你的身上。”门觉的声音从白夜的耳边传来，就像在贴着她的耳朵说话。

“我看不见你了。”白夜甚至感觉不到门觉正包围着自己，“之前你变成这个样子的时候，还会把头放在我的肩膀上呢，但现在我怎么摸不着你的头？”

门觉说：“废话……我要是把头露出来，那你的那些同学看到不是会被吓死？”

他变成这种形态是为了方便和白夜说话，因为这种形态的他跟白夜说话，别人都听不见。他还告诉白夜：“你想跟我说悄悄话的时候，只要口型做对就好了，就算不发出一点儿声音，我也能知道你在说什么。”

“这是什么原理？”白夜不再小心翼翼地控制音量，而是像门觉说的那样，不发出声音，只做口型。

门觉真的接收到她的话，回答道：“原理嘛……因为我将自己的一部分罩在了你的嘴唇上，所以能对你的口型捕捉得特别精确，知道你每个字想发什么音。”

“但是……发音不是由舌头决定的吗？你不会是钻到我嘴里去

了吧？”白夜一脸狐疑。

“你……你别多想！”门觉的声音听上去有些惊慌。

白夜不会觉得自己这样做很恶心吧？可是他变成的雾不带细菌啊！等等！白夜是不是误会自己在非礼她？

门觉解释：“白夜，我就是一团雾！很单纯的雾！你……你懂的吧？”

白夜并没有对他露出嫌弃的表情，甚至没理解他的话是什么意思，只是问：“舌头不是能感受到味道吗？如果你变成的雾在我的舌头上，我怎么尝不出你的味道？”

门觉说：“你当我是糖吗？舔一下还能有味道？”

“嗯，我以为会有呢。”当白夜说出这句话的时候，门觉不知为何觉得有些呼吸不畅。

奇怪，明明他不用呼吸。

他鬼使神差地问：“所以，我在你心里是糖吗？”

白夜说：“不，是辣条。”

门觉：“……”

白夜继续在他忍耐的极限上来回试探：“你要是不喜欢辣条，那皮蛋也可以，你看你的头黑漆漆、圆滚滚的，多像一个皮蛋啊！”

门觉：“……”

他算是明白了，刚才自己呼吸不畅绝对是被白夜气的！

此时，甬道的楼梯处忽然出现了一片阴影，那里被南忪凛放了手电筒，所以大家能看到那东西由远及近的影子——她下来了！

众人渐渐看到了女尸的样子，尸体腐烂得并不严重，明明是很久以前的尸体了，却依稀可见对方往日美丽的轮廓，只不过因为缺少水分，所以比较干瘪。

门觉对白夜说：“我猜是虫子的缘故，这种虫子可能比较特殊，能减缓尸体的腐烂程度。”

在墓室里养这种虫子，一定是墓室主人所为。也许墓室主人只是为了永远保持美貌，却不知自己养的虫子在墓室里成了极其可怕的东西。

白夜说："可是这么多年了，这些虫子为什么一直留在墓室里没有离开？"

门觉分析："也许是因为涂着红漆的棺材与门，上面涂料的气味压制了这些虫子……也许……"他突然想到什么，"我总觉得涂着红漆的门内的虫和女尸棺材里的虫有什么联系。"

虫子操控着墓室主人的尸体在墓室中央游荡，注意到了四周手电筒的光。

因为手电筒是被扔在地上的，所以虫子没有在光源的位置找到人。忽然，那具女尸冲着白夜的方向来了，可能是白夜的防盗门太大了，比较显眼。

当时楚冬忍非要给她弄防盗门，她没来得及拒绝，楚冬忍就拿出来了。

门觉让白夜不要担心："防盗门在两面墙的夹角之间，正好将你完全遮住了。"

墓室主人立在防盗门前，隔着猫眼，白夜正好看到对方的大脸。

白夜说："她好像站在那里不动了。"

门觉说："毕竟她是古代人，可能正在研究防盗门是什么东西。"

"你有没有听到窸窸窣窣的声音？"白夜正如此说着，忽然看到一只黑色大虫子飞过来，正好停在她的嘴唇上。

"蟑螂！"白夜大叫道。

"你傻啊！那是虫子！"门觉也被吓了一跳，赶紧释放自己的气压想吓走虫子。

可谁知这次并没有像上次那样奏效，从墓室主人身体里爬出来的虫子好像等级更高，不像北方蟑螂一感知到危险就跑，而是像南方蟑螂一样肆无忌惮地恐吓人类。

啪的一声，白夜一巴掌拍在自己嘴上，却拍了个空。

"它好像掉进我衣服里了！"白夜道。

"你放心，我不会让它到处钻的！"门觉的能量体刚好贴着白夜的身躯，所以他能感受到白夜衣服下的异动。

找到虫子在哪里后，门觉的手忽然实体化，然后从白夜的肚脐处掏出一只拇指大小的虫子。

白夜被门觉的手碰到后忍不住叫了一声。门觉的脸一红，说：“喊什么喊，你以为我愿意碰到你吗？”

白夜说：“不是，是你的手太冰了。”

“毕竟我没有体温。”门觉将虫子捏碎丢开，实体化的手再次化为雾气。

白夜问：“你能不能帮我们摆平这具拦路的尸体？”

门觉说：“我怕虫巢破碎，到时候虫子都爬出来，我护不住你们，先观察一下，也许找到母虫在哪里，可以利用母虫控制住其他虫子。”

就像蚂蚁中有蚁后一样，尸体里有那么多虫子，甚至能操纵尸体走路，肯定也有命令其他虫子的母虫。

此时尸体里的母虫可能感应不到飞出去探路的虫子，所以尸体在防盗门处徘徊了一下就走了。

墓室主人又来到了楚冬忍所在的箱子前，缓缓弯下腰。

因为楚冬忍在箱子上抠了两个洞，所以他能看到外面的情景，但忽然他的眼前一片漆黑。

咦？眼前怎么黑了？他怎么看不到外面的东西了？

楚冬忍想着，难道那些虫子把外面亮着的手电筒都毁掉了？外面没了光，我才看不到？

正当楚冬忍如此想的时候，他的耳朵一痒，听到了虫子的嗡鸣声。

声音之近，让楚冬忍浑身战栗，他瞬间反应过来，快速甩开箱子跳出来，下一刻，他所藏身的箱子就被撕烂了。

楚冬忍赶紧用“魔术师”的能力变出锤子防身，惊恐之下他想都没想，一甩手将锤子砸了下去。锤子正好砸在墓室主人的肚子上，下一刻，对方吐出一堆黝黑的东西，是虫子！

虫子离体后，都向着楚冬忍飞去。

楚冬忍避无可避，已经开始想象自己死亡的画面：那些虫子是不是有毒？咬了他后他会中毒而死吗？他会被那些虫子弄成下一个虫巢吗？

就在楚冬忍绝望到胡思乱想时，那些虫子竟然挣扎着从他身边飞走了，他一愣，闻到自己身边有一股腐臭味。

白夜叫他："你别愣着，快拿杀虫剂！"

楚冬忍反应过来，是白夜将从红漆门上收集的粉末扬在了他身上，所以那些虫子才被驱散了。

但粉末很少，只能用一次。

"接着！"楚冬忍给每个人都分发了一瓶东西，那些虫子已经重整旗鼓，像一股黑色的龙卷风要把众人卷入其中。

凌宿飞正要使用手上的东西，突然发现楚冬忍给他的不是杀虫剂，他赶紧说："楚冬忍，你拿错了吧！"

"没拿错！大家快用！"楚冬忍正说着，手里又拿出一罐东西。

众人看到楚冬忍手上的物品，赶紧把手上的便携式氧气瓶罩在自己的鼻子上。

下一刻，楚冬忍手里的灭火器喷射出白色的泡沫，飘满了本就不通风的墓室，空气中都是浑浊的味道。那些飞着的虫子也被灭火器中喷出的物质包裹，像遭遇了柔软的子弹，开始成群地灭亡。

虫群渐渐被打散，墓室主人的尸体由于缺乏足够的虫子支撑，无法再站起来了。

此时，另一旁也传来了密集的嗞嗞声，之前在红漆门墓室所发现的虫怪也跟到了这里。它的体内正不断钻出大量的虫子，向着墓室主人的尸体爬去，然后涌入对方的口腔中。

随着墓室主人干瘪的尸体越来越鼓，虫怪则无力地倒在地上，众人意识到，虫怪的身体被虫子们放弃了。

门觉低声说："这些虫子应该都是曾经从母体中分离出来的，之前虫怪找棺材是为了归巢。"

楚冬忍继续拿着灭火器对着虫子喷，虫子们却四处分散，更可怕的是他发现由于他的双手拿着灭火器，没有吸氧气，现在他的喉咙开始痒痛起来，同时伴随着窒息感。他先于众人发觉到，这不通风的墓室氧气告急了。

那些虫子在气息浑浊的墓室里不像人类那样受影响，钻入墓室主人的尸体后更是不害怕灭火器了，楚冬忍眼睁睁地看着虫子操控着尸体向灭火器扑过来，随后他被扑倒。在手电筒微弱的灯光下，他看到尸体的嘴巴里爬出一只又一只黑色的虫子，然后爬上了他的身体。

白夜喊道："你们快把旁边那口棺材打开！"

"懂了！"弥崖和凌宿飞憋着一口气，一起快速拉开棺材板。

白夜仗着有门觉护体，快速凑近准备直起身体的墓室主人。她拿着楚冬忍之前塞给她的小零食，迅速塞进尸体的口中。成批的虫子无法再从嘴巴里爬出，她立即将尸体推进了棺材里，说道："快盖棺！"

下一刻，弥崖和凌宿飞砰的一声将棺材板合上，而成批的虫子一直在里面顶着棺材板，挣扎得厉害。

众人已经懒得管它们了，都坐在棺材边上大口大口地吸氧气，幸好他们的肺活量都可以，所以在缺氧的环境下也不影响行动。

凌宿飞一边吸氧气一边问："怎么让这些虫子不再跑出来呢？"

"要不……"楚冬忍一脸为难地拿出一卷胶带，说，"封住就好了，它们没有氧气，时间久了也会死的。"

南波兔不知楚冬忍又是从哪里掏出来的胶带，不过也幸好楚冬忍能拿出这种东西。他接过胶带开始封棺，将能让虫子爬出来的缝隙缠了个遍。

此时墓室里空气浑浊，大家只能依赖氧气瓶呼吸。为了寻找出口，他们顺着墓室主人刚才回来的路摸索出口。走了一会儿，南波兔的手电筒向墓室上方一晃，发现那处墙面上凸出来很大一截巨石。他突然联想到之前让他们掉下来的机关，当时就像有沉重的巨石压在上面，如老式门锁的插销一般锁住了入口，而眼前的这截巨石，就很像机关一样的东西。

南波兔指了指头上，示意众人这里的构造很特别。楚冬忍也打着手语说："时间紧迫，我先顺着台阶去上一层看看，其他人在这个墓室找找机关。"

楚冬忍总觉得，刚才上面传来过洪秋泽的声音，所以他很想上去看看。

南波兔不放心楚冬忍一个人上去，就和他一起顺着石阶去了上一层，其他人则留在墓室里研究石头、找机关。

白夜默默地摸索着装着尸体的棺材，发现这口棺材好似是和地面连在一起的。她伸手去摸棺材的底部，忽然按到了什么东西，只听到咔嚓一声响……

咚咚咚，洪秋泽背后紧锁的门又传来震响。

洪秋泽警觉起来，他又产生幻觉了吗？

这时他听到南波兔的声音："洪秋泽，你是不是在外面？"

洪秋泽不搭腔，觉得这一定是假的兔爷，是用来迷惑他的幻象！

随后他又听到了楚冬忍的声音："洪秋泽这个爱玩的孩子不会没有等我们，自己回去睡觉了吧？"

听到楚冬忍这奇妙的话语，洪秋泽突然无比确定是他们。

"你们居然走到这扇门的后面来了！"洪秋泽来到门前，"但世界上最遥远的距离就是我在门的这头，你在门的那头，这门上有好几道锁，我也打不开啊！"

"我们再回去看看好了，说不定能在下面发现机关。"楚冬忍刚要拉着南波兔回去看看，就听到外面洪秋泽叫了两声。

南波兔急忙问："洪秋泽，你怎么了？"

他们还以为外面的洪秋泽遇到了什么危险，却听洪秋泽说："你们之前跳进去的那个入口又开了，我没有动它，是它自己开的！而且到现在它都没有合上。"

楚冬忍立刻想到什么，说："难道是白夜他们找到了机关，利用机关打开了那个入口？"

"既然打开了，你们就趁它没合上赶快回来吧！"洪秋泽催促，"我怕一会儿这石板又闭合，你们就出不来了！"

南波兔和楚冬忍立刻返回墓室，并把入口已经打开的消息告诉了其他人。

大家欣喜地正要原路返回，寻找入口，谁知道上面又传来了洪秋泽大声的叫喊。因为现在他们距离比较近，周围又比较安静，所以洪秋泽的声音很清晰："入口又关上了！"

众人止住脚步，心里觉得奇怪，入口怎么又关上了？

"可能是因为这个。"白夜指了指棺材下面的一个位置，"我刚才用手将这个地方的小孔按了下去，那边墙上的石头就凸了出来，所以那块石头可能就是我们进来的入口的'插销'尽头，通过按这个孔，就能把'插销'拔出来，入口也就显现了。"

弥崖说："那边的石头我研究过了，石头下面是一个滑道，构造非常精巧，白夜把那块石头按下去后，滑道上的锁链就有了拉力，然后拉开了巨石。"

但楚冬忍和南波兔回来之后，白夜就抽回了手，随即洪秋泽说外面的入口被关上了。

南波兔分析："难道我们想出去，还需要有人一直在这里按着这个机关？如果是这样，那个负责按机关的人不就出不去了？"

楚冬忍说："那我们不用人来按不就好了？"

南波兔问："找一个东西把这开关压住不行吗？"

"恐怕不行，刚刚我虽然把机关按下去了，但也用了很大的力气。"白夜演示了一遍，众人才发现原来棺材下面的开关这么大，白夜所说的按开关，是将一块凸出的巨石完全推入里面。

凌宿飞走过去试了试，竟然按不动，当他再次抬起头，看向白夜的目光充满了震惊：白夜的力气怎么那么大？

楚冬忍又想到了办法："白夜，你先把机关推进去，我找更重的东西将它压住。"

南忪凛问："哪里有更重的东西？"

"哎呀，这就不用你操心了，哥现在是百宝袋，要什么有什么。"楚冬忍拍了拍南忪凛的肩膀，一副大哥的姿态，"你们先走，我和白夜在这里弄就好了。"

南波兔总觉得楚冬忍有什么事瞒着自己，但现在氧气瓶里的氧气即将告罄，他只好听从计划先走。

等南波兔他们走远后，楚冬忍用能力变出一堆冰砖，叠在一起顶住了棺材的机关，防止按进去的石块出来，而冰砖的另一头顶在了墙上，正好让机关中的石块弹不出来，卡在那里。

“这样等冰砖融化后，机关就能自己合上了。”楚冬忍捡走纸箱，而白夜背上防盗门，抹掉了他们来过的痕迹。

就这样，众人原路返回，爬出了出口。洪秋泽见大家都在，不禁松了一口气，说：“你们终于出来了，我还以为明年要给你们烧钱了呢。”

南波兔瞪了洪秋泽一眼，说：“不用烧钱，如果我们出不来，做鬼也不会放过你。”

洪秋泽说：“哎哟，你真不愧是好朋友，害怕我寂寞，还知道回来陪我呢。”

这时南忪凛质问楚冬忍：“你在墓室里随手掏出的那些东西，早就超背包容量了。那些东西你是怎么拿出来的？”

楚冬忍信口胡诌：“男儿膝下有黄金，我都是从膝盖弯里掏出来的。”

南波兔在一边偷听，实在没忍住，发言道：“你滚，你不想说用得着编接口吗？”

“好的，好的，那这次我和你们说实话。”楚冬忍老实地说，“其实是有一次我掉下悬崖，没摔死，还遇到了一位高人，他传授了我绝世魔术秘籍，我才有了现在的造诣。”

南波兔：“……”

空气突然变得安静，大家都在用死亡之眼凝视着楚冬忍，仿佛想立刻将他按在地上揍一顿。

楚冬忍赶紧说：“你们别生气啊……那好，我这次真的不开玩笑了，我有这种能力，其实是因为——我是‘神’！”

话一出口，楚冬忍就见一片阴影向他罩来。不，是好几片。

南波兔摩拳擦掌，道：“楚冬忍，你挺大言不惭啊。”

弥崖撸起袖子跃跃欲试：“楚冬忍，你可以保留秘密，但这样骗我们就是你的不对了。”

南忪凛冷眼旁观：“逗我们玩有意思吗？”

凌宿飞蓄势待发：“我们把你当兄弟，你却把我们当乐子？”

只听南波兔一声令下："揍他。"

"等等！我真的没有骗你们啊！手下留情！"楚冬忍赶紧求饶，"哎呀，哎呀，别打那里啊，轻点儿……洪秋泽，你站着干什么，快来帮我啊！"

洪秋泽说："帮着揍你？好的。"

楚冬忍说："洪秋泽，你这个垃圾！等下次我揍回来的时候别怪我下手狠毒！"

在楚冬忍的大喊大叫中，白夜移开了视线。这种情况在E班很常见，她已经不以为意了，这群人总是一言不合就打来打去。但不难看出，他们打自己人时并不怎么用力，就像是在进行某种特殊的交流。打完之后，他们又像一切都没发生过一样，继续正常聊天。

楚冬忍说："冰好像融化了，这扇门正在一点点地关起来。"

白夜担忧道："下次应该不会有人像南忪凛一样，从这里掉进去了吧？"

他们犹豫了很久，还是打算将墓室里有机关的事报备给工作人员。不管是防盗墓贼，还是防止有人掉下去，抑或防住那些虫子出来害人，都需要相关单位知情才能有所防范。

离开的时候，白夜回头看了看，说："能再等一会儿吗？"

楚冬忍问："为什么？"

"门觉……算了，走吧。"白夜决定还是先去办正事。

虽然门觉留在墓室里不知道做什么去了，但以他的能力，肯定不会出事的，他肯定会回到她身边的。

众人将南忪凛掉进墓室里的事告诉工作人员后，工作人员仔细问了他们在墓室里的遭遇，然后将他们教育了一番，责怪他们的鲁莽。

之后白夜他们听说考古人员又对墓室进行了深入研究，并且为了防止有人在开放区域参观时掉进去，已经将机关洞的上方用水泥堵死了。

这下子，彻底断了有人掉进墓室里的可能。

回去的时候，白夜发现凌宿飞一直用崇拜的眼神看着她，连带着弥崖看她的眼神也十分奇怪。终于，她忍不住了，问："你们看我干什么？"

弥崖有些扭捏，说："那个，白夜，你是不是一直有事瞒着大家啊？"

白夜说："我有什么事瞒着你们？"

弥崖挠挠头，说："你看，你在墓室里按机关的时候，力气居然那么大，连凌宿飞这样的壮汉都不能按下去，你却好像不费吹灰之力，所以你……你……"

白夜有点儿担心，弥崖会不会觉得她有些不正常。

谁知弥崖下一秒问道："所以你是不是在装女生啊？"

白夜愣住了，说："啊？"

"其实你是男的，对不对？因为你是男生，所以力气才这么大！"弥崖沉浸在自己离谱的推理中，"你是不是去国外变性了？"

"我没钱出国。"白夜说。

"对哦，看来你真是女的。"弥崖开始接受白夜的新设定，"现在的女汉子真是诚不欺我，居然比男人都勇猛。"

弥崖居然默认了她"猛"的事实，并没有觉得她哪里奇怪，这让她松了一口气。

这时凌宿飞也过来问她，表情有些羞答答的："那个……之前在工地旁边救我的高人是不是也是你？"

白夜欣慰地点头，说："是的。"

凌宿飞说："你怎么才告诉我？"

白夜说："我当时就告诉你了。"

凌宿飞道歉道："怪我当时没想到你能打过他们那么多人……四舍五入你救了我两次！这次甚至救了我的命！小男子无以为报，唯有……"

"不用了，不用了。"白夜赶紧说。

"你想到哪儿去了，你以为我会以身相许那么俗气吗？我可是有身份的人，怎么能这么委屈自己呢！"凌宿飞的语气真挚且严肃，"所以白姐，我能当你小弟吗？"

“我不缺弟弟，而且你长得像我叔叔。”白夜说。

凌宿飞不甘心，说：“我以后可以帮你打架！”

白夜说：“我会打架。”

凌宿飞说：“我可以帮你跑腿！”

白夜说：“我没那么多钱让你帮我买东西。”

凌宿飞说：“我免费帮你买东西！你不用给我钱！”

白夜说：“虽然我不是那种爱占人便宜的人，但是我答应了。”

“太好了！”凌宿飞兴高采烈地问她，“白姐，你能教我锻炼身体的秘诀吗？你是怎么变得像现在一样强壮的？你的肌肉看起来也不明显啊，为什么力气会这么大呢？你下次锻炼身体的时候能带我吗？你……”

听着凌宿飞在她耳边不停地问为什么，她有些后悔答应了他。

南忪凛一脸鄙视地看着凌宿飞，说：“你能矜持点儿吗？”

弥崖也凑过来话家常：“白夜啊，以后我被欺负了，你能帮我出头吗？”

白夜摇了摇头，说：“老师说不能打架斗殴。”

弥崖开玩笑道：“你现在已经是 E 班的一份子了，怎么能不帮忙呢？难道你不喜欢我们 E 班吗？”

白夜说：“我没有，不过从前 E 班人也不怎么喜欢我。”

这句话成功将弥崖心中的雀跃灭掉了，想到之前他们对白夜的态度，他赶紧解释：“那都是误会，以前有人说你讨厌我们，还说你在背地里骂我们都是学习不好的社会败类……”

白夜说：“我没说过。”

弥崖说：“对啊，现在误会解开就没事了，我们就是一家人！”

凌宿飞说：“对对对，一家人，现在我们也算共过患难，既然有难同当，以后当然也要有福同享了！”

弥崖说：“嗯，以后白夜就是我们的好‘兄弟’了，南忪凛，你以后不准欺负她！”

南忪凛莫名其妙地背了一口黑锅：“我什么时候欺负她了？你别冤枉好人！”

聊天的内容逐渐向诡异的方向发展。

白夜本打算说自己以后成绩好了就会转班，但想想就算告诉他们自己会转班的事情，肯定也没人在意，所以还是别说了。

现在他们说的这些关于一家人的话，大概也是在开玩笑吧。

回到酒店后，白夜发现E班的人竟然都没睡，一个个都坐在酒店的大厅里打游戏，等他们回来，规模十分壮观。

南波兔心中感动，嘴上却赶着大家："你们不睡觉在这儿晃荡什么，快回去睡觉！"

纪烧关掉游戏，说："你不也没睡觉，半夜出去晃荡吗？这是上行下效。"

石百森、石白川和石自溪凑到南松凛身边，一脸关切地问："小松林，你去哪儿了啊？害大家这么担心，没出什么事吧？"

石白川打着哈欠说："我们三胞胎为了你打了好几个小时的斗地主呢，你还不哄哄我们？"

"滚，你把手拿开，别搭在我的肩膀上！热！"南松凛受不了他们如此肉麻。

大晚上还戴着墨镜的苑山光终于把墨镜摘了下来，露出黑眼圈明显的脸："哎呀，小松林还是这么冷酷无情、无理取闹。"

E班的人追问他们今晚的经历，南波兔就将他们是怎么找到南松凛的事讲了讲，众人又惊又奇。最后大家毫无困意，酒店大厅直接成了E班的茶话会地点。

苑山光有些羡慕南波兔他们刺激的经历，问道："话说你们这么晚回来，是不是白夜拖你们后腿了？唉，我早就说了别带她，带上我嘛。"

南波兔说："她没拖后腿。"

苑山光说："啊？"

E班的人万万没想到，南波兔居然会第一个站出来帮白夜说话，他不是讨厌白夜吗？

纪烧说："可是就算她没拖后腿，我们这么多大老爷们，随便一个肯定都比白夜有用吧？而且她又不是咱们E班人，万一出意外了，她会冒险帮忙吗？”

纪烧还停留在排斥白夜的阶段，凌宿飞却不干了，身高一米九几的他腾身而起，道：“谁说白夜靠不住了？而且她也是E班人啊！都当同学这么多天了，你把她单拎出来干什么？现在她就是自己人！”

纪烧愣住了，说：“啊？你为了她跟我吼？”

弥崖劝架：“你不要瞧不起白夜哟，她厉害着呢。”

南忪凛也附和：“是啊，白夜人挺好的，是我们之前误会她了，实在太对不住她了。”

纪烧一头雾水：“你们都怎么了？出去一趟回来都这么维护她？中邪了？”

凌宿飞没好气地说：“中邪？我这条命都是她救的，我维护她怎么了？”

“她？救你？”纪烧对比了一下猛汉凌宿飞，又看了看体形娇小的白夜，明显有些怀疑，“你在开玩笑吧？”

“他没有开玩笑。”南波兔再次出声，“不管怎么说，白夜这次帮了很大的忙，所以我们以后……”

南波兔回身看了看白夜，她离E班聚集的地方很远，像一个局外人。

南波兔对白夜招手：“白夜，你过来。”

白夜问：“你叫我干什么？”

南波兔的声音都好像柔和了一些：“没什么，你把手机拿出来，加个聊天群……你先通过一下我的微信好友，然后我把你拉到E班的班级群里。”

“你怎么突然让我加E班的班级群了？”白夜很困惑。

南波兔说：“你是E班的人，当然要加E班的班级群了。”

凌宿飞说：“对，你还是我的大姐头呢，我的班级群的成员里不能没有你！”

白夜想了想，在回去睡觉前加了E班的班级群。

大家一起上电梯的时候，南波兔因为凌宿飞没出息乱认大姐的行为和他吵了起来，揍了他一顿。楚冬忍看不下去了，也撸起袖子加入他们，用行动制止两人打架。

大家各自回到房间后，凌晨的班级群里特别热闹。

“来啊，快活啊”班级群，石白川艾特了白夜好几次，并说：“我听弥崖说你的力气特别大，下次你能和我掰手腕比比吗？”

白夜回复：“好。”

楚冬忍也加入了群聊：“白夜，你别答应他！他就是想摸你的小手！”

石白川：“人生如此艰难，你为何偏要拆穿？”

白夜：“秦老师去哪儿了？我上楼的时候看到他出门了。”

石百森：“老秦啊，去派出所销案了，既然松林被找到，就不用再浪费警力了。”

这时凌宿飞也在群里冒头：“姐，我刚才让纪烧找你道歉了，他马上就来，你等会儿啊。”

弥崖：“凌宿飞，你还是撤回这句话吧！看着你这张老脸喊白夜姐……我怎么这么别扭呢？”

凌宿飞不撤回消息，他觉得弥崖是羡慕他有姐。

很快，纪烧就被逼无奈地出来了，他给白夜发了一个道歉的表情包。

凌宿飞甚是不满：“纪烧，你能不能真诚一点儿，别用表情包道歉？我刚才对你说的话是给你开腚了吗？”

纪烧不耐烦又不好意思地快速敲下一行字：“白夜，刚才是我的错，对不起，我不应该不问清楚就说你的不是，道歉完毕！”

凌宿飞依旧觉得纪烧的道歉不真诚，催促着让他重来。

纪烧骂道：“你有完没完？”

白夜：“不用了，我不生气的。”

凌宿飞感叹道：“大姐的性格真好！”

纪烧：“……”

这时三兄弟里的石自溪问白夜：“我想问你一个严肃的问题……

你觉得咱们班的男生谁最帅？”

白夜毫不犹豫地答道：“楚冬忍最帅。”

楚冬忍立即戴上了得意的面具，开始骄傲了：“哈哈哈，我就知道白夜和我关系最好啦！”

白夜在班级群里和大家道晚安：“睡觉吧，明天还有活动呢。”

楚冬忍则单独给白夜发了“晚安”。

白夜放下手机，发现自己的嘴角是抽着的，心想：咦？她的嘴角抽筋了？

白夜对着镜子照了照，忽然她有了一个大胆的想法——她刚才不会是边看手机边笑吧？为什么？

白夜又翻了翻聊天记录，始终弄不明白自己刚才为何笑点那么低，要知道平时的她几乎是不笑的。思考无果后，她索性放下手机睡了过去。

时间过去很久，白夜听到了闹钟的叫声。她醒来后，睁开眼睛，却觉得奇怪，闹钟响了，应该是早上了，但眼前为何一片漆黑？

白夜在黑暗中摸到自己的手机，按了按电源键，手机的屏幕却没有亮起。

手机坏了？不对，难道是因为她看不见了？

她眨了眨眼睛，眼眶却忽然湿了，很多液体流了下来。

是她的眼睛！可为什么她在流眼泪？

此时，门外有人敲门，是楚冬忍的声音：“白夜，你收拾好了吗？下楼集合啊。”

“等等，我这就来。”白夜摸索着下床，把房门打开。

楚冬忍看到她后愣了一下：“你怎么了，眼睛红通通的，哭了？”

白夜揉着眼睛，说：“我不知道，刚才我的眼睛突然一酸，而且我现在好像看不到东西了。”

“看不到东西？不会吧？”楚冬忍马上凑近白夜，观察她红通通的眼睛，想看看是不是眼睛受伤了。

观察片刻后，楚冬忍总觉得白夜的眼睛好像有什么地方不对劲，但又好像很正常。

到底是哪里奇怪……

忽然，楚冬忍的汗毛都立了起来，因为他在白夜的瞳孔中看到了两个人影！

楚冬忍吓得回过头，发现他的身后并没有站着人，可他刚才明明在白夜的瞳孔中看到了两个脑袋，这是怎么回事？

正当楚冬忍着急时，白夜的视野渐渐清晰起来，她的眼前模模糊糊地出现了两道身影。一个是楚冬忍，而楚冬忍的身旁站着一道影影绰绰的身影。

楚冬忍问："白夜，你盯着我旁边看什么呢？"

白夜说："你……你先出去，我换件衣服。"

"你不是看不到东西了吗？换衣服会不会不方便？"楚冬忍还是很担心白夜，"要不我帮你换？"

白夜一脸不解。

当楚冬忍意识到自己说了什么糟糕的话后，慌忙改口："我说错了！我不是说要帮你换衣服，而是说我可以帮你找衣服！"

"刚才我的视力恢复一些了，能看到衣服放在哪里了。"白夜让楚冬忍放心。

楚冬忍见白夜的眼睛好像真的恢复了，便对她说："凌宿飞在下面给你占好早餐位了，我先下楼等你，你一会儿去一楼找我们。"

楚冬忍离去之后，白夜又看了一眼眼前那个模糊的黑影，那个东西似人非人，浑身黑漆漆的，上面满是白点，似乎是眼睛。它从一道裂缝中不断延伸着黑线，就像触手一样在感应着四周。

白夜假装没看到那个东西，拿起衣服走到卫生间带上门，却觉得有目光在盯着她。她回过身，看到卫生间的门外挡着一片黑影，是那东西跟过来了。

白夜被吓得脱睡衣的动作都变快了："啊，吓死我了，我还以为是楚冬忍在偷看我换衣服。"

她换好外衣朝外面走，那个黑影跟上她，裂缝中吐出人语："小姑娘，这里是哪里啊？"

白夜刚要答话，大脑中便响起门觉的声音："你不要回答它。"

她发现门觉说话的声音非常疲惫，在心里问："门觉，你知道这个东西是什么吗？"

门觉的声音回响在她的耳边："那个黑影是里世界的东西，是从墓室里跟出来的。虽然它无法来到现实世界，却能够从空间裂缝中探出手眼。它在找我，你一定要避免和它对视，也不要和它说话。"

白夜又问："它为什么要跟着你？"

门觉回答："按理来说，我不应该存在于现实世界，但你将我带了回来。它发现了我的存在后就想将我抓回去，想吞噬我，化为它的力量。"

打算下楼的白夜担忧道："楚冬忍他们看到这东西会不会吃不下饭？"

"他们是看不到的。"门觉解释道，"你能看到这东西是因为我们现在共用眼睛，我在你的身体里，你的眼睛即我的眼睛，受我影响，你能看到一些我能看到的东西。"

"你在我的身体里？"白夜不知想到了什么，恍然大悟，"你是不是……"

"不是！我才没有对你有非分之想！"门觉已经看透白夜自恋的秉性，"你心大，头脑简单，四肢……所以你的身体里很安静，很适合我休息！"

白夜说："那你也不能说进去就进去啊，你这是私闯民宅。"

门觉一如既往和她拌起嘴来："我也不是故意闯进来的，要不是你晚上想我，在梦中叫我的名字，我还进不来呢！"

白夜问："我有在梦中叫你的名字？"

"你有，你肯定是担心我了，所以在梦里都想着我。"门觉感觉自己被白夜的自恋传染了。

白夜仔细回想："我怎么觉得我是在梦里玩踢球呢……哦，我想起来了，我真的是在梦里玩踢皮球，踢皮球时说的顺口溜我现在都还记得呢。"白夜边回忆边说出那句顺口溜，"小门觉，架脚踢，二八二五六，二八二五七，马兰开花二十一……"

门觉说："白夜，你等着，以后你遇到危险，我绝对不会帮你！"

“真是口是心非的坏男人。”白夜学着影视剧里的台词，门觉被恶心得遍体生寒。

白夜的语气突然正经了起来：“门觉，你说现在我和你共用一双眼睛，那你刚才为什么用我的眼睛哭？”

门觉说：“那是因为……因为是你自己哭的，我可没哭，这和我无关。”

白夜说：“分明是你哭的，你不要觉得我好骗，如果你不告诉我，我就默认你要死了，舍不得我，所以才用我的眼睛哭。”

门觉突然沉默了。

白夜察觉到了什么，说：“门觉，你真的要死了吗？是因为昨晚你在墓室里使用能力被里世界中的东西发现，然后在对付它时受伤了吗？”

见门觉不说话，白夜继续说：“你什么时候死啊？告诉我，我算算日子，我会珍惜接下来的每一天的，我会每天都给你洗头。”

“我才没有要死呢！”门觉有些难为情地说，“我……我哭是因为我的确在和它打架时受了一点儿伤，然后你今天眼睛忽然看不见了，我以为是受我影响把你的眼睛弄瞎了，然后就着急地哭了。”

白夜说：“就因为这样？”

门觉说：“嗯，就这样！”

白夜说：“哦。”

门觉没有告诉白夜，他差点儿回不来。

当时他吞噬完里世界中的怪物，差点儿被怪物意识体中的恶念反噬，轻则变疯，忘记自己是谁；重则失去意识，沦陷在里世界中，成为那里的养料，再也无法回来。

幸好昨晚白夜在梦里叫他的名字，也幸好白夜的身体在那时接纳了他，让他有个可以容身的清静之地。在她的气息包围下，他就不会忘记自己是谁了。

因为想起她，他就会想起她身边的自己。

第十章

去一楼的路上，白夜边走边问门觉：“既然你与我共用眼睛，那嘴巴呢？我吃东西的话，你能感受到味道吗？”

“应该也能吧。”门觉回答。

白夜很开心地说：“那我现在带你去吃好吃的，你之前没有味觉实在是过得太苦了，那么多好吃的东西都感受不到。”

“好啊。”门觉的声音带上了笑意。

慢慢地，他想到了什么，笑意渐渐淡去，他问：“白夜，你还记得我们第一次见面的时候吗？”

“记得啊，在里世界的女生宿舍。”白夜回想起来，“那时候的你看起来很冷淡，而且也很虚弱。”

门觉问：“那你有没有想过，我在里世界死亡变成木偶复活后，为什么要帮你？”

“因为你人好？不，不是这样，因为你这个人其实也不怎么好。”白夜想到了一个更有可能的原因，“因为你觉得我好看，所以被我迷住了！”

门觉：“……”

完了，白夜的自恋病又发作了！

见门觉沉默，白夜问：“不然还能是什么原因？那你说你为什么要帮我。”

“对……就是因为你人好看，所以我才帮你的。”门觉无可奈何地说。

“我猜对了，我真聪明。”白夜哼着歌走向楚冬忍他们。

“你知不知道……”门觉说到一半突然闭嘴，话锋一转，“你知不知道你很欠揍？我现在真的一点儿也不觉得你好看了。”

白夜说：“你现在越来越不懂事了。”

门觉“哼”了一声，将刚才想说的话吞回腹中。

他在心里默默地说：白夜啊，你知不知道，让身体接纳其他意识体，容易被那个意识体占领身体啊……

其实他刚开始帮助白夜，是打着置之死地而后生的主意。

白夜看起来那么傻，万一她将他带出里世界，又万一他得到了她的信任……那么他就可以像现在一样，被她的身体接纳，甚至可以伺机夺走她的身体，重新变成人类。

虽然他从前是这么打算的，但现在他不想了。

他早就不想了，只想看她好好活着。

……

白夜来到楚冬忍他们身边，凌宿飞热情地打招呼：“白姐，快过来，这个位置太阳晒不到，风景也正好，特别适合你吃早餐。”

白夜道了声谢，凌宿飞却一副见外了的表情：“谢什么，以后你不许对我说谢字！你看咱俩这关系，多铁！”

楚冬忍：“……”

南波兔：“……”

凌宿飞又看向南波兔，觉得南波兔非常没有眼力见：“兔爷，你能不能让一让，我出去给白夜接果汁。”

南波兔咬牙切齿道：“凌宿飞，你要造反吗？”

凌宿飞庞大的身躯挤开了毫无防备的南波兔，说：“兔爷，你跟一个小姑娘吃什么醋，快让一让……你要是嫌这里太挤，就去那边坐着。”

南波兔给了凌宿飞一记眼刀，心想：凌宿飞居然赶他走！这是哪里来的破孩子啊！他今后不想再和凌宿飞说话了！

“好，我去那边坐！你们一起坐在这里吧！”南波兔端着盘子走了。他原以为除了凌宿飞那个马屁精，别人会跟上来。谁知道，他一个人在角落的桌子上坐了两分钟，也没人过来和他一起坐，他是不是被排挤了？

正在吃饭的白夜感受到南波兔时不时看过来的目光，问：“南波兔为什么老往我们这边看？”

楚冬忍说：“他在向我们炫耀他霸占了一张桌子。”

“我觉得他是不是寂寞了，想让我们过去陪陪他？”白夜问。

其他人完全无法把寂寞和南波兔联系起来。

弥崖说：“笑话，兔爷会感到寂寞吗？才不会呢！兔爷就是享受这种遗世独立的孤独感！”

洪秋泽点头表示赞同：“对，兔子最喜欢一个人坐着了，我们不要去打扰他，他就是这样一个安静的美男子，我们要给他留出个人空间。”

大家都是这么想的，以为南波兔喜欢一个人待着。

南波兔却气炸了，真的炸了。

去集合的路上，他一直在生闷气，不和大家说话。

只有白夜发现了南波兔的异常：“你们有没有发现，南波兔从早上到现在没说过一句话？”

凌宿飞说：“因为他的人物设定是高冷。”

楚冬忍说：“对，他肯定在思考人生，他经常这样。”

洪秋泽说：“嗯，既然兔爷在思考人生，那我们就不要打扰他了，从现在开始，谁也不要轻易和他说话。”

白夜一脸若有所思，道：“我懂了，他真有个性。”

在后面听着众人聊天的南波兔又气炸了，思考什么破人生啊！快来个人跟他说说话啊！

……

不久之后，他们终于走到这次活动的地点，一处当地的民寨。

带队的秦老师说：“之后几天你们就要在这里生活啦，这里没有现代生活设备，你们需要在这里自己动手，丰衣足食，这也是为了让你们团结互助，增强你们的动手能力。”

当秦老师说完这番话，E 班的人均是一脸嫌弃的表情。

巫岂安面带忧伤，仰望天空，像一个忧郁的美男子：“在这地方我都没办法每天洗澡了，这让我娇嫩的皮肤如何是好。”

秦老师说：“那边有条河，你们晚上一块儿在河里洗澡吧。”

巫岂安：“……”

他真的不想过这种原始生活！他还要每天化妆自拍，然后美美出镜！

这时白夜问秦老师：“我也和他们一块儿洗澡吗？”

秦老师被白夜吓了一跳，连忙摆了摆手：“当然不了，你就烧水在房间的浴桶里洗澡好了，只不过这里有点儿不好烧热水，还要挑水。”

凌宿飞自告奋勇：“这没问题，姐，我帮你烧水！”

凌宿飞觉得自己的小弟生涯终于有了表现的机会，而南波兔觉得他老大的位置受到了威胁。

各自平复了一阵嫌弃的心情后，大家就在小村寨安顿了下来。

楚冬忍问出一个关乎性命的问题：“晚饭怎么办？”

认真听了讲解的白夜指着远处说：“老师说那边有菜地，让我们去摘菜。”

吃饭最重要，所以大家商量了一下，很快有了分工。

纪烧负责择菜，洪秋泽负责烧水，凌宿飞则拍拍胸脯说：“我等你们回来，我来做饭，我炒菜特别棒！虽然我爸平时不允许我做饭，但现在终于有我发挥的余地了！”

白夜问：“为什么你爸不允许你做饭？”

凌宿飞叹了一口气，说：“我爸说我这双手是用来打拳的，用来做饭一点儿也不男人……本来我小时候是非常喜欢哭的，但硬是被我爸打得不会哭了。”

凌宿飞原本的梦想是当一名厨师，他爸却非要让他做拳击手。

就在凌宿飞陷入对小时候理想的回忆时，南波兔默默地离去，准备劈柴。他边走边在心里嫌弃，小破村连个煤气灶都没有，做饭居然还要自己生火！

白夜因为没事做，忽然想起没有木柴生火，就去劈柴了，结果在后院遇见了抡着斧子劈柴的南波兔。他对着干柴边砍边说：“凌宿飞，我劈，我劈……看，两半了吧，你这个马屁精。”

白夜："……"

最终，白夜还是走过去问："需要帮忙吗？"

"谁？"南波兔被吓了一跳，"喀喀……你什么时候来的？"

白夜看着被南波兔胡乱劈断的木柴，说："你劈的这些木柴不行，太厚了，不好烧。"

南波兔撇了撇嘴，说："说得你懂似的。"

"我以前在山里住的时候，经常帮忙砍柴。"白夜向南波兔伸出手，"你把斧头给我，我来。"

"你会劈柴？"南波兔将斧头递给白夜，结果白夜像切豆腐一样把木柴砍成一段一段的。

南波兔看得有些怀疑人生："你的力气怎么这么大？"

"我在山里生活的时候总是帮家里做农活，可能是这样锻炼出来的吧。"白夜边劈柴边问，"对了，你今天怎么不说话啊？"

南波兔说："因为我在思考人生啊……"

白夜说："原来是这样，我还以为你自闭了呢。"

南波兔坚决不承认自己的脆弱："谁自闭？你别瞎猜！"

白夜将面前的木柴劈完，问南波兔："这些木柴劈完了，你能帮我再捡些过来吗？"

"哦。"南波兔去身后的柴堆又拿了一些木柴过来，将要劈的木柴立在桩子上。做完这些后，他忽然反应过来，他为什么要帮白夜做这些事啊！

他正要撒手离开，白夜突然问他："你的手红了，是不是劈柴劈疼了？劈柴要戴上手套的，不然虎口很容易被震到。"

南波兔不适应白夜的关心，说："你磨磨叽叽什么，我糟蹋的又不是你的身体。"

"关键是，你也糟蹋不到啊。"白夜实话实说。

南波兔却被噎住了，说："你说话能不能注意一点儿？"

白夜说："我说什么了？"

南波兔说："谁知道你一天天瞎说什么，没一副女孩的样子！看，你这劈柴的姿势跟熊来了似的！"

白夜说："木柴又劈完了，你再帮我拿两根。"

"哦。"南波兔又自然而然拿过干柴帮白夜摆好。

听到白夜说谢谢，南波兔才反应过来自己又照做了，难道他的手有自己的想法？

算了，拿就拿吧！累死她！

大家做完各自的工作后，终于能开饭了。

之前还嫌弃这里是穷乡僻壤的他们不约而同开始感叹"真香"。

吃完饭，男生们去河边洗澡，因为凌宿飞先帮白夜烧了水，所以他去得比较晚。等他来到河边，发现只剩下南忪凛了，一问才知道原来南忪凛刚才跑去厕所了，所以也来得晚。

正好他们能互相搓背。凌宿飞跟着南忪凛一起下水，他边洗边问："你昨天感觉还好吗？你那个人格没再出现吧？"

"他没有再出现，你不要担心。"南忪凛回答。

凌宿飞松了一口气，说："那就好，希望你的第二人格再也不要出现了，万一他把你的主人格吞噬，你肯定就再也不是你了。"

南忪凛说："不会的，今晚之后他就再也不会出现了。"

"为什么？"凌宿飞问。

南忪凛嘿嘿一笑，说："因为，我想到了让他消失的方法，以后这个身体就只有我了。"

南忪凛说这些话时，凌宿飞听到了一声尖锐的笑，这声笑夹在南忪凛说的话中，十分突兀，他看向四周，说："什么声音？"

南忪凛说："我没听到，应该是鸟叫吧。"

凌宿飞说："你都没听到，为什么觉得是鸟叫？"

南忪凛说："除了鸟叫，还能是其他声音吗？"

"也是。"凌宿飞没有将这个小插曲放在心上，只是关心地问南忪凛，"你的嗓子怎么还哑着，下午烧火被烟熏到还没好？"

"是啊，喀喀。"南忪凛清了清嗓子，说，"现在好了吗？"

凌宿飞说："嗯，好了，这回你的嗓音变回来了。"

南忪凛问："和我以前的声音一模一样吗？"

凌宿飞说："嗯，一模一样。"

"那就好。"南忪凛莫名其妙地笑了，这让凌宿飞感到有些奇怪。

洗完澡，南忪凛一路咳着和凌宿飞回住处，走了一会儿，凌宿飞发现南忪凛一直在望着村口的方向，好像那里有什么东西。

凌宿飞忍不住问："你到底在看什么啊？"

"你听说过一句话吗？"南忪凛沉下嗓子，幽幽地说，"我们脚下踩过的每一片土地都有故事，说不定我们现在正在经历呢。"

凌宿飞被南忪凛吓得不寒而栗，说："哎呀，太阳快要下山了，你别说这种话。"

"嘿嘿，我只是和你开个玩笑而已。"

就在这时，凌宿飞的身后出现一个人叫他："小同学，你们等一等。"

凌宿飞被吓得一哆嗦，差点儿哭出来，看来他小时候爱哭的毛病还是没有改掉。他赶紧回过头，看到一个体型圆润的胖大伯。

凌宿飞认出，这大伯是之前他们进村时接待他们，给他们分房子的村主任。

村主任问凌宿飞："小同学，你怎么了？脸色怎么这么差啊？"

凌宿飞不好意思地摸摸头，说："可能……可能今天我太累了。"

村主任热情地说："那正好，来来来，跟我到那边的院里去，今天村里正好宰牛，你到我那里拿点儿牛肉回去。"

凌宿飞稀里糊涂地跟着村主任到院里拿牛肉，院子里的牛已经被分割成好几份，牛头摆在院子的正中央。

凌宿飞取完牛肉回来，看到南忪凛正对着那牛头发愣，便走过去问道："你在这里盯着牛头干什么呢？和它比谁的眼睛大？"

南忪凛说："这头牛流泪了。"

"毕竟刚才被宰了，它疼的吧。"凌宿飞说。

南忪凛忽然转过头，咧嘴一笑，将食指按在凌宿飞的右眼上。

凌宿飞一躲，问："你干吗？"

他感觉到南忪凛的手湿湿黏黏的，而且那湿湿的东西还进到他的眼睛里了！他疯狂地用衣角擦眼睛，感觉很恶心。

南忪凛凑近他说：“我听说这样可以见到平时看不到的东西，你试试？”

“你大晚上的有病吗？你拿什么东西抹在我的眼睛上了？要是有细菌怎么办？”这是凌宿飞第一次生南忪凛的气，他端着牛肉就走了。

凌宿飞想找地方洗洗眼睛，却听南忪凛在身后对他说：“再见。”

说什么再见啊，还用这种语气，就像要永别了一样！

凌宿飞憋着气去洗眼睛了，南忪凛笑着看他的背影，说：“真的要永别了。”

等凌宿飞洗完眼睛出来，发现南忪凛不见了。

他心想：嗬，南忪凛果然没等他就先回去了，没义气的孩子！

凌宿飞发现天一下子变了，变得灰蒙蒙的，就像空中飘浮着什么物质一样。

“原来这么偏远的农村也会起雾霾。”凌宿飞自言自语，顺着小路向下走着。只是走着走着，他忽然发现身边行走的人变多了。

原来这个村子里有这么多人啊，来的时候怎么没看到几个？

凌宿飞打量着四周那些人，感觉这个村的老年人活动甚是丰富，居然还有个老婆婆在原地转圈圈。看来城里人晚上喜欢跳广场舞，农村人晚上喜欢在原地转圈圈。

凌宿飞路过一个个行为诡异的人，但他的神经大条，竟然没发现怪异之处。直到见到有人和他招手，正是之前南忪凛望着的那个方向，他觉得奇怪：怎么突然有个老头站在那里，还跟他招手？但他又不认识，天又黑了，他还是快点儿回去吧。

凌宿飞朝住处的方向走了一段，转头一看，那个站着的老头仍然在向他招手。他想：难道老头有什么重要的事要跟我说？想像村主任一样给我牛肉？算了，我还是过去问问吧，不然不太礼貌。

凌宿飞迈腿向那个老头走去，直到走到近处，他才发现那是一个骨瘦如柴的人，瘦到仿佛一阵风就能吹倒。

凌宿飞问：“老大爷，你叫我有事？”

那个老头不说话，而是递给他一样东西，他习惯性地伸手去接。

与老头的手接触的瞬间，他忽然觉得周围的雾霾更重了，黑色的杂质在他的身边围绕，空气中到处是细小的浮尘。

老头的脸上好像浮起了一丝笑容，说："你真是一个好心人，曾经我也是这样的好心人，给你吧。"

凌宿飞觉得自己伸出的手掌好像被烫了一下，他赶紧缩了回来，低头一看，他的手掌上被印上了一个淡淡的六芒星。

这是什么东西？

当凌宿飞再抬起头，发现眼前的杂质更多了，就像飘满雪花信号的电视。

突然，凌宿飞一脸惊恐，因为他看到面前的老头变成黑漆漆的一片，黑雾上有许多只眼睛，刚才他触碰的手是从那漆黑裂缝中伸出来的。

凌宿飞简直被吓坏了，他转身就跑，此时他才发现周围熙熙攘攘的人群没有真实感，仿佛自己置身海市蜃楼，身处的世界与另外一个世界重叠，看到了原本不存在于现实世界的怪诞现象。

凌宿飞向住处猛跑，黑皮体育生的速度如一道风，他边跑边飙泪，在心中骂道：南忪凛，你这个大坏蛋！为什么要这么对我？呜呜呜，吓死我了，我回去后一定要打死南忪凛！

凌宿飞哭着跑回了住处，见到南忪凛就暴揍了他一顿："我打死你！打死你！打死你！呜呜呜，你还我牛肉！呜呜呜……牛肉被我在半路上扔掉了，呜呜呜……"

南忪凛边躲边对凌宿飞大吼："你发什么神经！"

凌宿飞边打他边说："刚才我和你洗完澡回来……"

南忪凛愣住了，甚至忘记了躲藏，问："什么？我刚才和你去洗澡了？"

凌宿飞也愣住了，说："什么？你刚才没和我一起洗澡？那刚才给我搓背的是谁？"

在两人诧异的对视中，凌宿飞将刚才的一切讲了一遍，南忪凛听后表情越发凝重。他说："我说我怎么觉得时间过得很快，我坐在被子上玩手机，结果一晃眼发现过去一个多小时了，明明我只玩了十几分钟……难道我在玩手机的时候梦游了？”

“天哪，我还以为那个人是你！”此时凌宿飞才意识到，刚刚南忪凛的第二人格又出现了。

他对南忪凛告状：“他简直居心叵测！今晚你小心一点儿啊！一定要忍住不睡觉！因为你的第二人格对我说过，可以在今晚让你消失！”

南忪凛满脸凝重，他意识到自己晚上有一场硬仗要打，他很担心自己又一不小心睡着了。毕竟刚才他玩手机的时候，并没有困意，却莫名其妙地进入了梦游状态。

凌宿飞说：“没事，今晚我守着你，绝对不会让他梦游带着你到处走的！”

“好，那就拜托你了。”南忪凛又担忧地问，“你撞见了那么诡异的东西，不会有什么事吧？”

“没事，反正我已经逃回来了，没让它抓到我。”凌宿飞有些神经大条，没把自己的事放在心上，倒是很担心南忪凛。

傍晚，两人睡在一个房间。

南忪凛脱衣服的时候，一堆土从衣服的内袋中甩了出来，他感到疑惑：他的衣服里怎么会有土？好像是河边的土，还是湿的。

凌宿飞心有余悸地说：“我跑回来时发现河两边都是坟地，早知道我就不去那里洗澡了……对了！你说我在河边遇到了你的第二人格，他夺走你的身体去河边，是不是就是为了抓这把土啊？”

“可是他抓这些土干什么？”南忪凛自言自语，将土扫下了床。

凌宿飞已经做好通宵守着南忪凛的准备，为了让自己精神起来，他特意找了一部恐怖片看。结果不知为何，他越看越困。

不知过了多久，南忪凛在一片黑暗中睁开眼睛，他赶紧起身，问道：“我刚才睡着了吗，凌宿飞？你在吗，凌宿飞？”

他摸索着要下床，却发现自己不在床上。

这让南忪凛心中一惊，难道他又梦游了？这次他梦游到了哪里？

南忪凛慌乱中摸到了身上的手机，用手机的光亮驱散黑暗，却看到了一个十分熟悉的地方——涂着红漆的棺材，以及旁边西瓜大小的洞口。空气中散发着杀虫剂的味道和霉味，他目光所及处是陪葬品、棺材、甬道、墓砖。

这里是墓中！他怎么又回来了？对了！他知道出去的方法，出口的机关就藏在其中一口棺材下……

南松凛朝记忆中棺材所在的位置走去，却忽然顿住了。因为他想起来，为了不让人再掉进来，墓室里的机关已经被水泥封住。同时，里面的人也出不去了。

那他是怎么进来的？南松凛陷入了绝望。

他该怎么出去……对了！上面还有一扇被锁住的门，只要他敲响那扇门，外面有人听到的话，就能把他救出去了！

“通往上一层的石阶应该在这里……”南松凛就着手机微弱的灯光找到了石阶，正要走上去，忽然听到上面传来人走动的声音。

这个墓室里怎么还会有其他人呢？

南松凛正想悄悄地走上去看看情况，忽然听到身后传来轻微的摩擦声。

南松凛用手机的光一照，只见红色的棺材被打开了，“阓山美女”爬了出来：“这次你回来就不要走了……这个地方你出不去了，再也出不去了，嘻嘻嘻……”

“你别过来！走开！”南松凛立马顺着石阶爬到上面。

“阓山美女”诡异的声音还在他身后追着他：“别走啊，你不能去上面，快回来，回到我这里来。”

南松凛没有管那声音，直奔铁门外，他疯狂拍着铁门，喊道：“外面有人吗？救命！救命啊！”

虽然南松凛不抱什么希望，但仍是用尽全力砸门，谁知，外面真的响起一道声音：“谁在外面？”

外面？怎么会把墓室形容成外面？

南松凛短暂地一愣，只当是那个人用词不当：“你好，我是来这里旅游的客人，不慎梦游到这里出不去了，你能联系一下景点的工作人员给我开门吗？”

“好啊，你等着，我就是工作人员，我马上给你开门。”

咚咚咚一阵响，门很快被打开。门外站着一个长相甜美的女孩儿，她疑惑道：“你怎么跑到那个地方去了？”

南忪凛心有余悸地往后看，答道：“我也不知道……谢谢你帮我开门啊，小姐姐。”

女孩催促他：“不用谢，你不要在外面待着了，快进来，外面很危险。”

南忪凛再次感到困惑，问：“等等，外面？你为什么说这墓室是外面？”

“墓室？”女孩朝南忪凛的背后看了一眼，忽然催促他，“你快点儿过来啊！你的身后有个东西过来了，你快到我身边来！”

门外的女孩向南忪凛伸出手，却没有来拉他，而是停在门边，就像两人之间有一层结界。

南忪凛回过头，发现“阒山美女”已经摇摇晃晃地走过来了。

“阒山美女”边走边叫他：“你不要过去，她会杀了你的，我身边才是安全的，你停在那里不要动，我这就过来找你。”

门外的女孩说：“别相信她的鬼话，你再不过来就来不及了！她快走到你身边了！你快过来啊！”

此时南忪凛的脑子很乱，不知如何抉择，他突然一顿，觉得他并不在原来的墓里，这里似乎不是真实世界。

身后的“阒山美女”又对他说：“你别过去，她被关在里面很久了，你过去就会被吃掉，嘻嘻嘻，我们两个，你相信谁？”

“阒山美女”越来越接近南忪凛，南忪凛觉得两边都有古怪。电光石火间，他想了许多事情。最终他决定站在原地不动，对“阒山美女”说：“我选择相信你。”

“阒山美女”问：“你为什么选择相信我呀？嘻嘻。”

“你其实不是‘阒山公主’吧？这里也不是古墓。”南忪凛肯定地说，“虽然我不知道这里是哪里……但这一切就像幻觉。外面的那个女人说自己是工作人员，可她又明知道这里不是墓室，所以她在骗我。”

“你选对了，嘻嘻嘻。”“阒山美女”突然换了一张脸，那张陌生又惨白的面孔对南忪凛说，“你选对了，恭喜你，你不用死啦。”

门外的女孩儿也说：“恭喜你，你不用死啦。”

门里门外的两个女人异口同声，她们脸上都带着诡异的笑：“不过接下来选错了就是死哟，不选也是死。”

“这里到底是哪里？”

面对南忪凛的质问，两个女人咯咯地笑着，都没有理会他的话。

墓室里脸色苍白的女人说：“走吧，我带你回家。第一段路由我带你走，后面的路你若能全部选对，就能回到你原本的地方。”

“第一段路？一共有几段路？”南忪凛问。

女人说：“如果你能从这里活着离开，就知道啦。”

南忪凛心里一惊，但还是壮着胆子跟着这个女人走，墓室越走越深，一个正常的墓室再怎么大也不可能有这么长的通道，所以南忪凛更加肯定自己所在的地方不是真实世界了。

走到一个三岔路口的时候，女人停了下来，说：“接下来的路你要自己选，你要往哪边走，就去哪边的路，接下来的路我不会陪你走啦。”

南忪凛问：“路的尽头，怎么听起来有惨叫声？”

“我不知道哟。”女人说，“你快选吧，如果我手上的蜡烛被风吹灭，你就没有选择的机会了。”

南忪凛仔细听了一下，分不清刚才的惨叫是从哪条路传来的。

第一条路黑黑的，没有一点儿光亮，但有风。

第二条路的尽头有光，并且人头攒动。

第三条路飘来一阵花香，甚至还能听到鸟叫的声音。

旁边的女人还在催促他选路，并悄悄地移动蜡烛。

南忪凛突然看向她，说：“我选好了。”

正要吹蜡烛的女人在察觉到南忪凛的视线后停止了行动，似乎如果南忪凛不回头看她，她就会吹灭蜡烛对南忪凛不利。

“谢谢……不过这是借你蜡烛的谢谢。”南忪凛一把拿过女人手中的蜡烛，走向最黑的那条路。

女人的笑意凝固在脸上，像一个木偶，声音凄厉：“你怎么会选对？”

前方传来南忪凛的声音：“我们所在的位置没有风，只有那条最黑的路有风，你说如果蜡烛被风吹灭就没有选择的机会了，所以这根蜡烛是为了走那条路准备的吧？”

南忪凛护着蜡烛走上了那条漆黑的路，烛光驱散了黑暗。

……

与此同时，凌宿飞睁开眼睛，发现自己身处一辆公交车上。

咦？他刚刚不是在睡觉吗？怎么在公交车里？不对，这辆公交车……192路？这不是他老家那趟已经停运的公交车吗？他已经好几年没坐过了呀！

叮咚，公交车开始报站了：“前方靠站周家桥，请到站的乘客准备下车。下一站，东兴广场。”

凌宿飞仔细回想周家桥是哪里，虽然听着耳熟，但很久没回老家的他对这儿已经记忆模糊。

凌宿飞决定先在公交车上坐一会儿，思考一下自己为什么会出现在这个地方。难道他被南忪凛传染了，也开始梦游了？

对了！南忪凛怎么样了？自己先给他打个电话！

凌宿飞拨出电话，电话很快被接通了。南忪凛听到凌宿飞的声音后万分诧异：“凌宿飞？你居然能打通我的电话？我刚才给巫岂安打电话就没打通。”

凌宿飞丝毫没察觉到此时的状况不对劲，一脸单纯地说：“我当然能给你打电话啦，我的信号是满格呢！你在哪儿呢？我好像梦游到一辆公交车上了。”

“你居然也出事了！”南忪凛赶紧提醒他，“凌宿飞，这不是梦游！这里已经不是现实世界了！”

“啊？”凌宿飞不是很能理解他的话。

南忪凛继续说：“我知道你为什么可以给我打通电话了，是因为我们正处于同一个‘世界’！”

“什么玩意？除了现实世界还有第二个世界？”凌宿飞问。

南忪凛说：“我也不知道，但这里绝对不是现实世界，可能是梦中的世界吧！你要注意，如果有人问你问题，或者你面临一些选择，你一定要好好选！如果没选对，可能会死！”

“啊？”凌宿飞一脸茫然，这时有人拉住他的衣角，是一个老太太。

老太太举着一篮子小商品，里面有护身符、铃铛、头花、指甲钳、圆珠笔……很多很多便宜的小东西。老太太向他推销道：“小伙子，买个东西吧，买不了吃亏，买不了上当。”

凌宿飞看着老太太篮子里的小东西，抽了抽嘴角，难道这就是南忪凛说的生死选择题吗？

老太太说：“小伙子，我下一站就下车了，你要买东西的话，必须在我下车之前买，错过了，就再也没有了。”

还是有时限的？那……那他买！

凌宿飞往老太太的篮子里扫了一眼，忽然茅塞顿开，说：“哼，不就是选东西吗？这难不倒我，只有小孩子才做选择！”

老太太忽然问：“你都买？”

凌宿飞说：“不！我都不买！”

“真的不买吗？”老太太直勾勾地盯着凌宿飞。凌宿飞被她的眼神弄得头皮发麻。

凌宿飞感觉老太太的皮肤好像变松弛了，不！她的皮肤忽然像蜡一样开始慢慢熔化！

这时电话里传来南忪凛的声音：“不能不买！你必须买！不做选择就会死！”

“这不是强买强卖吗？”凌宿飞瞥了老太太一眼，却被老太太现在的样子吓得后退一步。

“买！我买！老人家，我刚才逗你的，其实我很想买东西！”凌宿飞赶紧说。

“哦，那你挑挑吧。”老太太露出一抹微笑，皮肤也恢复了原样，仿佛凌宿飞刚才看到的只是幻觉。

“我挑……我挑什么啊？南忪凛，你比较聪明，你帮我选选？”凌宿飞问电话那边的人，“这个篮子里有护身符、头花、指甲钳、铃铛、圆珠笔、钥匙链、小本子。”

“我也不知道啊！怎么这么多选择？”南忪凛犯难了，“而且这是单选题还是多选题？你还是自己选吧，我没什么头绪，万一我帮你选错了，害死你，我会内疚一辈子的！”

凌宿飞挠着头，说：“天哪，这也太难为我这个差生了！”

广播又开始报站了：“前方靠站东兴广场，到站的乘客请准备下车！下一站，宜嘉坟。”

凌宿飞有些心慌，完了，完了！要到站了，这老太太快下车了！

这时，车上所有的乘客忽然都齐齐地看向凌宿飞，他们面无表情，好似都在等待凌宿飞的选择。

凌宿飞感到毛骨悚然，看来如果到站他还选不出来，后果不堪设想！

车上不安全，但下一站他也不能跟着老太太一起下车，因为看刚才那老太太的变化，明明是一个披着人皮的怪物！

凌宿飞害怕选错东西，南忪凛听到报站声后催促他：“凌宿飞，现在这种情况，你只能相信傻人有傻福！我……”

南忪凛还要说什么，电话却忽然断线了。

“南忪凛，你怎么了？南忪凛！”望着越来越近的站台，凌宿飞不知如何是好。

既然不知道选什么，那他就选自己真正想买的东西好了！

“其他的东西我用不到，只有这个我能用一用！”凌宿飞从篮子里拿出一支圆珠笔，说，“就算我真回不去了，也能用这支笔在这里写下‘凌宿飞到此一游’几个大字！”

“哦，你选这个啊。”老太太和蔼地笑了，整个车厢的人也跟着笑了，诡异的气氛让凌宿飞此时非常想踹开车门跳车。

“有……有什么问题吗？”凌宿飞问。

“两元钱。”老太太向他伸手，“这支笔两元钱。”

“好好好，我这就给你钱。等等……我现在身上没带钱啊！可以微信转账吗？支付宝也行！”

“不可以。”老太太一脸阴狠地说，“但你可以用别的值钱的东西抵账。”

凌宿飞再次被吓到，说：“这可真是两元钱买不了吃亏，买不了上当啊！太黑了吧！”

老太太问：“所以，你想用什么抵账？”

“我……你看这个行吗？”凌宿飞掏出衣服里的玉佩，“这个很值钱！”

老太太说：“哦，可以，你拿来吧。”

此刻凌宿飞无比庆幸自己戴着一块玉佩，老太太接过玉佩后将一沓钱塞入凌宿飞的手里，说：“找给你的。”

凌宿飞低头一看，只见他的手中握着一摞白纸。

之后，老太太下车了，凌宿飞看到外面白茫茫一片，什么都看不清。

下一站是什么来着？对了，是宜嘉坟！因为老家修地铁时修到了坟口，所以把那一站起名为宜嘉坟！

凌宿飞仔细回想，宜嘉坟的下一站好像就是终点站了啊！终点站是梅子岭，那里特别荒凉，而且到终点站的话，车上的人一定会和他一起下车……

谁知道车上的都是什么东西，他才不要和他们一起下车呢！

凌宿飞做好了决定，到了宜嘉坟他就下车！

终于，公交车靠站了，凌宿飞刚要下车，车上却上来一个人，还是“熟人”。正是之前站在河边和他搭话，还把他的牛肉吓得掉落的那个老头！

此刻老头对他笑道：“你来啦，小伙子，谢谢你过来换我，现在我可以坐在你的座位上啦……不过这辆车的终点是我该去的地方，而不是你能去的地方，所以你快下车吧，希望这趟公交车返程的时候，你能赶得上。不过，它不会在原来的地方返程，你要去找它。”

就在凌宿飞一头雾水之际，靠站的公交车准备再次启动了，凌宿飞赶忙下了车。下车后，他又回头看了看那辆公交车，只见全公交车的乘客都扒在车窗上，向他摇摆着手。

凌宿飞：“……”

他有点儿麻木了。

凌宿飞回想着刚才那个老头的话，老头让他去找返程公交车停靠的地方，难道找到返程的公交车，就能回到现实世界？还有他刚才买的这支笔，有什么用呢？

凌宿飞低头看着手里的圆珠笔，塑料感十足，非常廉价。

他抬头看向大街，这里的行人都面无表情，宛如行尸走肉，但有些人好像在人群中偷偷看他。

“对了，刚才自己和南忪凛打电话时他那边忽然断线了，他不会出什么事了吧？”凌宿飞又打了一遍电话，无法接通。

既然是同一个世界，他是不是可以找到南忪凛？

现在打不通南忪凛的电话，说明没有信号，而凌宿飞的老家只有一个公共场所的信号特别差，那就是宜嘉坟地铁站。

“说不定他在宜嘉坟地铁站？”凌宿飞推测道。此时他下车的位置正是宜嘉坟，正好去看看能不能找到南忪凛。

他往地铁站的方向走，一个面无表情的陌生男人忽然挡在他的身前，看样子是店员，他问道：“您好，我们店新品试吃，您拿一个尝一尝吧。”

凌宿飞看了看男店员的服装，发现是他小时候常去的那家店店员穿的衣服。

他再次苦恼，怎么又强行让他做选择啊，一定要弄死他吗？

“您好，请拿一个尝尝吧。”店员还在不断推荐凌宿飞试吃，声音充满机械感。

凌宿飞望着托盘里五颜六色的点心，觉得它们可能都有毒，但他没有学霸的分析能力，就只能盲选了。

凌宿飞问：“这些点心都叫什么名字啊？”

店员回答他：“Sachertorte（萨赫蛋糕）、Imperial Torte（维也纳巧克力杏仁蛋糕）、Opera（欧培拉）、Yule log（木材蛋糕）。”

凌宿飞忽然灵光一闪，说：“我知道了！三长一短选最短，三短一长选最长，两长两短就选B，同长同短就选A，长短不一选择D，参差不齐C无敌！”

凌宿飞指着第三个蛋糕说：“所以我选 C！欧培拉！”

店员：“……”

凌宿飞拿起欧培拉咬了一口，发现口感正常，并没有什么奇怪的味道。看来他用他的机智逃过了一劫，他真厉害！

这时店员问：“先生，您的笔能用来给我签个名吗？”

“啊？签我的名字？”

“对，您的名字。”店员的脸上绽放出职业微笑。

凌宿飞谨慎起来：“我又不是名人，为什么让我签名啊？我不签！”他拔腿就跑，生怕又被逼着做什么选择。

他跑了一会儿，来到一处地下通道，停下了脚步，吭哧吭哧地喘着气。地下通道的光线很昏暗，只能依稀看见前方的白炽灯亮着幽幽的灯光，周围的墙体发黑泛黄，角落里还有一些垃圾。

凌宿飞回想了一下，如果他没记错，穿过这条地下通道就到地铁站了。虽然这里不是现实世界，但道路和他老家的一模一样。

凌宿飞走进去，脚步声在长廊上响起回声，就像有人跟着他一样。

凌宿飞不禁回头去看自己走过的路，他努力让自己镇定，自己吓自己才最为致命。

“我还以为身后有脚步声呢，看来是我自己的脚步声……我还是快点儿走完这段路吧。”凌宿飞刚要迈腿，余光却看到了距离他很近的墙面上出现了一张脸。

“啊啊啊，什么东西？我揍死你，呜呜呜！让你吓唬我，让你吓唬我，让你吓唬我！”凌宿飞一脸崩溃，边哭边猛地向那个位置狠踹，地下通道的墙壁都被他踹出了灰尘。

等他踹了十多脚，终于壮起胆子往那个方向看，居然是一面镜子，此时它已经被他踹得粉碎了。

凌宿飞终于安心下来，说：“原来是镜子照到了我的脸啊，哈哈哈……谁在这里贴镜子？真是缺德！幸好没有别的人！”

“是的，这里除了你，没有别的人了。”一道声音在凌宿飞的身后响起。

凌宿飞快速地回头，却什么都没看到。可当他转过头，他的前方却出现了一个女人。

女人的头发很长，她背对着他，挎着一个黑色的包。

凌宿飞心里纳闷，这个女人是什么时候出现在他前面的？

看女人行走的方向也是他要去的方向，所以他只好硬着头皮跟在她后面。

咕噜噜，有什么东西滚落到凌宿飞的脚边。凌宿飞低头一看，是一支口红，他心想：这是前面那个女人掉的吗？那我该不该告诉她掉东西了……

凌宿飞想了想觉得还是算了，这个女人这么诡异，万一搭话惹了麻烦怎么办？

就这样，他慢慢地跟在女人身后向前走，快到出口时，身后突然有人拍他的肩膀，对他说："你的东西掉了。"

凌宿飞回过头，迎面看到一个戴着面具的人。

面具人摊开手，掌心是刚才掉在地上的口红，他说："我把你的口红还给你。"

凌宿飞不知这个面具人又是从哪儿冒出来的，他慌忙与对方拉开距离："这不是我的东西！你不用给我！"

面具人却说："这里只有你在走路，所以，它是你的东西。"

"不，这是前面那个女人的东西！她就在……"凌宿飞正要抬手指，可通道里早没有女人的身影了。

凌宿飞的肚子忽然传来一阵绞痛。

"还给你，这次你好好揣着，不要轻易掉东西了。"面具人将口红放进凌宿飞的口袋。

鲜血从凌宿飞的喉咙涌上来，染红了他的唇瓣，就像涂了口红。

凌宿飞倒在地上，他手中的塑料笔掉了出来，滚落在一边。

……

此时，南忪凛走出了长长的隧道，他观察着四周，这里看样子是一个地铁站。他找到站牌，上面写着"宜嘉坟站"。

这里信号很差，他刚刚走到这里的时候，和凌宿飞的通话就自动挂断了。

“你好，你可以帮帮我吗？”一道声音在南忪凛的不远处响起，虚弱的女声问道，“求你帮帮我。”

谁在说话？

南忪凛回过头，看到他身后的长椅上不知何时坐着一个女人。

陌生女人又在唤他：“请问你可以过来帮帮我吗？这里只剩下你可以帮我了。”

南忪凛觉得自己可能又遇上了选择题，他问：“你想让我帮你什么？”

陌生女人说：“我的腿现在不能走路，你可以背我回家吗？”

南忪凛陷入纠结，如果这也是一道攸关生死的选择题，那他背还是不背她？

“你的家在哪里？”南忪凛问。

“很近。”陌生女人的声音低哑，“只要你按我说的走，很快就能找到我的家。”

“我现在有点儿事情，待会儿再带你回家，行吗？”南忪凛打算先缓缓，这样如果发现不对劲，也能及时应对。

陌生女人很爽快地点头：“好啊，那你可要回来找我啊……不要像那些人一样，走了就再也不回来了。”

“除了我，还有别的人来过这里？”

陌生女人回答他：“有啊，但你是今天的最后一个。”

“哦……那我先走了，待会儿回来找你。”南忪凛走出了女人的视线范围，开始寻找地铁站的出口。但他找了一会儿，发现地铁站内的所有出口都被堵上了，而且每个被堵上的出口处都有血迹。

南忪凛不明白地铁站的门为何反常地锁着，也不明白出口的血迹又是怎么回事。忽然，他在指示牌上看到了距离较远的 E 出口，也许 E 出口的门没有锁！

当他赶到 E 出口时，不禁松了一口气，这里果然没有锁，门还开着，而且出口处也干干净净的。

南忪凛刚要跨出门去，身体却忽然停了下来，因为他想到了一件事情。每个被锁着的出口处都有血迹，只有这个出口没有。并且，那些血迹都在出口外面，看起来就像刚走出去就发生了意外。

会不会走出去就会死，然后门会因此被锁上？

南松凛想起刚才那个女人的话，自言自语：“她说我是今天最后一个，难道除我以外的其他人都……”

南松凛犹豫地退后两步，这时门外出现一个人。

凌宿飞一脸惊喜地看着他，说：“你在这里啊，我找了你好久啦！”凌宿飞向他招手，“你快过来，我刚刚找到了能回到现实世界的公交车！如果不快点儿赶过去，那辆公交车就要开走啦！”

南松凛没有走出去，而是问：“凌宿飞，你最后选什么了？”

“什么选什么？你快跟我走！”凌宿飞似乎是因为着急才对南松凛的话不予理会。

南松凛再次追问：“那个老太太卖给你的东西，最后到底买了什么？”

“哦，我最后买了面包。”外面的凌宿飞回答。

“这样啊……”南松凛一步一步后退，然后飞快地跑离了出口的位置。

那个人绝对不是凌宿飞！

兜兜转转，南松凛又回到了女人身边，女人对他微笑道：“你回来了啊，看来你没有出去。”

南松凛问她：“你知道真正的出口在哪儿吗？”

“我知道啊，只要你背着我就好了。”女人抬起脚，露出自己受伤的脚踝，“我的腿脚不好，你背着我，我会带你去找真正的门。”

此时南松凛好像只剩下这一个选择了，他迫不及待想去有信号的地方给凌宿飞打电话，确认他的安危。

“我……背你！”南松凛在陌生女人前面蹲下，陌生女人在身后用手环住他的脖子，冰凉的身体贴上他的后背，带着腐臭的味道。随即，她用手蒙住了南松凛的眼睛。

南松凛问道：“你蒙住我的眼睛干什么？”

“你看见了，就走不出去了，第二段路，我来带你走。”女人开始指挥起来，“现在，你往前走十二步，每一步要迈到最大。”

可如果南忪凛没记错，前面是地铁的隧道，再往前走他会掉下去的。

女人看出了南忪凛的犹豫，说：“如果你不听我的，我们就出不去了。”

“好……我走。”南忪凛咬咬牙，硬着头皮向前走，走了几步，他发现自己都踩在实地上，并没有掉下去。

南忪凛按照女人的指令走完十二步后，女人清晰且阴冷的声音再次响起：“接下来你往左边走二十步。”

“好……你有没有听到水滴落到地上的声音？就在我们周围。”南忪凛边走边问女人。

女人却回答：“那不是水滴的声音。”

南忪凛不敢再问，听着女人的指挥继续走动，那水滴的声音也一路跟着他。不知走了多久，直到水滴声停止，他感觉背上的人变得越来越重了，肌肉也变得越来越僵硬，仿佛他背的是一根木头。

女人忽然说：“等我到家的时候，我不会跟你说我到家了。”

“如果你不告诉我，我背着你走过了怎么办？”南忪凛问。

女人说：“等到了我家，我会自动从你背上离开。”

“哦，那你离开的时候就代表你到家了，对不对？那时候我就可以睁开眼睛了？”南忪凛继续试探。

陌生女人笑道：“你怎么判断我是否离开了？”

南忪凛说：“你从我背上下来的时候就是离开了啊。”

陌生女人接下来的话却让南忪凛的头皮发麻：“不，我虽然离开了，但你背上的重量不会消失，依旧会有‘人’。”

南忪凛强装镇定，道：“为什么会这样？那是谁？”

“是啊，那是谁呢？”女人轻笑着，并不打算告诉南忪凛，“但是，它的声音和我的一模一样，如果我到家了，你没有觉察到，它就会代替我在你背上和你一直走下去。并且，它会和我一样，蒙住你的眼睛，指挥你往一个方向走，带你走上一条不归路。”

南忪凛问：“如果我中途觉得不对劲，不按它说的走呢？”

女人呵呵笑道：“那你走的还是一条不归路。”

南忪凛："……"

这似乎是一个死局。

女人紧接着说："不过，它和我长得一点儿也不一样，你只要睁开眼睛看看，就能知道你背的是我还是它。"

"那……我现在可以睁开眼睛看看你吗？"南忪凛停下脚步，不再走动。

陌生女人说："可以啊，但如果你没把我背到家就睁开眼睛，那你便会一直留在这条路上，再也回不去了。"

看来他只有在女人到家的瞬间及时睁开眼睛才能够脱身。

南忪凛问："你到时候就不能提醒我一下吗？"

"不能哟，我只负责给你指路，什么时候停下来要看你自己。"

"好吧……那我问其他问题总可以吧？"南忪凛想确认这个女人是不是最开始的女人，"我们上条路走了几步？"

"六步。"

"上上条路走了几步？"

"十步。"

南忪凛一直问，终于将身后的人问烦了，女人说："我们已经走那么久了，你问那么久之前的步数，我怎么可能记得？"

"哦，你说得也对，那我们接下来怎么走？"南忪凛按下心中的怀疑。

带路的人，不应该忘掉路才对。

女人接着指挥他："这次向右边走，二十八步。"

南忪凛这次没有向前走，而是问："你怎么越来越重了，我都背不动了，可以让我先歇一歇吗？"

女人再次爽快答应："好啊，不过这条路上有很多怪物呢，你停留太久会遇到它们。"

南忪凛对女人说："你不要用手捂着我的眼睛了，我不会睁开的，你的手太凉了，我的眼睛被你捂得好疼。"

对方松开了手，南忪凛偷偷将眼睛睁开一条小缝，看到一片广阔无垠的黑暗。而且，女人搭在他肩上的手非常粗，和之前完全不一样。难道，他后背上的人已经换了，不是最开始的那个女人了？一开始他背着那个女人时，一直能听到水滴声，但走了一会儿后，水滴声就突然消失了，难道在那个时候，背上的人就被换了掉吗？

南松凛心惊肉跳之际，一道声音在他的耳畔响起："哎呀，你是不是睁开眼睛了？"

南松凛眼睛一斜，余光正好看到"一张脸"在盯着他："哎呀，你看见我了。"

它从他的背后伸过头，脖子如蛇一般长——原来他身后的人早就换了！他背着这个怪物不知走了多久！

这个怪物伸长了脖子，一直观察着他的脸！他正要将怪物甩下去，怪物反而将他搂得更紧。

怪物说："按照我说的步数走，不然我会吃掉你的，再往前走十七步。"

"好，我会听你的话，你不要杀我……"然而南松凛走了几步又停了下来。

怪物不满地问："你怎么不继续走了？"

南松凛似是被吓破了胆，说："我……我吓得腿软……而且，你勒得我喘不上气……"

"废物。"南松凛背上的怪物不再那么紧勒着他，也因为南松凛的懦弱放松了警惕。

南松凛抓住机会，将它从背上甩下去，转身就跑。

"你骗我！"他的身后传来怪物凄厉的声音，"回来！你只是一个人类，你走不出这条路！只有我才能带你走出去！"

"不劳你操心了！"南松凛脚下不停，"我记得来时的路，但你不记得！"

怪物大笑道："哈哈哈，就算你记得路，也出不去，最后还是会被我找到的！"

在怪物诡异的笑声中，南松凛在黑暗里数着步子跑远了，之前女人给他指路时，每个方向走几步，他都特意记在了心中。

当他按照方向和步数原路返回，又看到了熟悉的地铁站，到了起点的位置。可是，他与地铁站之间隔着一道黑暗的沟壑，怎么努力向前都跨不过去。

“没死就好……就当是游戏系统出错了吧……”南忪凛苦中作乐，安慰自己，“凌宿飞说不定会过来救我呢……不对，我不能指望凌宿飞那个低智商的人。”

南忪凛想了想，又给自己打气：“E班的人那么多，他们一定会来救我的！”

可是，这里不是现实世界，他们能找到这里吗？

南忪凛颤抖着摸出手机，打电话给凌宿飞，不知道这次能不能打通。绝望中的南忪凛没想到，电话居然很快接通了，他对电话那边的人快速说：“凌宿飞，我遇到了一些麻烦！”

此时此刻，白夜对着电话愣神，道：“南忪凛？”

南忪凛没想到电话那边是白夜的声音，难道他这通电话拨到了现实世界？

他赶紧大喊白夜，想对白夜详细描述自己的状况，结果他刚吐出几个字，电话那边就传来了嘟嘟嘟的忙音，就像错线的电话忽然恢复了正常，他们的电话断线了。

南忪凛拨号重打，却怎么也打不通了。

偏僻的民寨里，南忪凛的房间内。

凌晨的熹光还未驱散昨夜的黑暗，有两个人在昏黄的灯光下立于南忪凛的床前。

楚冬忍问白夜：“你说刚才给凌宿飞打电话的人是南忪凛？”

“嗯，确实是南忪凛的声音。”白夜放下凌宿飞的手机，说，“只不过现在电话挂断了。”

楚冬忍指着床上熟睡的南忪凛，说：“可是……南忪凛不就在这张床上躺着吗？怎么会有另外一个南忪凛给我们打电话？”

白夜摆弄着手机，说：“我翻看了一下来电记录，发现刚才那个电话并没有记录下来，就像是外星来电一样。”

“这会不会和凌宿飞现在变成那个样子有关？”楚冬忍回想起

刚才的事情，如果不是南波兔半夜起来上厕所，凌宿飞现在可能没命了！

此时E班的人差不多都醒了，都是被外面凌宿飞的动静吵醒的。

凌宿飞仿佛失了神志一样，发出野兽般的低吼，他一直在奋力挣脱压制他的人，仿佛一夜之间变成神经病了。

南波兔叫着其他人："再按紧一点儿，别让他挣脱！不然他又会去作死！"

"他今天怎么力气这么大？"洪秋泽感觉自己的手都酸了。

苑山光在扇凌宿飞大嘴巴子，说："凌宿飞，你快醒醒！你怎么了？发什么疯啊！"

好几个人按着凌宿飞，都险些按不住。巫岂安在旁边看了一会儿，忽然问南波兔："刚才你上厕所时凌宿飞在怎么作死？"

南波兔回想了一下，说："我看到他从屋子里出来就叫了他一声，他却不理我。我见他怪怪的，就跟了上去，看他去了劈柴的后院，突然就把头往水缸里埋，半天都不出来。"

南波兔揉了揉自己被咬痛的胳膊，说："我赶紧过去将他拉出来，没想到他还咬我。"

巫岂安神情严峻道："糟糕，他可能没救了。"

南波兔说："没有啊，他已经被我救下来了！"

巫岂安说："我是说，他可能在另外一个世界没救了。"

南波兔感到不解。

白夜和楚冬忍走过来，刚好听到巫岂安的话，白夜问："你是说，里世界？"

巫岂安点了点头，说："除了这个，没有其他理由能解释凌宿飞为什么会变成这个样子。"

白夜问："如果是因为里世界……你不是说喷香水和化妆能避免被那里的怪物找到吗？现在给凌宿飞喷香水、化妆还来得及吗？"

"来不及了。"巫岂安面色复杂地望着正在奋力挣扎的凌宿飞，"他现在理智尽失，处于被那种力量所控制的状态，这就说明怪物已经通过某种方式找到他了。"

巫岂安一脸担忧地说："我们只要多用心就能拦住他作死，但就怕……从里世界找过来的怪物会把他弄出什么意外。"

白夜想到了她从前的室友的结局。

如果是那种情况就更糟糕了，因为他们想阻止都没有办法。

此时，凌宿飞的肩膀忽然流血了，众人都慌了，他们定睛一看，发现他的肩膀上扎着一根长长的钉子。

纪烧倒吸了一口气，说："地上怎么会有一根这么长的钉子啊！我们将凌宿飞按在地上时怎么没看到？而且这根钉子是怎么立在地面上的？"

南波兔说："你快将他扶起来，带到医院看一看！"

"不能去医院！"巫岂安阻止大家，"相信我，去得快，死得快！现在他的四周都是杀机，我们应该庆幸我们现在在农村，不然糟糕的意外会更多！"

"你说的是什么歪理？你以为这是在拍摄恐怖电视剧？"南波兔不赞同地皱眉，"你看除了你，还有谁觉得凌宿飞不能去医院？"

白夜立即举手："我觉得不能去……山路崎岖，万一凌宿飞颠出事来就糟糕了。"

楚冬忍说："是呀，是呀，不能去的。"

洪秋泽说："+1。"

白夜说："我们先把凌宿飞关起来，出门在外，不太安全。"

"什么？你们是认真的？"南波兔现在看这四个人的眼神充满了不可理喻。

最后，他们还是把凌宿飞绑到屋中，替他简单处理了一下肩膀上的伤，而凌宿飞依旧挣扎得厉害。

巫岂安来到白夜几人身边，低声说："现在是凌晨，天还黑着没有大亮，我想到一个办法，或许可以让从里世界来的怪物暂时找不到凌宿飞。"

"什么办法？"白夜问。

巫岂安说："一个接力游戏。除了凌宿飞，这个游戏还需要四个人，这四个人需要各自穿上一件凌宿飞的衣服，之后与凌宿飞五个人一起戴上面具、喷上香水，去一个比较暗的地方玩游戏。”

白夜问：“这是什么游戏？”

巫岂安说：“就是要一点儿小聪明的游戏。我们可以通过这个游戏让那个来找凌宿飞的怪物无法辨认他，到时候我们喷上一样的香水，都化个大浓妆。”

白夜还是对巫岂安的办法存疑，这个方法真的靠谱吗？

巫岂安对白夜详细讲出他的构想：“玩游戏时我们背着凌宿飞固定走一段路，一个人站在一个‘接棒点’，把凌宿飞交接给下一个人。到时候如果有人接棒，却没有把凌宿飞交出去，这就说明对方是怪物。”

白夜神情一凛。

巫岂安压低声音，似乎是担忧附近有看不见的东西偷听他们谈话：“遇见怪物的人需要咳嗽一声再往前走，听到咳嗽声后，背着凌宿飞的人就把他放在原地，独自向前走。”

白夜问：“那凌宿飞呢？交给下一个过来的人背着？”

巫岂安却说：“不，要让凌宿飞背起下一个过来的人，这样才能让怪物真正混淆，弄不清谁才是真正的凌宿飞。”

“但凌宿飞现在理智全无，怎么让他背别人？”

巫岂安弯唇一笑，说：“你那里不是有一个‘好帮手’吗？只要让他暂时占领凌宿飞的身体，控制凌宿飞的行动……到时候我们就可以去凌宿飞身边救他。”

白夜明白了，虽然此计不能长久，但起码能多争取一个夜晚的时间。在下一个夜晚，如果他们通过六芒星游戏进入凌宿飞死亡的世界，就能像救乔芳那样挽救他的性命。

“好，我们现在就玩这个游戏。”白夜说。

希望他们的假设不是空想吧，希望他们真的能救凌宿飞出来。

巫岂安叹道：“只不过，我们现在还不知道进入凌宿飞那个世界的信物是什么。”

“我可能知道信物是什么。”白夜思考了一下，说，“不过我们玩游戏的时候，屋子里睡着的那个南忪凛需要找人守着，他应该也被困在了里世界。”

……

白夜找到楚冬忍和洪秋泽，再加上巫岂安，刚好凑够四个人。

白夜问：“你们都能背动凌宿飞吧？”

巫岂安见白夜盯着自己，觉得自己被小看了，他撩了撩头发，说：“怎么，你看不起精致男孩啊？别说凌宿飞，就算是大象我也背得动！”

几人着手准备，白夜独自去外面等了一会儿。

巫岂安进屋后就将凌宿飞剥了个精光，并给他换上了自己带着香水味的衣服。

等白夜进屋后，巫岂安扔给白夜一件凌宿飞的T恤衫，说：“你套上吧，别嫌有汗味啊，他的体味就是比较重，而且T恤已经是最好的了，像我，还穿着他的臭鞋子呢。”

他们身上都穿了一件凌宿飞的贴身衣物，这样能更好混淆凌宿飞的味道，让怪物找不到凌宿飞。

洪秋泽一脸嫌弃地拉着凌宿飞的睡裤，而楚冬忍一脸丧气地穿着凌宿飞的臭袜子和……

几人都一脸同情地看着楚冬忍。楚冬忍不敢贴身穿，只能外穿了，大家都称赞他像超人。

“你们都站在那儿别动。”巫岂安一抬手，给每个人身上都喷了好几下香水，一股浓重的香水味在房间里铺散开来。

刚进来的南波兔被呛到了，说：“咯咯咯……你们这是干什么？”

白夜说：“南波兔，你先留在这里等南忪凛醒来，我们要出去做很重要的事，你不要来打扰，也不要让其他人过来打扰。”

“很重要的事？什么事？”

“嗯……给凌宿飞治病。”白夜想了想，找了一个不那么奇怪的借口，“听说在天亮前祈祷很有用。”

楚冬忍帮腔：“对，白夜的祈祷可厉害了！你要相信白夜！”

南波兔：“……”

他望着四人离去的背影，瞬间觉得这四个人更加不可理喻了。

南波兔想跟过去问问他们具体要做什么，谁知他刚抬腿，便发现旁边的南忪凛睁开了眼睛。

南波兔急忙问他：“你终于醒了，刚才你是怎么了？怎么叫都叫不醒。”

“哦，我没事，可能是睡得太沉了。”南忪凛对南波兔微微眯眼，笑了笑，“你为什么会在我的房间呀？”

南波兔愁眉不展，说：“因为早上出事了，凌宿飞忽然发疯了。”

“哦……为什么会这样呢？真是好奇怪呀……那他现在怎么样了？”南忪凛问道，“还活着吗？”

南波兔觉得南忪凛的反应有些怪异，但看着南忪凛熟悉的面庞，他也并未深想，回答说：“活着，被我救下来了，但是人有些疯，为了不让他闹腾，我暂时将他打晕了。”

南忪凛又追问其他人去哪儿了，南波兔便将白夜说给凌宿飞治病的话告诉了南忪凛。

南忪凛立即精神抖擞地起身，看起来心情很好：“听起来很荒唐呢，我去看一看。”

“等一等，你别去！”南波兔飞快地拉住南忪凛的手，他也不知道自己为什么会是这个反应，但是他不仅没有松手，反而攥得更紧了。

南波兔一脸严肃地说：“白夜说不能去打扰他们。”

“为什么呢？你应该也知道，他们说的都是无稽之谈。我只是去看一眼而已，没什么要紧的。”南忪凛想挣脱南波兔的手，却发现对方抓得紧紧的。

南波兔说：“是的，我觉得他们说的话是无稽之谈，但我相信他们。我要尊重朋友的决定，还要办好他们托付给我的事。”

南忪凛见挣不开手，便笑眯眯地弯了弯眼睛，说：“好了，好了，我不去看就是了，我只是太担心凌宿飞而已，你快松开我的手吧。”

南波兔松手后，南忪凛低头看了看自己的手腕，眼底有些发冷。

昏暗的小树林里，戴好纸面具的四人各自占据了一个地点。

第一个背着凌宿飞的人是白夜，她也是第一个开始走的人。玩了几轮后，凌宿飞重新回到了白夜背上，但这次白夜顺着下一个交接的方向走时，却听到身后有脚步声。

因为白夜和门觉交流不需要发出声音，所以她便用口型和门觉对话：“我身后有东西在走？”

“我看不到。”门觉说，“我与你共享视野，只能看到你视线范围的东西，看不到你的身后。”

白夜觉得那个东西似乎在跟着她，直到她来到交接的地方，将凌宿飞交给巫岂安后，那道脚步声就停了。

停在了她身边吗？不……听声音消失的地方，和她还有些距离。

门觉突然说：“糟了，它刚才不会趁你离开的时候占了你的位置吧？”

如果那东西没有参与游戏，而是直接占据白夜原本的位置，那么下一个“接棒人”楚冬忍在不知情的情况下向白夜的方向走，很有可能将凌宿飞交接给对方。

那个怪物在利用游戏的漏洞让他们没办法保护凌宿飞！

如果楚冬忍真的将凌宿飞交给怪物，那么危险就大了！她必须提醒他才行！

白夜计算了一下巫岂安的脚程，此时巫岂安应该已经把凌宿飞交给洪秋泽了。白夜重重地咳嗽了一声，几人之前约定过，听到咳嗽声便将凌宿飞放在地上，洪秋泽听到后照办了。

白夜又问门觉：“你现在能去控制凌宿飞的身体吗？”

“不能，怪物对凌宿飞的精神控制并没有松懈，应该仍在紧盯着凌宿飞。”

看来对方很聪明，它已经知道他们玩这场游戏的意图，甚至还想利用游戏让他们主动把凌宿飞交到它手里！

白夜又问：“门觉，你能够变成能量体的状态对付那只怪物吗？”

门觉再次表达无奈：“怪物是里世界的产物，它可以通过裂缝随时回到里世界，现实的创伤对于它来说根本不算什么。”

看来这个游戏是唯一能够让他们接触到怪物的方法了，必须短暂转移它放在凌宿飞身上的注意力才行！可他们又不能为了达到目的破坏游戏规则，否则怪物一旦察觉就会隐藏。

就在白夜和门觉为应对怪物发愁时，楚冬忍已经独自走到了白夜出发的原点。他隐约看到前方有人，正想出声，却忽然想到白夜离去后，这个位子应该空出来才对！

难道这个人是……

这与计划好的南辕北辙，他该怎么做？

电光石火间，楚冬忍脑海中闪过万千念头。他轻咳一声示意众人自己遭遇了怪物，随即爬上前方那“人”的后背。

它一定是在这里等着背凌宿飞吧？那就让它背自己好了！

楚冬忍只觉得很冷，并不是生理意义上的冷，而是像午睡醒来发现自己嘴唇上停着一只蜈蚣，浑身都被激出了鸡皮疙瘩的冷。

那“人”似乎转头看了看他，又凑近嗅了嗅他的气味。行至下一处接棒点时，那“人”将他放下，独自离开了。

与此同时，门觉的意念一动：“白夜，怪物对凌宿飞的精神控制忽然松懈了！我现在就去控制凌宿飞的身体！我们可以按原计划进行下去了！”

……

“门觉？是你吗？”白夜张合唇瓣问道，此时有人爬上了她的后背。如果是门觉，就能知道她在说话，可现在没人回答她，难道爬到她身后的人不是正在操控凌宿飞身体的门觉？

身后的那个“人”从后面伸头过来，脸颊擦过白夜的面具，似乎绕到了白夜前方。

如果是人类，根本做不到这点。

游戏如此进行了几个回合后，所有人都发现他们似乎背上了什么奇怪的东西。那东西在他们之间徘徊，像在仔细辨别他们的味道，直到——

“你们在干吗？我能过去吗？哎呀，不好意思，我打扰你们了！”随着说话声响起，南忪凛的身影出现在四人的视野里。

游戏被打断，白夜突然感到自己的肩膀一沉，她虽然看不到是什么东西，但是很明显有什么东西趴在了上面。

“这个地方怎么这么黑？你们在这里做什么？”南忪凛抬腿向他们走去。

南波兔跟在他身后，快速追来，怒火中烧道：“南忪凛！我不是说不让你过来打扰他们吗？”

“到吃饭时间了，我想叫他们回去吃饭啊。”南忪凛一脸无辜地说。

南波兔说：“可是早饭现在还没做好啊！”

南忪凛说：“是吗？我以为已经做好了。”

南波兔对南忪凛的行为表示十分不理解。

南忪凛走过去想摘下几人的面具：“你们戴着这东西干什么，看起来很吓人，快摘掉吧！”

南忪凛的手刚要碰到白夜的面具，却被白夜一闪身，躲了过去。

“怎么了？不能摘吗？为什么要戴这么丑的东西？”南忪凛歪着头问。

白夜看着他半晌，说：“小福，别人的东西不要随便碰。”

“你……你叫我什么？”南忪凛瞪大了眼睛。

白夜问：“你不是小福吗？”

南忪凛立刻回道：“我当然不是小福了，你在说什么啊？我是南忪凛！”

白夜叹了一口气，说：“小福，撒谎可不好。”

楚冬忍也站了出来，说：“对，不好。”

巫岂安勾唇道：“谁撒谎谁欠揍。”

“打他！”洪秋泽直接将南忪凛推倒在地上。

南忪凛的眼神看起来更加无辜了：“你们干什么？”

洪秋泽又踢了一脚：“你以为我们是什么人？还装到我们眼前了，上次还没挨够打啊？”

楚冬忍说：“你不是想做人吗？今天我就让你明白四个字，做人好难！”

白夜忙拉架：“你们住手，打架不好。”

“那你怎么也跟着我们一起打人啊？”洪秋泽问和他一起动手的白夜。

白夜的表情却比刚才的南忪凛更无辜：“咦，我为什么要跟着你们一起打人？”

楚冬忍说：“你问我？我怎么知道！”

白夜下了结论：“我一定是被你们带坏了，果然，我爸说近朱者赤，近墨者黑。”

洪秋泽说：“分明是你想打他还赖我们！这个锅我们不背！”

此时真心在劝架的只有南波兔了：“等等，你们为什么一言不合就打起来？”

巫岂安害羞地笑道：“可能因为打是亲骂是爱吧。”

小福抱着头，蜷缩在几人的拳脚间，第一次开始思考人生：有道理吗？分明一点儿道理都没有！这些人真是不讲道理！看来他还是对人类了解太少了！人类难道都是这么不可理喻吗？

小福就这样被大家按在地上一顿“摩擦”，但他觉得自己还可以狡辩一下：“我真的是南忪凛！你们误会我了！”

白夜边动手边问：“是你把南忪凛拉入里世界的吧？如果南忪凛被困在里世界，你就可以在现实中占据他的身体。”

小福依旧嘴硬：“你在说什么啊？”

白夜说：“现在正在主导这具身体的是你，那么南忪凛一定被留在了里世界，你能不能告诉我们，南忪凛在里世界出了什么事？”

小福说：“我都说了，我就是南忪凛！”

白夜点了点头，说：“你告不告诉我们都没关系，因为今晚我们去里世界找南忪凛和凌宿飞的时候，你要跟我们一起去。”

小福忽然笑了起来，说：“你们救不回他们了！他们已经回不来了！你们就把我当成南忪凛不好吗？反正我们一个模样！如果你们喜欢南忪凛的性格，我可以学！我还会变得比他更完美！”

听了小福的话，洪秋泽更加生气了：“我们不喜欢他的性格，他的性格糟糕死了！但南忪凛就是南忪凛，即使他再糟糕，我们也喜欢他，你学不来！”

“你们为什么非要喜欢他？”小福像听到了什么难以理解的事情，他吼道，“明明是一模一样的东西！”

楚冬忍说：“你又不是真正和我们相处过三年的人！跟你说你也不懂！”

小福似乎被激怒了，咬牙切齿地爬起来，说：“你高一时，茶杯里的死蜘蛛是南忪凛放的！”

楚冬忍闻言大惊：“你说什么？还有这回事！南忪凛这个欠揍的家伙！”

小福继续说：“还有，洪秋泽第一个女网友，是南忪凛假冒的！”

洪秋泽悲愤交加，说：“我说那女的怎么不想和我见面，原来是南忪凛那个死小子在耍我！”

小福又说：“南波兔打架受伤在医务室睡觉时，后背上的王八也是南忪凛用紫药水画的！”

南波兔：“……”

白夜总结道：“看不出来，南忪凛还挺调皮的。”

小福一脸畅快地看着他们，说：“这下你们应该不喜欢他了吧？他对你们做过这么多坏事！”

楚冬忍却说：“我们喜不喜欢他和这些事无关，顶多把他从里世界中揪出来后我们再揍他一顿！”

洪秋泽一脸怜悯地望着小福，说：“你不懂，他做的这些‘坏事’都是我们兄弟之间的情趣……当然，等救他出来之后，群殴他一顿也是我们之间的情趣。”

小福颤声问：“为什么？你们这样我更不懂！为什么我说了这么多，你们还想去里世界冒险救一个根本救不回来的人？”

洪秋泽说：“为了揍他啊。”

楚冬忍说：“对，不救他的话，我就再也揍不到他了。”

小福无法理解他们的逻辑，出生十几年的人类不是应该很聪明吗？可眼前的这几个人为何如此愚蠢？他们甚至不懂得计算得失。

小福再次提醒他们：“就算你们不接受我，也要学着接受！因为南忪凛真的回不来了，你们没办法救他的！”

楚冬忍轻哼一声，说：“你小子懂什么，南忪凛一定还活着，因为‘祸害遗千年’！”

小福说：“可是，你们根本不知道如何到达南忪凛被困的那个世界。”

“我知道。”白夜说，“能到达那个世界的信物，应该就在南忪凛的房间吧？而且，那个信物还是你弄过来的。”

小福眨了眨眼睛，似是没听懂白夜的话。

白夜继续说：“早上我去南忪凛的房间时，发现他的床上有很多小土粒，地上也有很多。之后我检查了一下他床边搭着的衣服，发现衣兜里还残留着一些土渣。他没有理由将土揣在衣服里，所以那些土应该是你占领他身体时放的吧？所以，这土应该就是去往某个里世界的信物。”

小福抿着嘴唇，面无表情地看着白夜：“就算你知道了又能怎么样，还不是会和南忪凛和凌宿飞一样，一起被困在那个世界。”

小福弯唇笑了笑，说：“既然你们要去送死，那就去好了，我是不会和你们一起再去那个世界的！”

小福想跑，却被南波兔顺手拎了回来，他终于问出了一句一直想问的话：“里世界是什么？”

面对南波兔的提问，众人沉默了一瞬。但他们觉得继续瞒着也不好找借口，毕竟刚才他们的对话，南波兔全听到了，所以白夜就将里世界的事简单告诉了南波兔。

丢失了去里世界记忆的南波兔觉得白夜谎话连篇：“你们说我也去过那里？不，我不信！你们又想找借口骗我，是不是？”

“我们没骗你，我现在会变魔术就和那个世界有关。”楚冬忍将手掌摊开，原本放着的几张纸币突然不见了，手上多了一个马克杯。

南波兔瞪大双眼，想到墓室里的纸箱和防盗门，在震惊中稳住心神：“如果你们说的里世界真的存在，那就带我去看看！我只信眼见为实！”

楚冬忍连忙劝他：“不行啊，兔爷，你就算去了，出来后也会失去记忆！而且那里很危险，万一你有个三长两短，我怎么向死去的小明交代啊！”

“你少忽悠我！就算这是真的，我也要去，凭什么你们可以去那个世界救南松凛，我却不可以？”南波兔铁了心要去里世界。

只有白夜不关心南波兔的决定，而是好奇地问：“死去的小明是谁？”

“哦，那是兔爷以前养的宠物兔。”洪秋泽偷偷跟她说，“后来兔子生病死了，兔爷还哭过一回呢。”

南波兔看到和白夜光明正大说悄悄话的洪秋泽，气不打一处来：“她只问小明是谁，没问我哭没哭！”

洪秋泽说：“哦，不好意思，我多嘴了。”

南波兔态度坚决，环抱着胸口说：“反正如果真的有那样的世界，我也要跟去看看，你们别想背着我搞秘密活动。”

“你真的要去吗？”白夜问。

南波兔斩钉截铁地回答：“是啊！”

白夜的神情难得认真，说：“哪怕会死，你也要去吗？”

南波兔怔了怔，看着白夜的眼神，他忽然觉得他们不是在与自己开玩笑了，所以他也郑重地答道：“去，哪怕会死。你们不是也要去吗？有难同当有什么不好的。”

白夜说：“那你就去吧。”

楚冬忍觉得他们都失去了理智，匆匆地说：“白夜，现在南波兔什么都不知道，你怎么能惯着他呢！”

白夜一脸平静道：“是他自己要去的，而且我们的团队里‘神’‘狼’都有了，就是缺少‘平民’，这个游戏如果当晚的人数不够，就不会开始，而是延后几天直至有缺少的角色加入……但是现在凌宿飞这个样子，如果遇到缺人的情况……我们等不起。”

楚冬忍说：“可是就算兔爷加入了，也只有他一个‘平民’啊！”

白夜想了想，说：“我可以在聊天群里问问朗悦涵、宁安安要不要来，朗悦涵应该已经在现实中对宁安安坦白过游戏的事。”

洪秋泽说：“那个小学生？她有什么用？”

楚冬忍说：“说实话，我觉得宁安安起码比凌宿飞厉害，她是一个有脑子的小学生。”

白夜说：“就算宁安安不来，还有一个‘平民’可以和我们进入游戏。”

“谁？”大家异口同声地问。

白夜说：“小福啊。”

……

几人顶着身上浓重的香水味，直到夜晚。

门觉负责守护凌宿飞的身体，白夜和其他人睡在同一间房里，手上都画上了六芒星。

小福被他们用被子卷了起来，像一张卷饼。他动弹不得，号叫道：“放开我！你们是想害死我吗？别带我去那个世界！”

“小福，你别喊，农村人都睡得早，你别吵到他们。”洪秋泽柔声细语地劝着，然后拿出一只臭袜子，“这应该是昨晚南忪凛脱下来的，你如果再乱叫，我就用它堵住你的嘴巴。”

小福惊恐地咬紧牙关，再没发出一声。

楚冬忍招呼其他人上床：“哎呀，看你们把小福弟弟吓的，别欺负小孩了，来，我们躺下，睡了，睡了。”

巫岂安对他们道晚安：“虽然我不能陪你们去里世界，但我今晚就在这里给你们守夜，明天你们一定要全部回来。”

众人应了一声后纷纷闭上眼睛，等待那诡异的睡意袭来。

……

嘀嗒，嘀嗒，嘀嗒，钟表在走动。

白夜听着钟声，睁开眼睛，她发现自己正躺在一个房间里，是她从前的寝室，和林薇她们一起住的那间寝室。

番外

不要笑挑战

这里人太多，怪物都不够用了。

白夜看着周围黑压压的人，至少有几百人。此时大家身处一个美食广场中，夜色下，能听到道路两旁小吃摊主的叫卖声，四周都是烟火气。

众人大眼瞪小眼，讨论着自己身在何处，不绝于耳的嗡嗡声中，白夜和旁边的楚冬忍对视，很难想象他们来的是充满诡异的里世界。

“我们真的进入游戏了吗？”楚冬忍一脸难以置信地问，“我第一次在里世界中见到这么多人。”

白夜看着手心的六芒星，说：“为了救我们共同的仇人，我们的确是按游戏规则入睡的。”

是的，他们进入了游戏。

一个星期之前，白夜在食堂被校友借饭卡刷了五块钱，对方至今没还，让她原本就不富裕的生活雪上加霜。

三天前，楚冬忍去帮白夜讨债，发现对方吓走了学校里的流浪猫，一气之下和对方舌战八百个回合，发誓一定要让对方得到教训。

一天前的夜晚，白夜和楚冬忍与那个男生约好明天放学别走，结果那个男生第二天昏迷不醒。

白夜和楚冬忍通过男生舍友的只言片语，拼凑出那个男生很可能在睡前玩了六芒星游戏。

所以现在白夜和楚冬忍出现在这里，就是为了救那个男生。

“我一定要让他回来还钱。”白夜说。

“如果他回不去，我就没办法教训他了。”楚冬忍说。

与白夜和楚冬忍共同出现在这里的还有白夜兜里的门觉，以及嘴上说着不能让楚冬忍和白夜单独相处而跟过来的南波兔。

白夜的目光穿过熙攘的人群，扫过正在发呆的大妈、染着五颜六色头发的少女、沉闷抽烟的男人、蹲着画画的小孩……

南波兔正和小孩儿蹲在一块儿，他努力挤出和蔼的笑容，问那个七八岁的小孩儿：“小朋友，睡前有人带你玩了什么游戏吗？”

衣服有些脏旧的小孩儿冒着鼻涕泡，摇摇头，说：“没有人陪我玩游戏啊。”

南波兔又问：“那你是怎么出现在这里的？”

孩子答道：“因为没人陪我玩游戏。”

南波兔皱了皱眉头，孩子两次都回答了他同一句话，让他不明所以。他思考时，越看小孩儿的鼻涕泡越不顺眼，随口说：“你能不能擦擦鼻涕？”

小孩儿点头，听话地用手擦掉鼻涕，然后抹在自己的裤腿上。

南波兔抽了抽嘴角，赶紧从兜里掏出纸巾给小孩儿擤了擤鼻涕，说：“你找找附近有没有你认识的人。”

小孩愣了愣，突然哭了起来。

南波兔不解，心想难道他刚才很凶？

这时白夜走过来，说：“小朋友别哭，姐姐给你玩具玩。”

被递出去的门觉望着孩子手上残留的鼻涕，露出惊恐的表情：“小孩儿，你别碰我！我是怪物！我会吃人！真的！”

楚冬忍被门觉逗得扑哧一声笑出来，然而异变就发生在此时——

尖笑声刺激着白夜的耳膜，她转头一看，正好与一双黑漆漆的眼睛四目相对，怪物长满毛刺的脸上挂着咧到耳根的大嘴巴，它在向她微笑。

怪物什么时候出现在她身边的？

门觉立即弹射出去，给了怪物一个栗暴，然后与白夜同时出手，给了怪物一掌，并在怪物的脑袋偏离的刹那快速后退。他们开了一个好头，旁边的大妈边后撤边往怪物身上扔了一个塑料瓶；工装大汉搬了摊位上的椅子砸过去；彩发少女偷摸用烤串签子行刺怪物。

都说群众的力量大，在上百人的围剿中，大家你一下我一下，怪物竟然如气球一般原地爆炸。

白夜愣住了，没想到怪物这么脆弱，是不是人太多，怪物都不够用了？

“咦？楚冬忍呢？”白夜发现最初站在自己身后的楚冬忍不知何时消失了，难道被人群冲散了？

他们在美食广场找了很久都没找到楚冬忍，倒是发现了此处的诡异。美食广场上所有的摊位都在正常营业，从卖小吃的摊主到食客，他们都好整以暇地生活着，像活人一般，但是这里根本不是真实的世界，怎么会有除玩家以外的人类。

白夜再次望向身后的人群，猜测道：“难道他们并不全是游戏的参与者，里面还有一些是怪物伪装的？”

然而怎么看，这些人表现出来的样子都是活生生的。例如工装大汉被她用探究的眼神多看两眼，会瞪回来；彩色头发的非主流小妹妹因为她的目光露出迷惑的表情；几个大妈大婶正讨论刚才那只怪物，见白夜望过去，以为她也要加入讨论，热情地向她发出邀请。

“小姑娘，你们找到出口了吗？刚才怪物出现后我们往外逃，结果跑了一圈又回来了。”红衣大婶累得一屁股坐在烧烤摊的板凳上，吞了一口唾沫。

这时旁边烧烤摊的老板递给红衣大婶一瓶水，说：“你口渴了吧？喝口水润润喉咙吧。”

红衣大婶得知水是免费的，道谢之后刚要喝水，却被南波兔拦住。

南波兔表情严肃地说：“这里不是真实世界，能在这里开店的也不是人类，你喝了她的水可能会出事。”

红衣大婶被吓了一跳，赶紧把水放下了。摊主一脸无奈地笑道：“我也是人类，不会害你们的。很久之前我迷失在这个世界没办法离开，索性就在这里生活了，后来开了这家店。”

“那你这些食材是从哪里来的？”南波兔质问道，他才不信怪物骗人的套路。

摊主却递来一串吱吱冒油的肉串，说：“你尝一尝，就知道这是什么肉了。”

南波兔才不会上当，但又饿又渴的红衣大婶却跃跃欲试，竟无视南波兔的劝阻，开始品尝起肉串，边吃边说："好像是猪肉，还挺好吃的。"

"你们根本没意识到吃肉的严重性，不知道这里有多危险！"南波兔因为红衣大婶的不听劝而着急，还有其他大妈也来吃肉串了。

南波兔大声讲道理："你们不要看刚才的怪物被轻易打死就觉得这里没有多危险，吃了这个你们会后悔的！"

红衣大婶摆摆手，说："这怕什么，在现实中我还翻过垃圾桶找吃的，吃发霉的食物都没死。"

"是啊。"鬈发大妈附和，"我好久都没吃过这么香的肉了。"

南波兔怔住了，不知道大婶们在现实中都经历了什么。这时变为人形的门觉也拿了一串烤肉吃，体味了一番后，他说："这些肉没事，可以吃。"

"啊？"南波兔感到非常意外，这里怎么不按套路出牌？

然而对于身边人的作死行为，南波兔还是忍不住操心。

例如彩发非主流少女听到漆黑巷子里传出自己最喜欢的音乐后想进去看看，南波兔告诉她好奇心害死猫。

例如工装大叔踏上漆黑楼道的楼梯，说在上面听到了妻子的声音，南波兔告诉他上去就肯定回不来了。

例如一个男大学生被几个不像人类的陌生人叫去打篮球，南波兔告诉他不要和陌生人离开，肯定会遭遇意外。

但是，他们都去了，并且也都回来了。

彩发非主流少女很开心，说在黑暗的巷子里找到一把吉他。工装大汉很开心，说楼上是他家。男大学生也很开心，说那些陌生人给他过了生日。

他们都没事。

南波兔觉得奇怪，这个世界的怪物是不是喜欢唱反调啊？

突然，人群中爆发出尖叫声，只见不远处又出现了怪物，在距离他们不远的地方，但和第一次一样，都是很轻松就被群众消灭了。

众人见怪物没什么攻击性，都放下了心，开始壮着胆子去探索美食广场外围那些没有灯光的地方。

南波兔再次怀疑："这一定是怪物的骗局！它想吸引我们去没有光的地方！"

这时白夜问烧烤摊主："你知道美食广场外围没有灯光的地方有什么吗？"

对方边烤串边回答她："有痛苦，最好不要过去。"

南波兔显然没想到摊主会劝他别过去，他以为摊主和这里的怪物是一伙儿的。所以，外围那片黑暗会不会潜藏着巨大的危险？

白夜又问摊主："你有没有见过这个人？他叫刘鸣，我们正在找他。"

上面是欠白夜五块钱、玩六芒星游戏而昏迷不醒的校友。

摊主伸长脖子，看了看白夜手机里的照片，说："他啊，之前还在我这里吃过烧烤。"摊主指着一个方向，"他应该和我一样，找不到出去的路就留在了这里，住东南角那栋楼，你去打听一下。"

他们都没想到这么快就打听到刘鸣的行踪，五分钟后，他们更没想到这么快就找到了刘鸣。

刘鸣打开门，手里拿着游戏手柄，屋子里传来电子音乐声。见到白夜等人，刘鸣大感意外："不是，你们怎么找到这里来了？"他请白夜他们进去坐，"我们一起打电子游戏吧。"

"我们不是来找你打游戏的。"白夜站在门口没有动，"我们来带你回家。"

刘鸣挠挠头，表情有些纠结："可是这款游戏我还没有通关……好吧，好吧，我跟你走就是了。"

门觉与白夜对视一眼，觉得刘鸣的反应很不对劲，究竟是他不想回家，还是他根本不是刘鸣？

门觉试探地问刘鸣："我和班里的同学都很担心你，你来到这里有没有遇到什么危险？"

"没有啊，这里的人都很好，回到这里像回到家里一样。"刘鸣反复看了门觉好几眼，说，"不过你是谁啊？也是我们学校的吗？"

刘鸣坦然承认不认识门觉，应该是本人没错，但他总给人一种说不上来的诡异感。

之后他们又在美食广场打听了很久楚冬忍的下落，所有摊主都说没见过楚冬忍。

只有广场外那片黑暗没有被找过了。

但对于进入那片黑暗，刘鸣是抵触的：“我不要过去！去了那里会很难受！”

“什么意思？”白夜追问，“哪里会难受？”

刘鸣抱住电线杆不撒手，说：“要去你们自己去……在里面会感受到痛苦，各种各样的……”

刘鸣正说着，灯光照耀不到的外围黑暗里响起怪物的咆哮，声音中夹杂着痛苦，紧接着，有不少之前进去的人从黑暗里跑回来，面上有着深深的恐惧，还有人直打哆嗦。

“你们在里面遇到了什么？”南波兔拉住一个人问。

那人在路灯下直喘气，仿佛在靠光线找回安全感：“在里面我遇到了很多怪物……除了我全是怪物！我四处躲藏，但越往里面走头就越痛，只有回到这里才感觉到舒服……”

“全是怪物？可是跟着你回来的不都是人吗？”门觉望着那些刚从黑暗里闯出来惊魂未定的人，突然有了联想。

南波兔说：“要不，我们等天亮再进去看看？”

一边的刘鸣笑了一下，说：“我来这里这么久了，天可从来没亮过，这里一直都是黑的。”

白夜继续望着那片黑暗：“我好像听到楚冬忍的声音了。”

路灯的影子重叠在黑暗中，不知深处潜藏着什么，最里面传来楚冬忍的声音——分不清是他本人，还是怪物模仿的诱饵。

白夜仔细听，楚冬忍在叫她的名字，其中夹杂着一句模糊的“出口在这里”。

“肯定是假的楚冬忍。”南波兔结合以往进入里世界的经验，说，“世界之主还没死，世界也没崩坏，不可能有出口。”

“可我们到处都找不到楚冬忍，万一他真的迷失在黑暗中呢？”

白夜向南波兔伸出手，“我们去找找看。”

“找就找……你拉我的手做什么？”南波兔问。

白夜答道：“当然是为了分得清彼此，防止出来后被怪物冒名顶替。”

刚开始南波兔还有点儿不自在，但看白夜左手拽着门觉，突然也不想冷落自己的手掌。

三人一起踏入了那片黑暗，里面并不是完全漆黑，不远处有个光点，似乎是一盏孤零零的路灯。

刚开始走进去还没什么感觉，直到南波兔开始不停地抹眼泪。

“你哭什么？”白夜问。

南波兔把鼻涕抹在裤子上，像个小孩子一样答道：“大家都欺负我，说我没有爸爸……以后我也要欺负他们！我要凶凶的，不让任何人欺负！”

虽然南波兔的语气凶狠，但眼神十分恐惧，白夜想起南波兔的双亲早逝，他是由哥哥带大的。只是南波万忙于赚钱，大概那时候也没什么时间关心自己弟弟的校园生活。

难道南波兔小时候一直被欺负吗？

这时，门觉也出了一些状况，他似乎一直在隐忍痛苦，脸时不时地抽搐一下，精神却保持着清醒。

白夜的左手忽地被门觉更紧地握住，他说：“白夜，别怕。”

白夜愣了愣，她忽地发现自己的手在发抖，她不自觉地想松开门觉和南波兔。耳边南波兔的哭声令她烦躁，与人肢体接触的感觉也让她难受，黑暗里似乎有影子在窃窃私语，议论着她与这个世界的格格不入。

从山里来到城里上学后，她原本是不适应这个世界的，但总能用迟钝屏蔽外界的负面感知。

可如今，她变得异常敏感，想逃避，想后退。

白夜问：“门觉，你也不舒服吗？”

“嗯，我感受到和当年生病时一样的疼痛。”门觉没说的是，那包含手术后麻药作用消失的阵痛、化疗后恶心的反应，以及从骨头缝里钻出的刺痒。

越往前走，反应越大。

就在他们要坚持不住的时候，终于找到了楚冬忍，他晕倒在他们前方。门觉用力扯起楚冬忍，感觉再不离开这里自己也快疼晕了。

几人在转身的那一刻，身上的痛苦才缓解了一些，越往回走越轻松。很快他们回到了灯火通明的美食广场，这里依旧热闹，给人特别安心的感觉。

烧烤摊老板和他们打招呼："你们别乱走了，就在这里待着吧，比去哪里都好。"

一边的校友刘鸣也附和着点头："是啊，跟我回家打游戏吧，这里比哪里都好。"

这时楚冬忍也从昏迷中醒来了，他笑着抱住白夜，说："太好了，我没死！我再也不想作死了……我们先和刘鸣回家吧，起码能平平安安的。"

白夜望着楚冬忍熟悉的脸，问："你不想回自己家了？"

楚冬忍挠挠头，说："你看这里有吃的有喝的，我们几个在这里把日子过好比什么都强。"

"谁要跟你过日子，你都不叠被子！"南波兔直接上手去扒楚冬忍的裤子，想看看他的屁股上有没有能证明是他本人的疤痕。

楚冬忍赶紧护住自己的裤腰带，两人围着路灯开始"秦王绕柱"。

这一幕将围观的路人看笑了，只见一个鬈发女生扑哧笑出了声，下一刻，她站着的位置突然出现一只咧着嘴巴的怪物。

相似的一幕上演，怪物再次被围观群众打败，但刚才笑的女孩儿也不见了。

白夜突然抓住了头绪："楚冬忍之前也是这样消失的，难道在这个世界笑出声后就会变成怪物？"

楚冬忍摇摇头，说："白夜，我不是怪物，我以我'校花'的名义起誓。"

"但你在逗我笑。"当白夜说出这句话时，南波兔和门觉也反应过来了。

来的路上，刘鸣一直在给他们讲笑话，也是在逗他们笑。

而且周围烧烤摊的摊主，还有食客们的脸上都挂着幸福的笑容，仿佛这个世界很安逸。

门觉一脸严肃地说："我知道了，楚冬忍和刘鸣的确是本人，但笑了之后就会变成怪物融入这里，变得想留下来。"

"所以我们只要不笑就没有危险？"南波兔有些难以置信，"这好办啊，我的笑点高，再说谁在这么诡异的地方还能笑得出来！"

对于南波兔来说，这个"不要笑挑战"未免太轻松了，在怪物的世界里应该忍住不哭才叫挑战吧？

然而他低估了这个世界怪物的底线。

刚被怪物同化的楚冬忍为了逗白夜笑，竟然对南波兔献歌："兄弟抱一下，对我说说心里话。"

早被怪物同化的刘鸣掏出自己的小本子，说："我再给你们讲几个笑话。"

烧烤摊主一脸阴沉地向南波兔走来，在怪物身份暴露之后终于向南波兔伸出了利爪——狂挠他的胳肢窝。

南波兔死死咬住嘴唇，憋住笑意，他闯过那么多诡异世界，谁家怪物攻击人的手段是挠胳肢窝啊！

南波兔终于破功笑了出来，他在原地变成怪物消失后不久，便从那片没有灯光的黑暗里走了出来，脸上带着温柔的微笑，和他以往的死人脸反差甚大。

再次见到白夜，他的第一句话就是："白夜，我给你跳支性感热舞。"

门觉忍住嘴角的抽搐，赶紧变成了木偶，只要他是木头人，就别想逗他笑！

此时压力全给到了白夜，白夜路过努力搞笑的众人，像在寻找什么。门觉很欣慰，幸好白夜不太会笑！挺住啊，白夜！

"你在找什么？"门觉问。

"最开始那个孩子，我怀疑那个孩子并不是通过游戏来到这里的，他原本就是这个世界的人。"白夜顿了顿，说，"这个世界的所有人都忘记了悲伤，只有他哭了。”

找小孩儿的过程中，白夜又遇见了之前吃烧烤的红衣大婶，她正开心地和鬈发大娘谈天说地。

红衣大婶说：“这里真好啊，以前我总是在捡垃圾时顺便翻点儿吃的，现在就算家里不给我钱，我也能吃到香喷喷的肉啦。”

鬈发大妈说：“我生病住院一直没胃口，就算吃了也会吐出来，现在终于能大口品尝美食，也不用成为家人的累赘了。”

她们的脸上挂着真挚的微笑。

白夜看到了之前一脸烦闷的工装大汉，现在他的脸上都笑出了褶子，他指着楼上对白夜说：“我不管怎么工作都买不起房，但你看，我现在有家了，我老婆也没有死，她在楼上哄孩子呢。”

抱着篮球和伙伴们说说笑笑的男大学生从白夜身边路过，他开心地和白夜打招呼：“今天是我的生日，你要吃生日蛋糕吗？从前我一直瘫痪在床，没什么朋友，头一次有这么多人陪我过生日！”

白夜听到从附近传来的吉他声，彩色头发的少女在笑着唱歌，欢快的音乐声感染了整条街道，周围都是夸赞女孩儿唱歌好听的人。

歌声停下后，女孩儿去拥抱所有人：“谢谢你们，我就知道我很优秀……我好像做了一个梦，梦里的人侮辱我的歌声，嘲笑我的发色……我就知道那不是真的。”

这个世界无时无刻不在向白夜展示快乐，等待和吸引着她的加入。更多快乐的人和她打招呼，用快乐感染着她，可她依旧没有笑。

终于，浑身脏兮兮的孩子出现在白夜面前，他不解地问：“你为什么不笑呢？”

白夜蹲下来与小孩儿平视，问：“你的衣服为什么这么脏？”

孩子答道：“因为没有人管我，我的家人都有别的家了，也没人陪我玩。”

“所以这是你的世界吗？”白夜问，“你让大家进入这里，是想让我们陪你玩？”

孩子点点头，又摇摇头：“我只是想让更多人快乐，大家和我一样，只要活在现实世界里就会变得很痛苦，你沿路不是看到那些人了吗？”

“回到现实世界就要面对各种各样的命运，然后终日奔波，一刻不得闲。”孩子上前握住白夜的手，说，“笑笑吧，我们一起快乐地留在这里。”

白夜点点头，说：“有时候命运的确很糟糕。”

孩子以为白夜想留下来了，却听白夜说：“但我已经来到了这个世界上，来都来了，不活够本就可惜了，你能送我们回去吗？”

孩子完全没想到，白夜竟会主打一个“来都来了”。

他没有执意挽留白夜，而是指向之前白夜他们踏足过的那片黑暗：“穿过去就是白天，你们就能回到现实世界了，这里的人随时都能从那里回到现实世界，但他们不愿意，现实世界让他们恐惧。”

“那你能让大家从快乐中清醒吗？这样我才能带我的朋友离开，也能让其他人选择是否离开。”

“好。”

路灯接连灭掉，整个世界都被拉闸，成了一片黑暗，大家纷纷在黑暗里清醒。在很远很远的地方，有一束光，冷清的月亮在指引他们回去的方向。

虽然那里很远，但总能到达。

临走前，白夜又问孩子：“你自己能回去吗？”

孩子摇摇头，说：“现实中早就没有我啦。”

“那……再见。”白夜道。

“希望我能不再见到你们，希望你们还能接纳现实。”

男孩望着越来越多的影子走向月亮的方向。

再见了，我的朋友们。

……

第二天，楚冬忍成功让刘鸣对学校里的流浪猫道歉，白夜也成功讨回了自己的五块钱。

真是圆满的一天。

图书在版编目（CIP）数据
确认存活. 2 / 雾草著. -- 南京 : 江苏凤凰文艺出版社, 2025. 6. -- ISBN 978-7-5594-9342-2
Ⅰ. I247.5
中国国家版本馆CIP数据核字第20253JA129号

确认存活. 2

雾草 著

责任编辑　耿少萍
特约编辑　忽　忽　周子君
封面设计　MIMI
责任印制　杨　丹
出版发行　江苏凤凰文艺出版社
　　　　　南京市中央路165号，邮编：210009
网　　址　http://www.jswenyi.com
印　　刷　长沙鸿发印务实业有限公司
开　　本　880毫米×1230毫米 1/32
印　　张　11.25
字　　数　313千字
版　　次　2025年6月第1版
印　　次　2025年6月第1次印刷
书　　号　ISBN 978-7-5594-9342-2
定　　价　39.80元